I0646930

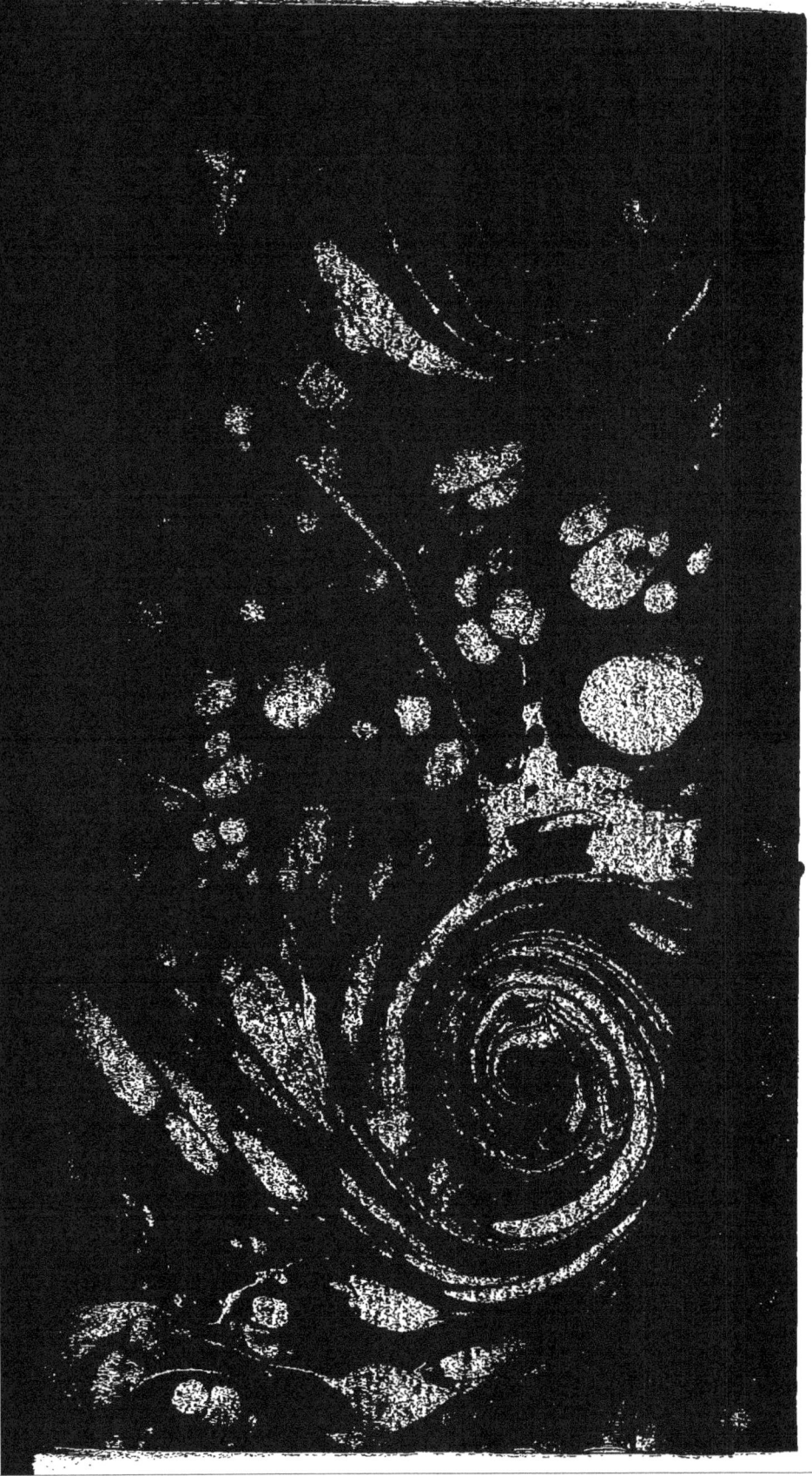

jurispr. n.º 1185.A.

CHOIX

DE NOUVELLES

CAUSES CÉLEBRES,

AVEC LES JUGEMENS

QUI LES ONT DÉCIDÉES.

CHOIX

DE NOUVELLES

CAUSES CÉLEBRES,

AVEC LES JUGEMENS

QUI LES ONT DÉCIDÉES,

Extraites du Journal des Caufes célebres,
depuis fon origine jufques & compris
l'année 1782.

PAR M. DES ESSARTS,

Avocat, Membre de plufieurs Académies.

TOME TROISIEME.

A PARIS,

Chez MOUTARD, Imprimeur-Libraire de la
REINE, de MADAME, & de Madame Comteſſe
d'ARTOIS, rue des Mathurins, Hôtel de Cluni.

M. DCC. LXXXV.

Avec Approbation, & Privilége du Roi.

AVERTISSEMENT
DU LIBRAIRE.

LES Collections du Journal des Causes célebres étant épuisées, les Volumes de ce Choix les remplaceront. Au lieu de faire une réimpreſſion diſpendieuſe, on a préféré de donner un extrait : ainſi, en joignant à ce Recueil les années qui ont paru depuis 1782, & qu'on trouvera au Bureau du Journal des Causes célebres, chez M. des Eſſarts, rue Dauphine, Hôtel de Moui, on aura l'avantage de réunir ce qu'il y a de plus intéreſſant dans les cent douze Volumes qui ont été publiés avant cette époque, avec la ſuite de cet Ouvrage périodique.

CHOIX
DE CAUSES
CÉLEBRES.

AFFAIRE DE CALAS.

AU récit des circonstances de l'événement tragique qui a donné lieu à cette malheureuse affaire, le premier mouvement des Lecteurs sera de les renvoyer dans la classe de ces fictions sinistres, faites pour inspirer, sur le théatre, l'horreur & la pitié. Plût au Ciel que leur incrédulité fût fondée, & que notre Siecle n'eût pas à rougir de cette cruelle histoire ! Mais c'est dans le sein d'une des plus grandes villes du royaume que cette scene effrayante

Tome III. A

s'eft paſſée, & c'eſt au milieu de ſes concitoyens même que Calas a été conduit à la mort.

Jean Calas, Marchand à Touloufe, étoit établi depuis quarante ans dans cette ville : ſa probité, la douceur de ſon caractere & la ſimplicité de ſes mœurs étoient connues. Ces qualités lui avoient concilié l'eſtime générale. En 1731, il épouſa la demoiſelle Cabibel, née à Londres, de parens réfugiés. Elle appartient à la Nobleſſe la plus diſtinguée du Languedoc ; elle eſt couſine iſſue de germain du Marquis de M....., & appartient de fort près à pluſieurs Officiers qualifiés, dont nous n'aſſocierons point ici le nom à ſes malheurs.

Un commerce de quarante ans entiers, une vie de ſoixante-huit ans, paſſée dans l'exercice conſtant des devoirs de Citoyen, d'époux & de pere, ſix enfans donnés à l'Etat : voilà quels étoient ſes titres envers la Société, qui l'a vu périr ſur un échafaud. Si ſa femme & lui étoient du nombre de ceux que nous appelons *Nouveaux Réunis*, leur humanité & leurs vertus ſociales réclamoient pour eux dans tous les cœurs. Leurs enfans, élevés sous leurs yeux, promettoient à la Patrie des Citoyens laborieux & fidéles, à leurs parens une vieilleffe heureufe & tranquille.

Marc-Antoine Calas, Bachelier en Droit, l'aîné de tous, âgé, en 1761, de vingt-huit ans, avoit reçu de la Nature une imagination forte, un caractere entreprenant & fier, un génie ardent & extrême; tantôt fe roidiffant contre les obftacles, tantôt y cédant avec un lâche abattement, & fe livrant aux accès d'une fombre mélancolie, & aux féroces idées du fuicide. Les Tragédies les plus noires de Shakefpear, les morceaux de Plutarque, de Seneque, de Montaigne, fur la libre deftruction de notre être, le fameux monologue d'Hamlet, Sidney étoient fes lectures & fes déclamations favorites, & nourriffoient dans cette ame la haine de la vie & la fauffe grandeur de la méprifer.

Invinciblement attaché, par fon indépendance même, à une Religion qui le rendoit juge de fa propre croyance, il fe trouvoit aux affemblées du défert, aux actes de baptême, aux inhumations proteſtantes , à toutes les cérémonies qui pouvoient prouver ſon zele. Le défaut d'un certificat de Catholicité, néceſſaire pour la licence, & qu'il n'eût jamais voulu devoir à aucun acte incompatible avec ſa croyance , l'arrêtoit dans ſa carriere. Son pere n'avoit pu lui en ouvrir une autre , obligé lui-même, par la dureté des temps, de ſe reſſerrer, loin de pouvoir l'aſſocier avec lui. Repouſſé du Barreau , écarté du Commerce , ſans état, ſans reſſources, ſans eſpérance pour l'avenir , réduit à être Garçon de comptoir chez ſon pere , tandis que tous les jeunes gens de ſon âge étoient avantageuſement placés , il étoit en proie à cet ennui d'exiſter , le plus cruel de tous les maux. Il annonçoit à un ami intime , un mois avant ſa mort, qu'il vouloit s'aller faire recevoir Miniſtre à Geneve , & venir enſuite expirer ſur un échafaud , en prêchant les Religionnaires du Royaume.

Du reſte, bien fait de ſa perſonne, robuſte , adroit à tous les exercices du corps , Marc-Antoine excelloit à celui des armes & aux jeux de paume & de billard, dont le ſecours , néceſſaire à ſes peines , étoit devenu une paſſion

dans cette ame toujours extrême. Il
alloit tous les jours, avant ou après
fouper, à un billard voifin de fa maifon, rifquer ou perdre fon foible pé-
cule, fe réduifant ainfi à des expédiens
honteux, & s'expofant aux juftes réprimandes d'un pere chargé de fix enfans.

Louis Calas, le troifieme fils, plus
paifible & plus doux, avoit été tourné
de bonne heure vers la Religion Catholique. Il devoit cet avantage aux
foins d'une ancienne fervante qui l'a-
voit vu naître, & qui avoit jeté en
lui les premieres femences de ce changement. M. de la Mothe, Confeiller
au Parlement de Touloufe, s'étant
chargé d'en prévenir fon pere, celui-ci
répondit, que » pourvu que la conver-
» fion de fon fils fût fincere, il ne
» pouvoit la défapprouver, parce que
» de gêner les confciences ne fervoit
» qu'à faire des hypocrites qui n'avoient
» aucune Religion «. Il fit én même
temps remettre les hardes & effets de
fon fisl, avec une fomme d'argent,
concerta, de fon plein gré, avec M.
l'Archevêque de Touloufe & M. le Procureur-Général, la dépenfe de l'appren-
tiffage de fon fils dans une maifon de

commerce à Touloufe, lui fixa une penfion, de concert avec M. Borel, Capitoul; & l'embraffant tendrement chez
cet ami commun : » Continuez, lui
» dit-il, mon fils, à vous bien con-
» duire, & vous ferez content de moi «.

Louis-Donat, quatrieme fils, étoit
dans une maifon de commerce à Nî-
mes. Jean-Pierre, Anne-Rofe, & Anne,
autres enfans, vivoient avec leurs parens.

Une feule fervante fuffifoit à cette
famille modefte. Catholique zélée, &
d'une piété édifiante, elle approchoit
du Sacrement de Pénitence une fois
la femaine, de la Sainte-Table deux
fois; elle avoit communié trois jours
avant le jour funefte du 13 Octobre.
Servant depuis trente ans dans la maifon, elle fe regardoit comme une feconde mere de fix enfans qu'elle avoit
vu naître; &, quoiqu'elle eût converti
Louis, fes parens ne l'en avoient pas
cru moins digne de leur continuer fes
fideles fervices.

A l'égard des pere & mere, ils font
affez peints par cette defcription de
l'intérieur de leur famille. Des parens
qui confentoient au catholicifme d'un

de leurs enfans, qui continuoient d'aimer & de garder une domeſtique dont les inſinuations avoient changé ſa croyance, qui permettoient que leur aîné entrât dans une profeſſion ouverte aux ſeuls Catholiques, n'avoient pas, ſans doute, cet enthouſiaſme féroce, qui étouffe la voix du ſang & le cri de la Nature ; auſſi tout le monde convient qu'ils s'attachoient ſur-tout à inſpirer à leurs enfans l'amour de leurs ſemblables, & la pratique des vertus morales.

Un évenement affreux a troublé la paix de cette famille vertueuſe, en a diſperſé les membres, & en a fait périr le chef dans de cruels ſupplices.

Le 12 Octobre 1761, au ſoir, arrive à Toulouſe, rappelé après treize mois & demi d'abſence, François-Alexandre Gaubert de Lavayſſe, âgé de vingt ans. Tout annonce dans ce jeune homme l'honnêteté, la candeur, la vertu. Des certificats honorables rendent un témoignage unanime du ſuccès de ſes premieres études, de ſon application aux travaux de ſon état, de ſa ſageſſe, & de ſes mœurs. Sa ſeule phyſionomie,

A iv

ce témoignage heureux de la Nature, en dit encore davantage.

Comme ce jeune homme eſt impliqué dans l'événement qui va ſuivre, il eſt indiſpenſable de le faire connoître.

Il eſt fils d'un ancien Avocat de Toulouſe, qui jouit à juſte titre de la plus haute réputation. Son érudition, ſes talens & ſes ſentimens le font eſtimer & chérir de ſes confreres, des Magiſtrats & du Public.

Pour expliquer en peu de mots quelle fatalité l'aſſocia à l'infortune des Calas, il faut dire que ſon pere, qui l'avoit mis chez un Négociant de Bordeaux, venoit de le rappeler auprès de lui; que ce jeune homme, arrivant à Toulouſe, apprit que ſon pere étoit à Caraman, ſa campagne; qu'il viſita, en paſſant, Marc-Antoine; que celui-ci voulut le retenir à ſouper; que Jean Calas joignit ſes inſtances à celles de ſon fils. Il n'étoit que cinq heures. Le jeune Lavayſſe promit de revenir, alla chercher dans la ville un cheval, pour ſe rendre le lendemain à la campagne de ſon pere, & revint vers les ſept heures chez les Calas. Il monta dans l'appartement de la dame Calas ; elle y étoit avec son mari & son fils Marc-Antoine.

Celui-ci vit entrer son ami sans se lever, sans dire un mot, étendu dans un fauteuil, la tête appuyée sur sa main, l'œil égaré, le visage pâle, & absorbé dans ses pensées. Mais comme il étoit taciturne depuis long-temps, ses parens ne remarquoient plus son air sombre. Peu de temps après, on passa dans une piece voisine, où le souper étoit servi. Calas pere, la dame Calas, les deux freres Marc-Antoine & Pierre, & le jeune Lavaysse se mirent à table : il n'y avoit d'étranger, que Lavaysse. Marc-Antoine mangea peu, se leva de table avant les autres, passa dans la cuisine. *Avez-vous froid, Monsieur l'aîné,* lui dit la domestique ? *Au contraire,* répondit-il, *je brûle;* & aussi-tôt il disparut.

Le souper fini, l'on rentra dans la chambre de la dame Calas, elle, son mari, leur fils Pierre, & Lavaysse. Peu inquiets de l'absence de Marc-Antoine, qu'on croyoit, selon sa coutume, au billard, ils se remirent à converser dans la plus grande sécurité, & ne se quitterent qu'au moment où Lavaysse se

A v

retira. Pierre Calas prit alors un flambeau, & le fuivit pour l'éclairer. Mais, defcendus dans l'allée qui conduit à la rue, ils trouvent la porte de la boutique ouverte. Ils entrent pour en chercher la caufe. Quel faififfement ! quel fpectacle ! ils voient le corps de Marc-Antoine fufpendu entre les deux battans de la porte qui communique de la boutique au magafin.

Glacés d'effroi, ils jettent tous deux ces cris perçans que la douleur arrache à l'ame épouvantée. A leurs cris, Calas fe hâte de defcendre. Que voit-il ? N'effayons point de rendre la révolution qu'il éprouve ; il mêle fes cris aux leurs. Sa femme, qui l'entend, veut le fuivre : Lavayffe s'élance au devant d'elle, l'arrête, & la fait remonter. Pendant qu'il la retient, Calas & fon fils Pierre dépendent le cadavre, lui ôtent la corde, & l'étendent fur le plancher. Lavayffe vole aufli-tôt chez le Chirurgien Goffe ; Pierre en fait autant ; ils l'amenent. A peine la mere de Marc-Antoine eft libre, qu'elle accourt toute tremblante. Quel objet pour les yeux d'une mere ! elle voit fon fils étendu par terre : fon cœur fe brife ; les cris redoublent ; elle fe précipite fur fon fils , l'arrofe de fes larmes , le releve , lui fait prendre des eaux fpiritueufes. Mais c'eft en vain qu'elle veut douter dè fon malheur. Goffe examine le corps avec foin , & le trouve affez froid pour juger qu'il eft fans vie depuis deux heures.

Les fanglots & les cris des Calas avoient percé les murs. La populace auffi - tôt s'attroupa : elle apprit que Marc-Antoine étoit mort. Les mouvemens que Lavayffe & Pierre s'étoient donnés avant que de rencontrer Goffe , en avoient femé le bruit. Mais cette populace ignoroit le genre de fa mort : car dès que les douleurs eurent permis les réflexions aux Calas , leur premier foin avoit été de convenir entre eux , que , pour fouftraire la mémoire & le corps de Marc-Antoine à d'infamantes condamnations , ils garderoient un fecret inviolable fur la maniere dont il avoit péri.

Son crime n'étoit que trop certain : le noir chagrin qui l'accabloit avant que de le commettre , la fufpenfion , qui eft la voie la plus ordinaire des fuicides , le filence qui avoit régné dans

A vj

la maison durant cette funeste opération, la sorte d'impression que la corde avoit laissée sur les chairs, l'habit du mort plié sur le comptoir, son corps qui ne portoit l'empreinte d'aucun coup, son linge qui n'avoit nulle marque de désordre, sa chevelure aussi bien arrangée qu'auparavant, tout démontroit qu'il étoit mort sans résistance, & sans autre assassin que lui-même.

Les Calas avoient donc concerté d'ensevelir cet événement dans une nuit profonde ; & quand Calas pere envoya le jeune Lavaysse requérir les Juges de venir constater la mort & permettre l'inhumation de son fils : » Gardez-vous bien, répéta-t-il à ce » jeune homme, gardez-vous sur-tout, » pour l'honneur de notre malheureuse » famille, de confier à personne que » mon fils s'est détruit lui-même «.

Ce furent les Capitouls David & Brive qui se transporterent sur les lieux. Ils furent témoins de la douleur la plus amere & la plus vraie que l'ame humaine puisse sentir. Mais, tandis qu'ils attendoient les Chirurgiens mandés pour constater l'état du cadavre, le peuple,

qui affiégeoit la porte , ce peuple amou-
reux d'aventures finiftres & extraordi-
naires, raifonnoit, conjecturoit, s'épui-
foit en propos abfurdes ; & tout à coup
une voix s'éleve du milieu de la foule,
qui publie , » que Marc-Antoine eft un
» martyr , que fon pere l'a tué parce
» qu'il s'alloit faire Catholique «.

Cette rumeur frappe l'oreille du fieur
David ; elle fait l'impreffion la plus
forte fur l'efprit de ce Capitoul : familiarifé par état avec la méchanceté des
hommes , les crimes n'ont plus rien
qui l'étonne , & l'incroyable atrocité
imputée aux Calas lui parut poffible &
vraifemblable.

De ce moment il ordonna que l'on
fe faisît des Calas , du jeune Lavayffe ,
& de la domeftique. Ce fut en vain
que fon collegue , homme plus fage ,
voulut fufpendre une entreprife auffi
précipitée. En vain lui repréfenta-t-il
que l'affliction profonde dont il les
avoit trouvés pénétrés ; que leur empreffement pour donner du fecours à
leur fils ; que la réquifition qu'ils
avoient faite eux-mêmes des Officiers
de Juftice ; que la difpofition des lieux,
ainfi que l'heure du trépas, puifque

c'étoit à l'entrée de la nuit & fur la rue la plus fréquentée, que Marc-Antoine étoit mort ; mais plus que tout cela, que les titres facrés de pere, de fils, de mere, repouffoient un foup-çon barbare ; que parmi ceux mêmes qui l'avoient répandu, aucun n'ofoit s'en avouer l'auteur ; qu'un emprifon-nement fi prompt donneroit du crédit & de la confiftance à un propos vague-ment hafardé. » Hé bien, n'importe, » reprend avec violence le fieur David, » je prends tout fur mon compte ; qu'on » les emmene «.

Ce n'eft pas tout : la Loi, auffi ja-loufe d'éclairer l'innocence, qu'atten-tive à pourfuivre le crime, lui enjoi-gnoit de conftater, *fans déplacer &* *fur le champ*, tout ce qui chargeroit ou juftifieroit les Calas. Et auffi fourd aux ordres de la Loi, qu'aux remon-trances de fon collegue, ce Capitoul ne daigna conftater ni le genre de la mort, ni l'impreffion de la corde, ni le lieu, ni l'heure du délit, ni l'état du corps, des habits, du linge, des papiers & des livres de Marc-Antoine, ni les difcours & la contenance des Calas, ni la fituation de leurs vêtemens, de

leurs cheveux, de tout leur extérieur,
ni celle sur-tout de leur ame. Il falloit
lire dans leurs yeux, dans leurs geftes,
dans la nature de leurs gémiffemens.
Couvroient-ils d'un mafque de douleur ce trouble que le moment du crime
caufe aux plus hardis fcélérats ? ou fuc-
comboient-ils en effet fous le coup que
donne à fes parens la perte imprévue
d'un fils ? Voilà les importans détails
qu'il devoit configner fur l'heure par
écrit.

S'il eût fait les recherches prefcrites,
il auroit vu qu'un jeune homme qui,
plein de force, eût défendu fa vie, n'a-
voit fur lui nulle meurtriffure qui prou-
vât un combat. Il eût trouvé le billot
& la corde ; le billot eût été replacé
fur les deux battans de la porte ; la
corde l'eût été fur les traces imprimées
au col du cadavre. Que de lumieres
ces épreuves auroient répandues ? Au
lieu que dès fon premier pas, il foula
aux pieds toutes regles, ne rédigea
aucun procès-verbal, & par-là fit perdre aux accufés une défenfe & des
preuves qui étoient de droit naturel.

Jamais prévarication ne fut plus
criante. Mais fi l'intention fait le crime,

il faut épargner au fieur David des reproches qu'il ne mérite point. Il s'égara
par zele & par enthoufiafme. L'aveuglement, & non la volonté, lui fit
commettre d'irréparables fautes. Il prit
pour clameur publique un foupçon échappé du milieu d'un vain peuple. Il oublia que la clameur n'exige d'empri-
fonnement fubit, que quand des préfomptions violentes & vraifemblables
l'accompagnent ; comme fi plufieurs
voies s'uniffoient pour s'écrier : *J'ai vu
le crime , & voilà le coupable ; le voyez-
vous ? comme il eft troublé , comme
il fuit !* parce qu'alors de pareils cris
équivalent au flagrant délit. Il ne vit
pas que la préfomption due aux fentimens de la Nature, méritoit bien de
l'emporter fur une conjecture infenfée
& fans examen , fans indices; il fit
faifir des citoyens connus, domiciliés,
en poffeffion de l'eftime publique , qui,
loin de fuir, avoient eux-mêmes requis
les Juges ; & , pour tout dire en un feul
mot, il fit faifir un pere, une mere
& un frere, les fit conduire à l'Hôtel-
de-Ville par fon efcorte , & y fit tranfporter le cadavre.

Ce qu'avoit prévu le fieur Brive ar-

riva. La vue des prisonniers donna bientôt de l'accroissement & du poids à une
accusation qui seroit tombée d'elle-
même. On disoit dans Toulouse, qu'il
falloit que le sieur David eût fait des
découvertes bien terribles, pour s'être
porté à cette extrémité contre des gens
que leur qualité seule mettoit à l'abri
des soupçons; qu'apparemment on les
avoit surpris serrant eux-mêmes de leurs
propres mains le nœud fatal qui avoit
étranglé Marc-Antoine. C'est ainsi que
les fautes réelles du Capitoul accrédi-
toient le forfait dont les Calas étoient
accusés; c'est ainsi que leur captivité,
qui n'auroit dû être que l'effet de la rumeur universelle, en devint elle-même
le principe.

Pour eux, uniquement livrés à leur
douleur, ils suivoient en pleurant le
corps de leur fils, & ne se doutoient
guere de la fermentation que leur marche excitoit dans les esprits; car ils
comptoient qu'on ne les escortoit ainsi,
que pour constater par leur déposition
le suicide de Marc-Antoine. Aussi, lorsqu'on leur demanda comment il étoit
mort, ils répondirent ce qu'ils étoient
convenus entre eux de répondre, Ce dé-

guifement, après tout, ne leur étoit dicté
que par la piété paternelle. Ils dirent
donc qu'ils avoient trouvé Marc-Antoine étendu fur le plancher : tant ils
étoient loin de penfer qu'en écartant,
par cette feinte, l'idée du fuicide, ils
alloient faire retomber le foupçon du
meurtre fur eux-mêmes ! C'eft pourtant
ce qu'ils éprouverent. Ils furent auffi-
tôt décrétés. On les fit defcendre dans
les prifons. On leur apprit que c'étoit
à eux qu'on attribuoit la mort de leur
fils. Surcroît inattendu d'un malheur
qu'ils croyoient au comble ! Ce nouveau coup les renverfe. Déchirés par
l'extrême douleur dont la perte d'un
fils chéri les pénétroit, & accablés fous
le poids d'un décret qui les taxoit de
l'avoir fait périr, ils fe perdoient dans
l'excès de leurs maux.

Ce ne fut qu'à l'Hôtel-de-Ville que
le fieur David dreffa enfin fon procès-
verbal de defcente. Il fentit fa faute.
On affure que, pour la couvrir par une
faute plus grande encore, il le data
de la maifon du mort. Les enfans de
Calas firent dreffer une Requête en
infcription de faux contre la date de
ce procès-verbal. Le Procureur qui

la préfenta fut interdit pour trois mois. Et comment le procès-verbal fut-il rédigé ? De mémoire, après coup, hors la préfence des Parties, loin de l'endroit du crime, fans nulle infpection préalable du cadavre, des lieux, des temps, des maintiens, des difcours, & bien après cet état des premiers momens fi décififs & impoffibles à refaifir.

Cependant le bruit du parricide voloit de bouche en bouche. On racontoit par-tout que Calas pere avoit exécuté avec fa femme & le plus jeune de fes enfans, le complot d'immoler fon fils Marc-Antoine à fa haine pour la Religion Catholique. La nouvelle étoit incroyable, étoit abfurde ; mais l'intérêt de la Religion s'y mêloit, & le faux zele fit recevoir avec avidité la plus folle impofture. Soit fimplicité, foit compaffion, foit noirceur, tous accueilloient la calomnie, y ajoutoient leurs conjectures, détailloient même les circonftances. C'étoit dès demain, difoit l'un, que Marc-Antoine devoit faire fon abjuration. Le rit proteftant, difoit l'autre, ordonne aux peres, dans ces cas-là, d'égorger leurs enfans. Vous

dites ſi vrai, reprenoit un troiſieme ;
qu'ils ont, dans leur derniere aſſem-
blée, nommé un bourreau de la ſecte.
Quant à ceux qui avoient entendu les
plaintes que les Calas avoient pouſ-
ſées à la vue du corps de leur fils,
ils ne manquoient pas d'affirmer que
c'étoient les cris du mourant luttant contre les parricides. C'eſt ainſi que le
fanatiſme empoiſonnoit tous les cœurs.
Ses progrès n'épargnerent perſonne. Les
plus ſenſés s'en laiſſerent atteindre ;
& cet eſprit s'étendit ſur la Ville entiere.

Elle approchoit de cette fête établie
pour ſolenniſer le maſſacre des Hugue-
nots. Les fureurs de l'enthouſiaſme l'a-
voient fondée, les mêmes fureurs la célé-
broient. Mais l'année 1762 n'étoit pas
un ſimple anniverſaire ; c'étoit la grande
année, l'année centenaire où les pom-
pes redoubloient avec la ferveur. Les
retraites, les jeûnes, les méditations
diſpoſoient les conſciences à entrer dans
l'eſprit de la fête. On n'eſpéroit gagner
qu'à force de haine contre les héréti-
ques toutes les graces attachées au jour
ſéculaire. Quel triomphe c'étoit pour
le fanatiſme, de fixer & d'appliquer à

des objets réels une averfion que fans cela Touloufe n'auroit que vaguement fentie contre toute la fecte! Déjà les imaginations élevoient les gibets, dref-foient les roues, allumoient les bû-chers où devoient périr les Calas. Le peuple demandoit hautement qu'on lui réfervât les victimes pour ce grand jour. Le Capitoul profita de ce mouvement populaire, pour faire fubir aux accufés un interrogatoire juridique. Il eft aifé de fentir quel fut l'étonnement des cinq prifonniers, quand le décret de prife de corps qui leur fut fignifié, leur apprit qu'ils étoient eux-mêmes accu-fés d'avoir tué un fils, un frere, un ami qu'ils pleuroient encore avec tant d'amertume. Alors il fallut oublier le foin de la mémoire du défunt, pour ne penfer qu'à leur propre confervation. Ils avoient jufque-là caché le genre de fa mort; mais dans l'inter-rogatoire juridique qu'ils fubirent *après l'écrou*, ils l'avouerent unanimement, & ils en fixerent l'heure. Ils déclarerent auffi que Marc-Antoine Calas avoit foupé avec eux, & ils fpécifierent même les mets qu'il avoit mangés, favoir, un quartier de pigeon & deux grappes de raifin.

On prétendit trouver des contrariétés dans les réponfes faites par les accufés fur le fait du fouper. Il fut donc réfolu de faire ouvrir le cadavre, pour conftater les alimens qui pourroient fe trouver dans l'eftomac du défunt. Mais à qui s'adreffa-t-on pour cette vérification ? Un feul Chirurgien en fut chargé fans l'affiftance d'aucun Médecin. Le rapport de ce Chirurgien, quoique défectueux en plufieurs points effentiels, ainfi qu'on le fera voir dans la fuite, prouve néanmoins la vérité des déclarations des accufés, puifqu'on trouva dans l'eftomac du malheureux jeune homme des morceaux de viande dont la digeftion n'étoit pas même commencée, une peau que le Chirurgien crut être de volaille, & une quantité d'enveloppes de raifins.

D'un autre côté, le fieur David ne pouvoit s'empêcher de reconnoître l'irrégularité de fon procès-verbal de defcente, fur-tout en ce qu'il avoit manqué de faire la vifite des lieux. Pour réparer cette omiffion réellement irré-

parable, les Capitouls ordonnerent une
nouvelle defcente, qui fut faite le 15
Octobre. On trouva la corde & le billot.
Mais le procès-verbal de cette feconde
defcente fut drefié avec ce mépris des regles que les premiers Juges ont toujours
porté dans tous les actes de cette procédure. On fe bornera, quant à préfent,
à obferver qu'au lieu de conftater les
livres & papiers de Marc-Antoine Calas, ce qui auroit démontré clairement
qu'il ne penfoit point à fe convertir,
les Capitouls remirent ces livres & papiers aux demoifelles Calas, fans en
drefier aucun inventaire.

Malgré fes recherches, il ne vit
dans les livres, les armoires & les papiers de Marc-Antoine, aucuns indices de l'abjuration dont on lui fuppofoit le defiein ; il n'y trouva en effet
ni crucifix, ni chapelet, ni livres d'heures de controverfe, ni catéchifme,
aucun veftige enfin des inftructions &
des prieres qu'à la veille de fon abjuration tout profélyte auroit eues infailliblement. Cette obfervation importante
méritoit bien d'être exprimée fur le
procès-verbal. L'Ordonnance criminelle
veut abfolument qu'on les drefie à dé-

charge comme (a) *à conviction.* L'exécution de la Loi eût calmé cette chaleur du peuple, qui étoit née & ne
s'entretenoit que par la fauſſe idée
de ce projet de converſion prêté au
mort.

Toutefois une juſte eſpérance ſoutenoit
les Calas. Ils la fondoient ſur les deux
témoins oculaires qu'ils avoient de leur
innocence ; c'étoient le jeune Lavayſſe
& la ſervante. Lavayſſe, ſe diſoient-ils
à eux-mêmes dans leurs cachots, ne
nous a point quittés d'un ſeul inſtant,
& ſans doute il le dépoſera. La fille
qui nous ſervoit à table, nous a toujours vus ou entendus, elle le dira de
même ; & du moins les dépoſitions de
ces deux témoins néceſſaires ouvriront
les yeux à des hommes aſſez dénaturés
pour ne pas trouver en eux-mêmes de
quoi confondre la plus révoltante im-
poſture.

Ces infortunés s'abuſoient. Pour leur
ravir des témoignages auxquels il auroit fallu ſe rendre, on feignit de croire
que la ſervante, cette Catholique zélée,

(a) Ordon. de 1670, tit. 4, not. 1.

qui

qui avoit communié deux jours avant
le suicide de Marc - Antoine , s'étoit
associée à un meurtre commis en haine
de la religion qu'elle pratiquoit, avec
tant d'amour. On feignit de croire que
les Calas avoient confié leur projet à
un étranger, à un paffant , à un ami
du mort , à un jeune homme de dix-
neuf ans ; & que ce jeune homme , oubliant tout-à-coup ces principes héré-
ditaires d'honneur & de vertu qui le
rendoient fi cher aux gens de bien , étoit
entré dans le complot fans balancer ,
fans intérêt, pour le feul plaisir d'arracher la vie à fon ami.

Aussi-tôt le jeune Lavaysse & la fervante font mis au nombre des accufés.
Le Chef du Confiftoire les fait empri-
fonner fans titres, fans preuves, fans
foupçon, fans indices. Qui donc les
avoit dénoncés ? qui les chargeoit ? qui
les nommoit ? Pas une voix ne s'élevoit contre eux : en forte que fi on
s'étoit conformé aux regles , ils n'a-
voient d'autre perfonnage à faire que
celui de témoins. Si on leur eût laiffé
leur vrai rôle , vingt-quatre heures fuf-
fifoient peut-être pour terminer l'affaire,

Tome III.   B

& venger la nature des délires d'un peuple aveugle.

Les bruits répandus dans le Public
fembloient promettre que l'information
renfermeroit les preuves les plus con-
cluantes : elle ne fournit pas même des
indices fuffifans , & qui puffent rendre
vraifemblable le crime atroce dont Calas & fa famille étoient accufés.

Les Capitouls n'en furent que plus
ardens à mettre en ufage toutes les reffources de la procédure criminelle. Pour
parvenir à acquérir la preuve d'un forfait qu'ils avoient cru avec trop de légéreté , ils firent publier un monitoire.

Perfonne n'ignore avec quelle prudence & quelle difcrétion on doit employer ce fecours , que la Religion offre
pour découvrir les auteurs des crimes
qui font enveloppés d'un voile prefque
impénétrable. La premiere formalité
qu'on doit remplir dans un monitoire,
confifte à ne défigner aucuns coupables , & à requérir feulement la preuve
du crime.

On jugera fi le monitoire qui a été
publié a rempli le vœu de la Religion
& des Loix du Royaume. Cette piece

eſt trop importante pour ne la pas co-
pier en entier.

» Il ordonne de dépoſer, 1°. à tous
ceux qui ſauront, par ouï-dire ou autrement, que le ſieur Marc-Antoine
Calas, aîné, avoit renoncé à la Religion prétendue réformée, dans laquelle
il avoit reçu l'éducation; qu'il aſſiſtoit
aux cérémonies de l'Egliſe Catholique,
Apoſtolique & Romaine; qu'il ſe pré-
ſentoit aux Sacremens de Pénitence, &
qu'il devoit faire abjuration publique
après le 13 du préſent mois d'Octobre; & à tous ceux auxquels Marc-
Antoine Calas avoit découvert la réſo-
lution.

» 2°. A tous ceux qui ſauront, par
ouï-dire ou autrement, qu'à cauſe de
ce changement de croyance, le ſieur
Marc-Antoine Calas étoit menacé, maltraité & regardé de mauvais œil *dans
ſa maiſon;* que la perſonne qui le menaçoit lui a dit que s'il faiſoit abjuration, il n'auroit d'autre bourreau que
lui.

» 3°. A ceux qui ſavent, par ouï-dire
ou autrement, *qu'une femme* qui paſſe
pour attachée à l'héréſie, incitoit ſon
mari à de pareilles menaces, & me-

naçoit elle-même Marc-Antoine Calas.

» 4°. A tous ceux qui favent, par ouï-dire ou autrement, que le 13. du mois courant, au matin, *il fe tint une délibération dans une maifon de la Paroiffe de la Daurade*, où la mort de Marc-Antoine Calas fut réfolue ou confeillée; & qui auront, le même matin, vû entrer ou fortir de ladite maifon un certain nombre de perfonnes.

» 5°. A tous ceux qui favent, par ouï-dire ou autrement, que le même jour, 13 du mois d'Octobre, depuis l'entrée de la nuit jufque vers les dix heures, cette exécrable délibération fut exécutée, *en faifant mettre Marc-Antoine Calas à genoux*, qui, par furprife ou de force, fut étranglé ou pendu avec une corde à deux nœuds coulans, l'un pour étrangler, & l'autre pour être arrêté au billot fervant à ferrer les balles, au moyen defquels Marc-Antoine Calas fut étranglé & mis à mort, par fufpenfion ou par torfion.

» 6°. A tous ceux qui ont entendu une voix criant: *A l'affaffin*, & de fuite: *Ah! mon Dieu, que vous ai-je fait? faites-moi grace*. La même voix

étant devenue plaignante , & difant :
Ah ! mon Dieu , ah ! mon Dieu.

» 7°. A tous ceux auxquels Marc-
Antoine Calas auroit communiqué les
inquiétudes qu'il effuyoit *dans fa maifon*, ce qui le rendoit trifte & mélan-
colique.

» 8°. A tous ceux qui favent qu'il
arriva de Bordeaux, la veille du 13 ,
un jeune homme de cette Ville , *qui ,
n'ayant pas trouvé des chevaux pour
aller joindre fes parens qui étoient à
leur campagne , ayant été arrêté à
fouper dans une maifon ,* fut préfent,
confentant ou participant à l'action.

» 9°. A tous ceux qui favent , par
ouï-dire ou autrement , qui font les
auteurs , complices , fauteurs , adhé-
rens *de ce crime , qui eft des plus déteftables* «.

C'eft en ces termes qu'eft conçu ce
monument de fanatifme & d'irrégularité ; car, d'après ce monitoire, fi quelqu'un a vu des affaffins étrangers fe
gliffer dans la maifon du mort, &
porter même leurs mains fur lui, ou fi
Marc-Antoine a verfé dans le fein de
quelque confident fon deffein de fe
donner la mort, ces témoins doivent

s'éloigner ; c'eſt contre le pere , contre
la mere , contre le frere , contre l'ami
du mort qu'il faut parler , pour obtenir d'être entendu. Quel triſte abus
des inſtitutions les plus ſimples ! Deux
fois on le publie dans toutes les Pa-
roiſſes de la Ville. C'eſt avec le plus
grand éclat , c'eſt ſous les peines d'une
excommunication authentique. Qui ne
ſent les prodigieux effets que ce ſignal
de mort dut produire ſur des têtes déja
ſi embraſées d'elles-mêmes ! Egarés ſur
la foi de leurs Chefs , les habitans ſont
profondément convaincus de la réalité
du forfait ; & effrayés des menaces que
les Miniſtres de Dieu leur annoncent,
la crainte de lui déſobéir leur fait trouver ſes ordres dans chaque objet qui a
frappé leurs ſens.

Si ce goût que Marc-Antoine avoit
pour les cérémonies publiques ; ſi même
quelque intérêt plus tendre , & une cu-
rioſité moins permiſe dans ces auguſtes
lieux ; ſi ſon amour pour le chant ; ſi
l'eſpérance d'obtenir , à la faveur de
ces démarches extérieures , un certificat
pour le Barreau , ſans s'abaiſſer à d'autres actes incompatibles avec ſa foi ; ſi
même le déſœuvrement ; qui ſeul fait

faire, fans objet & fans volonté, tant
de chofes ; fi toutes ces caufes l'ont
quelquefois conduit dans nos églifes ;
fi le hafard l'a fait y prendre place dans
des confeffionnaux, comme il eût pû
fe placer ailleurs ; fi fa paffion pour
l'éloquence lui a fait fuivre un Prédicateur fameux, ou d'autres Orateurs
moins célebres, on ne doute plus que
la grace ne l'entraînât aux pieds de nos
autels ; & l'on court révéler qu'on l'a
vu s'unir à nos prieres, à nos inftructions, à nos facremens, à nos myf-
teres.

Si les pertes que Marc-Antoine, qui
étoit joueur, a faites à la paume, au
billard, lui ont donné l'air fombre ;
fi le projet de fe détruire, qu'il rouloit depuis du temps dans fes penfées,
l'a fait paroître taciturne, on ne doute
plus que ce qui le *rendoit*, pour parler
le langage du monitoire, *mélancoli-*
que & trifte, ne vînt des chagrins qu'il
effuyoit dans fa maifon. On ne doute
plus *qu'il n'y fût maltraité, regardé*
de mauvais œil, menacé.

Son pere, touché de fon défordre &
de fa pente au jeu, lui en a-t-il fait
de vifs reproches? A-t-il dit, en envi-

fageant les fuites d'une paffion également-
ment funefte à la fortune & à l'honneur, que *fi fon malheureux fils ne*
change, il périra ? Ces mots, rapidement faifis par un particulier qui paffoit, fe retracent à fa mémoire fous
le rapport qui le préoccupe. Il croit fe
rappeler des menaces de mort; il les ap-
plique à l'objet préfent, & dépofe qu'il
lui a entendu dire de fon fils : *S'il*
change de Religion, je le tuerai. Or,
une obfervation qu'il ne faut point omet-
tre, toute méprifable que cette dépofition puiffe être, c'eft que ce témoin
eft unique, & conféquemment il ne
méritoit aucune confiance; car fi une
femme de la lie du peuple, nommée
Coudere, à laquelle Jean Calas venoit
de refufer des indiennes à crédit, a
auffi dépofé » qu'elle avoit vu Calas
» tenant fon fils au collet, lui difant:
» *Si tu ne changes, je te fervirai de*
» *bourreau* «; touchée de repentir, elle
déclara publiquement fur la place de
l'Hôtel-de-Ville, » que c'étoit par er-
» reur qu'on avoit inféré dans fa dépo-
» fition qu'elle avoit vu, *qu'elle n'a-*
» *vait entendu dépofer ce fait que par*
» *ouï-dire* «. C'étoit fans doute les pro-

pos du premier témoin, que cette femme vindicative avoit indiscrétement répétés.

Quoi qu'il en soit, entre les témoins entendus sur les menaces imputées à Calas, Bergereau est le seul qui dépose comme instruit directement & par lui-même. Et de quoi dépose-t-il ? On vient de le voir : ce n'est point à un changement de Religion, dont il ne fut jamais question ; c'étoit à un changement de conduite que s'appliquoit le discours du pere. Mais le témoin, tout rempli du faux sens qu'il prête à la chose, défigure les mots ; & de plus, quand ce mot, *je te tuerai*, que Calas n'a pas dit, seroit tel que le témoin l'a rendu, ce ne seroit encore que l'une de ces expressions outrées, non réfléchies, que place sur les levres des peres l'excès même de leur tendresse, pour des enfans qui ont des torts graves.

Enfin, si Calas pere, glacé d'horreur à la vue du corps de son fils, si sa femme, si son fils Pierre, si Lavaysse, si la servante, effrayés de cet affreux spectacle, jettent tous des cris perçans, & remplissent le voisinage du bruit confus de leurs gémissemens ; le peuple,

B v

affermi par le monitoire dans la per-
fuasion de leur crime, se hâte d'y ajus-
ter ces sons inarticulés, mal entendus.
La demoiselle Pouchelon qui, il est
vrai, s'est rétractée depuis ; un garçon
Passementier, nommé *Popis*, la servante du sieur du Cassou, révelent
qu'à neuf heures & demie, temps où
le corps de Marc-Antoine étoit, selon
le Chirurgien Gosse, froid comme un
marbre, ils l'ont entendu crier, *au*
voleur, on m'assassine, on m'étran-
gle. Mais ils prennent évidemment le
change, & confondent ces lamentations
redoublées : *Ah ! mon Dieu, ah !*
mon Dieu, qui, fortement poussées
par plusieurs voix que la douleur altere, forment indistinctement dans le
lointain le même effet que cette invo-
cation de secours, que leur égarement
actuel leur persuade avoir entendu.

Mais le sieur Delpeche dépose, ”qu'on
” crioit, qu'on se désespéroit, & que
” c'est ce qui l'attira à la porte ; que
” Pierre Calas lui dit avec transport :
” *Mon Dieu, mon ami, viens voir mon*
” *frere mort* ” ! La demoiselle Pouchelon dépose, ”que le pere & la mere
” crioient sans cesse : *Ah ! mon Dieu,*

» *ah ! mon Dieu* «. Le fieur Goffe dépofe » que la mere pleuroit beau-
» coup, que le pere pleuroit auffi, en
» fe défefpérant d'un pareil malheur «.
Mirande, Tailleur, dépofe » qu'une
» voix pleuroit dans le fond du maga-
» fin, en répétant fouvent, *ah ! mon
Dieu, ah ! mon Dieu* ». Le fieur Daf-
cure dépofe » qu'ayant dit au fieur Ca-
» las dans fon idiome, *vous êtes bien
» affligé, Monfieur;* celui-ci lui répon-
» dit : *Et comment ne le ferois-je pas ?
» mon fils eft mort* «.

Ce font-là les témoins qu'il falloit
croire, d'autant plus que les Calas demandoient à prouver que la plupart de
ceux qui défiguroient leurs clameurs,
n'avoient pu, phyfiquement même, les
entendre des lieux où ils étoient : &
l'on refufe de recevoir leurs preuves !
& l'on préfere d'ajouter foi à ceux qui,
plus éloignés du bruit, n'ont entendu
que des cris confus, & qui, tant par
crainte du monitoire que par faux zele,
ont cru devoir les appliquer à l'accufation intentée !

Ainfi tout fe dénature, fe corrompt
dans leurs cerveaux crédules, pour y
prendre la dangefeufe empreinte du pré-

jugé qui les subjugue. Ainsi les sages
leçons inspirées à un pere par les sentimens de l'honneur & par la piété paternelle, le font passer pour le plus
exécrable des monstres.

Ces grossieres erreurs formoient cependant lés révélations les plus fortes.
C'étoient-là les seules dépositions directes
des témoins, qui pussent parler d'après
eux-mêmes : le reste n'étoit qu'un mé-
prisable amas de *ouï-dire* que la Justice
rejette, & que proscrivoit la raison. A
voir avec quelle indécence & en quel
nombre les témoins accouroient & s'offroient d'eux-mêmes, l'Hôtel-de-Ville
paroissoit moins un Tribunal qu'une
assemblée tumultueuse : plus de cent
cinquante hommes furent admis à déposer de ces *ouï-dire* intarissables. En
effet, que n'avoit-on pas ouï sur un
événement aussi grave, & dont s'entretenoit sans cesse la Ville, la Province,
la France entiere ? Que de faits con-
trouvés & semés par la violente animo-
sité des Parties ! peut-être aussi par de
secrets motifs de jalousie & de vengeance : peut-être même par la seule
satisfaction de nuire ; car on prétend
qu'il est des ames essentiellement noires,

qui placent leur joie dans le malheur
d'autrui. Mais fur-tout que de fables
créées par ces élans naturels aux hommes vers les objets finguliers & fortis
de l'ordre ! Comme fi les puiffances de
notre ame, trop vaftes ou trop avides
pour être fatisfaites par la fimplicité
de la vérité, avoient befoin de s'agiter dans la fphere immenfe des men-
fonges.

Et cependant de cette foule de dépofitions fur *ouï-dire*, & conféquemment nulles, il n'en eft qu'une qu'il
foit befoin de rapporter, parce qu'elle
eft la plus forte de toutes, & la feule
qui ait trait immédiatement au fait
même ; c'eft celle de la femme du Pein-
tre Mathey. Cette femme, dans fa dépofition, a dit, " qu'une femme, nom-
" mée *Mandrille*, lui avoit dit qu'une
" demoifelle, qu'elle ne connoiffoit ni
" ne reconnoîtroit, lui avoit dit que le
" foir de la mort de Marc-Antoine, elle
" avoit entendu Jean Calas dire à fon
" fils : *Tu veux toujours faire à ta*
" *tête, je t'étranglerai;* à quoi le fils
" avoit répondu : *Ah ! mon pere, que*
" *vous ai-je fait ! laiffez-moi la vie* ".
Voilà inconteftablement le plus impor-

tant des ouï-dire que l'inquisition ait rassemblés ; mais l'absurdité en est si évidente, que la déposition qui le contenoit ne méritoit pas une discussion sérieuse.

Tandis que le monitoire opere si violemment sur les esprits, quel nouveau spectacle vient s'offrir ! Un convoi funéraire sort de l'Hôtel-de-ville avec appareil. Il s'avance à pas lents vers la cathédrale de Saint-Étienne. Cinquante Prêtres l'accompagnent. Les Pénitens Blancs, revêtus des attributs de leur Confrérie, font cortége. Vingt mille hommes suivent le corps. Qui le croiroit ? C'est au Protestant Marc-Antoine que l'on décerne avec éclat les honneurs de la sépulture ecclésiastique. Vainement le Curé, homme respectable & instruit, refuse de prêter son église pour une cérémonie si étrange ; vainement remontre-t-il aux Magistrats Municipaux, que rien ne prouve la conversion de Marc-Antoine, & que l'instruction qui concerne ce point essentiel dure encore. Que peuvent les droits du raisonnement contre la force de la passion ? Soit que le fanatisme continuât d'exercer son empire, soit plutôt que

l'amour-propre, si terrible quand il sent
ses torts, en eût pris la place, & qu'au
malheur d'avoir mal entamé une affaire
si grave, celui qui en étoit l'auteur eût
fait succéder la fausse honte de reculer
& de se démentir, ou l'inquiétude d'attirer sur soi la chaleur qu'il avoit excitée
contre les Calas, les Capitouls avoient
ordonné que le cadavre seroit inhumé
en terre sainte.

Par-là l'on enterroit la preuve du
suicide, qui ne pouvoit être constaté
que par la représentation du corps;
par-là on supprimoit les confrontations
qu'il en falloit faire, tant aux témoins
qu'aux accusés, & pour lesquelles on
avoit eu le soin de prévenir la corruption des chairs. Par-là l'on retenoit la
multitude avec plus d'avantage & moins
de crainte, dans une persuasion profonde que Marc-Antoine devoit se convertir. On sent qu'il importoit au sieur
David que le Curé de Saint-Etienne
consentît à l'exécution de l'Ordonnance,
& qu'on lui assurât que les charges
établiroient l'orthodoxie du mort.

Cette assertion étoit fausse. Les charges ne l'établissoient pas; elles prouvoient elles-mêmes le contraire; car

une vérité d'un grand poids, c'est que les monitions de l'Eglise n'avoient fait venir à révélation aucun Prêtre qui eût préparé, dirigé, confessé Marc-Antoine. Combien ce fait, pour qui sait entendre, dit de choses! Malgré la fulmination de l'anathême, nul Confesseur, nul Directeur, nul Controversiste, nul Catéchiste, pas même le Curé de la Paroisse sur laquelle Marc-Antoine habitoit, nul homme enfin, de quelque état qu'on le suppose, ne déposoit qu'il eût instruit ce prosélyte, qui devoit faire, dès le lendemain de sa mort, une abjuration solennelle.

Ce silence universel de tout Ecclésiastique sur les préparatifs indispensables pour une si grande œuvre, faisoit connoître que Marc-Antoine ne s'en occupoit point; & la déposition du sieur Chalier apprenoit ce qu'au contraire il projetoit. C'étoit d'être reçu Ministre à Geneve, pour prêcher les Protestans de France. Est-il étonnant qu'avec de telles dispositions, il n'eût ni livres, ni guides catholiques? Il y avoit à peine un mois qu'il avoit confié ce dessein à Chalier. Celui-ci indiquoit un autre confident, qui, comme lui, avoit été,

préfent à ce difcours. Pourquoi n'avoir
pas fait entendre ce fecond témoin d'un
fait fi décifif & fi précieux, puifqu'en
effet toute l'accufation n'avoit pris fa
fource que dans la fauffe opinion des
efprits fur une abjuration fuppofée ?

Et que de fautes de la même efpece
furent commifes ! Pourquoi n'entendit-
on pas les témoins qui, en Septembre
1758, avoient vu Marc-Antoine tenir,
aux environs de Mazamet, un enfant
qu'un Miniftre Proteftant baptifa ? ceux
qui, au mois d'Août 1760, l'avoient
vu dans une affemblée de Religionnaires, aux environs de Vabres à Braffac ?
ceux qui l'avoient vu, aux mois de Mai
& de Juillet 1760, affifter à des en-
terremens de Proteftans ? Ces témoins
auroient dit avec quelle énergie il s'y
expliqua publiquement de l'excellence
qu'il croyoit voir dans la Religion Pro-
teftante. Le jeune Baux auroit dit, que
le jour même qu'il fut reçu au ferment
d'Avocat, ayant demandé à Marc-Antoine s'il n'en feroit pas bien-tôt autant, celui-ci lui avoit répondu : *Je
regarde la chofe comme impoffible,
étant de la ville, par conféquent trop
connu. Comme je ne veux pas faire des*

actes de Catholicité, j'y ai renoncé.
Le Curé de Saint-Etienne auroit dit
que Marc-Antoine lui avoit demandé,
il y avoit environ dix-huit mois, un
certificat de Catholicité; mais que l'ayant
remis jusqu'à ce qu'il vît un billet de
son Confesseur, qui fît foi de ses sentimens, il n'avoit plus entendu parler
de ce jeune homme. Un autre témoin
respectable auroit dit, qu'ayant tenté
de remporter la même victoire sur
Marc-Antoine que sur son frere Louis,
celui-là lui avoit déclaré » que les ré-
» flexions ne servoient qu'à l'affermir
» de plus en plus dans la foi de ses
» peres «.

Voilà les faits justificatifs dont les
Calas offroient la preuve. Ces témoignages valoient bien, ce semble, ceux
des personnes qui, pour les raisons
qu'on a vûes, l'avoient quelquefois
rencontré à nos Offices & à nos Ser-
mons.

Au reste, quand tous ces faits auroient composé une partie des informations, elles suffisoient pour démontrer à tout homme impartial, que Marc-
Antoine, loin de vouloir abjurer le pro-
testantisme, tendoit plutôt à en devenir

un jour un des plus ardens zélateurs.
Et cependant c'eſt dans ces circonſtances qu'un Officier public oſe promettre que les charges porteront au plus
haut degré d'évidence la catholicité du
défunt; & c'eſt à la faveur de cette aſ-
ſertion téméraire, qu'il ſurprend à un
Paſteur trop facile la permiſſion de profaner ſon égliſe par une inhumation
défendue.

Qui pourroit dire le mélange d'impreſſions diverſes que cette pompe funebre fit ſur le peuple? La douleur,
l'indignation, l'inhumanité, la pitié ſuc-
cedent, ou plutôt ſe confondent dans
tous les cœurs. Ce n'eſt plus délire,
c'eſt frénéſie. On ne prie plus pour
le mort, on l'invoque; on ſe proſterne
ſur la tombe du nouveau Saint; les
uns touchent la biere, les autres cou-
pent des franges du linceul; des bruits
de miracle ſe répandent. Le lendemain,
les Pénitens Blancs célebrent un faſtueux
Service. Au milieu s'éleve un magnifique
catafalque, ſurmonté par un ſquelette
humain, qui repréſente Marc-Antoine.
Il tient d'une main une plume, em-
blême de ſon abjuration; de l'autre,
une palme, ſymbole de ſon martyre.

Tous les Ordres de Religieux affiftent par Députés au maufolée. Animés de la même émulation, les Cordeliers font un autre Service. Le peuple y court avec même tranfport, & tous afpirent à voir le moment du fupplice des Calas.

Dans de pareilles circonftances, quel efpoir reftoit-il à ces infortunés? Avoir permis cette pompeufe inhumation du fils, n'étoit-ce pas avoir ordonné d'avance le fupplice du père? & fi les Capitouls s'étoient fi ouvertement déclarés, comment pouvoient-ils refter Juges?

Une autre caufe de récufation s'élevoit contre eux; c'étoit l'irrégularité des confrontations. Ils les cafferent, & en firent eux-mêmes de nouvelles. Autre vice; car les nullités naiffoient en foule dans cette trifte Caufe. On a vu que les verbaux ne furent point faits fur le champ, & fans déplacer; qu'ils ne furent point dreffés à décharge comme à conviction; que ce n'étoit point l'Official qui avoit accordé le monitoire; que les Calas y étoient défignés à ne s'y point méprendre: autant d'infractions de l'Ordonnance criminelle. Enfin, quoique les Juges euffent ouvert leur avis par ordonner l'enterrement, qu'ils euſſent fait des confrontations nulles, qu'ils les euſſent recommencées d'eux-mêmes, ils n'eurent pas la bonne foi de ſe récuſer ; & cependant c'étoit le vœu de l'Ordonnance. Que de défauts de formalités ſe joignoient à l'injuſtice du fond ! » Il ſembloit (diſoit un des Défenſeurs de la famille Calas) qu'in-dignée des intentions de ſes Miniſtres, la Juſtice leur refuſât juſqu'à ſon lan-gage & ſes formes «.

Ce fut le 18 Novembre 1761, que les Capitouls s'aſſemblerent pour pro-noncer. Le ſieur David prit ſéance parmi ſes Collegues. Un fait qu'on a aſſuré, c'eſt qu'avant de monter ſur le ſiége, il conduiſit lui-même le Bour-reau dans la maiſon du mort, & fit enſuite courir le bruit dans Touloufe, que, d'après la vue des lieux, le Bour-reau avoit jugé le ſuicide impraticable. Les Capitouls rendirent leur Sentence, par laquelle Calas pere, ſa femme, & Pierre leur fils furent condamnés à la queſtion ordinaire & extraordinaire. Le ſieur Lavayſſe & la ſervante, pré-ſentés à la queſtion ordinaire. Cette Sentence leur fut lue à tous. Auſſi-tôt

ils en appelerent ; & quoique cet appel
les affranchît de la jurisdiction des
Capitouls , ceux-ci leur firent mettre
les fers aux pieds, comme à des scélérats convaincus.

Les Accusés espéroient que la Tournelle obtiendroit un nouveau monitoire , qui seroit *à décharge comme à
charge* ; qu'elle admettroit les faits justificatifs , d'où résultoient des preuves
directes de l'innocence des Accusés ;
qu'elle commenceroit par prononcer sur
le sort de la servante & de Lavaysse ,
afin de les remettre dans leur véritable
classe de témoins. C'étoit-là l'ordre naturel & légal. Mais , par un enchaîne-
ment incompréhensible de désastres qui
suivirent les Calas jusqu'au milieu du
Parlement de Toulouse, ils virent évanouir leurs espérances. La Tournelle
cassa, il est vrai , la Sentence des Capitouls , mais sur un simple défaut de
forme ; elle laissa subsister d'ailleurs
toute leur procédure , & continua l'information. Ce supplément ne produisit
rien de nouveau. Les mêmes chimeres
débitées devant les premiers Juges , furent réitérées en la Cour , & l'affaire fut
mise sur le bureau le 9 Mars 1762.

Treize Juges s'assemblent à la Tournelle : ils proposent de juger d'abord Calas pere. Cet avis passe. On fait sortir de ses cachots ce malheureux vieillard.

Comme il traverse la cour du Palais pour subir son dernier interrogatoire, un bûcher enflammé frappe ses yeux. On y brûloit un Ecrit calviniste. A l'aspect du Bourreau, des Archers, de la populace, & des flammes, il croit voir le lieu de son supplice. Les Gardes qui le traînent, lui laissent croire que c'en est l'appareil. Ce spectacle ébranle tout son être, éteint toutes ses facultés, y répand toutes les horreurs de la mort. Son interrogatoire se ressent de cette commotion ; il ne peut, dans son accablement, ni opposer les vices de formes qui détruisent toute la procédure, ni remontrer qu'on lui a enlevé toute défense légitime, ni faire valoir les faits justificatifs qui l'absolvent. Il n'a la force que d'élever une voix mourante, pour protester qu'il n'a point tué son fils. Les Juges, qui ignorent la cause de son trouble, le prennent pour l'embarras du crime, & croient lire fur fon front l'aveu du parricide dont il étoit accufé.

» Que fi dans ces précieux momens (difoit M. Loifeau de Mauléon, dans fon Mémoire pour les enfans), le vieux Calas eût retrouvé fes penfées & fa voix, & qu'armé de cette intrépide fierté, qui rend l'innocence formidable au milieu même de fes fers, il leur eût adreffé ces cris puiffans de la Nature : Que méditez-vous, ô mes Juges ? qu'allez-vous faire ? Etes-vous des peres, des Magiftrats, des hommes ? Celui dont vous cherchez le meurtrier étoit mon fils ; & ce titre ne m'a point défendu dans vos cœurs ! J'ai vieilli fous vos yeux : quels forfaits ont fouillé ma vie ? Eft-ce donc par l'affaffinat de fon fils qu'un homme s'ouvre la carriere des crimes ? Quels témoins m'ont vu l'égorger ? S'il en eft un qui le foutienne, qu'il fe montre, qu'on le faififfe, & qu'on invente de nouveaux tourmens pour ma mort, fi je ne confonds pas l'impofteur. Mais non : ils ont tous redouté la peine attachée au parjure ; & parmi ces flots d'ennemis que le faux zele a foulevés

contre

contre moi, aucun homme n'a ofé publier qu'il m'eût vu commettre le forfait. Quelles preuves prétend-on donc
m'oppofer ? Sont-ce ces fanglantes ab-
furdités qu'a enfantées dans les ténebres
la haine d'une Religion qui fait mon
crime ? Sont-ce ces infractions fans
nombre de vos Capitouls, qui m'ont
ravi les deux témoins de mon défefpoir, & des pleurs dont je baignois le
corps de mon fils ? Sont-ce ces maufo-
lées & cette palme du martyre qu'on a
décernés folennellement à un homme
qui peut-être..... Daigne le Dieu de
clémence, qui fait fon crime, l'abfoudre ! Mais vous, Sénat affemblé pour
m'entendre, craignez d'ordonner mon
fupplice. Oui, c'eft pour vous que je
le crains. Eh ! que m'importent à moi
mes jours ? je touchois au bord de ma
tombe. Un inftant de fouffrances me
va délivrer d'une vie dont la perte &
fur-tout le crime de mon fils me rendoient les reftes infupportables. Mais le
voile tombera de vos yeux. Alors le
glaive de la douleur & du repentir dé-
chirera jour & nuit vos entrailles. Les
careffes de vos enfans redoubleront vos

Tome III. C

maux, & vous rappelleront le fupplice d'un pere innocent «.

De treize Juges, fept opinerent à la mort ; un des fix autres fe joignit enfuite aux premiers. Par cet Arrêt¹, Jean Calas fut condamné » à être d'abord appliqué » à la queftion ordinaire & extraordi- » naire, à être rompu vif, à expirer fur » la roue, après y avoir demeuré deux » heures, & à être jeté au feu «.

Calas fupporta la queftion avec cette héroïque réfignation qui n'appartient qu'à l'innocence, On le preffe par des tortures de déclarer le nom de fes com- plices. *Où il n'y a point de crime, répond-il, il ne peut y avoir de com- plices.* A l'amende honorable, il dé- clare que, pour l'expiation de fes fautes, il offre à Dieu, de grand cœur, le facrifice de fa réputation & de fa vie ; mais il protefte qu'il meurt innocent du crime qui les lui fait perdre.

La conftance que ce vieillard fait paroître en marchant au fupplice, & fur-tout l'afcendant impérieux de l'in- nocence, commencent à élever dans tous les cœurs des fenfations confufes de compaffion & de repentir. Avant que le Bourreau remplifle fon miniftere, le Pere Bourge s'approche, embraſſe la victime, & la ſerrant dans ſes bras : » Mon cher frere, lui dit ce reſpec- » table Conſolateur, vous n'avez plus » qu'un inſtant à vivre. Par ce Dieu » que vous invoquez, en qui vous eſ- » pérez, & qui eſt mort pour vous, je » vous conjure de rendre hommage à » la vérité «. *Je l'ai dite*, répond Calas en levant les yeux vers le Ciel. Puis, reportant ſur le Religieux un regard d'étonnement & de tendreſſe : *Eh quoi !* dit-il, *pourriez-vous croire auſſi qu'un pere eût voulu tuer ſon fils ?* Auſſi-tôt le Bourreau leve ſur lui la barre redoutable. A cette vue tout le peuple friſſonne; chaque coup dont Calas eſt frappé retentit au fond des ames, & des torrens de larmes s'échappent, mais trop tard, de tous les yeux.

Le premier coup n'arrache au patient qu'un cri fort modéré ; il reçoit les autres ſans la moindre plainte. Placé enſuite ſur la roue, il implore de nouveau le Ciel, le conjure de ne point imputer ſa mort à ſes Juges, s'éleve, par ſes propres ſouffrances, aux plus hautes contemplations, & adreſſe au Pere Bourge ces attendriſsantes paroles : *Je meurs innocent ; Jé-sus-Christ, l'innocence même, voulut bien mourir par un plus cruel sup-plice. Dieu punit sur moi le péché de ce malheureux qui s'est défait lui-même ; il le punit sur son frere & sur ma femme : il est juste, & j'adore ses châtimens..... Mais ce jeune étran-ger, à qui je croyois faire politesse en le priant à souper ; cet enfant si bien né, ce fils de M. Lavaysse, comment la Providence l'a-t-elle enveloppé dans mon malheur ?* Il parloit encore, quand le Capitoul David s'élance vers l'écha-faud, & s'écrie : *Malheureux, vois-tu ce bûcher qui va réduire ton corps en cendres ? dis la vérité.* Pour toute ré-ponse, Calas détourne la tête avec effort, regarde l'Exécuteur ; celui-ci frappe, & Calas expire.

Son héroïsme toucha les Magistrats : ils procéderent au Jugement des autres Accusés. Ceux-ci persévérerent à sou-tenir unanimement qu'ils étoient tous innocens ; que Calas pere l'étoit com-me eux ; que ce vieillard étoit resté toujours avec eux, sans qu'ils se fus-sent un seul instant quittés les uns les autres. Par un second Arrêt, les Juges

mirent hors de Cour la veuve Calas,
le jeune Lavaysse & la servante, &
bannirent Pierre Calas, sur un propos
irréligieux qu'un témoin, nommé *Ca-
zeres*, lui avoit imputé.

De cinq co-accusés qui ne s'étoient
pas quittés un moment, un seul est
condamné, les quatre autres sont absous : donc il n'y avoit pas de preuves
ni contre les uns, ni contre les autres ; donc le sieur Calas pere a été
sacrifié à des conjectures mal fondées.
C'est le jugement qu'en porterent les
personnes mêmes qui, dans l'origine,
avoient montré le plus de prévention.
On en conclut que, si la servante, le
sieur Lavaysse & la dame Calas, contre lesquels il ne subsistoit pas la moindre charge, avoient été jugés les premiers, comme c'étoit la regle, non
seulement ces trois accusés auroient
obtenu une pleine & entiere décharge
de l'accusation, mais encore que les
preuves de leur innocence & leur témoignage qui étoit nécessaire, auroient opéré la justification, tant de
Jean-Pierre Calas, que du sieur Calas pere. Ces réflexions si simples, &
en même temps si lumineuses, firent

regretter vivement les honneurs prématurés rendus à la mémoire de Marc-Antoine Calas. Chacun reprochoit la pompe funebre, le fervice folennel & le fuperbe catafalque qui avoient jeté l'enthoufiafme dans les efprits, & qui n'avoient que trop influé fur le jugement du malheureux Calas.

Tel eft le récit de l'un des plus tragiques événemens qui aient paru fur la fcene du monde.

Voici en fubftance les principaux moyens dont la famille Calas fit ufage au Confeil du Roi (a).

On commença par les principes généraux fur les indices, & le degré d'influence qu'ils doivent avoir dans les Jugemens des procès criminels. On examina enfuite les vices de la procédure; enfin on apprécia les preuves qui exiftoient au procès, de l'accufation de parricide.

Une des plus importantes queftions qui aient été agitées parmi les Jurifconfultes, eft celle de favoir fi l'on peut condamner fur des indices, dans les cas ordinaires.

_____

(a) M. Mariette, Avocat aux Confeils du Roi, étoit leur Défenfeur.

Un célebre Jurifconfulte de Milan (a)
expofe les combats des Criminaliftes
fur ce point. Les uns, dit-il, s'oppo-
fent purement & fimplement à ce qu'on
admette les indices, même indubitables, pour condamner en matiere criminelle ; les autres le permettent, mais
feulement dans les genres de crimes
qui n'entraînent qu'une peine pécuniaire. Si d'autres les admettent pour
d'autres crimes, ils le font avec tant
de reftrictions & de modifications, que
la dignité de notre nature & la fûreté
de notre être n'en font point bleffés.
Les plus rigoureux des Criminaliftes
exigent, pour la torture feule, le concours au moins d'un témoin *de vifu* avec
les indices, & mettant les indices en
oppofition entre eux, ils les anéantiffent
par les indices contraires ; non feulement des indices, mais des confidérations les détruifent ; le fang, l'affinité,
la probité, l'âge, fuffifent pour les dif-
fiper.

Malgré ces fages modifications, qui
femblent faire ceffer tout le danger des
indices, la plus commune opinion des

(a) Julius Clarus.

Jurisconsultes a été qu'on ne devoit pas asseoir sur eux *seuls* un Jugement en matiere criminelle. Un ancien Criminaliste (*a*) rapporte ce résultat, si honorable à l'humanité, d'une assemblée des Docteurs d'Italie, tenue à Bologne, sur la question de la force des indices en matiere criminelle. Ils conclurent unanimement, qu'aucun homme ne pouvoit être condamné sur des indices même indubitables.

Mais quel sens donner au mot indice? Est-ce une conjecture frivole qui peut expliquer avec une égale facilité des circonstances différentes? Est-ce un de ces glaives à deux tranchans, qui peuvent également ou donner la mort à l'accusé, ou le soustraire au supplice? Est-ce une de ces vraisemblances douteuses, sur lesquelles l'esprit de système peut fonder tout ensemble l'accusation & les preuves d'un délit qui a pu ne pas exister? Non : les Loix ne se jouent point de la vie des hommes. On a entendu par indices, en ce cas, une induction telle qu'elle soit *indubitable,*

(*a*) Albericus.

qu'il en réfulte, par une conféquence néceffaire, que les accufés ont commis le crime, & qu'il eft impoffible qu'ils ne l'aient pas commis.

Et lorfqu'on parle d'indices indubitables, ce n'eft point à nos efprits que la Loi a laiffé le foin de difcerner s'ils peuvent être regardés comme tels; elle-même a pris foin de les fixer. On appelle indices *indubitables*, nous difent les Jurifconfultes, ceux qui font approuvés par la Loi, & fur lefquels *elle veut* que l'on condamne.

Parmi nous, les indices font réprouvés pour affeoir *feuls* un Jugement de condamnation. Charlemagne, S. Louis & Louis le Grand ont été fur ce point les défenfeurs de l'humanité; & c'eft à ces noms auguftes que le citoyen, libre fous l'empire de la Loi, doit la certitude d'exifter fans crainte & fans danger.

Le 186e. Capitulaire de Charlemagne, livre 7, s'exprime ainfi : » Qu'un » Juge ne condamne jamais qui que ce » foit, fans être fûr de la juftice de » fon Jugement; qu'il ne décide ja-» mais de la vie des hommes par des » préfomptions, qu'il ne voie la preuve

C v

» claire, & après cela qu'il juge. *Ce*
» *n'eſt pas celui qui eſt accuſé qu'il*
» *faut conſidérer comme coupable,*
» *c'eſt celui qui eſt convaincu.* Il n'y
» a rien de ſi dangereux ni de ſi in-
» juſte, que de haſarder un Jugement
» ſur des conjectures. Toutes les affai-
» res où la preuve conſiſte en indices,
» & ne va qu'à former un doute, doi-
» vent être réſervées au ſouverain Ju-
» gement de Dieu, & les hommes
» doivent ſavoir que toutes fois & quan-
» tes qu'il n'a pas voulu leur donner le
» parfait éclairciſſement d'un crime,
» c'eſt une marque qu'il n'a pas voulu
» les en faire Juges, & qu'il en ré-
» ſerve la déciſion à ſon Tribunal «.

Saint Louis, dans ſon Ordonnance
de 1254, ne veut pas que la dépoſition d'un ſeul témoin, même *de viſu*,
puiſſe donner lieu d'appliquer à la queſtion *les perſonnes de bonne renom-*
mée, même pauvres, parce qu'elle ne
peut faire qu'un indice contre elles, &
qu'un indice ne ſuffit pas pour y condamner.

L'Ordonnance criminelle, loin de
permettre d'aſſeoir un Jugement de
mort ſur des indices, ne permet même

la queſtion que dans le concours de ces trois cas : » Qu'il y ait crime qui » mérite peine de mort, que ce crime » ſoit conſtant, & *qu'il y ait preuve* » *conſidérable contre l'accuſé* «. Sur ces mots *preuve conſidérable*, les Criminaliſtes nous diſent, conformément à l'Ordonnance de S. Louis, » Qu'il » faut tenir pour conſtant qu'un accuſé » ne peut être appliqué à la queſtion, » s'il n'y a des indices preſſans contre » lui ; qu'un ſeul indice ne ſuffit point, » ni la dépoſition *d'un ſeul* témoin, » *ſi préciſe qu'elle ſoit*, ſi elle n'eſt » accompagnée d'autres indices ; que la » confeſſion *ſeule* de l'un des accuſés » ne ſuffit pas pour condamner les au- » tres accuſés du même crime à la » queſtion «.

Et ſi l'on demande ſi les Loix ont donc voulu encourager au crime par l'eſpérance de l'impunité, on répondra que nos auguſtes Légiſlateurs ont peſé la vie & l'honneur de leurs ſujets ; qu'ils n'ont pas cru que des préſomptions ſuf- fiſent pour les leur ravir ; qu'il vaut mieux que quelques coupables échap- pent à la juſtice humaine, que de voir ſur nos échafauds des Langlade & des

Lebrun, & qu'une vie ignominieuse-
ment arrachée à un innocent, ne se
rachete point par la réhabilitation de
sa mémoire, par les larmes de ses
Juges, par les regrets qui troublent leur
ame & qui les suivent jusqu'au tombeau.

S'il en est ainsi dans les crimes ordinaires, quel ennemi des hommes oseroit dire qu'on peut admettre les indices comme *seuls* capables de conduire à la mort sur une accusation de
parricide?

Sur une question qui est plus de sentiment que de Jurisprudence, il faut
entendre avec quelle force, avec quel
respect pour la nature humaine l'Orateur Romain repousse les conjectures
& les indices, en défendant, contre le
redoutable Sylla, Roscius Amerinus,
accusé de parricide : » Pour un crime,
dit-il, si grand, si atroce, si singu-
lier, qui est si rare, que s'il y en a
jamais eu des exemples, ils ont été regardés comme un prodige, quelles
preuves ne faut-il pas avoir? Il faut,
pour fondement de cette accusation,
prouver avant tout, contre celui qu'on
prétend convaincre de ce forfait, qu'il

a fait paroître dans le cours de sa vie
une audace singuliere, des mœurs féroces, un naturel barbare, un fond
d'égarement & de fureur ; alors seulement vous devez écouter des témoins :
autrement il n'est pas possible de croire
un fait si horrible, si atroce, si épou-
vantable ; car quelle n'est point la force
de l'humanité & de la voix du sang ?
La nature réclame & ne souffre pas
qu'on croie que, par un prodige effroyable, une créature qui a la figure
humaine, ait tellement surpassé en fureur les bêtes les plus féroces, qu'elle
ait pu ôter le jour à celui de qui elle
l'avoit reçu (ou à qui elle l'avoit donné).
Il faut, dit-il encore pour le même
accusé, que les Juges aient vu eux-
mêmes ses mains teintes du sang de
son pere, pour le croire coupable d'un
forfait si horrible (a) ".

Ce même Orateur, louant dans le
même discours le sage silence des Loix
d'Athenes sur le parricide, dit qu'en
ne prononçant pas de peine contre lui,
elles voulurent par-là ne pas même aver-

_____

(a) *Resperfas manus fanguine patris, Judices
viderint oportet, fi tantum facinus, tam im-
mane, credituri funt.*

tir les hommes qu'il fût poſſible de le
commettre.

» Les Loix Romaines, auſſi ſages que
celles d'Athenes, auſſi juſtes envers l'humanité, ont rejeté toutes les vraiſem-
blances, ont admis toute autre ſuppo-
ſition, plutôt que de ſe prêter à l'idée
de la poſſibilité d'un parricide. Qu'un
pere ait frappé ſon fils avec dureté,
avec fureur, la Loi appelle ces traitemens cruels une correction paternelle:
qu'un pere, accuſé d'avoir tué ſon fils,
ſe ſoit donné la mort dans le cours
de l'inſtruction, cet indice accablant
eſt changé par la Loi en témoignage
honorable de la douleur du pere ſur la
mort de ſon fils : le fiſc, auquel appartenoit les biens d'un accuſé qui ſe
tuoit pendant l'inſtruction, ne profitera
point de ſa dépouille; & ces loix ſi
fiſcales, ſi empreſſées de conquérir aux
Empereurs les fortunes des plus riches
citoyens, cedent pour cette fois à une
préſomption dictée par le vœu de la
nature. Que des enfans ſoient trouvés
endormis aux deux côtés de leur pere
aſſaſſiné, les portes étant fermées, ſans
aucuns indices ni contre des domeſtiques, ni contre des étrangers, tous
ſoupçons, toutes conjectures, toutes vrai-

femblances s'évanouiſſent devant leur
fommeil ; Rome les abſout, & trouve
dans ce fommeil la certitude de leur
innocence.

» Il eſt donc certain que les feuls
indices ne peuvent faire prononcer la
mort d'un citoyen, bien moins encore
celle d'un pere accuſé d'avoir trempé
ſes mains dans le ſang de ſon fils. Le
témoignage des Juriſconſultes , celui
des Loix d'Athenes & de Rome , les
Ordonnances émanées de nos plus grands
Rois , écartent loin de nous cet outrage, & nous répondent que rien d'arbitraire ne peut attenter à notre exiſtence. Qu'on ne s'étonne pas ſi nous
nous fommes attachés à mettre ici dans
un ſi grand jour, le vrai degré de force
des indices en matiere criminelle. Ces
notions précieuſes font le titre de tous
les accuſés, le recueil des droits & de
la dignité de notre nature , la fauve-
garde de notre être , le code de l'humanité «.

2°. Il n'y avoit aucune preuve préciſe : tout fe réduiſoit à des conjectures
vagues, dont la plus forte étoit, qu'il
étoit impoſſible que Marc-Antoine Calas fe fût pendu lui-même , & c'eſt

une objection qui parut faire impreffion fur l'efprit de beaucoup de perfonnes.

Pourquoi le peuple de Touloufe s'eft-
il fi fort attaché à une queftion de
cette nature ? Eft-ce que, quand bien
même il feroit impoffible que Marc-
Antoine Calas fe fût pendu lui-même,
il s'enfuivroit infailliblement qu'il eût
été pendu par fon pere, par fa mere,
par fon frere, par fon ami, par une fervante catholique qui l'avoit élevé dès
fa plus tendre enfance ? Des voleurs,
des ennemis cachés n'auroient-ils pas
pu commettre ce crime ? A-t-on vérifié
s'il n'y avoit perfonne caché dans la
maifon, fi perfonne n'avoit pris la
fuite ? Eft-ce à un pere à prouver qu'il
n'a point pendu fon fils ?

Mais y avoit-il impoffibilité que
Marc-Antoine Calas eût attenté à fes
jours ?

On a voulu prouver cette prétendue impoffibilité par deux raifons.

La premiere, parce qu'on ne doit
pas préfumer qu'un homme fe donne
la mort.

La feconde, parce que la difpofition des lieux & les inftrumens de la

mort de Marc-Antoine Calas démontrent qu'il n'a pas pu se pendre lui-
même.

La premiere raison est aussi frivole
que ridicule. Combien en effet n'a-t-on
pas vu de gens qui se sont tués sans qu'on
en ait su les motifs ?

Mais, dira-t-on, Marc-Antoine
Calas n'avoit point de chagrins qui pussent le porter à cette fureur contre lui-
même.

L'Auteur de l'Esprit des Loix a répondu d'avance à cette objection, en
parlant des Anglois nos voisins. » Les
» hommes, dit ce célebre Magistrat,
» se tuent sans qu'on puisse imaginer
» aucune raison qui les y détermine.
» Ils se tuent dans le sein du bonheur,
» & cela par l'effet d'une maladie qui
» tient à l'état physique de la machine,
» & qui est indépendante de toute autre
» cause. Qui peut pénétrer d'ailleurs
» l'abîme du cœur humain «?

Au reste, est-il donc si difficile d'imaginer quels étoient les chagrins de
Marc-Antoine Calas? Ce jeune homme
avoit désiré d'être Avocat, & il se
voyoit déchu de l'espérance de parvenir à cet état. Il avoit ensuite fait pro-

pofer à fon pere de lui former une Société de commerce; mais dans la langueur où étoit le commerce, celui du
fieur Calas lui fourniffoit à peine de
quoi foutenir fa famille; il avoit donc
été forcé de refufer fon fils. Quelle
douleur pour un jeune homme ambi-
tieux, d'être réduit, à l'âge de vingt-
huit ans, à travailler triftement dans
un comptoir, tandis qu'il en voyoit
d'autres, plus jeunes que lui, former
des établiffemens, & fe foutenir par
leurs propres forces! A ces confidérations, qu'on joigne la dépofition de
Mᵉ. Challier, Avocat; qu'on joigne
encore la déclaration du fieur Lavayffe,
qu'en entrant chez le fieur Calas, il y
trouva Marc-Antoine, affis dans un
fauteuil, la tête appuyée fur le coude,
& enfeveli dans une profonde rêverie;
l'on n'aura pas de peine à fe perfuader
qu'il rouloit dans fa tête le funefte projet qu'il devoit exécuter peu de temps
après.

D'ailleurs, fi le monitoire avoit été
fait à charge & à décharge, comme
il devoit l'être, ceux qui connoiffoient
particuliérement Marc-Antoine Calas,
auroient dépofé que les plus noires Tra-

gédies plaisoient seules à sa triste imagination ; que Sidnei étoit sa piece fa-
vorite ; qu'il s'extasioit en récitant le
fameux monologue de Shakespear sur
le suicide ; qu'il répétoit avec un plaisir
sombre ces mots : Mourir.... dormir....
voilà tout.

Enfin, lorsqu'on se rappelle qu'un
mois avant sa mort, il étoit déterminé
à passer à Geneve pour revenir en France
faire le métier de Prédicant, & courir
le risque évident de se faire pendre,
est-il donc si difficile d'imaginer qu'un
jeune homme de ce caractere ait exécuté sur lui-même ce qui pouvoit être
la suite d'un pareil projet ?

La seconde raison n'est pas plus so-
lide que la précédente.

D'abord sur quoi a-t-on fondé cette
prétendue impossibilité ? A-t-on fait
visiter les lieux, ainsi que les instrumens qui ont servi à la mort funeste
de Marc-Antoine Calas, par des Experts nommés dans une forme juridique ? Non : on assure seulement que le
sieur David a fait faire par le Bourreau
une vérification clandestine, d'après laquelle il s'est répandu un bruit dans la
ville, qu'il étoit impossible que Marc-

Antoine Calas fe fût pendu lui-même. Mais, en fuppofant que le Bourreau ait déclaré cette prétendue impoffibilité, une pareille déclaration, dont il n'exifte aucun acte judiciaire, auroit-elle pu fervir de bafe à la condamnation d'un pere, & même de tout autre accufé?

Les accufés, dans leur Mémoire au Parlement de Touloufe, ont articulé un fait bien pofitif; c'eft que le lendemain de la mort de Marc-Antoine Calas, avant que les inftrumens de fa mort euffent été tranfportés à l'Hôtel-de-Ville, des jeunes gens furent curieux de faire l'expérience du fait, en fe fufpendant par les mains à la corde; que cette expérience fut faite également par les foldats qui étoient confignés dans le magafin, & que les uns & les autres reconnurent que la prétendue impoffibilité étoit une vraie chimere.

Mais il faut démontrer que réellement il étoit très-poffible que Marc-Antoine Calas fe pendît lui-même, & que la difpofition des lieux n'y formoit aucun obftacle.

C'eft un fait certain, qui a été déclaré unanimement par le pere, le frere & le fieur Lavayffe, que Marc-An-

toine Calas fut trouvé pendu entre
les battans de la porte qui conduit de
la boutique au magafin ou arriere-bou-
tique.

Quoique le fieur David, lors de
fa premiere defcente, ait négligé de
faire la defcription des lieux & d'en
conftater l'état, cependant il paroît
conftant que la porte a neuf *pans* de
hauteur, ce qui revient à fix pieds un
pouce huit lignes un quart, & qu'elle
a quatre pans & demi de largeur, c'eft-
à-dire, trois pieds un pouce & quelques
lignes.

Les battans de la porte font com-
pofés de barreaux jufque vers le milieu : ils étoient d'ailleurs garnis de ri-
deaux dans toute la hauteur des barreaux, & il y avoit fur ces battans un
nombre confidérable de bouts de ficel-
les, dont Jean Calas fe fervoit pour l'u-
fage de fon commerce.

Le billot auquel Marc-Antoine Calas a été trouvé fufpendu, a quatre pans
& demi, ou trois pieds dix lignes un
huitieme de longueur.

A l'égard de la corde, on a prétendu
à l'Hôtel-de-Ville, quoique fans preuve
juridique, que cette corde avoit un.

nœud coulant à chaque bout; que les
deux nœuds étoient paſſés autour du
cou de Marc-Antoine Calas, & que
la longueur de la corde, d'un nœud à
l'autre, étoit de cinq pans quatre pouces.

Enfin on a prétendu que le corps
de Marc-Antoine Calas avoit de hauteur cinq pieds quatre pouces cinq
lignes.

Ces faits ſuppoſés, eſt-il donc ſi difficile de ſe repréſenter un homme qui
paſſe la tête dans les deux nœuds coulans, les ajuſte à ſon cou, paſſe un
billot au reſte de la corde, monte ſur
une chaiſe, rapproche les deux battans,
y appuie le billot, s'accroche avec les
mains, ſoit au billot, ſoit aux deux
battans de la porte, rejette loin de lui
la chaiſe d'un coup de pied, ſe laiſſe
aller enſuite, & ſe pend?

Veut-on ſuppoſer que la choſe ſe
ſoit paſſée autrement? c'eſt ce que perſonne ne peut ſavoir; mais il eſt très-
poſſible que Marc-Antoine Calas, ſans
le ſecours d'une chaiſe, ſe ſoit pris fortement aux barreaux avec les mains;
qu'il ait appuyé ſes pieds à droite &
à gauche ſur les gonds; qu'il ſe ſoit
ſoulevé par ce moyen; & qu'après avoir

posé le billot, il se soit jeté lui-même.

Mais quelques personnes ont dit : Marc-Antoine Calas n'auroit pas tardé à se repentir après s'être lancé ; il se seroit repris avec les mains au billot auquel il étoit suspendu.

Si cela étoit possible, de tous ceux qui se sont pendus de désespoir ou autrement, aucun n'auroit jamais péri ; car il est difficile de penser que le repentir ne les eût saisis, s'il leur eût resté quelque instant de réflexion. Mais il est décidé par les Maîtres de l'Art, » qu'au moment qu'un homme est sus- » pendu par le cou, la corde pressant » la trachée artere, les carotides & vei- » nes jugulaires, cet homme est perclus » de tous ses sens. Et qu'on ne pense » point (ajoutent ces hommes éclairés) » que ce soit l'affaire de quelques mi- » nutes; l'instant même dans lequel le » retour & la circulation du sang sont » empêchés, est celui de la perte de » tous les sens. L'effet est le même » dans celui d'une violente apoplexie, » ou celui que produit l'eau sur un » noyé «. Ce sont les expressions de deux Médecins & de deux Chirurgiens, dont les accusés ont produit le certificat au Parlement de Toulouse.

Il est certain que le corps de délit n'avoit pas été constaté, puisque les Capitouls avoient négligé de dresser procès-verbal de l'état du cadavre, des lieux & des circonstances de la mort de Marc-Antoine Calas, de la maniere dont il étoit mort, & des instrumens qui lui avoient donné la mort ; de ses hardes, habits, & sur-tout de ses livres & papiers. D'un autre côté, la visite du cadavre faite à deux reprises différentes, d'abord par un Médecin & deux Chirurgiens, ensuite par un seul Chirurgien, étoit nulle & irréguliere; & quand elle auroit pu subsister, elle n'étoit point suffisante pour donner les lumieres nécessaires sur une affaire de cette nature, dans laquelle il n'y avoit d'autres témoins que les cinq personnes qui étoient dans la maison, & qui ont été réduites à l'état d'accusés.

Ainsi tout ce que l'on sait juridiquement dans cette affaire, c'est que Marc-Antoine Calas est mort. A l'égard des causes & des circonstances de sa mort, excepté les accusés, aucun autre ne pouvoit prétendre en être instruit.

Quant aux témoins, il en a été entendu plus de cent cinquante ; mais
que

que réfultoit-il de leurs dépofitions ?
Des ouï-dire, des conjectures, des
vifions, & quelques calomnies fur la
conduite de Jean Calas envers fes enfans, avant le funefte événement du
13 Octobre.

» Eh! que n'eft-il permis (difoit
» M. Mariette) de faire parler ici tous
» ceux qui ont connu particuliérement
» ce pere infortuné, ce pere, le plus
» malheureux de tous les hommes! ils
» attefteroient hautement qu'il fut un
» digne citoyen, irréprochable dans fa
» conduite, d'une probité févere, doux,
» humain, compatiffant; & que s'il eut
» quelque défaut, ce fut peut-être un
» excès de tendreffe & de facilité pour
» fes enfans. Quel fort pour un tel
» pere « !

Quand même Marc-Antoine Calas
auroit été près d'abjurer la Religion Pro-
teftante; quand même il auroit éprouvé
quelques menaces ou quelques châtimens de la part de fon pere; quand
même Louis Calas fe feroit attiré quelques mortifications au fujet des circonftances qui ont accompagné fa conver-
fion; quand même il y auroit eu impoffibilité que Marc-Antoine Calas fe

fût pendu lui-même ; enfin, quand il
feroit vrai qu'il auroit été trouvé des
égratignures & des meurtriffures fur fon
corps, que pourroit-on conclure de tous
ces faits, en les fuppofant auffi vrais
qu'ils font faux ? Certainement perfonne
n'ofera foutenir qu'il s'enfuive néceffairement que Jean Calas ait affaffiné
fon fils. Puifqu'il feroit téméraire d'en
conclure que ce malheureux pere fût
coupable d'un forfait auffi atroce, il
s'enfuit qu'en donnant à ces différens
faits toute la vérité & l'autorité qui leur
manquent, ce ne feroient tout au plus
que des indices.

» Au refte (difoit M. Mariette),
Calas eft-il donc le premier innocent
qui ait été condamné ? L'expérience,
fupérieure à tous les raifonnemens, fait
connoître, par trop de triftes exemples,
combien il eft dangereux de prononcer
une condamnation fur des indices. Lebrun perd la vie fur des indices ; Langlade meurt aux galeres, condamné auffi
fur des indices. Mais rien n'eft plus capable d'infpirer la terreur, que l'exemple rapporté par un Jurifconfulte (1).

(a) Charondas.

Un mari maltraite sa femme pendant la nuit ; des voisins l'entendent crier *au meurtre*. On entre le lendemain dans cette maison, on voit du sang répandu, le mari hors de lui-même, le four fumant encore, & la femme ne paroît point. Le mari arrêté, avoue à la question qu'il a fait expirer sa femme dans ce four. Le premier Juge le condamne à mort. Le Parlement de Paris, où l'appel fut porté, étoit aux opinions, & malgré la force des présomptions, il passoit à ordonner un interlocutoire. Dans ces circonstances, la femme reparoît pleine de vie ; elle avoit fui avec un amant.

Si, dans les circonstances où se trouvoit le mari, le Parlement eût confirmé la Sentence du premier Juge, qui le condamnoit à mort, qui auroit osé taxer un pareil Arrêt d'injustice ? Cependant l'événement démontra que ç'auroit été condamner un innocent. Comment oser, après cet exemple, statuer sur des indices ?

» Infortuné Calas ! vous fournirez un nouvel exemple à la postérité d'un innocent condamné, non sur des indices ; car il n'y en eut jamais de vé

ritables contre vous, mais fur une foule
de dépofitions dictées par le fanatifme,
dont le funefte affemblage a formé la
foudre qui vous a écrafé. Triftes & fa-
tales divifions ! jufqu'à quand vos fureurs exerceront-elles encore leur empire parmi nous ?

» C'eft à la fageffe du Confeil du
Roi qu'il appartient de détruire à jamais
cet horrible préjugé qui caufa tant de
maux dans la France, & qui, près d'expirer, a cherché, par un nouvel effort,
à fe reproduire dans cette funefte affaire.
Epoufe & mere défolée, enfans malheureux ! votre défaftre eft au comble,
votre perte eft irréparable, mais il vous
refte l'honneur. Tous ceux qui font
inftruits des faits, vous rendent d'a-
vance la juftice qui vous eft due ; & la
décifion que vous follicitez aux pieds
du Trône, achevera de vous rendre,
par un Arrêt authentique, l'honneur
civil, ce bien fi précieux, le feul qui
vous refte maintenant à obtenir «.

M. Mariette préfenta une Requête
au Confeil du Roi, dans laquelle il dé-
veloppa les irrégularités de la procédure qui avoit fervi de bafe aux deux
Arrêts du Parlement de Touloufe,

Le 4 Juin 1764, par Arrêt du Conseil d'Etat du Roi, rendu sur le rapport de M. Thiroux de Crosne, la Sentence des Capitouls de Toulouse, du 27 Octobre 1761, fut cassée, en ce qu'en ordonnant que les accusés seroient confrontés les uns aux autres, il n'avoit pas été ordonné qu'ils seroient récolés sur leurs interrogatoires ; & les confrontations desdits accusés, faites sans avoir préalablement procédé à leurs récolemens, furent cassées ; en conséquence, les Arrêts du Parlement de Toulouse, des 9 & 18 Mars 1762, & tout ce qui a suivi lesdits Arrêts, furent cassés ; le procès jugé par lesdits Arrêts, fut évoqué au Conseil, & il fut renvoyé, circonstances & dépendances, à Messieurs les Maîtres des Requêtes au Souverain, pour être statué ce qu'il appartiendroit, après le récolement & les confrontations des accusés : à cet effet, il fut ordonné que les procédures seroient apportées au Greffe du Conseil, pour être portées ensuite au Greffe des Requêtes de l'Hôtel, même les confrontations déclarées nulles, lesquelles serviroient de mémoire seulement.

D iij

La procédure ordonnée par cet Arrêt, a été faite par Messieurs les Maîtres des Requêtes.

Pendant l'instruction, la dame Calas
& les autres accusés ont présenté une
Requête à fin d'être déchargés de l'accusation.

Ils ont ensuite formé une demande
en prise à partie & en dommages-
intérêts contre les Capitouls de Toulouse.

Enfin ils ont demandé que la mémoire de feu Jean Calas fût déchar-
gée de l'accusation, & qu'elle fût réha-
bilitée.

Sur ces demandes, & après l'instruction, il est intervenu, le 9 Mars
1765, un Jugement définitif, sur le
rapport de M. Dupleix de Bacquan-
court, par lequel Messieurs les Maîtres
des Requêtes ordinaires du Roi, Juges
souverains en cette partie, tous les
Quartiers assemblés, faisant droit sur
le procès, ont déchargé Anne-Rose
Cabibel, veuve Calas, Pierre Calas,
Alexandre François-Gualbert Lavaysse,
& Jeanne Viguiere, de l'accusation intentée contre eux; ont ordonné que
leurs écrous seroient rayés & biffés de

tous regiſtres où ils ſe trouveront inſ-
crits ; ont déchargé pareillement la mémoire de Jean Calas de l'accuſation
contre lui intentée ; ont ordonné que
ſon écrou ſeroit rayé & biffé de tous
regiſtres : ſur la demande en priſe à
partie & en dommages-intérêts contre
les Capitouls de Touloufe , la dame
veuve Calas & les autres accuſés ont
été renvoyés à ſe pourvoir ainſi qu'ils
aviſeroient.

AFFAIRE DE GRAND-JEAN.

C'EST un phénomene si extraordinaire qu'un individu qui n'est ni homme ni femme, & qui pourtant les représente tous les deux, avec la réunion des signes caractéristiques qui, de deux créatures si ressemblantes, font deux êtres si différens, que bien des gens refusent encore de croire à une existence si bizarre. Cependant l'Antiquité, dont le génie étoit de diviniser tout ce qui n'étoit pas dans l'ordre commun de la Nature, a désigné cet être mixte sous les attributs d'un Dieu fabuleux. Les Grecs reconnurent des hermaphrodites. A Rome, sous les Consuls, dans les temps séveres de la République, ils furent rejetés de la Société, comme des êtres de rebut, relégués dans les isles inhabitées, quelquefois même plongés dans le Tibre. Nous avons d'ailleurs, de nos jours, tant de faits si bien avérés, qu'il n'est guere possible de croire que la Nature, sans rien changer d'essentiel à son ouvrage, ne le défigure pas quel-

quefois, au point d'occafionner des mé-
prifes étranges, & de montrer les apparences des deux fexes où elle n'en a
réalifé qu'un feul.

Sous les Empereurs, lorfque les
Romains furent humanifés, & que le
prix de la vie, mieux connu, l'eût fait
eftimer davantage, les hermaphrodites
ne furent plus regardés comme des
monftres dans qui il falloit fe hâter
d'effacer l'erreur de la Nature. Par un
ufage auffi humain que fage, on s'at-
tacha à reconnoître le fexe qui domi-
noit, & l'individu fut placé dans la
claffe à laquelle il fembloit appartenir
davantage. C'eft ainfi qu'on en ufe
encore de nos jours avec les hermaphrodites modernes, lorfque l'équivoque eft reconnue.

La deftinée de l'individu qui a été
l'objet des deux Jugemens contradic-
toires dont on va rendre compte, n'eft
pas moins finguliere que rare. La même
bigarrure qui fe montroit dans fon être,
s'eft manifeftée dans les événemens de
fa vie ; on l'a vu fucceffivement fille
& garçon, faire les fonctions d'homme & de mari, & reparoître fous des
habits de femme ; condamné d'abord

comme profanateur d'un Sacrement ;
abfous enfuite comme un coupable
dont le crime étoit moins celui de fa
volonté, que de la Nature qui l'avoit
aveuglé fur fa propre exiftence.

Anne Grand-Jean, connue fous le
nom de *Jean-Baptifte Grand-Jean*,
née à Grenoble, fut baptifée pour ce
qu'elle paroiffoit être alors, fous un
nom de fille. Jufqu'à l'âge de quatorze
ans, elle fut élevée comme telle dans
la maifon de fon pere ; mais alors la
Nature fembla vouloir difpofer autrement d'elle. Un inftinct nouveau qui
fe développe à cet âge, révéla des
facultés qui fembloient ne pas devoir
lui appartenir. La puiffance d'un fexe
fur l'autre ne fe faifoit fentir en elle
qu'à l'approche des femmes. La préfence
des hommes la laiffoit indifférente &
tranquille.

Cette fingularité fut remarquée, &
fes parens la queftionnerent. Sur fes
réponfes auffi franches que naïves, il fut
décidé qu'elle confulteroit fon Confef-
feur. Celui-ci fut d'avis que d'après
des indices auffi marqués de virilité,
elle ne pouvoit garder fans crime des
habits de femme. Il preffentit de quelle

conféquence pouvoit être un vêtement
fi perfide pour les jeunes filles de fon
âge, qui pouvoient tomber dans le
crime, en ne croyant fe livrer qu'à
des familiarités innocentes.

Ce dut être une nouveauté affez
étrange dans Grenoble, que cette jeune
fille transformée d'un jour à l'autre en
jeune garçon, avec la différence des
habits qui diftinguent les deux fexes.
Les femmes ne le regarderent d'abord
qu'avec le feul intérêt de la curiofité;
mais s'accoutumant à le prendre pour
ce qu'il fe croyoit être lui-même, elles
ne virent plus en lui qu'un homme ordinaire, & qui pouvoit, comme un
autre, en remplir la vocation.

Une nommée *la Legrand* eut fes
premieres amours; mais il paroît que
ce ne fut qu'un goût paffager : Françoife Lambert infpira une paffion plus
durable : ils s'épouferent. Il n'éft pas
indifférent que l'on fache que Grand-
Jean avoit déjà fait avec elle l'effai de
fes facultés naturelles, avant de paffer
au mariage, & que celle-ci trouva fon
amant tel qu'elle défiroit un homme
pour en faire un époux.

La célébration fe fit à Chamberry.

D vj

Le mariage & l'habitude ne diminuerent rien de l'affection que Grand-Jean avoit toujours paru vivement reffentir pour fa prétendue femme. Ils vécurent époux comme ils avoient vécu amans, dans une union auffi douce qu'ils la croyoient folide. Cette jouiffance plus tranquille, qui fuit la propriété, ne détrompa point l'époufe fur le compte de celui qu'elle nommoit fon mari; & plus les épreuves de fa tendreffe furent réitérées, moins elle le foupçonna d'infuffifance.

D'après des effais de cette nature, il n'eft déjà plus étonnant que Grand-Jean fe foit cru deftiné à remplir les fonctions d'homme. Une nouvelle circonftance vint le confirmer dans cette erreur.

On fe fouvient que dans fon extrait de baptême, il étoit défigné fous le nom d'*Anne Grand-Jean*. Il eut befoin d'être émancipé, pour fe faire rendre compte de quelques deniers que lui devoient les parens de fa femme. Son pere y confentit; &, dans l'acte qui fut paffé à l'hôtel du Juge, il fut appelé du nom de *Jean-Baptifte*. Alors fa premiere dénomination de fille ne lui parut plus qu'une erreur glissée dans la rédaction de l'acte, ou une suite de l'apparition tardive du signe qui indiquoit son sexe.

Après une année de séjour à Chamberry, Françoise Lambert s'imagina que la ville de Lyon leur offriroit plus de ressources pour un commerce qu'ils se proposoient de faire ; elle engagea son mari à y transporter leur domicile ; elle ne se doutoit pas des malheurs qui leur étoient réservés, & des singulieres découvertes qu'ils alloient y faire. Dès la premiere année même de leur nouvel établissement, leur destinée, qui devoit être singuliere en tout, y amene cette même la Legrand, qui avoit été dans Grenoble l'objet des premiers soins de Grand-Jean. Cette femme apprend qu'il est l'époux de Françoise Lambert. Elle cherche, trouve l'occasion d'entretenir celle-ci, s'étonne avec elle qu'elle ait épousé Grand-Jean, & lui apprend que son époux est hermaphrodite.

Françoise Lambert réfléchit sur la stérilité de son mariage ; & frappée des renseignemens que lui a donnés la Legrand, elle croit en appercevoir la cause dans l'existence vicieuse de son mari. Toutes les libertés qu'elle s'eſt permiſes avec lui, reviennent à ſon eſprit, mais accompagnées d'un ſouvenir d'autant plus amer, que le plaiſir les rendoit plus criminelles. Le Conſeſſeur fut conſulté une ſeconde fois; &, par un contraſte de plus en plus bizarre, Grand-Jean, qui avoit été replacé dans la Société en qualité d'homme, par un Directeur, fut dépouillé de cette même qualité par un autre Directeur : celui-ci interdit à Françoiſe Lambert tout commerce avec ſon époux.

Ce ne fut pas ſans une ſurpriſe amere que Grand-Jean apprit de ſa femme la connoiſſance qu'elle avoit acquiſe d'un état qu'il ignoroit lui-même. Il avoit épouſé Françoiſe Lambert de bonne foi. Son affection pour elle ne s'étoit jamais démentie. Lorſqu'elle lui eut communiqué ſes craintes & ſes ſcrupules, avec la néceſſité d'une ſéparation indiſpenſable, ſon amour, confus & humilié, ſe changea en amertume, & ſon cœur fut pénétré de la douleur la plus vive; mais, ce qui prouve bien ſon innocence, ce fut le parti qu'il propoſa lui-même à ſa malheureuſe moitié : » Allons, lui dit-il, nous jeter aux pieds

» du Grand-Vicaire; faisons-lui l'aveu
» de notre amour & de ma honte; &,
» après une confidence sincere de notre
» situation , & de la maniere dont
» nous avons vécu, livrons-nous à la
» sagesse de ses conseils «.

Cependant une nouvelle semblable n'étoit pas faite pour s'arrêter sur les lèvres de la Legrand; elle passoit rapidement de bouche en bouche, & parvint à l'oreille du Magistrat chargé de veiller sur les mœurs. Il crut devoir faire informer contre cet individu. Une instruction rigoureuse fut suivie d'un décret de prise de corps, & le malheureux, les fers aux pieds & aux mains, jeté dans un cachot. Des témoins furent encore entendus; &, sur le rapport des Chirurgiens , qui attesterent que le sexe dominant chez lui leur avoit paru appartenir davantage à la femme, l'Accusé fut condamné à être attaché à un infame carcan , pendant trois jours consécutifs, avec cet écriteau : *Profanateur du Sacrement de Mariage* ; au fouet, & à un bannissement perpétuel.

Pour peu qu'il soit probable que Grand-Jean ait pu être dans une erreur

involontaire , on fent déjà combien
cette Sentence étoit févere. Toutes les
fois qu'il y a une maniere de trouver
innocent un accufé , la Loi ne veut
pas qu'on le préfume coupable ; &
cette Loi auffi humaine que fage, follicitoit en faveur de Grand-Jean. Cette
impulfion qui l'avoit conftamment entraîné vers les femmes , tous les fymptômes d'un amour viril , pouvoient
lui en avoir impofé au point de fe
méconnoître lui-même. Ses mœurs d'ailleurs avoient toujours été pures, & fa
vie fimple dans une condition bornée ,
n'avoit pas peu contribué à entretenir fon
ignorance : mais fes premiers Juges ne
virent, dans cette union , qu'un mélange impur des fexes ; ils crurent devoir venger la fainteté d'un Sacrement,
fouillée par des jouiffances que la Religion ne confacre qu'autant qu'elles
ont pour but la confervation de l'éfpece.

Grand-Jean interjeta appel de la
Sentence au Parlement de Paris : il fut
transféré dans les prifons de la Conciergerie. » Il y étoit, difoit fon Défenfeur , de tous les prifonniers , le
plus malheureux peut-être. Son état a
paru exiger des précautions qu'on ne

prend pas contre les autres. Les hommes & les femmes qui ne font pas deftinés à des peines capitales, ont fucceffivement la liberté du préau ; mais comme Grand-Jean, dans l'opinion publique, n'eft ni homme ni femme, ou qu'il eft tous les deux à la fois, on ne lui permet d'aller ni avec les hommes, ni avec les femmes ; c'eft dans le fecret de la prifon la plus étroite, & réduit à la plus affreufe folitude, qu'il dévore fa douleur (1) «.

Il s'agiffoit de difculper l'accufé de la profanation du Sacrement de mariage. Pour remplir cet objet, fon Défenfeur crut devoir faire connoître, 1°. ce qu'étoit l'accufé dans fon phyfique ; 2°. ce qui s'appeloit, dans le droit, profanation du Sacrement de mariage ; 3°. que dans le fait, Grand-Jean ne s'étoit point rendu coupable de cette profanation. Ces trois points de vue furent le fujet d'une difcuffion féparée.

Dans la premiere, il diftingue trois efpeces parmi ces êtres difformes.

La plus étonnante, s'il eft vrai

_____

(a) M. Vermeil étoit fon Défenfeur.

qu'elle ait jamais exifté, eft cette production miraculeufe .où la Nature a ,
dit-on, prodigué les attributs des deux
fexes , avec une faculté égale de fe
reproduire dans foi, & de fe reproduire encore dans un autre. » Tel
fut , fi on en croit les obfervations du
Médecin Schenek , cet individu qui
étoit marié à un homme, qui en eut
plufieurs enfans , tant mâles que fe-
melles , & qui pendant fon mariage
ufoit de fes fervantes & les rendoit
fécondes «.

La feconde eft beaucoup moins rare;
c'eft celle où des deux fexes qui fe
manifeftent , il n'en eft qu'un qui ait
reçu la puiffance & la vie.

Dans la troifieme , l'impuiffance &
l'infécondité s'étendent également fur
des fignes naturels; de forte que ces
malheureux ne font ni hommes ni
femmes pour être tous les deux enfemble. Leur exiftence eft nulle , par
cela même qu'elle eft double.

Pour favoir dans quelle claffe on
devoit mettre l'individu dont il s'a-
giffoit , il falloit dire ce qu'il étoit dans
lui-même ; & cela fuppofoit une defcription qui devenoit d'autant plus dif-

ficile, que les détails en étoient moins décens. L'Avocat crut ne pouvoir mieux en dérober l'obscénité, qu'en les couvrant du voile d'une Langue étrangere.

Intra pudendi labra, supra meatum urinarium, carnosa quædam moles inspicitur, speciem membri virilis præ se ferens, sese arrigens cum delectatione in conspectu feminæ, & firma stans in coïtu; crassitudine digiti cum arrecta est & extensa, longitudine quinque transversorum digitorum quantitate. In summitate mentulæ vel membri virilis, apparet glans cum prepucio; sed non est glans perforata, ideoque nullum semen per hanc emitti potest. Infra mentulam & in orificio vulvæ, ambo apparent globuli testiculorum ad instar; exiguum autem est vulvæ orificium, penè digitum admittens, nec per hanc menstrua fluunt, nec ulla sensatione jucunda commovetur, nec semine feminino irrigatur.

D'après ces détails, il est facile de voir à laquelle des trois classes appartenoit l'hermaphrodite en question. Quoiqu'il fût constitué de maniere à ne rien sentir pour les femmes, & que tous ses désirs se portassent du côté des hommes, cette faculté dans les deux fexes étoit demeurée imparfaite, au point de ne pouvoir produire dans l'un ni dans l'autre ; c'étoit par confé- quent dans la troifieme claffe que la Nature lui avoit marqué fa place.

Il étoit d'ailleurs, dans une imper- fection égale, homme & femme dans tout le refte du corps. Toute fon habi- tude n'étoit qu'un mélange avorté des deux fexes. » L'accufé, difoit le Dé- fenfeur, n'a point de barbe, mais il a les jambes velues, & plufieurs autres parties du corps, qui ne font point telles ordinairement chez les femmes.

» Il a de la gorge plus qu'un homme n'en a communément ; mais elle n'eft point délicate & fenfible aux coups, comme celle des femmes ; il en a fait l'expérience devant nous.

» Ses mamelons, fi l'on confulte leur groffeur, appartiennent au fexe féminin ; mais on n'y voit point ce cercle d'un rouge obfcur, au milieu duquel ils fe trouvent placés chez les femmes.

» Sa voix n'eft, à proprement parler, ni celle d'une femme, ni celle d'un homme ; c'eft celle d'un enfant mâle qui arrive à l'adolefcence , & qui , dans une efpece d'enrouement , rend des fons tantôt graves , tantôt aigus ".

Tel étoit l'individu qu'il falloit faire connoître , avant de paffer au fecond objet , dont le but étoit de prouver qu'il n'y avoit point eu de profanation , malgré fon incapacité naturelle.

La profanation du Sacrement de mariage , fous quelque vue qu'on l'envifage , eft un abus de ce même Sacrement ; mais on peut en abufer de plufieurs manieres.

Chez les Peuples tout-à-fait fauvages , le mariage n'a que la durée du plaifir. Un befoin puiffant les réunit ; le befoin fatisfait les fépare.

Chez les Nations policées , le mariage n'a été fouvent qu'un contrat purement civil , qui pouvoit être diffous dans les cas prévus par la Loi.

Chez les Chrétiens , il n'eft pas feulement une convention humaine. A toute la force d'un contrat civil, il réunit la fainteté d'un Sacrement. Cette union, ratifiée dans le Ciel , ne peut plus fe diffoudre fur la terre , que par la mort d'un des contractans. Tant qu'ils refpirent , ils font liés l'un à l'autre d'une chaîne indiſſoluble. Tout ce qui leur eſt poſſible, c'eſt d'en relâcher les nœuds, ſans jamais parvenir à les rompre.

Il y a donc profanation, toutes les fois qu'au mépris de ſes ſermens, un Catholique contracte, à l'inſçu des Loix, un nouvel engagement, avec la certitude que la mort ne l'a pas dégagé de ſes premiers liens.

Le défaut de capacité ſentie eſt une autre maniere d'abuſer du Sacrement de mariage. Si, par quelque inſuffiſance qui viendroit d'inertie inſurmontable, ou de frigidité opiniâtre, un homme ou une femme étoient inhabiles à la génération, & que, malgré leur incapacité reconnue, ils ſe chargeaſſent de l'emploi de fournir des ſujets à la Patrie & des individus à l'eſpece, ils deviendroient profanateurs. Leurs efforts impuiſſans ne ſerviroient qu'à outrager la ſainteté d'une union que la force & la ſuffiſance rendent ſeules une ſociété chaſte & pure.

Il eſt une troiſieme eſpece de profanation, qui eſt la plus criminelle ſans doute, parce qu'elle n'a aucun prétexte, & qu'elle viole à la fois les Loix de la Nature, trompe la Société, &

fait un abus coupable du plaifir le plus
doux à fatisfaire ; c'eft lorfque deux
époux font des douceurs du mariage
un ufage ftérile pour l'efpece , & qu'ils
tournent à fon préjudice l'attrait donné
pour la perpétuer. Ces fantaifies homi-
cides , ces précautions meurtrieres font
des excès d'ingratitude d'autant plus
criminels envers l'Auteur de leur être ,
qu'ils font fervir à l'outrager le bien-
fait même qui leur a été donné pour
leur rendre l'exiftence agréable. De
toutes les profanations c'eft la plus cho-
quante. Sans doute ; c'eft celle qui of-
fenfe le plus la Religion , & fait un
tort plus réel à la Société.

» Dans cette derniere efpece, ajoute
le Défenfeur, il n'y a point d'excufes,
& les époux ne fauroient dire qu'ils
font de bonne foi ; mais il n'en eft pas
de même des deux précédentes.

» Celui qui croit être libre au moment où il contracte, & qui ne l'eft
pas, ne profane point le Sacrement ;
fon erreur peut avoir une caufe légitime.

» Un volcan qui renverfe une ville
& qui l'engloutit, un champ de bataille couvert de morts, un vaiffeau

abîmé dans la profondeur des mers; voilà des caufes propres à juftifier l'erreur. Si le mari habitoit la ville engloutie, s'il étoit dans les troupes qui ont foutenu le choc du combat, ou dans le vaiffeau qui a péri dans l'onde, & que depuis un temps confidérable fon époufe n'en ait point eu de nouvelles, elle aura des raifons pour le croire mort, elle pourra fonger à contracter un engagement nouveau. Cet époux vient-il par la fuite à reparoître, le fecond mariage fera déclaré nul; mais la femme n'aura pas profané le Sacrement, parce qu'elle étoit dans la bonne foi.

» Par la même raifon, fi un homme fe croit capable de remplir les vûes du mariage, fi la Nature, quelquefois fujette à des caprices, ne lui a pas fait éprouver cette langueur, cette frigidité, cette inertie perpétuelle que l'on nomme *impuiffance abfolue*, il peut fe croire digne du Sacrement qu'il défire; & quand même, après le mariage, il fe trouveroit inhabile, il n'eft point profanateur, on ne peut le punir comme tel; fa bonne foi le juftifie «.

C'étoit

C'étoit de cette derniere preuve que dépendoit la justification entiere de l'accusé.

Le Défenseur, qui en avoit fait, comme on a vu dans sa division, son troisieme objet, l'établit, en remarquant d'abord que l'innocence, comme on a déjà dit, se présume toujours ; que pour condamner, il faut des preuves, & des preuves positives. Ici, non seulement il n'y a point de preuve contre la bonne foi de l'accusé ; il y en a au contraire qui la démontrent & la manifestent. Ces preuves sont de deux especes ; les unes morales, les autres physiques.

Preuves morales.

Depuis l'âge de quatorze ans, Anne Grand-Jean s'étoit vue sous des habits d'homme.

C'étoit par l'ordre de son Confesseur qu'elle avoit pris ces vêtemens.

» Le pere avoit cru que le sexe de son enfant étoit le sexe masculin « ; il ne l'avoit employé qu'à des travaux d'homme ; & la force de son tempé-

Tome III.   E

rament s'étoit prêtée à la fatigue de
ces exercices robustes.

Tout Grenoble avoit eu la même
opinion. Les Magistrats en étoient convaincus ; autrement ils n'auroient pas
souffert un travestissement de cette espece,

Sa fausse croyance se fortifioit donc
de l'erreur commune.

Mais il y a plus. Lorsqu'Anne-Grand-
Jean sort de la tutelle de son pere, celui-
ci rectifie l'extrait de baptême. Dans
l'acte, il l'appelle son fils, & le nomme
Jean-Baptiste. Voilà Grand-Jean établi comme homme, dans la qualité
de Citoyen : le Juge confirme cette
sorte de réhabilitation du sceau de son
autorité.

» Ainsi l'erreur de Grand-Jean étoit
une erreur commune à tout le monde :
si elle est criminelle, il faudroit donc
s'en prendre à tous , car c'est cette erreur publique qui a affermi la confiance de l'accusé ; disons mieux, c'est
elle aujourd'hui qui le justifie ; la Nature seule est en défaut dans cette affaire : & comment pouvoir rendre l'accusé garant des torts de la Nature « ?

Preuves physiques.

1°. L'accusé, comme il est facile de s'en convaincre par les détails dans lesquels nous sommes entrés, avoit toutes les apparences extérieures de la virilité. Ce sexe en lui n'avoit qu'un seul défaut, & ce défaut étoit caché dans son organisation intime. Il n'avoit, pour l'y découvrir, ni les yeux d'un Anatomiste, ni les lumieres d'un libertin. Grand-Jean étoit un esprit fort simple, qui avoit reçu dans la maison de son pere une éducation grossiere & laborieuse, & dont les mœurs agrestes, mais pures, se ressentoient de l'activité continuelle où ses bras avoient été entretenus, pour subvenir aux frais d'une existence pauvre.

2°. Ce qui avoit été un indice suborneur pour l'accusé, & qui caractérisoit pour lui le genre dont il devoit être, c'étoit cette impulsion, toujours dirigée vers les mêmes objets, que la Nature lui faisoit ressentir dans toute son énergie. A-t-il dû s'imaginer qu'il faisoit un être à part, & qu'il étoit une exception dans l'espece ? Il s'est jugé sur ce qu'il se sentoit être; & comment auroit-il deviné qu'il participoit de la femme ? Ce sexe languissoit dans un véritable état d'inertie. Jamais sensation ne l'avoit averti qu'il existât dans lui. C'étoit un présent funeste dont il ne s'étoit pas apperçu. Il l'avoit laissé dans le mépris & l'oubli que sembloit en avoir fait la Nature elle-même. Lorsque, dans cette moitié de son existence, il n'avoit jamais rien éprouvé qui lui eût fait sentir la différence des sexes, & que dans l'autre, la violence de la Nature le portoit à en rechercher l'union ; ces émotions qu'il ressentoit près des femmes, le développement de ses facultés naturelles, dans le besoin de leurs caresses, ne devoient-ils pas lui faire croire qu'il étoit avec des signes de virilité aussi marqués, destiné à se choisir une compagne, & à remplir le vœu de la Nature, en qualité d'homme & d'époux ?

3°. Il n'a pas voulu tromper son épouse, & sa premiere faute lui sert ici de justification. Il étoit très-amoureux de Françoise Lambert, & il mettoit tout son bonheur dans sa possession. S'il se fût cru tel qu'il étoit, lui auroit-il révélé sa honte avant de l'avoir obtenue en mariage ? Il pouvoit concevoir, qu'après qu'il l'auroit mife dans une chaîne auffi refpectable, il auroit mille moyens de l'engager au filence ; la crainte de le livrer à la rigueur des Loix, une forte de refpect pour elle-même, mille dédommagemens qu'il pouvoit croire capables de l'indemnifer : mais s'il venoit à lui découvrir un myftere humiliant, avant de fe l'être attachée de toute la force d'un Sacrement, pouvoit-il efpérer qu'elle pût jamais devenir, à fes dépens, complice d'une affociation criminelle ? Cette franchife avec laquelle il s'eft montré à fon époufe & s'eft livré à fon infpection, prouve encore qu'il étoit dans une erreur fincere, & qu'il croyoit n'avoir rien à redouter des regards d'une femme.

La perfuafion de l'époufe attefte encore la bonne foi du mari. L'ignorance de Grand-Jean eft tout auffi concevable que l'ignorance de Françoife Lambert. Il ne paroît pas que celle-ci ait été foupçonnée. Il eft pourtant auffi naturel qu'elle ait dû s'appercevoir de l'imperfection de fon mari, que fon mari lui-même ; & celui-ci a pu fe croire

E iij

tout ce que le croyoit fa femme (a).
La durée de la cohabitation n'a dû
fervir qu'à l'affermir dans fon erreur.

» Aujourd'hui que fes yeux font ou-
verts fur fon fort, n'eft-il pas affez
malheureux de fe connoître, fans que
le bras de la Juftice s'appefantiffe fur
lui? Individu jeté comme au hafard fur
la terre, condamné à vivre dans la folitude au milieu même de la Société,
étranger en quelque forte à l'un & à
l'autre fexe, puifqu'il eft imparfait dans
tous les deux, ne pouvant déformais
avoir ni compagnon ni compagne de
fon fort, chargé feul du poids de fa
vie & de fon infortune, comment
le premier Juge a-t-il pu le traiter avec
tant de rigueur? le mettre au rang des
infames, lui dont les mœurs ont toujours été pures & la conduite honnête?
l'expofer au mépris du Public, attaché
au pilori, avec l'indice de la profanation, lui dont la bonne foi & l'innocence fe trouvent ici juftifiées à chaque
pas? le bannir enfin de fon pays,
comme un Citoyen dangereux, lui
dont perfonne ne s'eft jamais plaint «?

(a) Ils vécurent trois ans enfemble.

L'Arrêt rendu en la Chambre de la Tournelle du Parlement de Paris, le 10 Janvier 1765, a reçu M. le Procureur-Général appelant comme d'abus de la célébration du mariage d'Anne Grand-Jean, & ce mariage a été déclaré abusif; la Sentence de la Sénéchaussée de Lyon, fur l'accufation en profanation de Sacrement, a été infirmée; & l'accufé a été mis hors de Cour; il lui a néanmoins été enjoint de prendre les habits de femme, avec défenfes de hanter Françoife Lambert, & autres perfonnes du même fexe.

E iv

P A R R I C I D E.

Quels font, en matiere criminelle, les caracteres & les effets d'un foup-çon juridique ?

ON croit communément qu'il n'eft point de fcélérat qui ait débuté dans la carriere du vice par une action atroce, méditée & commife de fang-froid ; que ce n'eft que par degrés, & en contractant l'habitude du crime, que ces monftres dont les noms déshonorent l'humanité, font parvenus à ne plus connoître de frein, & à pouvoir fe livrer à ces attentats dont l'idée feule nous fait frémir.

C'eft la marche ordinaire de la Nature ; mais elle oublie quelquefois les regles qu'elle s'eft prefcrites, & laiffe échapper des monftres de fes mains.

Charles-François-Jofeph Leroi de Valines n'avoit pas encore feize ans, lorfqu'au commencement d'Octobre 1762, il commet un vol avec effraction intérieure dans la maifon d'un Chanoine de la ville d'Aire en Artois. Il demeuroit avec ses pere & mere au château de Valines. Le 30 Juin de la même année, après midi, son pere, *qui n'avoit mangé que très-peu à déjeûner & à dîner, est successivement attaqué de tranchées, de maux de tête, de maux d'estomac, de vomissemens & de cours de ventre. Vers minuit son mal redouble ; il est forcé d'aller à la selle environ quarante fois.* Il meurt le 2 Juillet, sur les six heures du matin. Son fils l'exhorte à la mort : il lui présente un crucifix, & l'invite à soulager ses douleurs par le souvenir de celles qu'a souffertes volontairement le Dieu qui est mort pour nous. La garde & ceux qui restent après le décès, remarquent qu'il sort un sang fétide de la tête du cadavre.

Le 25 du même mois, la dame de Valines éprouve les mêmes symptômes que son mari : *tranchées violentes, maux de tête, maux d'estomac, vomissemens, cours de ventre* (1). Le Médecin arrive ; mais la dame de Va-

---

(a) C'étoit le résultat des dépositions de plusieurs témoins.

E v

lines venoit d'expirer : il ne put juger, par les fymptômes, du principe de la maladie. Elle fut inhumée fans aucune précaution, comme fon mari l'avoit été, & leur fils fe mit en poffeffion de leurs fucceffions.

Le 13 Septembre fuivant, le fieur Demay de Vieulaine, oncle maternel de Leroi de Valines, invite à dîner chez lui le fieur de Riencourt, Gentil-homme du voifinage, fa femme & fon fils qui étoit alors Page de la Reine. Il avoit en même temps invité la Dlle. Demay de Bonnelles fa fœur, le Curé de la Paroiffe & la demoifelle de Lucet; en forte que les convives, y compris le maître & la maîtreffe du logis, devoient fe trouver au nombre de neuf, Leroi de Valines étant du nombre des con-viés. Il fe rend chez fon oncle; mais il annonce qu'il n'y dînera pas, parce qu'il veut aller à Longpré. On fait des efforts pour le déterminer à refter ; on lui repréfente qu'il quitte toute fa fa-mille & fes amis réunis, pour aller dîner dans un lieu où il n'étoit point attendu. Il perfifte dans fon refus, fous prétexte d'une affaire. Il déjeûne avec le jeune de Riencourt, qui fut obligé

de partir avant dîner pour Versailles,
où son service l'appeloit.

Leroi de Valines entre dans la cuisine, & ordonne plusieurs fois à la
Cuisiniere d'aller dans un jardin assez
éloigné lui chercher de l'oseille pour
nettoyer ses boucles de deuil. Elle y
va enfin ; il reste seul dans cette cuisine, pendant que la fille faisoit sa
commission. Elle lui apporte ce qu'il
avoit demandé ; il frotte ses boucles
comme *par maniere d'acquit*, & part
pour Longpré.

On se met à table au nombre de
sept : le sieur de Vieulaine sert la soupe :
le sieur de Riencourt est servi le premier ; il avoit faim, & mange avec
avidité : les autres se récrient sur le
goût âcre qu'ils trouvent à la soupe. Ces
circonstances effraient le sieur de Vieulaine, qui, s'étant servi le dernier,
s'abstient d'en manger, ainsi que son
épouse. Le sieur de Riencourt se plaint
de douleurs d'entrailles : on voit subi-
tement paroître les mêmes symptômes
qui avoient accompagné la mort des
sieur & dame de Valines. Les autres
convives sont plus ou moins atteints du
même mal, suivant l'ordre où ils avoient

E vj

été servis, & la quantité de potage qu'ils avoient mangée. On soupçonne le poison; on court au remede; plusieurs sont soulagés : mais le sieur de Riencourt meurt presque sur le champ dans les douleurs les plus aiguës.

Un événement si funeste ne peut manquer d'éclater promptement. Le Procureur du Roi d'Abbeville rend plainte, & requiert sur le champ le transport du Juge à Vieulaine. On y dresse des procès-verbaux de l'état du cadavre du sieur Riencourt, & des accidens extérieurs que l'on observe aux malades. Le corps de délit est constaté; il est reconnu que le poison est la cause de ces funestes effets.

On informe; une multitude d'indices dénoncent le coupable. On découvre que Leroi de Valines a acheté du poison en différens temps voisins de la mort de ses pere & mere, & derniérement le 24 Août, cinq semaines à peu près avant le délit qui donnoit lieu à l'instruction : on constate tous les détails de la conduite qu'il avoit tenue le matin de cette fatale journée, tels que nous venons de les rapporter. Il est décrété de prise de corps.

L'examen de la procédure donne lieu à d'autres foupçons. On fe rappelle le genre de mort des fieur & dame de Valines, & l'on approfondit la conduite du fils : un goût décidé pour la dépenfe, réalife dans tous les efprits le défir qu'il avoit de jouir promptement des biens qui devoient lui revenir par voie de fucceffion. On eft frappé des achats multipliés de poifon ; on eft inftruit qu'il y en avoit au château de Valines avant & lors du décès des pere & mere : les fymptômes de leur maladie, joints à ces circonftances, tout pouvoit le défigner comme coupable de leur mort.

Le Procureur du Roi rend plainte de ce fait, par addition. Le bruit public charge l'accufé de différens vols ; & ces vols font encore dénoncés dans la plainte.

On exhume les cadavres des fieur & dame de Valines : les Médecins & Chirurgiens chargés d'en faire l'examen, apperçoivent dans l'intérieur des taches livides, des épanchemens de fang ; mais ces accidens peuvent appartenir également au poifon & à la putridité ; &, difent-ils, comme il y a trop long-temps que les cadavres font inhumés, que d'ailleurs ils ignorent les fymptômes des maladies qui ont précédé leur mort, ils ne peuvent favoir fi le poifon en eft la caufe.

Mais il eft certain que, fi le corps de délit n'a pas été conftaté par un procès-verbal, il pouvoit l'être par les charges. On a donc continué l'inftruction fur ce chef d'accufation, & l'on a acquis la preuve des circonftances que nous avons rapportées plus haut. Il a été prouvé en outre, que les pere & mere font morts d'une maladie qui, à la juger par les fignes extérieurs, étoit la même dans les deux fujets. Pendant qu'ils étoient dans les douleurs qui ont caufé leur mort, le Chirurgien du lieu écrivit au fieur Hecquet, Médecin, & lui détailla les accidens. Ce Médecin ne les vit pas de fes yeux, puifque la mort de la dame de Valines avoit précédé fon arrivée; mais, entendu en témoignage, il repréfenta la lettre du Chirurgien, & déclara que les fymptômes qui y étoient décrits pouvoient provenir de poifon corrofif.

Or il étoit prouvé qu'au moment du décès du pere, il y avoit de l'arfenic au château de Valines, & que cet arfenic avoit été à la difpofition de l'accufé. D'ailleurs fes difcours rapportés par les témoins, & fes réponfes aux interrogatoires combinés enfemble, contiennent de fa part l'aveu du crime. Il avoit dit d'abord lui-même que fa mere étoit morte empoifonnée : il avoit dit enfuite que fa mere avoit éprouvé le même genre de mort que fon pere : la conféquence néceffaire étoit que le poifon les avoit fait mourir l'un & l'autre. On l'interroge fur fes aveux : il convient avoir dit que fa mere eft morte empoifonnée ; mais il ajoute que c'eft pour avoir pris du lait dans une cafferole mal étamée. La fille de baffe-cour lui eft confrontée, elle dénie le fait.

Deux autres traits le chargeoient de plus en plus. Un jour, depuis la mort du pere, la dame de Valines ordonnoit à fon fils de s'aller coucher plus tôt qu'il ne le vouloit ; il lui répondit brufquement : *Cela ne durera pas toujours ; je ferai bientôt mon maître.* Enfin fa mere expirante lui dit, dans les accès les plus violens de fa douleur : *Tu es un malheureux, tu es caufe de ma mort.*

Le 27 Mars 1764, par Sentence du
Lieutenant-Criminel d'Abbeville, l'accusé fut déclaré atteint & convaincu,
1°. d'avoir volé avec effraction chez
un Chanoine de la ville d'Aire ; 2°. d'avoir empoisonné, avec de l'arsenic jeté
dans la soupe, au château de Vieulaine,
le sieur de Riencourt, qui en est décédé le même jour, & d'avoir attenté
à la vie des sieur & dame de Vieulaine, de la demoiselle Demay de Bonnelles, ses oncle & tantes ; du sieur
Darras, Curé de Vieulaine ; de la dame
de Riencourt ; de la demoiselle Lucet;
de Catherine Routier, Cuisiniere ; des
nommés Desmarets, Cocher du sieur
de Vieulaine, & Desvignes, Serrurier.
3°. Il est déclaré violemment soupçonné
d'avoir pareillement procuré, avec de
l'arsenic, la mort de la feue dame de
Valines sa mere. En conséquence, il
est condamné à être rompu vif & jeté
ensuite au feu ; ses biens confisqués au
profit du Roi, ou de qui il appartiendra ; & si la confiscation n'a pas lieu
au profit de Sa Majesté, il sera prélevé une amende de 600 liv. & la
somme de 300 liv. pour prier Dieu
pour le repos de l'ame du sieur de
Riencourt.

Sur l'appel, M. le Procureur-Général se rendit appelant *à minima*. Catherine Routier, Cuisiniere du sieur de Vieulaine, pendant l'instruction du procès, présenta une Requête à la Cour, par laquelle elle demanda que l'accusé fût condamné envers elle en 6000 livres, pour dommages & intérêts résultant de l'état fâcheux & de l'incapacité de servir où elle se trouve réduite par le fait de l'empoisonneur. Le fils du sieur Riencourt demanda 30000 l. pour réparation de la perte qu'il avoit faite au décès de son pere, mort empoisonné. Le Curé de la Paroisse de Vieulaine forma aussi sa demande en réparations civiles, pour raison des infirmités que le poison lui avoit occasionnées.

Enfin, par Arrêt rendu au Parlement de Paris le 22 Août 1764, la Grand-Chambre assemblée, la Sentence d'Abbeville fut infirmée dans certains chefs. M. le Procureur-Général est reçu appelant *à minima*, & cet appel ne pouvoit frapper que sur la disposition qui se bornoit à déclarer Leroi de Valines violemment suspect, d'avoir empoisonné sa mere, sans statuer sur l'accusation qui concernoit celle du pere. Car, rela-

tivement au vol avec effraction & à
l'attentat commis à Vieulaine, l'Arrêt
reprend les mêmes difpofitions que celles
qui font contenues dans la Sentence;
mais la Cour a jugé que, dès qu'il y
avoit fufpicion véhémente fur une accufation de matricide, il falloit néceffairement pouffer les recherches plus
loin.

Elle a penfé que ce Jugement étoit
encore irrégulier, par le filence abfolu
qu'il gardoit fur l'empoifonnement du
pere.

Voilà fans doute les motifs qui ont
déterminé l'appel *à minima* : auffi l'Arrêt, en réformant la Sentence, ordonne-
t-il qu'avant l'exécution, le coupâble
fera appliqué à la queftion ordinaire
& extraordinaire, *pour avoir, par fa*
bouche, la vérité de certains faits.

Cette maniere de prononcer mérite
attention. Il eft d'ufage, quand on ordonne que le condamné fera appliqué
à la queftion avant d'être conduit au
fupplice, de déclarer que c'eft *pour*
avoir révélation de fes complices : ce
motif eft même ordinairement le feul
qui donne lieu à faire fubir cette peine
au condamné. Ce n'eft pas pour avoir

l'aveu de son crime ; il en est tellement convaincu, qu'il est condamné à la mort. Il n'y avoit dans le procès de Leroi de Valines, aucune trace de complicité ; il étoit prouvé qu'il étoit seul coupable, & que personne n'avoit eu part ni au projet, ni à l'exécution.

Aussi la Cour ne dit-elle pas qu'elle cherche, en lui faisant donner la question, à trouver des complices ; elle veut seulement éclaircir *la vérité de certains faits :* & quels peuvent être ces faits ? ce sont ceux dont sa religion n'est pas pleinement instruite. Elle soupçonne que ce monstre a empoisonné son pere & sa mere ; elle veut s'en convaincre, & l'événement a justifié sa prévoyance.

» Interrogé, au premier coin, s'il n'est pas vrai qu'il ait empoisonné son pere...., est convenu.... d'avoir fait périr sondit pere par le poison arsenical, qu'il a pris sur la cheminée dans la chambre de sondit pere ; lequel poison il a mis, de sa propre main, dans un bouillon qu'il a fait prendre à sondit pere dans un gobelet d'argent ; que son pere est mort le lendemain matin du

jour qu'il lui avoit fait prendre ledit
bouillon ; qu'il l'a exhorté à la mort,
en lui préfentant le crucifix, & qu'enfin
il l'avoit empoifonné pour jouir plus
promptement de fon bien «.

. Il eft également convenu » d'avoir
empoifonné fa mere avec du poifon
arfenical, lequel poifon auroit été mandé
par fa mere au nommé Turle, pour
empoifonner des rats ; qu'alors ayant
déjà conçu le deffein abominable d'empoifonner fa mere, il fe faifit d'un paquet d'arfenic qu'il fut chercher lui-
même chez ledit Turle; que, muni
de ce paquet d'arfenic, il en prit le
quart, qu'il enveloppa dans un papier
féparé, pour l'ufage auquel il le deftinoit ; après quoi il replia le refte du
paquet, qu'il remit ès mains de fadite
mere, & qu'enfuite il employa la partie
qu'il avoit réfervée, qu'il mit dans un
bouillon qu'il préfenta lui-même à fadite mere : convient auffi que fadite
mere fe trouvant incommodée des effets
du poifon, elle lui reprocha, dans fes
douleurs, en préfence de Fanchon Du-
chefne, qu'il étoit l'auteur de fa mort «.

. Relâché de la queftion, & interrogé
de nouveau, il perfifte dans fa déclaration.

Les aveux de ce monftre prouvent que l'unique objet de fes crimes étoit de fe procurer promptement les fucceffions que la Loi lui deftinoit, lorfque la Nature auroit difpofé des perfonnes dont il étoit défigné l'héritier. Nulle confidération ne mettoit obftacle à l'exécution de fes abominables projets ; & fi la Juftice n'eût arrêté, dès le principe, les effets de ce fléau, on l'eût vu exterminer tous ceux dont la proximité du fang auroit intercepté des fucceffions dignes de fa cupidité, pour enfuite faire fubir le même fort à ceux-mêmes dont il fe feroit ainfi rendu l'héritier préfomptif. On auroit vu même tomber fous fes coups tous ceux dont la mort lui auroit été inutile, mais que les circonftances ne lui auroient pas permis d'épargner. Ainfi, pour avoir les fucceffions de fon oncle & de fa tante de Vieulaine, il ne fait pas difficulté d'envelopper dans l'arrêt de mort qu'il a prononcé contre eux, huit autres perfonnes, defquelles il n'avoit aucune fucceffion à attendre...

Le même Arrêt accorde 3000 liv. de dommages & intérêts à la Cuifi-

niere, 30000 liv. au fieur de Riencourt,
& 1000 liv. au Curé.

Jufqu'à la prononciation & à l'exécution de cet Arrêt, le fieur de Vieulaine, fa fœur & la demoifelle de
Lucet avoient été plus occupés de leur
douleur & du foin d'affoupir cette déplorable affaire, que de leurs intérêts.
Mais lorfqu'ils eurent perdu toute efpérance de fauver le coupable, ils fe
pourvurent pour obtenir des réparations
civiles; &, par des Arrêts poftérieurs,
la Cour adjugea 30000 liv. au fieur de
Vieulaine, 1000 liv. à la demoifelle
Demay de Bonnelles fa fœur, & pareille fomme à la demoifelle de Lucet.
Ainfi la fucceffion du coupable fe trouva
chargée de 84000 livres de réparations.

Mais cette fucceffion ne fuffifoit pas
à toutes ces condamnations; ce qui
donna lieu à un débat entre ceux qui
les avoient obtenues. Ceux qui puifoient
leur titre dans l'Arrêt de mort, prétendoient devoir être payés par préférence
à ceux qui ne fe préfentoient qu'en
vertu d'un Arrêt poftérieur : les autres,
au contraire, foutenoient, 1°. que la
réparation civile emporte hypotheque,

à compter du jour du délit ; 2ᵉ. que dans le cas actuel, toutes les réparations civiles prenant leur source dans le même attentat, tous ceux qui en ont obtenu doivent être rangés dans la même claffe, & par conféquent partager les effets de la fucceffion, au marc la livre.

Pendant que le combat fe préparoit entre les infortunées victimes du monftre dont elles fe difputoient les dépouilles, on vit paroître une nouvelle adverfaire qui les attaquoit toutes en général, & les força de fe réunir contre elle : c'étoit la demoifelle Leroi de Chartrouville, tante paternelle de Leroi de Valines.

Elle prétendoit que le fcélérat, dont les crimes donnoient lieu à cette conteftation, avoit encouru l'indignité de fuccéder à fon pere, & qu'étant feul héritier en ligne directe, la fucceffion étoit paffée dans la ligne collatérale qu'elle repréfentoit feule, comme fœur unique du fieur de Valines pere : elle ajoutoit, que cette indignité avoit un effet rétroactif au jour du crime commis, en forte que la fucceffion paternelle n'avoit jamais réfidé fur la tête du parricide ; d'où il fuivoit qu'il n'avoit tranfmis, relativement à cette fucceffion, aucuns droits à fes propres créanciers, au nombre defquels font ceux à qui font dues les réparations civiles dont il s'agit.

Il eft inconteftable, difoient ces créanciers, que le lien de la nature qui attache le fils au pere, eft celui qui regle entre eux l'ordre fucceffif.

Le fils qui a tranché les jours de fon pere a rompu ce lien, & la chaîne de l'ordre fucceffif eft en même temps brifée.

Mais eft-il prouvé que Leroi de Valines foit coupable de la mort de fon pere ?

Avant l'attentat du 12 Septembre, tous les efprits fe feroient révoltés contre une pareille imputation. Les cadavres fortis du tombeau n'ont fait voir autre chofe aux Gens de l'Art, que cette diffolution des parties, qui eft la fuite ordinaire d'une putréfaction commencée. Les fymptômes de la maladie des pere & mere ne préfentoient rien de certain fur leur caufe.

Les reproches d'une mere expirante ne prouvent que fa fenfibilité fur les
défordres

défordres de fon fils, qui peut être telle qu'elle altere la fanté & attaque les principes de la vie.

Leroi de Valines, à la torture, s'eft déclaré coupable d'un double parricide; mais juge-t-on coupable, fur fa propre déclaration, celui qui s'accufe?

L'inftant où l'on va perdre la vie devroit être celui du triomphe de la vérité; mais un jeune homme, élevé dans une exceffive délicatefse, qui fait qu'il va périr, & qui eft familiarifé avec le crime, ne peut-il pas s'avouer coupable d'un attentat de plus, pour abréger les horreurs de la torture?

Si une déclaration de cette nature pouvoit fuffire pour interrompre l'ordre des fucceffions, un fcélérat prêt à monter fur l'échafaud, & qui, au moment où il perd tout, peut fe jouer de la fortune des autres, feroit le maître de renverfer plufieurs familles.

La demoifelle de Chartrouville répondoit, que l'empoifonnement eft un crime occulte; que c'eft le plus dangereux de tous, & le moins facile à prouver. Les indices font fouvent les feuls guides capables d'éclairer le Juge.

Tome III.   F

Il eſt évident que le parricide étoit l'unique motif de la torture ordonnée, puiſque de tous les crimes imputés à l'accuſé, c'eſt le ſeul ſur lequel la Sentence n'ait pas prononcé de peine.

Les circonſtances dont ce malheureux rend compte lui-même à la queſtion, ſe conciliant avec ce qui eſt prouvé au procès, forment un tout ſi bien lié, qu'il eſt impoſſible de ſe refuſer à croire qu'il eſt parricide.

Il eſt convenu, dans le procès-verbal, d'avoir fait périr ſon pere & ſa mere avec du poiſon arſenical, & il eſt prouvé au procès, que la mort de l'un & de l'autre a *été prompte & violente*, & qu'elle pouvoit *provenir du poiſon*.

Il a déclaré avoir pris ſur la cheminée de ſon pere le poiſon dont il s'eſt ſervi, & l'avoir mis de ſa propre main dans un bouillon qu'il lui a fait prendre. Il eſt prouvé qu'il y avoit, à cette époque, du poiſon au château de Valines.

Il a reconnu avoir pris l'arſenic dont il s'eſt ſervi pour empoiſonner ſa mere, dans un paquet qu'il fut chercher chez Turle. Il eſt prouvé que ce Turle en a effectivement acheté à cette époque, & l'a remis à l'accusé.

Il a reconnu avoir exhorté son pere à la mort : il est prouvé qu'il alla lui-même chercher le Vicaire pour l'administrer.

Il a avoué que sa mere·lui dit en mourant, *qu'il étoit un malheureux*, *qu'il étoit cause de sa mort*. Les témoins déposent avoir entendu ce reproche.

Enfin il a déclaré n'avoir commis tous ces attentats que pour jouir plus promptement des biens qui devoient lui revenir ; & l'Arrêt le déclare convaincu d'avoir empoisonné son oncle dans les mêmes vûes.

Il est donc impossible de ne pas prononcer qu'il a encouru l'indignité de succéder à son pere , puisqu'il a été forcé d'avouer qu'il étoit l'auteur de sa mort.

Mais cette indignité a-t-elle un effet rétroactif au jour que le crime a été commis ? & des créanciers qui ; depuis cet attentat , ont acquis des droits quelconques sur les biens de l'indigne, peuvent-ils prétendre que leurs hypotheques ont fait impression sur les choses acquises par cette voie illégitime ?

C'eſt le crime & non la procédure qui produit l'indignité : *Le crime fait la honte, & non pas l'échafaud.* Comment feroit-il poſſible, d'après cela, de trouver un inſtant où le coupable fût digne de ſuccéder à celui qu'il a aſſaſſiné ? Tant que ſon forfait a été ignoré, il a pu uſurper la jouiſſance de cette ſucceſſion. Mais, dès que la vérité vient à ſe manifeſter, dès que les nuages ſont diſſipés, l'uſurpation ceſſe ; & la Juſtice, remontant à la ſource, ne ſouffre pas que le crime ait ſa récompenſe, ni même qu'il en réſulte aucun bénéfice pour le coupable.

Enfin, on faiſoit un crime à la demoiſelle de Chartrouville de réclamer une ſucceſſion qui lui étoit déférée par la Loi. C'eſt, diſoit-on, un ſcandale de voir une tante publier dans les Tribunaux la honte de ſon neveu, la ſienne propre, & celle de ſa famille.

Cette honte n'étoit malheureuſement que trop publique avant la conteſtation ; elle n'étoit plus ſuſceptible d'aucun degré d'accroiſſement, & il n'étoit plus poſſible d'eſpérer d'en adoucir l'amertume. L'Arrêt de condamnation avoit été affiché dans la Capitale &

dans la Province qui avoit été le théâtre de cette cataſtrophe, avec une profuſion qu'exigeoit l'exemple dû au Public pour un crime ſi atroce ; les gazettes de tous les pays avoient porté le nom de Leroi de Valines, ſon forfait & ſa honte dans tout l'univers. Il y avoit quatre ans qu'un préjugé fatal forçoit cette tante infortunée à partager cette honte ſans participer au crime. Et lorſque la Nature, par la place malheureuſe qu'elle lui a aſſignée dans la famille où elle l'a fait naître, lui offre un dédommagement pécuniaire, on veut encore le lui ravir ! C'eſt un ſcandale, dit-on ; mais les Loix ſont donc ſcandaleuſes ? Car ce ſont les Loix qui appellent le plus prochain héritier, à l'excluſion du parricide ; & cet héritier plus proche eſt néceſſairement parent du coupable. Or, en cas de conteſtation, il ne peut invoquer le ſecours de la Loi, & faire valoir les droits qu'elle lui donne, ſans prouver le crime de ſon parent.

D'après ces principes & ſur ces conſidérations, intervint Arrêt ſur délibéré au Parlement de Paris, le 12 Février

1766, fur les conclufions de M. l'A-
vocat-Général Barentin, qui déclara
Leroi de Valines indigne des fucceffions paternelle & maternelle du moment de la mort de fes pere & mere,
déclara qu'elles avoient paffé immédiatement fur la tête des collatéraux les
plus proches, fauf à ceux qui avoient
obtenu des réparations civiles à fe pourvoir fur les biens du coupable prove-
nant d'ailleurs, s'il y en avoit.

DANSEUSE de la Comédie Italienne, qui demandoit la nullité de son mariage.

L'AFFAIRE du sieur Pitrot, Maître des Ballets de la Comédie Italienne, avec sa femme, premiere Danseuse de ce Théatre, a fait beaucoup de bruit. La dame Pitrot présenta sa réclamation contre son mariage, d'une maniere si singuliere, que la bizarrerie de sa défense a donné à cette Cause la plus grande célébrité. Voici son début.

» Pitrot, qui se dit mon mari, se peint en Roi de Théatre ; mais il agit en Héros de coulisse, que même il dégrade. Il m'a tenu un langage séduisant, qui lui a réussi ; il m'a emmenée en pays étranger, sous les vaines apparences d'y trouver de gros avantages ; il m'y a trompée par un mariage, qui heureusement n'est rien moins que légitime : bientôt après il m'a excédée par ses violences : maintenant il n'en veut qu'à ma fortune. Voilà, en deux mots, notre histoire.

F iv

» S'il étoit vrai que je fuſſe ſa femme, je ne ſais trop pourquoi il s'aviſe-
roit aujourd'hui de demander que je
le fuſſe *du moins par proviſion*, ſi ce
n'eſt qu'il attache à ce mot, le droit
de prendre *par proviſion* tout mon
bien.

» Moi, je crois qu'en bonne juſtice
on ne doit prendre le bien de perſonne.
J'ai toujours ouï dire, que *la juſtice
conſiſte à rendre à chacun ce qui lui
appartient*; auſſi je ne demande que
la diſtinction du mien d'avec le ſien.

» Je reſpecte plus que lui les noms
de *femme* & de *mere*; mais je ne mêle
point le ſacré avec le profane. Suis-je
à lui? Eſt-il maître de moi & de tout
ce qui m'appartient? Hélas! quelque
ſûre que je ſois qu'il n'y a aucun droit,
je remarque cependant que nous ne
combattons pas à armes égales.

» Il a un *grand Défenſeur*, je ſuis
foible comme un roſeau : ſans aucune
connoiſſance du Droit, je ne connois
que *la droiture*: eſt-ce aſſez pour lutter
avec lui & ſon ſecond? On m'a dit
que *les ſeconds étoient défendus*; cependant je veux bien tolérer le ſien;
la bonté de ma cauſe m'aſſure que je
les déſarmerai tous deux.

» J'avois, depuis deux ans, un Avocat diftingué par fes mœurs & fes lumieres. Je le favois occupé d'une affaire perfonnelle, lorfqu'à force de mauvais traitemens, Pitrot m'obligea de me retirer chez ma mere. J'allai confulter un de fes confreres.

» Peu de jours après, l'affaire de mon Avocat fut décidée à fa fatisfaction. Je courus lui en marquer ma joie, & lui conter mes peines; il fe chargea de ma Caufe. Comme il travailloit à mon Mémoire, il fut que d'abord je m'étois confultée à un autre. Auffi-tôt la plume lui tombe des mains, il me renvoie mes pieces. Je vole à lui & à fon confrere; je leur expofe les motifs de ma conduite, je les rapproche. Combat de politeffe entre eux. Bref, pour avoir trop d'Avocats, je refte fans en avoir aucun. Et voilà comme l'abondance de biens nuit.

» D'aller en chercher un autre, j'avois à craindre le même obftacle. Cette crainte m'a repliée fur moi-même : j'ai penfé que la Juftice ne demandoit que l'expofé de la vérité; je la fentois dans mon cœur; dès-lors je me fuis réfolue d'en donner le fidele tableau. Pitrot,

F v

qui crie à la métamorphofe, parce qu'il me voit *fille*, *femme*, *mere*, ne s'attendoit peut-être pas que je ferois encore *Avocat* ; mais je ne veux l'être que contre lui.

» Je n'y ferois même pas obligée, fi fa conduite eût été mefurée fur fa morale : malheureufement il n'eft, dans fon Mémoire, que le mafque fur le vifage ; mais j'ai le droit de le lui arracher. Levons la toile pour un inftant.

» Sans remonter à mes aïeux, fans parler de ma naiffance, de mon enfance, de mes difpofitions, de mon éducation, je vais tout d'un coup paffer de la création au déluge, pour ne pas fatiguer mes Juges d'épifodes qui n'excitént que leur ennui.

» Oui, Pitrot, comme il le dit, étoit veuf de la Rabon, fille de théatre, dont il s'étoit rendu l'héritier, lorfque, *chemin faifant*, ce prétendu *cofmopolite* daigna fixer fes regards fur moi, Ma *réputation brillante* n'offrit à fes yeux que des *débris* : je n'en fuis pas étonnée, c'eft le propre de l'*envie* Avouer le mérite des autres, on croiroit diminuer le fien. La vérité eft que cette réputation, je la devois à Roch, à Guy, & fur-tout au célebre Javillier, & non pas à deux mois de leçons que Pitrot m'avoit données. Mais laiffons-là la danfe, puifqu'il s'agit de plaider.

» A mefure que le deuil de Pitrot fe paffoit, ma réputation reprenoit vigueur: infenfiblement il eut honte du jugement qu'il en avoit porté. C'étoit un honneur qui flattoit fa vanité, de paffer des bras d'une figurante dans les bras d'une premiere danfeufe. Née dans fa patrie, exerçant fes talens, je prêtai l'oreille à fes difcours. Tel eft l'écueil du théatre : aux yeux du Public on ne montre que les vertus; les vices font dans les couliffes. Pitrot m'y parla d'amour : foit adreffe ou perfévérance de fa part, foit contagion, penchant ou illufion de la mienne, j'eus la foibleffe de céder. Quelles font celles qui ne fuccombent pas au milieu de tant de dangers ? Je devins mere fans être femme. A l'entendre, il me donnoit encore des leçons : je n'étois donc que fon écoliere ? On peut juger du tribut qu'il méritoit.

» Il lui échappe une terrible inconféquence au fujet de cet enfant. Il remarque que, dans l'extrait de baptême, je

fus dénommée fa femme, quoique je ne
le fuffe pas; n'eft-ce pas avouer que je
ne le fuis pas davantage, malgré l'acte
de tutelle, les affiches du coin des rues
& les autres endroits où cette énoncia-
tion peut avoir été faite? N'eft-ce pas
avouer que le feul titre qui conftate la
vérité d'un mariage, eft un acte de célébration conforme aux Loix?

» Si ma réflexion eft jufte, c'eft à cela
feul qu'il faut nous fixer. Qu'il vante,
tant qu'il voudra, les fervices qu'il dit
m'avoir rendus; les dettes qu'il fuppofe
avoir payées pour moi; fa complaifance
d'avoir retiré des bijoux que j'avois mis
en gage; ces reproches, s'ils étoient
fondés, me difpenferoient feulement
de toute reconnoiffance, mais ils ne
prouveroient pas que je fuis fa femme.
Au refte, il s'en faut bien que Pitrot
ait jamais fait quelque chofe pour moi;
c'eft un homme qui ne fait rien que
pour lui.

» Pour être poffeffeur de mon cœur,
il ne croyoit pas l'être de mes bijoux;
j'en avois pour plus de quarante mille
écus. Je fuis d'une foible fanté; une
couche ou autre maladie pouvoient
m'enlever: il eft des gens qui, de l'a-

mour des perfonnes, paffent volontiers
à l'amour de leurs biens. Pitrot, en matiere d'intérêt, a le coup-d'œil très-
jufte. Il étoit bien aife, en cas d'événement, que je ne mouruffe pas fans héritier.

» Tout autre qui auroit refpecté les
regles ordinaires, m'auroit tout naturellement époufée à Paris où j'étois ; ou
du moins, voulant m'emmener en pays
étranger, il fe feroit muni des permiffions néceffaires de la part du Curé ou
de M. l'Archevêque. Mais Pitrot avoit
fes vûes. Il cherchoit à fe rendre maître
de mon fort & de ma fortune, fans
que j'euffe aucun droit fur lui. Paris ne
lui offroit ni Prêtres ni Notaires qui
vouluffent remplir ce projet. Il eut foin
de m'infinuer que les plus grands avantages m'attendoient en Pologne, fi je
voulois l'y fuivre. Le propre des paffions
n'eft-il pas de nous aveugler ?

» Je m'abandonne de plus en plus à
Pitrot. Il me conduit à Varfovie. Un
beau jour je le vois tout-à-coup méta-
morphofé, de *Maître des Ballets*, en
Notaire Polonois. D'un côté, il me
préfente un papier écrit de fa main, qu'il
me dit être notre contrat de mariage.

De l'autre, fur les fix heures du foir, il me fait paroître devant un Prêtre; de maniere que, fans avoir demeuré dans un pays, fans permiffion de fon Curé ni du mien, fans publications de bans, fans le confentement de ma mere, & même fans que j'aye figné aucun acte, Pitrot m'affure que, de fa maîtreffe, je fuis devenue fa femme. Nous voilà donc *Monfieur & Madame Pitrot.*

» J'étois arrivée à Varfovie le 11 Juillet 1761; mon prétendu mariage s'y étoit fait le 26 Novembre. J'en repars le 10 Mars fuivant; j'arrive à Paris l'une des Fêtes de Pâques: perfonne n'avoit droit de vérifier fi ce mariage étoit bien canonique.

» Moi-même je l'ignorerois encore, fans les mauvais traitemens dont Pitrot m'a accablée : mais, après différentes épreuves, plus rudes les unes que les autres, & ne pouvant plus tenir contre fes excès, je lui marquai vouloir me retirer chez ma mere. Il fut le premier à me le confeiller. Ma femme de chambre, *maintenant la-fienne,* m'y apporta, de fon confentement, une partie de mes effets: j'en emportai une autre partie. Le furplus eft refté chez Pitrot.

» Comme j'entendois me pourvoir, il me falloit connoître mon état. C'eſt alors que je fus bien étonnée d'apprendre que Pitrot me refuſoit tout éclairciſſement ſur ce ſujet ; que même il diſoit avoir mon ſort en ſes mains , & que je ne trouverois nulle part les actes propres à le fixer.

» Ainſi dénuée de titres, je m'en tins à celui qu'il ne pouvoit me conteſter ſans m'en repréſenter d'autres : j'obtins, en ma qualité de fille majeure, la permiſſion d'aller réclamer chez lui le reſtant de mes effets. Il ne dénia point les avoir ; mais il repréſenta un papier qu'il dit être l'acte de célébration de notre mariage. Ce papier nous oblige d'aller devant M. le Lieutenant Civil , qui nous renvoie à l'audience. Au lieu d'y aller , connoiſſant tout le riſque que je courois , je vais au Parlement, qui me permet de continuer la réclamation de mes effets. La Juſtice ſe tranſporte de nouveau chez Pitrot : il oppoſe de nouveau ſon papier. On fait de la procédure à laquelle je n'entends rien. Tout ce que je fais , c'eſt que M. l'Abbé Regnault d'Irval, Conſeiller de Grande-Chambre , eſt Rapporteur , pour juger fi j'ai droit ou non de continuer la faifie commencée des effets que j'ai laiffés chez Pitrot.

» Lui , de fon côté , s'eft conduit d'une maniere auffi malhonnête que la mienne a été polie. Tandis que j'agiffois contre lui devant M. le Lieutenant Civil , il avoit agi contre moi devant M. le Lieutenant Criminel ; de forte qu'un jour de *Dimanche* il eft venu avec une troupe de gens, qu'il appelle des *fatellites* , lui à la tête , réclamer la partie de mes effets , que j'avois emportée en me féparant d'avec lui. Ma mere & moi les avons repréfentés ; mais ne voulant pas qu'il les prît , il s'eft rendu juftice & nous les a laiffés. Voilà ce qu'il appelle, de fa part , un *trait généreux*. Eft-ce donc générofité que ne pas prendre le bien d'autrui ?

» Comme je me fuis également adreffée au Parlement contre fon indécente procédure criminelle , il s'eft avifé d'y demander la remife des effets faifis chez ma mere. Je foutiens au contraire qu'ils doivent me refter. M. Maineau , auffi Confeiller , eft Rapporteur pour juger , fur ce fecond objet , fi j'ai tort ou raifon.

» Pitrot appelle ma faifie commencée chez lui, *une parodie ridicule*. Mais qu'il jette les yeux fur les dates, il trouvera que j'avois l'Ordonnance de M. le Lieutenant-Civil dès le 16 Juillet, & qu'il n'a eu celle de M. le Lieutenant-Criminel que le 18. Ainfi il faut que fon amour-propre renonce ici à l'honneur de l'invention. Il n'eft que mon finge & un plagiaire. Sa faifie n'eft qu'une copie de la mienne, une véritable récrimination. C'eft moi qui ai le tableau original.

» Si la fienne a quelque chofe d'original, c'eft de réclamer pour lui *mes propres effets*, & d'avoir été faite le *Dimanche*. Nos Juges décideront fi ce n'eft pas avoir profané un jour facré, que de l'avoir employé à une action tout à la fois injufte & fcandaleufe.

» A quels titres donc Pitrot prétend-il retenir mes effets, & me prendre ceux qui font en ma poffeffion? Il en indique deux. Le premier, c'eft qu'ils font à lui, parce qu'il dit les avoir bien payés en acquittant mes dettes. Mais où eft la preuve que j'aye eu des dettes, que Pitrot les ait payées, & que,

par cette raifon, tous mes effets foient
à lui ? Où eft la preuve qu'il ait payé
des dettes fi égales à tout ce qui eft à
moi, qu'il ne me refte feulement pas
une chemife ? Pitrot ne rapporte, à ce
fujet, aucun titre. Ne faut-il donc pas
qu'il foit en délire, pour fe figurer qu'il
en fera cru à fa parole ?

» Son fecond titre, c'eft qu'il eft
mon mari, & c'eft fur quoi il fe garde
bien encore de rapporter la moindre
preuve. Il veut qu'on aille voir un acte
de tutelle, des actes de baptême, des
affiches au coin des rues, ou que l'on
confulte ceux qui ont pu nous entendre
traiter de mari & de femme. Sont-ce
donc là les fources où il faut aller puifer
pour s'affurer de la vérité d'un mariage ? Pitrot eft-il fi enivré d'intérêt,
qu'il ait perdu toute idée du tendre
langage ? Combien, aux Spectacles fur-
tout, n'en eft-il pas qui fe donnent les
jolis noms de *mon petit mari*, *ma petite femme*, fans que jamais il ait été
queftion entre eux de mariage ?

» Mais, dit Pitrot, *je fuis votre
Maître*. La Coutume le décide en l'article 225. Pauvre Pitrot ! y avez-vous

pensé ? On me l'a lu cet article ; & que dit-il ? Il dit, que *le mari est seigneur des meubles & conquêts immeubles par lui faits durant & constant le mariage de lui & de sa femme.* Eh bien ! prouvez donc, avant toutes choses, que vous êtes mon *mari*, & que je suis votre *femme.* S'il n'y a point de *mariage* entre nous, vous n'êtes ni *seigneur* ni *maître.* De votre propre aveu, le bâtiment s'écroule.

» Pitrot veut qu'on trouve cette preuve dans un papier qu'il n'ose mettre au jour, & qu'il dit être un acte de célébration. Mais pourquoi n'en donner que des copies informes ? D'ailleurs, à en juger sur ces copies, cet acte n'a été signé ni *du Curé*, ni *des témoins*, ni *de Pitrot*, ni même *de moi.* En le supposant fidele, il n'est donc qu'un chiffon, qui mérite d'autant moins de confiance, que la vérité n'en est attestée ni par des Juges, ni par notre Ambassadeur.

» Je vais plus loin. Dès que Pitrot invoque la Loi des maris, il me semble qu'à plus forte raison il est soumis à la Loi des mariages. Et en me consultant, j'ai appris qu'il y avoit, fur ce fujet, les Loix de l'Eglife & de l'Etat ; qu'il falloit qu'un mariage *y fût conforme,* ou qu'il *étoit nul.* J'ai demandé où je trouverois ces Loix ; on me les a indiquées. Pitrot ! il y a des Canons, des Ordonnances. Ces Ordonnances, ces Canons font vos maîtres avant que vous foyez le mien.

» La Coutume ne fait qu'expliquer quel eft le pouvoir du mari : elle fe reporte donc à la Loi, qui explique comment un mariage eft valable. Le mari à qui la Coutume donne des droits, n'eft que le mari dont le mariage eft conforme aux Ordonnances. S'il n'y eft pas conforme, il n'y a plus ni mari ni droits, parce qu'il n'y a point de mariage. Cela me paroît très-clair. Faudra-t-il fuppofer un mariage, afin de rendre Pitrot mon maître ? Et comment le feroit-il par la Coutume de Paris, lorfqu'il dit qu'il avoit un *domicile permanent en Pologne ?* Il auroit bien voulu auffi avoir d'autres domiciles à Berlin, à Stutgard & à Vienne. C'eft-là où il a fallu fe perfuader qu'il n'étoit qu'un *cofmopolite.*

» *Mais,* dit-il, en parlant de moi,

fa groffeffe, un enfant de quatre ans, un contrat de mariage prouvent qu'elle eft femme. Nulle n'eft femme fans un acte de célébration bien en regle. Voilà ma réponfe.

» Le grand grief de Pitrot, c'eft que, quand il m'a demandé fon contrat de mariage, *j'ai dit, en plaifantant, l'avoir brûlé.* Il s'en plaint, parce que, fi on veut l'en croire, *on y lira qu'il eft propriétaire de tout.* Quoi ! Pitrot m'a menée à Varfovie pour me prendre tout ce que j'avois ! Quoi ! il eft certain que le contrat qui me faifoit ce tort, *a été fait en pays étranger, & fans minute !* Mais Pitrot ayant ainfi le contrat & l'acte de célébration, fans qu'il y en ait aucune minute où je puiffe recourir, il eft donc maître abfolu de mon état ? En montrant les actes, il fe rendroit maître de moi & de mes biens. En les fupprimant, je n'aurois aucun droit fur lui, ni fur fes biens, ni peut-être même fur les miens, confondus parmi les fiens. Jamais y eut-il une raifon plus preffante de les diftinguer, comme je le demande ? Pitrot a raifon de dire : Arrêtons, M. le Notaire Polonois...., faites des actes plus réguliers, ou bien craignez la Justice.

» En un mot, de quoi s'agit-il aujourd'hui entre Pitrot & moi ? De savoir si toute notre fortune doit-être livrée à sa discrétion, ou si on doit la mettre en sûreté.

» Si on la lui confie, je suis comme assurée de tout perdre. Si on ne la lui confie pas, il ne risque rien. Au milieu de cette alternative, la Justice pourroit-elle hésiter ?

» Pourquoi serois-je exposée à tout perdre ? Parce que Pitrot, levant le pied pour s'en aller en Russie, où je sais qu'il est en marché, ou pour s'en aller ailleurs, il me seroit impossible de ravoir mon bien de chez l'Etranger où il l'auroit emporté. Qu'il ne dise pas, qu'*étant engagé encore pour deux ans à la Comédie Italienne, son évasion n'est pas à craindre*. Il étoit de même engagé *à la Comédie Italienne*, lorsqu'une fois il s'en alla à Stutgard. Et je crois que tel qui a manqué une première fois, peut être justement soupçonné de manquer une seconde.

» Qu'au contraire, les effets qu'il a

à moi, foient faifis, qu'il s'en rende
le gardien avec un Commiffaire folva-
ble, comme je me le fuis rendue, conjointement avec ma mere, de mes propres effets faifis chez elle ; il eft fenfible que, par cet expédient, fes intérêts & les miens feront également en
fûreté. Si le mariage eft déclaré nul,
il me reftituera ce qu'il me retient :
s'il eft déclaré valable, il exercera fes
droits. Jufque-là il ne fera privé de
rien ; c'eft moi feule qui n'aurai pas
tous mes effets en ma difpofition.

» Nul autre expédient n'eft prati-
cable. Je fuis attachée au Théatre ; mes
effets, mes bijoux m'y font néceffaires
pour les repréfentations, à moins que
Pitrot, mettant le comble à fes indé-
cences comme à fes injuftices, ne veuille
que j'y paroiffe toute nue, ou qu'il
n'entende me réduire à l'impoffibilité
d'y paroître.

» Il feint de s'occuper de deux autres objets ; l'état de l'enfant né de
nous, la pourfuite des complices qu'il
me prête. Mais il n'eft de bonne foi
ni fur l'un ni fur l'autre. Quant à l'enfant, il n'en fera queftion que lorfqu'il

faudra juger fi le mariage eft valable, & il ne s'agit maintenant que de mes effets. Quant aux complices, il fait bien que Julie, ma Femme de chambre, eft la feule qui m'ait aidée à apporter partie de mes effets chez ma mere. Auroit-il bien le courage de frapper fur cette pauvre fille, qui a préféré *de lui refter fidélement attachée*, plutôt que de me fuivre ? Qu'il convienne de la vérité, & il avouera que la fuppofition des complices n'a été qu'une rufe pour traduire au criminel une perfonne qu'il difoit fa femme. Ne feroit-il pas de la plus grande juftice de le renvoyer au civil, pour faire des procédures plus honnêtes ?

» J'ofe me flatter que perfonne ne prendra le change. Pitrot n'en veut qu'à ma fortune. Il pourfuit mes effets avec un acharnement fans exemple ; il fe met à la tête des Huiffiers & Recors ; ce n'eft qu'après coup, & pour pallier fa cupidité, qu'il s'avife de me faire fommation de retourner chez lui, bien fûr qu'après les mauvais traitemens que j'y ai effuyés, je n'y retournerai jamais.

» Il n'a, dans ce moment, aucun
droit

droit sur moi, ni sur mes biens. Le tort qu'il cherche à me faire, seroit irréparable. Je propose au contraire sa sûreté & la mienne : s'il n'a point de titre, s'il est sans acte de célébration, sans contrat, c'est sa propre faute ; il a voulu *m'empêcher de recourir à la minute;* c'est à lui-même qu'elle manque; & ce n'est pas d'aujourd'hui que les trompeurs sont trompés.

» Je dois, en finissant, me justifier d'un fait qui seroit bien indifférent, si Pitrot eût tenu une conduite réguliere. Il veut que j'aye dit *avoir brûlé son contrat de mariage.* Il peut se faire que, troublée par l'appareil de toute sa cohorte, & fatiguée de ses propos, je lui aye répondu avec impatience, *de chercher son contrat, & que je l'avois brûlé.* Ce qui est certain, c'est que je ne l'ai point brûlé, c'est que je ne l'ai point en ma possession, que j'ignore où il est, ni s'il existe. Mais en supposant le contrat perdu, & *qu'il n'y en ait point de minute,* c'est aux Notaires, c'est aux Gens de Loi à dire à Pitrot si la chose a été possible *sans crime;* ou si la minute n'est que sup-

primée, ils lui diront fi le mal eft fans
remede, à qui on en doit imputer la
faute, & ce que mérite celui qui l'a
commife.

Telle étoit la défenfe finguliere de
la dame Pitrot.

Nous allons lui oppofer les faits qui
étoient certains dans la Caufe, & qui
ont déterminé l'Arrêt qui eft intervenu.

Louife Regis étoit originaire de Mar-
feille. Dès fa plus tendre jeuneffe, elle
s'étoit attachée à une troupe de Comé-
diens, en qualité de Danfeufe. Elle
avoit couru, pendant plufieurs années,
de théatres en théatres, & de provinces
en provinces. C'étoit pendant la durée
de cette vie errante, qu'elle avoit fait
connoiffance avec le fieur Pitrot. Ce
Danfeur, qui avoit promené fes talens
fur une foule de théatres, propofa à la
demoifelle Regis de l'accompagner à
Varfovie. Arrivés dans cette capitale,
le fieur Pitrot & la demoifelle Regis
contracterent mariage enfemble. La bénédiction nuptiale leur avoit été donnée par le Vicaire-Général de l'Archevêque de Guefne & de Varfovie, dans

l'églife paroiffiale. Cette cérémonie avoit
été accompagnée de toutes les formalités prefcrites par le Concile de Trente
pour la validité des mariages.

Les deux époux, de retour en France,
s'attacherent à la Comédie Italienne, le
mari en qualité de Maître des Ballets
de ce théatre, & la femme en qualité
de premiere Danfeufe. Il paroît que
leur union ne fut pas fans nuages ; la
divifion & la difcorde fubftituerent
dans leurs cœurs la haine à l'amour
qui les avoit déterminés à fe marier
en Pologne.

La dame Pitrot crut qu'elle pourroit
réuffir à recouvrer la liberté qu'elle avoit
perdue, &, à cet effet, elle attaqua
fon mariage de nullité ; elle en interjeta appel comme d'abus, fur le prétexte que, dans la célébration, il n'y
avoit pas eu le concours du propre
Curé des Parties.

Mais le Défenfeur du fieur Pitrot
foutint que ce prétendu défaut ne pouvoit être regardé comme un moyen
d'abus dans l'efpece. Il diftingua les
perfonnes domiciliées, & celles qui, par
état, n'ont qu'une habitation momen-

tanée & paffagere. Il plaça Louife Regis
& le fieur Pitrot dans cette derniere
claffe. Il prétendit qu'ils étoient gyro-
vagues, c'eft-à-dire, de ceux qui, étant
paroiffiens de toutes les paroiffes dans
lefquelles ils féjournent fans s'y fixer,
peuvent fe marier valablement avec la
permiffion de l'Ordinaire. Nos Rituels,
entre autres celui du diocefe d'Auch,
admettent ce principe.

Ainfi, fous ce premier point de vue,
la demande en nullité de mariage, formée par la femme du fieur Pitrot,
n'étoit pas fondée. Le défaut du concours du propre Curé des Parties,
qu'elle invoquoit, n'avoit aucune application à l'efpece où elle fe trouvoit,

D'ailleurs cette femme n'étoit pas
recevable à interjeter appel comme
d'abus de fon mariage, 1°. parce qu'il
n'y avoit eu aucune féduction, aucune
violence employée pour la déterminer
à donner fa main au fieur Pitrot. En
effet, il étoit prouvé qu'elle avoit vécu,
pendant plufieurs années, avec ce Danfeur, dans un commerce illicite, &
qu'il étoit né de leur union criminelle,
des enfans, dont l'un avoit été bap-

tifé comme légitime. Ainfi les confidérations les plus puiffantes fe réunif-
foient pour faire profcrire une tenta-
tive infpirée par le goût de l'indépendance & du plaifir.

2°. Parce que la demoifelle Regis
étoit majeure lorfqu'elle avoit contracté
mariage avec le fieur Pitrot.

On ne pouvoit donc envifager ce
mariage, célébré en pays étranger,
comme un contrat fait en fraude des
Loix du Royaume. Si la demoifelle
Regis & le fieur Pitrot fe fuffent trouvés en France dans le moment où ils
avoient légitimé l'union dans laquelle
ils vivoient depuis plufieurs années,
ils auroient rempli toutes les formalités requifes par nos Loix ; mais, étant
en Pologne, ils n'étoient affujettis qu'aux
formalités reçues dans ce Royaume.
Or il étoit conftant que ces formes
avoient été exactement obfervées. Il ne
devoit, par conféquent, y avoir aucune difficulté qui s'opposât à la con-
firmation du mariage des fieur & dame
Pitrot.

Auffi, par Arrêt rendu par le Parlement de Paris, fur les conclufions de

M. l'Avocat-Général Barentin, le 6 Juin 1766, il fut dit, qu'il n'y avoit abus dans la célébration du mariage de Pitrot & de Louife Regis, & cette derniere fut déboutée de toutes fes demandes.

AFFAIRE de POINSINET, pour une montre.

LES actions les plus indifférentes des hommes célebres excitent la curiosité. On aime à pénétrer, pour ainsi dire, dans leurs ames, & à les voir aux prises avec les passions qui tyrannisent les hommes ordinaires ; le Public prend sur-tout le plus vif intérêt aux contestations qui les forcent de paroître dans les Tribunaux.

Le nom de *Poinsinet*, ses Ouvrages, & les anecdotes qu'on a répandues sur son compte, lui ont acquis la plus grande célébrité.

La Cause que cet Auteur a été obligé de défendre contre la demoiselle de Crouzoul, dont nous allons rendre compte, ne peut donc manquer de plaire à nos Lecteurs. Poinsinet jouissoit de toute la gloire que l'Opéra d'Ernelinde lui avoit méritée, lorsqu'il se vit arraché à son triomphe lyrique, pour jouer un rôle dans un des Tribunaux de la Capitale.

G iv

Voici de quelle maniere la demoifelle de Crouzoul préfentoit fa défenfe.

» L'ingénieux Auteur de *Totinet*
(difoit elle), de *Gilles, Garçon Pein-
tre*, du grand & fublime Opéra d'*Ernelinde*, & d'une infinité d'autres Ouvrages de la même force ; le fieur Poinfinet le jeune enfin, puifqu'il faut le
nommer, a, depuis près de dix ans,
à moi une montre d'or, émaillée, à
répétition : j'en ai fa reconnoiffance ;
mais elle ne vaut pas ma montre : il
promet de me la rendre ; mais il ne
me la rend point. J'ai été obligée de
le faire affigner au Châtelet : il a fur
le champ trouvé un Défenfeur zélé,
& je fuis réduite à me défendre moi-
même. L'éclat de fa réputation, le bruit
de fes talens, la confidération dont il
jouit, lui auront fans doute valu cet
empreffement, bien plus que l'honnêteté de fa Caufe : mais l'éloquence n'a
rien de commun avec la reconnoiffance que j'ai de lui, & tout l'efprit
du monde ne changera pas les faits.

» J'avois befoin d'argent ; je remis
au fieur Poinfinet une montre d'or,
émaillée, à répétition, qui avoit couté
quarante louis : il me remit deux cent

trente-huit livres; &, pour me tenir lieu du surplus, il me donna le billet dont voici les termes:

» *Je reconnois avoir une montre d'or, émaillée, à mademoiselle de Crouzoul, sans chaîne, sur laquelle je lui ai remis deux cent trente-huit livres, que je représenterai lorsque j'y serai requis. A Paris, ce premier Novembre 1758. Signé POINSINET le jeune, avec paraphe.*

» Le style n'en est assurément pas élégant; mais un Poëte daigne-t-il s'en occuper pour de pareilles minuties, & soigne-t-on le style d'un billet comme celui d'un Opéra? Tel qu'il est, il contient l'aveu qu'il a une montre à moi, & la promesse de me la rendre; cela me suffit: il a oublié d'énoncer qu'elle est à répétition; mais il ne le nie pas; ainsi le fait doit passer pour constant: il sembleroit qu'en écrivant cette reconnoissance, il auroit eu d'abord dessein de ne s'engager à me rendre ma montre, que quand il y seroit contraint; car, quoique je ne fasse ni bons ni mauvais vers, comme le sieur Poinsinet, je n'ignore cependant pas

G 7

que l'on doit dire, lorsque j'en serai
requis, ou lorsque j'y serai contraint ;
mais je ne saurois le croire : ainsi, tant
que j'ai vu le Public peu sensible à son
mérite, le laisser sans moyens, je l'ai
seulement *requis* de me rendre ma
montre, & ce n'est qu'au bout de près
de dix ans, & lorsque j'ai vu ce même
Public ouvrir les yeux sur le sublime
& touchant Drame d'*Ernelinde*, &
venir en foule payer au sieur Poinsinet
les larmes délicieuses que son art en-
chanteur lui faisoit verser : ce n'est qu'à
ce moment que j'ai demandé qu'il y
fût *contraint*. J'ai pris la liberté de former une opposition entre les mains du
Caissier de l'Opéra. Le sieur Poinsinet
soutient que j'ai tort : j'avoue que je
ne sais pas trop comment cela pourroit
être : le Public n'en croit rien ; mais
c'est aux Juges à prononcer : qu'il me
soit permis cependant de leur mettre
sous les yeux quelques courtes réflexions.

» «Je n'entends point du tout les
affaires ; mais je sais que j'avois une
montre d'or, émaillée, à répétition ;
je l'ai remise au sieur Poinsinet, qui

l'a reconnu & s'est engagé à me la rendre : il faut donc qu'il me la rende , cela me paroît juste. On dit que le sieur Poinsinet ne pense pas comme cela , & que , se méfiant de son esprit, quoiqu'il en ait quelquefois *à étonner* , il a chargé quelqu'un de faire pour lui un Mémoire qui en pétillera , pour démontrer que la probité n'est pas une qualité essentielle & nécessaire , à un Poëte , & qu'avant vingt-cinq ans on n'est pas obligé d'être honnête homme. On ajoute qu'il doit prendre des lettres de rescision : j'ai demandé ce que c'étoit , & quel étoit leur effet ; on m'a dit que c'étoient des lettres du Prince , qui remettoient les Parties au même état où elles étoient avant d'avoir contracté ensemble : mais, en ce cas, je voudrois qu'il en prît ; car j'aurois une très-belle montre que j'avois avant de la remettre au sieur Poinsinet : il auroit deux cent trente-huit livres, que j'offre de lui remettre , & c'est tout ce que je demande : mais je ne puis pas penser qu'il ait recours à ce moyen. Seroitce sa reconnoissance qui le gêne un peu , qu'il voudroit faire annuller ?

Mais on dit que ces lettres font adref-
fées au Juge pour les adopter, s'il
trouve que celui qui les préfente ait
raifon : or je ne dois pas craindre que
la Juftice penfe que le fieur Poinfinet,
à qui j'ai confié ma montre, & qui
a promis de me la rendre, ait raifon
de ne me la pas rendre : ces lettres ne
réuffiroient donc pas.

» Seroit-ce parce qu'il étoit mineur ?
Mais je l'étois auffi ; & d'ailleurs on
dit qu'il ne fuffit pas d'être mineur,
& qu'il faut encore être léfé. Or je
crois que de deux mineurs, dont l'un
confie fa montre à l'autre, ce n'eft pas
celui qui la garde, malgré fa promeffe
de la rendre, qui eft léfé ; c'eft affurément celui auquel on ne veut pas la
rendre : ce n'eft donc point le fieur
Poinfinet qu'il faut reftituer, c'eft moi,
puifque c'eft moi qui réunis les deux
qualités de mineure & de léfée. Il faut,
dit-on, encore être léfée d'outre moitié ; mais je le fuis du tout, & le fieur
Poinfinet ne l'eft point : au contraire,
il a plus d'une fois léfé le Public d'outre
moitié, & cependant ce Public léfé ne
prend point de lettres de refcifion. Qu'il

abandonne donc l'idée de ces lettres, fuppofé qu'il l'ait eue ; elle n'eft pas honnête : elle lui feroit infructueufe, & tout l'efprit du monde ne parviendroit pas à la faire réuffir.

» Ayant, comme on le voit, auffi peu de reffource du côté du fait, penferoit-il à élever une queftion de droit, & à foutenir, comme il m'en a menacée, que ma faifie n'eft pas bonne, parce que les fruits du génie & de l'efprit ne font pas faififfiables ? Il doit, dit-on, m'oppofer, pour le prouver, un Arrêt du Confeil en faveur du fieur Crébillon, du 21 Mars 1749.

» J'avoue que je fais très-peu de droit ; mais je le crois fondé fur le bon fens. D'après cela, comment imaginer qu'un Arrêt fait pour le grand Crébillon, puiffe fervir au *petit* Poinfinet ? Il eft rendu fans contradicteur, & cela rentreroit d'ailleurs dans une queftion de fait que le Public femble avoir préjugée ; c'eft de favoir s'il y a en effet de l'efprit & du génie dans les paroles d'*Ernelinde* ; c'eft ce que le fieur Poinfinet devroit prouver avant tout, & j'avoue que je ne ferois pas fans inquiétude, fi on l'admettoit à cette preuve, & qu'on fît entendre en témoignage tous ceux qui ont entendu fes paroles.

» On peut juger de fon embarras dans cette conteſtation, par le filence qu'il garde depuis le 15 Décembre dernier que je l'ai fait affigner : mon Procureur m'a dit qu'il n'avoit pas encore fourni de défenfès. A quoi fert donc l'efprit ? Faut-il donc autant de temps pour répondre à une demande auffi fimple que la mienne, que pour faire un Opéra ? Le fieur Poinfinet veut fans doute fe donner le loifir d'arranger fa fable, de dire qu'il a mis une montre en gage, qu'il l'a perdue de vue, qu'il ne fait ce qu'elle eſt devenue, & d'embellir ce roman des graces de fon ſtyle, ou de celui de quelque Orateur qui voudra bien lui prêter fa plume. S'il en trouve d'auffi crédules que lui, à la bonne heure.

» Se flatteroit-il d'affoiblir fa promeſſe, en tâchant de la faire regarder comme un preftige enfanté dans ces temps de crédulité, où il étoit certain d'avoir été enlevé dans les airs, lié d'amitié avec les Néréides, invifible à tous les yeux, infpiré par un Génie, & de tant d'autres chofes fi bizarres, qu'il à fallu créer un nouveau mot pour les exprimer (a)? Mais la Juftice ne fe laiffe point faire illufion, elle n'adopte pas des chimeres, elle ne croit que ce qu'elle voit; & heureufement la reconnoiffance qu'il m'a donnée de ma montre n'eft pas, comme lui, devenue invifible; mes Juges l'ont fous leurs yeux.

» S'il dit qu'il a mis ma montre en gage, il dira qu'il a fait une chofe affez mal-honnête; mais cela ne peut pas faire un moyen : fi cela eft, il doit favoir où il l'a mife, la reprendre, & me la rendre. Ofera-t-il dire que les gens auxquels il avoit eu l'imprudence de la confier, font morts, ou perdus pour lui? Ce moyen feroit encore plus ridicule : qui de lui ou de moi devroit être garant de cet événement, qui même ne feroit qu'une allégation peu décente, & qui ne mériteroit aucune foi?

(a) Miftifier.

» Peut-être me fera-t-il le reproche de lui avoir redemandé si tard une montre que je lui ai remise en 1758.

» S'il osoit le faire, ce seroit mal reconnoître les égards que j'ai eus pour lui. Je la lui ai demandée plusieurs fois dans cet intervalle ; je l'ai *requis* de me la rendre ; il me l'a promis, & n'en a rien fait : je n'ai pas voulu l'y contraindre, & voici pourquoi. Le sieur Poinsinet, déjà fameux dans un âge où les autres commencent, fut chargé de conduire un jeune Seigneur en Italie, & de lui en faire connoître & sentir les beautés : c'est là qu'il a perfectionné son goût & agrandi ses idées ; c'est dans ce dépôt des Arts & des Sciences, qu'il a puisé le sublime & le pathétique qui a si sensiblement remué nos ames & attendri nos cœurs, par les paroles naïves & touchantes de son Opéra d'*Ernelinde* : de là il passa chez le Chantre immortel de *Henri*, chez le pere de *Zaïre* ; il revint à Paris, tout rayonnant de gloire, plein de connoissances, comblé de richesses littéraires, mais très-dénué de celles dont le vulgaire ignorant & grossier fait si bassement son idole.

» Ces abfences & l'état de fa fortune auroient rendu mes pourfuites indécentes & inutiles : auffi j'eus l'honnêteté & la prudence de n'en point faire.

» Aujourd'hui les chofes font totalement changées ; fes fuccès brillans, la confidération dont il jouit, l'état heureux où il fe trouve, ma patience, la médiocrité de ma fortune, le temps même qui s'eft écoulé depuis fa reconnoiffance, tout enfin doit l'engager à me rendre ma montre, ou à m'en payer le prix. Il ne fuffit pas d'être Auteur élégant, convive agréable, Poëte fublime, de charmer en un jour les trois théatres de Paris, de parodier des Pieces Françoifes, de traduire librement des Drames Italiens, il faut encore être honnête & payer fes dettes ; & le fieur Poinfinet auroit trop d'avantage fur ceux qui n'ont pas autant d'efprit que lui, s'il étoit libre de contracter des engagemens & de ne pas les remplir, & fi ceux auxquels il doit ne pouvoient pas fe procurer leur payement fur le feul bien qu'on lui connoiffe dans le monde «.

Malgré la fineffe des plaifanteries

répandues dans ce Mémoire, la demoifelle de Crouzoul fut déboutée de fa
demande, par Sentence du Châtelet,
rendue en 1767, & fut condamnée aux
dépens.

LIBRAIRE accusé d'avoir vendu des Livres contraires à la Religion & aux bonnes mœurs.

» Le 18 Juillet 1766, M. le Procureur-Général du Parlement de Besan-
çon présenta à la Cour un réquisitoire,
contenant, » que depuis quelques années il se répandoit dans le Public
des livres pernicieux, qui sont faits pour
souiller l'imagination de la jeunesse,
séduire le cœur & corrompre les mœurs;
qu'au moyen de ces Ouvrages, écrits
avec tout l'artifice dont une plume légere est capable, les jeunes gens cherchent à se persuader que le sentiment
de la tolérance est fondé sur la raison;
que les peines ne sont pas éternelles;
que le culte chrétien est imaginaire,
& que toutes les obligations se réduisent à celles qu'impose la loi naturelle;
que le matérialisme, cette opinion si
bizarre & si humiliante pour la condition de l'homme, ne s'est accrédité
depuis quelque temps que par la dif-

tribution des Ouvrages qui en font l'a-
pologie, tels que le livre des *Mœurs*,
celui de *l'Efprit* & le *Dictionnaire
philofophique* ; qu'il a éprouvé les plus
grandes difficultés pour obtenir des
preuves contre ceux qui ont débité ces
Ouvrages dans la province; mais qu'enfin
il vient de réuffir à acquérir de fortes
preuves, tant par titres que par témoins, & qu'un billet, joint au réquifitoire, au bas duquel le nommé Fantet, Marchand Libraire en cette ville,
a écrit de fa main le prix qu'il demandoit du livre des *Mœurs*, *de l'Efprit*,
du Dictionnaire philofophique, eft une
preuve fuffifante pour le convaincre «.

À l'appui de ce réquifitoire, M. le
Procureur-Général joignit les *Mœurs*,
l'Efprit, *le Dictionnaire philofophique*, dont il expofa les erreurs. Il requit en conféquence, qu'il lui fût permis de faire informer contre le Libraire
Fantet ; » & attendu qu'il étoit déjà
convaincu de la diftribution de mauvais livres, tant par la notoriété que
par le billet écrit de fa main « ; il conclut à ce que le fieur Fantet fût faifi
au corps, & conduit dans la Conciergerie du Palais, fes biens faifis & anno-

tés ; que reconnoiffance & vifite fuffent faites des livres qui fe trouveroient, en fon domicile, imprimés fans permiffion, pour être faifis; & notamment ceux intitulés : *Les Mœurs, l'Efprit, & le Dictionnaire philofophique.*

Arrêt intervint, conforme aux conclufions; en conféquence duquel M. le Procureur-Général, accompagné de fes Subftituts, des Huiffiers & de la Maréchauffée, fe rendit chez le fieur Fantet, qui fut arrêté & conduit en prifon.

On fit chez lui une exacte recherche. On y trouva trois exemplaires du *Dictionnaire philofophique,* deux de *l'Efprit,* deux exemplaires de différentes éditions de *la Pucelle, les Mœurs, la Philofophie de l'Hiftoire, la Tragédie de Saül, Emile, Margot la Ravaudeufe,* & un autre Roman du même genre.

Auffi-tôt les fcellés furent appofés, & le lendemain même le fieur Fantet fut interrogé.

Le Commiffaire lui demanda, » s'il n'étoit point dans l'habitude de débiter des livres contre les mœurs ou la Religion « ; Fantet répondit : » Qu'il n'étoit nullement dans cette habitude ;

que n'ayant point affez de connoiffances,
fur-tout en matiere de Théologie, il
ne pouvoit par lui-même examiner les
envois de fes Correfpondans; que depuis quelques mois il avoit reçu une
balle, qu'un Voiturier affuroit venir
de Pontarlier, avec ce feul mot d'avis : .
*A M. Fantet, Marchand Libraire à
Befançon, de la part de fon ferviteur,*
Dᴀʀɪɴ. Qu'il ne connoiffoit ce *Darin*
en aucune façon; qu'ayánt ouvert la
balle, qu'il trouva remplie de livres,
dont il ne crut pas prudent de faire
un débit public, il les avoit retirés
loin de fa boutique, dans un cabinet,
au troifieme étage de fa maifon, d'où
ils n'étoient fortis que pour paffer entre
les mains d'Eccléfiaftiques, ou Gens
de Lettres, obligés, par état, de réfuter, & par conféquent de connoître les
fophifmes du libertinage & de l'incrédulité.

. *Les Mœurs, l'Efprit & le Dictionnaire philofophique* furent repréfentés
au fieur Fantet, qui ne les reconnut
point pour provenir de fon fonds.

On lui montra enfuite une note conçue en ces termes :

    » Paffez chez quelques Libraires,

vous m'y acheterez les livres fuivans : *Les Mœurs*, *l'Efprit des Loix*, *le Dictionnaire Philofophique* ; s'ils font chers, vous m'en informerez, & je vous dirai le prix que je veux y mettre. Au bas étoit écrit : *Les Mœurs*, un volume relié, 6 livres; *Dictionnaire Philofophique*, relié, deux volumes, 12 l.; *l'Efprit des Loix*, quatre volumes reliés, 10 livres ».

Fantet avoua que ces différens prix étoient écrits de fa main, en obfervant qu'une note indicative de la valeur de ces livres ne prouvoit nullement leur vente ; déclarant enfin qu'il avoit toujours eu foin de rejeter de fon commerce tout livre, nommément condamné par la Loi ; & que pour ceux fur lefquels elle n'avoit point prononcé, il avoit toujours ufé de la plus grande circonfpection.

L'information fuivit cet interrogatoire. Huit témoins furent affignés & entendus ; &, fur un nouveau réquifitoire, on fit une nouvelle vifite chez le fieur Fantet, d'après laquelle il fut interrogé une feconde fois, le 6 Août.

Par fon livre-journal, Fantet paroiffoit avoir vendu, en 1757, à MM. de

Byans & de Jonay, ainfi qu'à Royer, Libraire à Langres, le *Dictionnaire Philofophique* : en 1758 , à M. de Byans, *les Lettres Juives* , & le *Sopha* : la même année, à M. Boyer, Grand-Prévôt de Franche-Comté, le livre de *l'Efprit ;* au Libraire Royer, les *Œuvres de Voltaire, & les Contes de la Fontaine* : en 1761 , à M. Monnot , Avocat, *l'Effai fur l'Hiftoire Univerfelle*, par M. de Voltaire : en 1763 , à M. Chevalier fils, de Dôle, *l'Emile ;* à deux Religieux, le *Sopha & la Pucelle.* On trouva de plus dans cette vifite , des notes & lettres contenant des demandes de quelques-uns des Ouvrages déjà cités.

Fantet prétendit dans fes réponfes, que des demandes ne prouvoient point le débit ; que dans les livres qu'il avoit vendus , aucun n'étoit profcrit ; qu'au contraire plufieurs étoient ouvertement tolérés ; que l'objet de cette vente étoit fi peu confidérable , qu'il étoit comme abforbé dans la vente journaliere des autres bons livres.

Enfin la Cour, voulant connoître à fond la nature & la quantité des livres de cette efpece, dont Fantet étoit muni, ordonna,

ordonna, le 11 Août, une nouvelle visite dans le cabinet que Fantet avoit indiqué. On y trouva » sept exemplaires du *Dictionnaire Philosophique*, sept du *Traité de la Tolérance*, dix des *Moines travestis*, onze de l'*Examen critique des Apologistes de la Religion Chrétienne*, un de l'*Avocat du Diable*, huit des *Egaremens de Julie*, trois des *Œuvres de Grécourt*, édition de *Paris*, quinze de la *Chandelle d'Arras*, dix des *principes sur le Rappel des Protestans*, la *Philosophie du bon sens*, l'*Esprit*, les *Mœurs*, *Fretillon*, le *Canapé*, *Margot la Ravaudeuse*, le *Sopha*, *Emile*, la *Pucelle*, la *Nuit & le Moment*, le *Colporteur*, *Réflexions sur le Christianisme de J. J. Rousseau*, Ouvrages du Ministre *Vernes*: *Thémidore*, un volume ; le *Conte du Tonneau*, du Docteur Swif; *Lettres Philosophiques*, *Lettres de Cécile à Julie*, *Lettres de Lamontagne*, *Mes Pensées*, la *Guerre des Bêtes*, les *Plaisirs des jeunes Jésuites de Toulouse*, *Poésies de B.....*, *Contrat Social*, *Liberté de Conscience*.

Tels sont les Ouvrages trouvés dans la troisieme visite faite chez le sieur Fantet.

Tome III.   H

Ces faits sont extraits de son Mémoire;
Il s'agit maintenant d'examiner la nature du délit qu'on lui imputoit; on
rappellera ensuite les preuves produites
contre lui, & cette discussion conduira
à plusieurs questions intéressantes sur
l'étendue & la nature du commerce des
livres.

» Je suis traité en criminel, disoit-il;
j'éprouve les longueurs & les incertitudes d'une procédure dont le résultat
peut être l'opprobre, l'infamie & la
ruine de ma fortune. Je suis donc accusé d'un crime grave; & la Loi, trop
juste pour exposer la tranquillité des
citoyens, s'est sans doute expliquée à
cet égard d'une maniere claire, pré-
cise & positive. En matiere de délits
& de peine, rien ne doit être arbitraire
& incertain : le Magistrat est l'interprete
de la Loi; & s'il lui est permis de l'é-
tendre, c'est seulement pour pencher
vers l'indulgence : il est donc absolument essentiel, avant d'infliger une
peine, de bien connoître la nature du
délit. Les apparences sont si souvent
trompeuses, les limites de l'esprit humain si étroites, que, dès qu'il est
question de condamner ou de punir,

on doit trembler à chaque inftant de confondre le malheureux avec le coupable, & de punir l'imprudence comme le forfait.

» On m'accufe d'avoir répandu dans le Public des livres pernicieux ; d'être prévenu de la diftribution de mauvais livres, tant par la notoriété publique, que par un billet écrit de ma main ; d'être dans l'habitude de débiter des livres contre les mœurs & la Religion ; de débiter des livres mauvais, imprimés hors du Royaume, fans permiffion ni approbation ; de diftribuer & louer, tant à Befançon que dans la Province, des livres imprimés fans permiffion, la plupart défendus ; d'avoir fourni à différens Libraires, à des fils de famille, même à des Religieux, des livres qui tendent à détruire la Religion & corrompre les mœurs.

» De telles accufations font graves, fans doute ; & fi j'étois coupable de l'affreux projet, non pas de *détruire* une Religion *indeftructible*, mais feulement de l'*attaquer* ; non pas de *corrompre* les mœurs des jeunes citoyens, mais de les *amollir*, je ne mériterois ni indulgence ni compaffion. Je fe-

H ij

rois un monſtre, un ſcélérat dévoué juſtement à la haine de la Nation.

» Mais à Dieu ne plaiſe que je mérite jamais de pareilles imputations! Je n'ai ni prétendu ébranler les fondemens de la Religion, ni altérer la pureté des mœurs. Renfermé dans les ſoins de mon commerce, j'ai cherché à le faire avec honneur & diſtinction; je me ſuis occupé à former un fonds des meilleurs livres, des Ouvrages les plus néceſſaires & les plus curieux; j'ai travaillé conſtamment pour l'avantage des Sciences & pour la propagation des connoiſſances humaines.

» Le commerce de la Librairie eſt devenu d'une étendue immenſe. Nul homme ne peut embraſſer la connoiſſance de tous les livres qui exiſtent actuellement; &, comme leur nombre augmente chaque jour, cette ſcience devient plus difficile & plus compliquée.

» Enviſagés dans l'ordre moral, les livres doivent être ſurveillés avec ſoin. Organes de l'inſtruction publique, on ne devroit y trouver que les maximes adoptées par le Gouvernement & avouées par la Religion. L'Etat ne peut attacher le fceau de l'approbation qu'à ceux dans lefquels rien ne peut être interprété d'une maniere douteufe. Un fentiment hardi, dont les conféquences poussées trop loin pourroient peut-être devenir nuifibles, ne peut fe montrer revêtu de l'approbation du Miniftere. Une opinion hafardée, le tableau de quelques erreurs, le badinage de la gaîté, le rire de la folie ne peuvent être publiquement applaudis. Ce feroit tromper les citoyens, qui doivent regarder & entendre comme la voix de l'Etat, tout ce à qui eft revêtu d'une permiffion publique. Comme, de ces fortes d'Ouvrages, il peut quelquefois cependant réfulter une utilité réelle, une fage indulgence fait quelquefois les laiffer exifter, fans les condamner ni les abfoudre.

» Mais comme il eft bien différent, dans la balance du profit & de la perte, que la fomme d'importation furpaffe celle de l'exportation, il eft d'une utilité générale que nous verfions chez l'étranger plus d'objets de Librairie qu'il n'en peut répandre chez nous.

» La fageffe du Gouvernement, pour prévenir l'inconvénient d'enrichir des

H iij

preſſes étrangeres, adopte une heureuſe
tolérance, qui fixe parmi nous nos ri-
cheſſes. Il s'imprime en effet plus d'Ouvrages ſous les titres ſuppoſés d'*Amſter-
dam* & de *Londres*, que ſous celui de
Paris même. Ces éditions, furtives
ſeulement par le titre, ſont appuyées
d'une approbation tacite, & vont par
ce moyen ſe répandre dans tout le
Royaume & chez l'Etranger.

» Dans d'autres circonſtances, on au-
toriſe l'introduction d'impreſſions étrangeres. Ce n'eſt pas un ſimple particulier qui introduit un exemplaire iſolé ;
ce ſont des balles entieres qui fran-
chiſſent les barrieres & les Bureaux, &
parviennent librement à leur deſtina-
tion. Plus de la moitié des livres ſub-
ſiſtans aujourd'hui en France, eſt étrangere ou réputée telle. Pour s'en convaincre, on n'a qu'à ouvrir la moindre
bibliotheque, le catalogue le plus ſuc-
cinct. Ces belles éditions des Auteurs
Grecs & Latins, ſorties des preſſes de
l'Angleterre, les éditions des Elzévir,
chef-d'œuvres de la Gravure & de la
Typographie Hollandoiſe, ſont recher-
chées par-tout avec empreſſement, &
ſe payent très-cher dans l'intérieur du

Royaume. On voit paroître chaque jour, soit par la forme ordinaire de la vente, soit même par la voie de la soufcription, des Ouvrages auxquels le Gouvernement n'a jamais mis fon fceau public, dont les Journaux rendent compte, & qu'on cite en toute affurance & avec fécurité. Ce font des traductions multipliées à l'infini d'Auteurs Anglois, de Pope, par exemple, Philofophe profond & Poëte fublime ; de Richardfon, Prédicateur de la vertu, & Réformateur des mœurs ; de Hume, Hiftorien nerveux, véridique, mais trop hardi pour nous. Ce font des Ouvrages pleins d'excellentes vûes politiques, mais qu'il ne convient pas toujours d'adopter ; tels que l'Efprit des Loix de l'immortel Montefquieu, l'Ami des Hommes, les Mémoires de Sully. Ce font des Romans, des Poéfies éphémeres, qu'un jour voit naître & mourir ; ce font des Ecrits d'un badinage trop libre, mais d'un coloris agréable, dont on peut cueillir les fleurs fans en adopter la morale. C'eft la collection entiere des Œuvres du premier génie du fiecle, qu'on reconnoîtra à ce titre, fans qu'il foit befoin de le nommer.

H iv

» Il eſt donc évident qu'il exiſte deux eſpeces de permiſſions ; la permiſſion publique & la permiſſion tacite.

» Aucun livre , ajoutoit le Libraire Fantet , n'eſt abſolument mauvais en lui-même : ſa bonté ou ſa perverſité n'eſt que relative. La lecture reſſemble à certains alimens , nuiſibles pour des tempéramens foibles , profitables aux eſtomacs vigoureux. Les meilleurs Ouvrages peuvent devenir un ſujet de chute & d'erreur. Le plus ſaint, le plus excellent de tous les livres , la Bible inſpirée par Dieu même , peut néanmoins , dans certains paſſages , ſcandaliſer & choquer les eſprits foibles, qui ne connoiſſent que nos uſages actuels , & n'ont aucune idée de cette franchiſe de mœurs qui caractériſe les anciens peuples & la vie des Patriarches. C'eſt par cette raiſon que d'anciennes Ordonnances ont interdit avec tant de rigueur la traduction françoiſe du Texte ſacré. Vaines craintes ! inutiles appréhenſions ! eh ! que peuvent contre une Religion divine les vains efforts des méchans ? Leurs attaques ne font que donner à ſes preuves un éclat nouveau : & peut-être le meilleur moyen de la faire triompher, eft-il de mettre au jour les frivoles argumens de fes adverfaires. Le menfonge & la fauffeté tombent d'eux-mêmes ; pourquoi appréhender leurs vains fophifmes ? Il eft fi facile de les dévoiler & de les détruire ! En déteftant & en évitant les égaremens d'un Auteur, ne peut-on pas profiter de ce qu'il a de bon ?

» Qui ne détefte le fyftême abfurde de Lucrece, qui, donnant tout au hafard, être inexplicable & incompréhenfible, fape les fondemens de toute Religion, & place le fouverain bonheur dans la volupté ? Mais qui n'a pas lu fes vers harmonieux ? Qui n'a pas fouhaité de lui tavir fes crayons, & d'égaler les fons de fa lyre enchantereffe ? On connoît la licence extrême, & l'étrange corruption des Acteurs que Pétrone, cet Ecrivain appelé par Jufte-Lipfe, *Auctor puriffimæ impuritatis*, introduit dans fon Roman. Mais qui n'a pas, avec S. Jérôme, fait l'éloge de l'énergie de fes portraits, de la vivacité de fes defcriptions, de l'abondante fertilité de fa plume ? On détefte, on réprouve la débauche groffiere, les obfcénités hideufes dont les

H v

meilleurs Poëtes latins ont fouillé leurs chef-d'œuvres : on les lit cependant pour fe former fur leur ftyle ; & le Concile de Trente en permet la lecture aux hommes faits, *propter fermonis ele-gantiam & proprietatem.*

» Ainfi l'Eglife elle-même autorife quelquefois la lecture des Ouvrages les plus hardis & les plus licencieux. Elle l'accorde à plufieurs de fes enfans : elle fent qu'il en peut réfulter mille avantages pour fa gloire, & confent qu'on dérobe à fes ennemis leur coloris féduifant, & qu'on apprenne d'eux-mêmes l'art d'attaquer ou de fe défendre.

» On a donc fuppofé qu'il feroit loifible d'avoir ces fortes de livres, dont la lecture exige une acquifition antécédente. Approuver l'une, c'eft tolérer l'autre. Si c'eft un délit de vendre, c'en eft un plus grand d'induire & de folliciter à la vente. De part & d'autre les prohibitions doivent être égales, les facilités refpectives, les permiffions communes.

» Eh . pourqui, après tout, cette permiffion & cette tolérance, s'il n'étoit pas vrai que c'eft l'abus feul qu'on peut faire d'un Ouvrage, qui le rend dangereux ? Quand la maffe des bonnes chofes l'emporte fur celle des mauvai-fes, lors même qu'elle eft égale, l'un eft compenfé par l'autre; & l'on ne peut regarder comme mauvais ce qui eft dans des proportions *équilibrantes*. C'eft lorfque la balance eft rompue, que l'er-reur l'emporte fur la vérité, que l'uti-lité eft anéantie par le danger plus grand qu'elle; c'eft alors, dis-je, qu'un livre mérite les caracteres de réproba-tion. Alors la Loi éleve, avec raifon, fa voix redoutable : jufque-là elle étoit reftée dans le filence ; on n'avoit donné que des avis généraux ; mais dès qu'elle a parlé, plus de doute, plus d'incer-titude : bon ou mauvais, l'Ouvrage eft profcrit; & l'obéiffance aux Loix étant la première vertu du citoyen, fon dé-bit deviendroit un crime.

» C'eft fur cette regle qu'un Libraire fe détermine & fe conduit. Il ne peut être Juge de la doctrine des Ouvrages qui lui font adreffés. Relégué loin de la Capitale, dans une extrémité de la Province, il eft obligé de s'affortir d'Ou-vrages de toutes efpeces & de toute nature, Il faut qu'il contente tous les goûts, qu'il fatisfaffe tous les befoins :

H vj

il faut qu'il foit fervi promptement, que la nouveauté lui donne l'avantage dans la concurrence de fes rivaux. Ses Correfpondans le fourniffent fans le confulter ; & tout ce qu'il reçoit de leurs mains, eft cenfé, pour lui, jouir des approbations, foit publiques, foit tacites.

» Dans un tel tourbillon de commerce, comment pourra-t-il reconnoître & diftinguer les livres que la Loi tolere, d'avec ceux qu'elle profcrit (a)? Qui dirigera fon examen ? Eft-ce à fes propres lumieres qu'il doit s'en rapporter ? Eft-ce à celles des autres ? Que font les opinions des particuliers dans l'ordre des Loix, & comment fe diriger dans ce labyrinthe ?

» J'expoferai la conduite que j'ai tenue, & peut-être ne défapprouvera-t-on pas ma méthode & mes précautions.

» J'ai actuellement un fonds de librairie d'environ quatre-vingts ou cent

_____

(a) Rien de plus facile, lorfqu'on eft de bonne foi, & qu'on n'eft pas infpiré par une cupidité criminelle, & qui ne refpecte pas ce qu'il y a de plus facré dans la Société.

mille francs : quinze ou seize mille volumes exiſtent dans ma boutique, un plus grand nombre peut-être dans mes magaſins ; & , dans tous les temps, je me ſuis toujours fourni de ce que la Littérature a de meilleur & de plus utile.

» J'ai toujours regardé comme le ſommaire de mes devoirs, la Loi qui défend, à peine de 1000 liv. d'amende & de confiſcation, d'expoſer en vente aucuns livres, que le catalogue n'en ait été remis à M. le Procureur-Général, & qui prohibe la vente des livres *cenſurés, condamnés* ou *ſuſpects*. J'ai diſtribué publiquement divers catalogues de mes livres ; & par l'authenticité qu'ils ont eue, j'ai ſatisfait à la première partie de la Loi, & ſuis toujours prêt, à la moindre injonction, de me ſoumettre à cette formalité.

» Les Arrêts particuliers, donnés contre quelques Ouvrages, pouvoient me diriger dans la ſeconde ; & s'il ſe trouvoit chez moi une certaine quantité d'Ouvrages formellement proſcrits, je ſerois coupable, je l'avoue : mais nul Arrêt n'a proſcrit les livres trouvés chez moi ; & j'ai dû être, ſur cet article, dans la confiance & dans la bonne foi.

» Pour reconnoître cependant les livres *fufpects*, j'ai eu recours aux lumieres des Gens de Lettres ; & dès qu'ils m'ont annoncé que le débit indiftinct d'un Ouvrage quelconque ne feroit pas prudent, je l'ai fur le champ féqueftré de ma vente, & renfermé dans un cabinet, au troifieme étage de ma maifon. J'étois fûr que perfonne, que moi, ne pénétreroit dans cet endroit, où il s'eft ainfi accumulé avec le temps pour environ 300 livres de brochures, dont on a vu ci-deffus la lifte.

» Il fe trouve même parmi ces Ouvrages quelques-uns que je n'avois renfermés que par un excès de précaution ; tels que le livre *de la Nature*, Ouvrage d'un favant Médecin Hollandois, analyfé avec éloge dans plus d'un Journal ; *les Réflexions fur le Chriftianifme, de J. J. Rouffeau*, par M. Vernes ; *la Guerre des Bêtes*, allégorie de la derniere guerre, par Mademoifelle Fauque ; *les Œuvres de Grécourt*, édition faite en 1761, à Paris, fous le titre de Luxembourg, & annoncée dans tous les Journaux ; *les Egare-*

mens de Julie ; Lettres de Cécile , & autres Romans.

» Je conservois ce petit nombre de volumes, parce que la plupart m'étoient parvenus par des voies inconnues, ou provenoient d'achats de fonds ou de bibliotheques particulieres.

» D'un autre côté , s'ils peuvent nuire à des jeunes gens privés de lumieres & d'expérience, il n'en est pas de même de ceux qui, par état, font obligés de les connoître. C'est pour le Magistrat , pour l'Ecclésiastique , pour le Casuiste , pour l'Homme de Lettres, que j'avois en réserve quelques Ouvrages qu'ils font obligés de connoître pour les réfuter.

» Mais ces Ouvrages étoient en si petite quantité, qu'ils font comme absorbés dans l'immensité de mon commerce. C'est une réflexion que je ne cesserai de mettre sous les yeux de mes Juges & du Public. J'ai chez moi pour cent mille francs de livres reconnus bons ; il s'est trouvé pour environ cent écus d'Ouvrages suspects , dont aucun n'est condamné par Arrêt du Parlement de Franche-Comté. Quelle parité peut-on trouver entre des masses

fi différentes ? Peut-on, dans une telle
difproportion, m'accufer d'un commerce illicite & dangereux ? A qui
débitois-je ces livres ? Combien en ai-je
diftribué ?

» C'eft de là affurément que dépend la connoiffance du délit qu'on
m'impute. Il eft défendu d'expofer en
vente aucun livre condamné : or aucun des livres trouvés chez moi n'eft
profcrit par Arrêt ; aucun de ceux
qu'on me reproche d'avoir gardés, n'é-
toit expofé en vente. De quel délit
fuis-je donc coupable ?

» De détruire la Religion, de corrompre les mœurs ? Loin d'avoir ces forfaits
à me reprocher, j'ai vendu un nombre infini de livres propres à produire
des effets tout contraires : j'en ai encore un fonds confidérable. Je n'ai confié de livres fufpects à aucuns jeunes
gens ; le tout prouve ma répugnance à
les confier à qui que ce fût.

» Il eft de notoriété publique que
j'ai fait fouvent beaucoup de difficultés
de les confier, même à des gens faits
pour les connoître.

» Il s'eft répandu dans la Province
une foule de livres dangereux. Mais

fuis-je donc le feul qui ait pu en avoir ?
Faut-il néceffairement que tous aient
paffé par mes mains ? La proximité de
la frontiere, la facilité des correfpon-
dances, des Colporteurs répandus ha-
bituellement dans cette Province, mille
occafions enfin n'ont-elles pas pu en
procurer aux curieux, fans que j'y fois
intervenu ?

» Ce qui s'eft trouvé dans le cabinet
du troifieme étage, ou en d'autres endroits, ne peut être un corps de délit :
c'eft l'abus qui feroit le crime, & non
l'ufage modéré. Je ne fuis pas plus re-
préhenfible d'avoir procuré à M. l'Abbé
Bergier, par exemple, les moyens de
réfuter Emile, & de faire un Ouvrage
utile, qu'un Droguifte ne le feroit en
fourniffant un poifon qui, fagement ad-
miniftré, doit rendre la fanté à un malade.

» Ce n'eft donc pas un crime d'a-
voir tenu renfermé chez moi quelques
Ouvrages, aujourd'hui fufpects, mais
dont je n'ai pu juger la doctrine ; qu'aucun Arrêt n'a flétris ; fur lefquels aucune inftruction paftorale ne m'a prému-
ni ; qui peuvent dans certains cas être
fort utiles ; que j'ai écartés de ma vente ;

que je n'ai laissé, en un mot, passer qu'en des mains sûres. On ne peut sévir contre moi, qu'autant qu'il existeroit des preuves que j'en ai fait un mauvais usage ; que je les ai débités indistinctement, sans égard au sexe, à l'âge, à l'état, & qu'enfin je serois la cause d'un mal & d'un désordre très-grands.

» Il faut, pour reconnoître si je suis coupable, entrer dans le détail des preuves alléguées contre moi.

» Deux especes de preuves s'élevent contre moi : celles antérieures au décret, & celles qui l'ont suivi.

Les premieres sont consignées dans le réquisitoire de M. le Procureur-Général. Ce Magistrat y dit, qu'il vient *d'acquérir de fortes preuves par écrit & par témoin*, & ces preuves se réduisent à un billet, ou sont écrits de ma main les prix de trois différens Ouvrages qu'on rapporte à l'appui du billet.

» Je me hâte de donner au zele de M. le Procureur-Général tous les éloges qu'il mérite. Mais les délateurs qui ont voulu me perdre, sont parvenus à le tromper ; & cette odieuse manœuvre doit exciter fon indignation & fa jufte colere.

» On lui a dit que c'étoit en confé- quence d'une note de ma main, que les livres qu'il a dénoncés avoient été vendus, & que *j'avois écrit, en pré- fence de témoins, le prix que je de- mandois des Mœurs, de l'Efprit des Loix*, & du *Dictionnaire Philofo- phique.*

» J'obferverai d'abord, que la note que j'ai écrite ne dit pas que je deman- dois le prix des livres qui y font por- tés; elle indique feulement leur va- leur, & prouve même qu'il n'étoit point queftion d'une vente actuelle. Je fuis, par état, obligé de connoître le prix des différens livres, de l'annoncer aux curieux : c'eft une partie de la fcience du Libraire. S'il ne connoiffoit que les livres qu'il poffede, il connoî- troit peu de chofe. Il faut qu'il fache eftimer la bibliotheque la plus com- plette, & dire ce que coute le livre le plus pernicieux, comme le plus utile. J'ai donc pu, dans les regles de ma profeffion, marquer le prix des objets fur lefquels on me confultoit. C'étoit une fimple curiofité : on a voulu fa-

voir le prix de ces livres ; j'ai pu répondre , fans m'engager à rien , fans
promettre de fournir.

» Ainfi cette note par elle-même ne
fignifie rien du tout : elle n'auroit de
force qu'autant qu'on pourroit prouver
que j'ai vendu les livres qui y font
taxés. Pour faire preuve contre moi,
cette note devroit être accompagnée
de la repréfentation des exemplaires.

» Telle étoit en effet la marche de
mes délateurs. Ils ont dit à M. le
Procureur-Général , que j'avois vendu
les exemplaires portés fur la note qu'on
lui remettoit ; mais ils lui en ont impofé : ce qu'on va voir par l'expofé de cet
odieux fyftême de calomnie, qui mérite toute l'indignation de la Cour «.

On trouve, ainfi que je l'ai dit, fur
la note :

» *Les Mœurs* , un volume relié ,
6 livres.

» *Le Dictionnaire Philofophique* ,
» deux volumes reliés , 12 liv.

» *L'Efprit des Loix* , quatre volu-
» mes reliés , 10 liv.

» Si c'eft une fuite néceffaire de cette
taxe, que ces livres aient été vendus,
ils doivent fe trouver entiérement con-

formes à la note. Or on a remis à M. le Procureur-Général,

» Trente-trois volumes brochés des Mœurs, non un volume relié porté sur la note.

» L'Efprit, par *Helvetius* , au lieu de l'Efprit des Loix , par *Montefquieu*. Ce ne font donc pas les mêmes objets indiqués par la note : celle-ci ne peut donc rien prouver. Les conféquences qu'on en veut tirer font anéanties, dès qu'il exifte entre elle & les livres qu'on annonce vendus , une différence fi grave & fi confidérable.

» Ainfi les preuves qu'on a prétendu fournir contre moi , antérieurement au décret , fe détruifent par leur feul exa-men. Le billet ne prouve que l'indi-cation de prix , dont on ne peut con-clure la vente.

» Au refte , les livres repréfentés pou-voient feuls former le corps du délit; mais dès qu'ils font différens de la note écrite , ces deux chofes ne peuvent être rapprochées , & ne forment aucune con-viction contre moi.

» Auffi mon délateur s'eft-il efforcé par la fuite de fauver l'abfurdité de fa délation , par un Roman dont je démontrerai les contradictions dans un moment.

» Les preuves du second genre sont celles qui ont suivi le décret : elles proviennent de l'examen de mes papiers, ou des dépositions des témoins entendus dans l'information.

» Astreint aux regles judiciaires des causes criminelles, je ne peux connoître que par présomption, ou par le rapport d'autrui, les dépositions des témoins. Toute la procédure est faite jusqu'ici dans l'ombre du mystere, & je suis obligé de redoubler toute mon attention, pour saisir, dans cette épaisse obscurité, quelques traits de lumiere. Telle est la nature de cette malheureuse affaire, qu'elle excite l'intérêt & la curiosité. Jugé coupable par les uns, excusé, défendu par les autres, je fais aujourd'hui l'objet des conversations générales & particulieres. Si j'ai contre moi des ennemis, j'ai trouvé des protecteurs ; & ce n'est pas une foible consolation dans l'excès de mes peines, d'avoir rencontré des ames sensibles & des ames compatissantes.

» Ce conflit d'opinions, de propos & de contestations, ont donné à toute cette procédure quelque célébrité ; les témoins ne font point un myftere de leurs dépofitions. C'eft fur ce qu'on a recueilli de leurs aveux, que je vais examiner fucceffivement ce qui réfulte contre moi de la recherche faite dans mes papiers, & ce que les dépofitions des témoins peuvent renfermer de contraire ou de favorable à ma Caufe.

On avoit charitablement répandu dans toute la Ville, que mes magafins regorgeant de livres affreux & déteftables, d'eftampes obfcenes & *hideufes* (a), on trouveroit chez moi des factures détaillées, une foule de lettres, & des aveux confignés dans mes livres de commerce. Des gens *bien inftruits* prétendoient que je faifois une honnête fortune, en louant, à trois livres par mois feulement, *trois mille mauvais livres* (b). On affuroit que j'avois des catalogues, des regiftres de louage, où cette manœuvre fe trouveroit développée. Bien plus, on m'érigeoit en Im-

---

(a) Dépofition du fieur Bailly.

(b) Dépofition de la demoifelle veuve Humbert.

primeur clandeftin ; on devoit trouver
dans mes caves, des preffes, des caracteres & les autres uftenfiles d'une im-
primerie. C'eft là, difoit-on, que dans
le filence des nuits étoient fabriqués
des Ouvrages contraires au Gouvernement.

» C'eft en conféquence de ces bruits
extravagans, qu'on crut la vifite de mes
papiers abfolument néceffaire. Je n'exa-
minerai point combien il eft cruel pour
un Marchand, de voir mettre au jour
les détails de fon négoce ; de voir examiner fes papiers, qui font l'ame de
fon crédit & la bafe de fon commerce. Il m'étoit réfervé d'être frappé
dans tous les endroits les plus fenfibles :
mais je refpecte la rigueur de la Loi,
& je me tais.

» On procéda donc le 2 Août à une
recherche dans mes journaux & papiers, à laquelle je ne fus point appelé. J'ai rappelé déjà ce que l'interrogatoire qui l'a fuivi m'en a laiffé appercevoir. Je vais reprendre chaque article, & l'examiner féparément.

» J'ai loué autrefois des livres ; mais
depuis 1763 j'avois interrompu ce commerce,

merce. Dans ces temps, mon catalogue de louage rouloit fous les yeux de la Police ; il ne contenoit que de bons livres d'Hiftoires, quelques Romans, & autres Ouvrages de littérature agréable & légere, mais irrépréhenfible du côté de la morale. Je n'ai aucun reproche à craindre de ce côté.

» Je tenois outre cela un livre de crédit, fur lequel je portois les livres vendus, dont le payement n'étoit pas acquitté fur le champ, fauf à bâtonner après être payé. C'eft fur ce livre, au milieu de la foule des bons objets qui s'y trouvent, qu'on a choifi huit articles qu'on croit propres à me convaincre d'un commerce illicite.

» Je ne releverai point l'équivoque finguliere qui a pu faire confondre un livre très-orthodoxe & très-approuvé, le *Dictionnaire philofophique*, imprimé en 1751, & réimprimé avec privilége en 1764, avec le *Dictionnaire* attribué à M. de Voltaire ; l'examen des dates fuffit pour me difculper. Ai-je pu vendre ou prêter en 1757, un Ouvrage qui n'a paru qu'en 1765 ? D'ailleurs j'ai remis à M. le Commif-

Tome III.   I

faire, lors de mon fecond interrogatoire, un exemplaire qui doit lever
tous les doutes, & qui fur ce point opere
néceffairement ma juftification (a).

» Parcourons les autres articles, &
répétons d'abord ce que nous avons
dit au commencement : c'eft qu'aucun
des Ouvrages dont il fera queftion,
n'a été prohibé par Arrêt du Parlement
de Befançon ; qu'ainfi ils ne font ni in-
terdits ni défendus, en ne les con-
fiant qu'à des hommes fages & d'un
âge mûr.

» J'ai donc vendu, en 1758, à M. de
Byans d'Ufiers, les *Lettres Juives* &
le Sopha. Les talens de M. d'Ufiers,
fon état & fon âge, m'autorifoient
affez à les lui confier : j'efpere qu'ils
n'ont corrompu ni fon efprit ni fon
cœur. Quel poifon funefte peut donc
réfulter de ces deux Ouvrages ?

» Dans les *Lettres Juives*, M. le

_____

(a) Il parut effectivement, en 1751, un
Dictionnaire philofophique, par M. de Neu-
villé, Avocat, imprimé avec Privilége du
Roi ; & celui de M. de Voltaire n'a paru
qu'en 1765.

Marquis d'Argens introduit fur la fcene trois Voyageurs Juifs, qui parcourent les différentes contrées de l'Europe, & fe rendent mutuellement compte de leurs obfervations fur les mœurs, les ufages, les rits, les événemens publics des pays qu'ils habitent. On fait qu'il faut conferver le caractere des interlocuteurs ; qu'un Juif, par exemple, ne peut s'exprimer comme un Catholique Romain ; *Aaron Moneca* a tort fans doute quand il critique des cérémonies dont il ne connoît ni le but ni l'efprit, & des dogmes fur lefquels la Foi ne l'a point éclairé. Ses traits, fur ces objets refpectables pour nous, font émouffés, & tombent d'eux-mêmes : il eft dans un aveuglement qu'on doit plaindre, mais qui ne peut féduire. C'eft fon ftyle propre & néceffaire ; mais certainement il n'infpirera à perfonne l'idée de fe faire circoncire. Des fatires groffieres du libertinàge des Moines, des plaifanteries déplacées & imprudentes peuvent lui être reprochées : mais la critique fine des travers du genre humain, le contrafte des ridicules nationaux, l'amour de l'huma-

I ij

nité, l'obéiſſance aux Loix, en quelque religion qu'on vive; voilà ce qui
peut être utile, voilà ce qu'il prêche
par-tout. Le Gouvernement ne peut
adopter publiquement de pareils Ouvrages; mais, encore un coup, il les
tolere. Les éditions en ſont multipliées
en Province & dans la Capitale. Ils ſe
vendent ouvertement, & tous les catalogues les annoncent ſans détour.

» Le *Sopha* a fait la réputation de
ſon Auteur. Il peint la conduite ſcan-
daleuſe de nos femmes galantes, les
mœurs de nos petits Maîtres. Il imprime
ſur leur front l'opprobre & la honte,
& préſerve tout eſprit bien fait de les
imiter, en les rendant mépriſables. Ses
peintures ſont peut-être trop vives, j'en
conviens; mais elles ſont néceſſaires
pour faire connoître la ſcene du monde;
& dans cet eſprit, il ne peut faire d'im-
preſſion fâcheuſe. Il ne doit pas être
dans les mains de tout le monde; mais
il a cela de commun avec vingt bons
Ouvrages, dont on n'accorde la lecture que lorſque l'eſprit a acquis un
degré ſuffiſant de maturité.

» On m'objecte, en ſecond lieu,

d'avoir vendu en 1758 à M. Boyer, Grand-Prévôt du Comté de Bourgogne, le livre de l'*Esprit*.

» Ce livre parut en 1758, *à Paris, avec Approbation & Privilége du Roi, chez Durand, Libraire, rue du Foin*; le Journal de Trévoux, le Journal Encyclopédique, le Journal Italien, intitulé *Estratto della Letteratura Europea*, l'analyserent avec éloge (*a*) : il fut diſtribué avec la plus grande rapidité dans la Capitale & dans les Provinces. J'en reçus, dans la nouveauté, quelques exemplaires, revêtus, comme je l'ai dit, de l'approbation publique; j'en diſtribuai ſans inquiétude & ſans ſoupçon. Bientôt l'orage qui devoit fondre ſur cet Ouvrage, ſe forma; M. l'Archevêque de Paris le cenſura, par un Mandement du 22 Novembre 1758 (*b*).

(*a*). Ce fait eſt-il bien vrai ? D'ailleurs ces éloges n'auroient pu regarder que le ſtyle, & non le ſyſtême qui y eſt développé.

(*b*) Cette cenſure avoit été précédée d'un Arrêt du Conſeil, du 10 Août 1758, qui révoqua le Privilége, & défendit le débit du livre, ſous peine de punition exem-

Le Parlement de Paris en défendit le débit par un Arrêt (a). L'Auteur se rétracta, & fut laissé tranquille. Comment peut-on me reprocher d'avoir, avant cet éclat, débité un livre qui m'arrivoit de Paris avec Approbation & Privilége ? Depuis même que les uns ont condamné, les autres justifié le livre de l'*Esprit*, qu'avois-je à faire, dans le silence des Pasteurs & des Magistrats de ma Province, sinon qu'à retirer, par prudence, de ma vente publique, les exemplaires qui me restoient, qu'à ne les confier dorénavant qu'à des personnes obligées, par état, de les connoître ? La Loi me défend d'exposer en vente aucun Ouvrage suspect ; mais elle n'interdit point d'en conserver avec précaution quelques exemplaires utiles aux Ecclésiastiques, qui doivent connoître les objections contraires à la croyance publique, afin de les ré-

---

plaire ; & le Pape le condamna par une Bulle du 31 Janvier 1759.

(a) L'Arrêt est du 6 Février 1759, & ne se borne pas à une suppression. Le livre fut brûlé par la main du Bourreau.

futer ; aux Gens de Lettres , qui , par leurs talens , peuvent contribuer au soutien de la vérité. Voilà , je crois , ce que je devois faire , & c'est exactement ce que j'ai fait. J'ai toujours eu la plus scrupuleuse attention de ne point confier cet Ouvrage à de jeunes mains. Quand j'aurois distribué deux cents exemplaires à deux cents hommes sages & éclairés , si je n'en ai point vendu à qui pouvoit en abuser , en quoi suis-je coupable ? Ne débite-t-on pas tous les jours mille objets dont l'usage réglé peut être extrêmement utile , quoique l'abus en soit dangereux & nuisible (a) ?

(a) Il est étonnant qu'après les condamnations géminées du livre de l'*Esprit* , le sieur Fantet ait cru pouvoir en vendre des exemplaires , & qu'il fonde cette licence sur ce que les uns l'ont condamné , les autres l'ont justifié. Si la corruption du Siecle a fait naître des apologistes d'un livre qui , aux yeux de la Religion , de la raison , de la morale , de la politique , & du bon ordre , ne peut mériter que l'indignation des Citoyens , le sieur Fantet pouvoit-il mettre ces prétendus apologistes en balance avec le cri public qui s'éleva contre cet Ouvrage , & avec les condamnations juridiques qu'il

I iv

» 3°. On trouve fur mon journal, les *Œuvres de Voltaire*, les *Contes de la Fontaine*, vendus au Libraire Roger, l'*Effai fur l'Hiftoire Univerfelle*, vendu à M. l'Avocat Mounot.

» Les *Œuvres* de M. de Voltaire fe débitent par-tout publiquement : elles ont été réimprimées à Paris fur l'édition de Geneve ; & je connois trop les lumieres de mes Juges, pour croire qu'ils me feront un crime de ce qui m'eft commun avec toute la France, & d'avoir diftribué un corps d'Ouvrages imprimés, réimprimés, cités, connus par-tout.

» J'en puis dire autant des *Contes de la Fontaine*, en avouant qu'ils peuvent être fort dangereux pour la jeuneffe. Mais veut-on fuppofer des hommes éternellement dans l'enfance ? Des

---

éprouva ? Si les Magiftrats de la Province garderent le filence, étoit-ce un prétexte pour un Libraire, dont la profeffion eft foumife directement à l'infpection & à la jurifdiction du Confeil, d'enfreindre un Arrêt qui lui défendoit, fous peine de punition exemplaire, d'en vendre, débiter, ou autrement diftribuer ?

gens d'un âge mûr, d'un esprit sensé, tels que ceux qu'indique mon journal, ne peuvent-ils pas lire, sans danger pour leur cœur, & avec utilité, même pour leur goût, des historiettes inventées par la sœur d'un de nos Rois, ornées des graces d'une poésie inimitable, par un génie unique ? La facilité & la naïveté élégante ont fait regarder cet Ouvrage comme unique en son genre : on en a fait cinquante éditions ; & récemment encore à Paris, une magnifique, embellie de gravures superbes, à quatre louis la souscription. Elle a été annoncée dans les Journaux avec le *Bocace*, réimprimé dans le même goût.

» Il est donc certain qu'on les tolère, & que l'abus seul, & non l'usage réglé par la prudence, est répréhensible.

» Que deviendroient les Lettres, sans cette sage tolérance ? Que diroient les Etrangers, s'ils savoient qu'un homme obscur, à la vérité, mais un homme enfin, est jeté dans les prisons, chargé du poids des fers d'un criminel, parce que des calomniateurs, abusant du zele respectable d'un homme public, lui

I v

font perfuadé que des Ouvrages qui feront à jamais la gloire des François, font des livres abominables ?

» L'article qui concerne Camus, eft un objet de reliure : celui de M. Chevalier annonce la vente de l'*Emile*.

» J'alléguerai au fujet de ce livre, les mêmes raifons que pour l'*Efprit*; il a paru en Hollande avec la permiffion des Etats-Généraux ; & très-certainement il y a eu des permiffions de l'introduire en France. Il n'a jamais été défendu dans le reffort du Parlement, dans cette Province ; & ce qu'on a fait ailleurs ne peut me lier ni m'obliger (*a*).

(*a*) Cette défenfe n'eft fondée que fur un fophifme. Ce livre, d'autant plus dangereux qu'il eft plus féduifant, fut brûlé à Paris, fut profcrit par l'Archevêque de cette capitale, & par plufieurs autres Prélats du royaume. Il fut flétri même à Geneve. Quelques Libraires de Paris, qui s'en trouverent faifis, furent punis par le Gouvernement. Le fieur Fantet pouvoit-il ignorer cet éclat, & fe permettre de vendre un livre qui étoit nommé par-tout, comme contenant des principes qui attaquent le Chriftianifme dans fes fondemens ?

» Enfin j'ai fourni à deux Religieux *le Sopha*, *la Pucelle* & autres livres de même espece.

» J'avoue que je ne m'attendois pas qu'on pût trouver mauvais que j'eusse satisfait la curiosité de deux hommes d'un âge mûr, constitués en dignité, & que leur état met à l'abri d'imputations renouvelées trop souvent, même contre ceux qui devroient être à l'abri de tout soupçon. Directeurs de conscience, Chefs de monasteres, n'ont-ils pas besoin de tous les genres d'instructions & de savoir? Pourquoi soupçonner d'ailleurs des Religieux sanctifiés journellement, d'une foiblesse qui n'est pas prouvée, & d'un déréglement qui ne doit pas exister (*a*)?

» Outre ce journal, on a recueilli des notes, lettres & billets, dépouil-

---

(*a*) Si les Religieux n'ont pas fait de faute en achetant ces livres, le Libraire en a fait une en les leur vendant. Les raisonnemens qu'il fait ici, pour s'excuser, rendroient illusoires tous les Réglemens sur le commerce des livres, & autoriseroient le débit de tous ceux qu'il importe si fort à la Religion, aux mœurs & au Gouvernement de proscrire.

lement de près de six cents feuilles accu-
mulées dans mes cartons. Dans cet amas
de papiers, on n'a trouvé ni lettres
de voitures, ni factures qui indiquent
une correspondance sur ces articles:
tout est réduit à six chiffons, dont je
vais rendre compte.

» 1°. Une note, qui prouve qu'en 1765
j'ai envoyé à M. le Marquis de Gages,
Chambellan de l'Empereur, *Emile, les
Lettres de la Montagne, l'Esprit, le
Dictionnaire philosophique.* Comme
je suis convenu d'avoir fait, du petit
nombre d'Ouvrages de ce genre qui
me sont parvenus, un usage conforme
à la prudence la plus rigoriste, je ne
nie point d'avoir fourni ces livres à
M. de Gages. Il reste à déterminer si
c'est un jeune homme dont ils aient
pu corrompre le cœur; si c'est à un
homme sensé, raisonnable, ou à une
tête foible, que j'ai vendu. La notoriété publique parle en ma faveur; on
ne peut ajouter rien à la réputation de
prudence, de sagesse, de décence que
s'est faite ici M. de Gages : d'ailleurs
c'est un étranger; il vit retiré dans
ses terres de Flandre, & le petit nom-

bre d'Ouvrages confiés à cet homme éclairé , n'a point certainement empoisonné cette Province.

» 2°. Une lettre du sieur Haag , Libraire de Bâle, marquant qu'il peut fournir le *Dictionnaire philosophique* à 9 livres. Dès que ce livre parut, il me fut offert de différens endroits : je refusai le débit & les envois. Haag peut m'en avoir offert, sans que je les aye acceptés ; & s'il m'en avoit fait une expédition , la preuve s'en trouveroit dans mes papiers.

» 3°. Une lettre du sieur Routel, Ministre à Labrevine, qui demande l'*Esprit*.

» 4°. Une du nommé Sandré , de Plombiere, qui demande le *Dictionnaire philosophique.*

» 5°. Une du sieur Legros, pour avoir *Emile.*

» 6°. Un billet de M. de Bigny , pour emprunter l'*Esprit.*

» Que signifient tous ces articles ? Où est la preuve de la vente ? Il s'agit de prouver que j'ai débité publiquement, journellement, indistinctement des Ouvrages suspects ou défen-

dus , & non qu'on m'en a demandé.
Quand tout l'Univers me folliciteroit
à un crime , feroit-ce une preuve que
je l'euffe commis ? Il faut mon acquief-
cement ; & fi j'avois fait les fournitu-
res , n'en feroit-il pas fait mention? Si
je les ai fouftraites par prudence , pourquoi ai-je laiffé fubfifter des demandes
fur lefquelles on pouvoit m'inquiéter?
C'eft que ce font des papiers inutiles,
confondus , fans y avoir fait attention,
dans la foule des autres , & qui n'ont
jamais eu d'effet.

Enfin , fur une feuille volante , j'ai
écrit les titres de *Margot la Ravaudeufe*, du *Sopha* , du *Joujou des Demoifelles* , &c. &c., & j'ai ajouté:
Livres libres.

Que peut fignifier, aux yeux de gens
bien intentionnés , & qui, ne préfu-
mant point le mal, attendent qu'il foit
prouvé , que peut, dis-je , fignifier
cette lifte ? Un acte de précaution ,
pour fe rappeler qu'on n'en doit point
faire un débit indiftinct ni public. Or,
noter les Ouvrages qu'on reconnoît ou
qu'on foupçonne dangereux , pour être
féparés de la vente indiftincte & pu-

blique, c'est bien annoncer qu'on ne fait point un commerce habituel de ces sortes d'Ouvrages.

» Voilà donc à quoi se réduisent les recherches faites chez moi; à trente Ouvrages, dont cinq ou six seulement doivent véritablement être suspects; à un Journal de vingt-un, où, dans l'espace de neuf ans, on trouve sept à huit articles de débit, à des gens d'un âge mûr & d'un état respectable; à six bouts de papier, qui ne prouvent que ma prudence & mon attention. Où donc est cette distribution effrayante? où sont ces trois mille volumes loués par mois? On a trouvé chez moi quelques exemplaires de livres peu chastes; mais aucune de ces critiques audacieuses, de ces libelles infames, qui frondent le Gouvernement, ou déchirent la réputation des Particuliers. Je n'ai adopté ni haine ni cabale : ennemi des séditieux & des fanatiques, je crois ne m'être jamais écarté des sentiers du devoir que m'impose le respect dû à ma Religion & à mon Roi.

» Que n'a-t-on extrait avec autant d'ardeur tout ce qui, dans mes papiers,

pouvoit fervir à ma juftification ! quelle
quantité de factures, de demandes, de
preuves de vente n'eût-on pas trouvée ?
Toutes indiquent des Ouvrages excel-
lens, fans reproche ; on y auroit vu,
entre autres, un catalogue récemment
formé pour un nouveau projet de louage,
compofé de plus de trois mille volumes,
dont aucun n'eft répréhenfible. Par cet
examen, on auroit véritablement connu
fi je m'étois fait un *fyftême*, *une habitude* de louer des livres prohibés. N'é-
toit-ce donc pas la vérité qu'on cherchoit ?
Comment mon malheur fait-il que cinq
ou fix faits défavorables feulement en
apparence, foient préférés à cinq ou fix
cents articles juftificatifs de ce qu'on
m'impute « ?

Malgré l'adreffe de la défenfe du
Libraire Fantet, & tous fes efforts pour
atténuer le délit dont il s'étoit rendu
coupable, il étoit impoffible d'approuver la conduite qu'il avoit tenue dans
fon commerce. La vigilance & le zele
du Miniftere public avoient été juftement excités. Rien, en effet, de plus
dangereux que de laiffer impunie la
licence des Libraires & Colporteurs

qui corrompent les mœurs en faisant circuler dans la Société, des livres qui attaquent la Religion, le Gouvernement, & l'honnêteté. Aussi la connoissance du procès ayant été attribuée au Parlement de Dijon, & depuis au Parlement de Douay, il intervint un Arrêt qui prononça plusieurs peines contre le Libraire Fantet. Ces peines auroient été, sans doute, plus séveres, s'il n'eût pas été prouvé que ce Libraire n'avoit vendu des livres défendus qu'à des personnes en place.

Voici ce que porte l'Arrêt du Parlement de Douay, qui fut rendu le 13 Février 1768:

» La Cour déclare le sieur Pierre-Etienne Fantet dûment atteint & convaincu d'avoir tenu, dans sa maison, & notamment dans sa chambre & dans un cabinet fermé à secret, plusieurs exemplaires de livres contraires à la Religion & aux bonnes mœurs, pour en faire commerce, & en avoir en effet vendu à quelques Ecclésiastiques, Gens de Lettres, & personnes en place. Pour réparation de quoi, lui enjoint d'être plus circonspect à l'avenir dans son commerce de Librairie, le condamne à aumôner la somme ·de trois livres au pain des prisonniers de la Conciergerie du Palais, & aux dépens du procès; ordonne, en outre, que tous les livres produits au procès feront mis au pilon «.

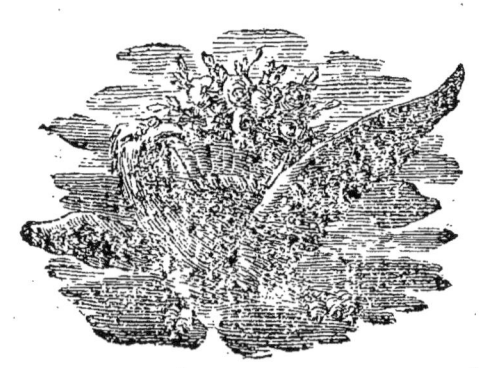

ACCUSATION d'adultere, & d'enlé-vement d'effets.

MARIE-ANNE BAULIER, née à Gien, étoit fille d'un Apothicaire, qui aima sa fille plus que ses enfans mâles, & lui donna une éducation soignée. Ses talens & ses charmes étoient destinés à un Marchand de vin, qu'elle épousa dans des circonstances singulieres. Elle avoit une tante à Saint-Cloud, qu'elle alloit voir de temps en temps. Ce fut là qu'elle reçut de sa mere une lettre qui engageoit la tante & la niece à venir assister au mariage d'une parente.

Ce mariage étoit celui du sieur Bijotat. Il se donne, à cette occasion, un souper. La jeune Baulier, âgée de seize ans, fit tant d'impression sur le cœur de Bijotat, qui étoit de la Religion Protestante, qu'il oublia son premier choix, & n'attendit que la fin du souper pour lui offrir sa main.

La jeune fille, étonnée, flattée pourtant d'une préférence si rapide sur sa parente, refusa d'abord honnêtement, allégua même la différence des Religions, comme un obstacle invincible. Mais Bijotat le franchit aussi-tôt; il abjure la Religion Protestante, & le mariage est conclu & bientôt célébré en 1750.

Bijotat, fils d'un Apothicaire de Sancerre, renonça à l'état de son pere, & s'établit Marchand de vin à Paris.

La femme prétend qu'elle n'avoit aucun goût pour cette espece de commerce, & qu'elle avoit espéré vendre des drogues & du quinquina, au lieu de vin; que cependant ce fut sur elle seule que roulerent les détails pénibles & désagréables de ce commerce. Sans cesse exposée aux propos grossiers de gens qui n'ont d'asile que le cabaret, de joie que celle de l'ivresse, elle travailloit & souffroit seule, tandis que son mari partageoit la journée en deux portions, dont il passoit l'une à boire, & l'autre à dormir. De là une prompte dissipation, de fréquens changemens de boutique, pour chercher, dans cette inconstance, un remede à des pertes dont la vraie cause étoit dans l'inconduite du mari.

Désespérée, dit-elle, de cette vie

défagréable, que fon mari rendoit plus
fâcheufe encore par fes emportemens
& fes mauvais traitemens, elle fongea
à demander fa féparation ; mais, avant
de hafarder cette démarche, elle con-
fulta le fieur Gobert. Il faut découvrir
ici la fource de cette liaifon. Gobert,
Maître Clerc dans une étude voifine,
fous l'ombre d'offrir fes fervices, s'in-
troduifit dans la maifon du fieur Bijotat, qui pour lors demeuroit rue
Croix-des-Petits-Champs, près de l'hôtel
de Gêvres. Cet hôtel garni étoit tenu
par un fieur Gabaret, où le fieur Gobert
alloit voir fa mere, pendant un féjour
qu'elle fit à Paris. Là il eut occafion
de fe trouver fouvent avec la femme
de Bijotat, qui s'étoit liée avec la
femme Gabaret. Le mari de celle-ci,
dont les affaires étoient dérangées,
avoit pris la fuite, & fa femme s'étoit
retirée chez le fieur Simonel, Apothicaire. C'eft là que Gobert fit connoiffance avec la femme Bijotat. Le fieur
Bijotat lui-même ne fut pas fâché de
fe lier avec un Praticien, qu'il pré-
voyoit pouvoir lui être utile dans les
affaires de fon commerce. La liaifon du
fieur Gobert devint de jour en jour

plus intime. Le mari, auſſi-bien que la femme, le traitoit comme l'ami de la maiſon. Quinze ans d'une union aſſez paiſible, & cimentée par douze enfans nés de ce mariage, tranquilliſóient ſans doute le mari ſur tous les riſques que peuvent offrir les fréquens tête-à-tête d'un étranger avec ſon épouſe : il lui avoit d'ailleurs donné ſa confiance comme à ſon Conſeil.

Cependant Bijotat crut s'appercevoir que l'opulence du Maître Clerc augmentoit aux dépens de ſon comptoir; & qu'une garde-de-robe bien aſſortie, relevée de bijoux & de dentelles, dont le ſieur Gobert ſe diſoit avoir toujours été jaloux, provenoient des généroſités de ſa femme.

Il accuſoit encore le ſieur Gobert d'avoir employé, pour ſéduire ſa femme, des converſations & des lectures dangereuſes ; d'avoir enſuite cherché à lui rendre vils & mépriſables l'état & la perſonne de ſon mari. A ces inſinuations ſuccéderent des promenades du ſoir, à l'inſçu du mari, & des rendez-vous dans un hôtel garni, rue des Boucheries, & dans une chambre, rue du Hurleur.

Une sœur de la femme, soit qu'elle eût vu quelques familiarités, soit qu'elle eût été inftruite par des indifcrets, donna à fon beau-frere des foupçons fur les affiduités de Gobert. Bijotat l'alla trouver, s'expliqua avec lui; & comme il s'étoit toujours repofé fur fon honnêteté & fur l'efpece d'amitié qu'il lui avoit témoignée, plus encore fur la conduite antérieure & la longue fidélité de fa femme, il s'appaifa facilement, & tous les nuages de la jaloufie fe diffiperent.

Mais bientôt après, le foir du 21 Décembre 1766, fa femme s'évada de fa maifon; quantité d'effets furent tranfportés dans une chambre rue du Grand-Hurleur, que Gobert louoit, fous le nom de Dumontel, y furent reçus par le fieur Gobert lui-même, & montés par le fieur Brebau, hôte de la maifon. Le même foir, Gobert les fit tranfporter au Roule, les fuivant, & arrivant avec eux, pour les faire placer dans deux chambres qu'il avoit louées lui-même le matin, toujours fous le nom de Dumontel, & pour lefquelles il avoit payé libéralement dix-huit deniers d'arrhes. Les clefs de ces chambres

ne fe trouvant point, & les meubles étant
dépofés dans le paffage de la porte de la
maifon, le fieur Gobert s'échauffa fur
ce que ces meubles reftoient ainfi dans
un paffage, à l'injure du temps. Les
portes ayant enfin été ouvertes, l'activité de Gobert le tranfporta en voiture dans la rue du Grand-Hurleur;
il y prit fa complice, & la conduifit
au Roule, dans la même voiture.

Les informations avoient dû conftater que Gobert foupa dans le même
endroit; qu'ils y étalerent tous deux
beaucoup d'argent, fans pouvoir trouver
de monnoie; qu'enfin la chambre qui
avoit été commune pour le fouper, le
devint auffi pour la nuit; qu'il n'y avoit
qu'un petit lit, que la dame Bijorat
fit enfuite agrandir; & que là, Gobert
fut vu, le lendemain matin, de plufieurs perfonnes, en bonnet de nuit,
& vêtu de la robe de chambre du fieur
Bijorat, qui faifoit partie des effets
enlevés. C'eft dans cette demeure qu'ils
ont vécu pendant plus de trois mois,
fous le nom déguifé de *Dumontel*.

Cinq jours fe pafferent, fans que le
mari pût découvrir où étoit fa femme.
Le 27, il rendit fa premiere plainte,

&

& dit que, depuis seize à dix-huit mois, Gobert est venu chez lui en qualité d'ami; qu'il a séduit sa femme, au point qu'il s'est apperçu de quelque froid; qu'il n'a su à quoi l'attribuer, ayant assez de confiance en elle pour ne pas la soupçonner d'aucune espece de libertinage; que néanmoins elle s'est évadée de chez lui, après avoir fait enlever quantité de papiers & d'effets, entre autres, quatre matelas neufs, plusieurs couvertures, une valise, deux cassettes, deux tables, trois ou quatre chaises, un feu complet, plusieurs paires de draps, nappes & serviettes, une robe de chambre de damas, de son mari, de l'argenterie, &c.; qu'elle n'a point reparu depuis; & que, lui comparant, a appris que ledit Gobert étoit complice de sadite femme, & d'intelligence avec elle.

Le 3 Avril suivant, le mari ayant enfin découvert le lieu où sa femme s'étoit retirée, il obtint un ordre de la Police, en vertu duquel elle fut mise, le lendemain, au Fort-l'Evêque, & transférée à la Salpêtriere.

C'est de là que, le 10 Avril, elle rendit plainte contre son mari, lui reprochant de mauvais traitemens, des propos inhumains, tels que ceux-ci : *Je serois content si tu étois morte, ce seroit pour moi un jour de réjouissance; je ne serai jamais assez heureux pour être débarrassé de toi ;* & d'avoir accompagné ces discours de menaces & de coups; que c'étoient ces sévices qui l'avoient déterminée à fuir de la maison de son mari, & à se retirer au Roule, où elle prétendoit n'avoir emporté que des effets qui lui appartenoient, à la réserve de la robe de chambre de son mari; qui s'étoit trouvée par mégarde dans ses hardes, & que, dans le trouble de sa fuite, elle n'y avoit pas apperçue.

Trois jours après, elle présenta sa Requête à M. le Lieutenant-Civil, contenant sa demande en séparation de corps & de biens.

Après différentes procédures, décrets & interrogatoires, l'affaire fut réglée à l'extraordinaire. Les témoins furent confrontés. On représenta à Gobert deux écrits : l'un étoit un modele de quittance de loyer, qu'il reconnut pour être écrit de sa main; l'autre, une lettre anonyme à la demoiselle Baulier, qu'il ne voulut pas reconnoître. La vérifica-

tion fut faite de l'une fur l'autre, &
il fut décidé que Gobert avoit mal à-
propos nié fon écriture. Ces pieces s'é-
toient trouvées au Roule. La lettre en
queftion étoit datée du 3 Avril 1767,
à midi, la veille du jour où la femme
Bijotat avoit été arrêtée ; & voici quelle
en fut l'occafion. Le fieur Bijotat étoit
allé fe promener au bois de Boulogne,
où étoient fa femme & Gobert. Ils apperçurent le mari, & fe crurent dé-
couverts & arrêtés. Gobert coucha,
cette nuit-là, à fon domicile ordinaire.
C'eft le lendemain que le fieur Gobert
écrit à *fa chere petite*, qu'il eft arrivé
fain & fauf : il craint qu'elle n'ait point
dormi, & il annonce que lui, dans un
fommeil interrompu & plein de trouble,
il ne s'étoit endormi que pour *tomber
dans leurs mains. Rendons graces à
Dieu, chere belle, d'avoir échappé.
Le Seigneur nous a préfervés. J'irai
chez le Commiffaire Chenu.... Je fors
de chez le Commiffaire Chenu ; mais il
eft dangereufement malade.... Adieu,
bebelle ; mille baifers.* Le mari, qui
les avoit vus, les avoit fait fuivre,
& avoit ainfi découvert leur retraite,

K ij

obtint l'ordre qui avoit fait enfermer fa femme.

Le 30 Juin, Sentence définitive, qui condamne la Baulier & Gobert à être mandés en la Chambre, pour y être blâmés ; défenfes de récidiver, à peine de punition corporelle ; condamnés chacun en trois livres d'amende envers le Roi ; à garder, l'un fa prifon, l'autre la maifon de Saint-Siméon ; à reftituer au fieur Bijotat différentes fommes qu'il avoit acquittées dans les deux appartemens, & en quatre mille livres de dommages-intérêts, par forme de réparations civiles.

Appel de ce Jugement au Parlement.

L'accufation du fieur Bijotat contenoit trois chefs :

1°. Sa femme avoit quitté la maifon de fon mari, & en avoit fouftrait & enlevé une quantité d'effets confidérable :

2°. Elle s'étoit retirée en différens endroits, avec le fieur Gobert, & abandonnée à la féduction de fes confeils :

3°. Elle avoit mené avec lui une vie fcandaleufe.

L'information fournit la preuve de la complicité du fieur Gobert avec la femme Bijotat : les Crocheteurs qui avoient servi au transport des meubles, les Garçons de boutique du sieur Bijotat, témoins nécessaires, déposerent des faits d'une maniere uniforme ; & l'Arrêt du 18 Août 1768, confirma la Sentence du Châtelet, avec amende & dépens vis-à-vis de Gobert & de la femme Bijotat, qui, outre la peine du blâme, fut condamnée à être renfermée dans l'hôpital, à perpétuité.

UN mari eſt-il recevable à demander l'anéantiſſement de ſa ſéparation avec ſa femme ?

IL y a long-temps que l'expérience crie en vain aux parens de ne point jeter imprudemment leurs enfans dans les liens du mariage, ſans avoir interrogé leur cœur, & ſans s'être auparavant aſſurés qu'ils pourront ſupporter la chaîne qu'on leur impoſe. La plupart ſemblent oublier alors que les devoirs de pere ne ſont remplis que lorſque les enfans ſont heureux ; que c'eſt abuſer d'une autorité ſacrée que de vouloir s'aſſujettir leurs goûts & leurs penchans ; que l'expérience ne fut donnée aux uns que pour éclairer les autres dans leur choix, & que la Nature ne leur accorda d'autre pouvoir que celui de les conduire vers le bonheur : les raiſons de convenance ſont les ſeules qu'ils conſultent : on aſſortit les fortunes & non les cœurs de ceux que l'on enchaîne l'un à l'autre ; & malgré leurs alarmes & leurs prieres, on les livre, pour ainfi dire, pieds & mains liés, & on les plonge fans pitié dans un abîme de maux. Je doute que ce fût outrager de tels peres que de les comparer à ces Commerçans dénaturés, qui, dans des contrées plus barbares que la nôtre, trafiquent du fang & de la liberté des hommes. Là l'efclave malheureux n'eft point confulté fur le choix de fon Maître; & malgré fes cris & fes gémiffemens, celui-là devient fon tyran, qui offre affez d'or pour l'acheter. Et n'eft-ce donc pas auffi un autre tyran que celui qui, fous le titre refpectable d'époux, vient s'emparer d'une jeune victime, & l'enchaîne fans pitié avec des fers d'autant plus terribles, qu'ils font facrés, & que nul efpoir de liberté n'adoucit ni ne confole l'horreur de cette efpece de fervitude?

C'eft une chofe affez rare que de voir ces victimes de l'intérêt prendre en gré leur malheur, chérir le compagnon de leur efclavage, & arriver doucement enfemble au terme de leur vie. La paix s'étend quelquefois fur les premieres années de leur mariage; il regne entre eux une efpece de concorde, & ce calme perfide offre durant ce temps une apparence de bonheur ; mais le premier revers eſt un ſignal de rupture : l'infortune qui augmente & exalte la tendreſſe de ceux qui s'aiment, décide l'averſion de ces époux, & met la diſcorde entre eux, & la haine éclate dans leurs cœurs avec d'autant plus de violence, qu'elle n'y eſt retenue par aucun ſentiment d'amitié.

La queſtion que préſente cette Cauſe, eſt une ſuite trop ordinaire de ces unions mal aſſorties que forme l'avarice des familles, & dans leſquelles de malheureux enfans, enchaînés pour la vie, n'apportent ſouvent qu'une averſion décidée l'un pour l'autre.

Il s'agit de décider ſi un mari ſéparé de ſa femme infirme, en vertu de pluſieurs Arrêts qui n'avoient mis d'autre terme à cette ſéparation, que celui de la maladie qui en étoit le principal motif, pouvoit encore réclamer ſa femme, & demander un nouveau rapport, après celui qui avoit déclaré cette maladie incurable.

La demoiſelle de P..... avoit à peine quinze ans lorſqu'elle devint l'é-

poufe du fieur Ant..... On croit aifément ce qu'elle affure, que l'obéiffance,
plutôt que l'inclination, la détermina
à ce choix dans un âge où le cœur
n'eft point encore abufé par les féduc-
tions de l'amour. La principale condition de leur mariage fut, à ce qu'elle
prétend, que le fieur Ant.... renonceroit à la Banque : il en avoit, dit-on,
donné fa parole. Le mauvais fuccès de
fes entreprifes lui prouva dans la fuite
qu'il eût mieux fait de la tenir, &
d'interrompre ce commerce dangereux.

En 1751, le fieur Ant.... fit un
voyage à Paris, qui dura près de fix années : la dame Ant.... fon époufe alla
vivre dans leur maifon de campagne
d'Auffone. Il paroît qu'aucun chagrin
ne troubla la folitude où la laiffa cette
longue abfence.

L'année 1758 fut l'époque funefte
qui jeta le défordre dans leur fortune
& dans leur ménage. Le fieur Ant.....
ruiné par des pertes exorbitantes, fe
vit forcé de faire banqueroute. La dame
Ant.... attefte que dès l'inftant de fa
faillite, fon premier foin fut de fe rendre auprès de fon mari, de lui procurer des afiles contre fes créanciers, &

K v

d'autres secours que le sieur Ant..... a tous désavoués, en se plaignant au contraire qu'il n'avoit trouvé dans son malheur qu'une épouse dure & insensible, & dont il n'avoit essuyé que des refus. La dame Ant..... de son côté, traite d'ingratitude le désaveu des services qu'elle prétend avoir rendus.

Errant d'un lieu à l'autre, le sieur Ant.... parvint enfin à obtenir de ses créanciers un sauf-conduit, qui lui rendit la liberté de reparoître à Nancy. Manquant d'asile, un oncle voulut bien lui en donner dans sa maison. La dame Ant.... assure encore qu'elle lui fournit les habillemens & le linge qui lui manquoient. Elle occupoit alors une maison qui lui appartenoit à Ludres, où le sieur Ant.... alloit, dit-elle, de temps à autres lui rendre visite, non pour la consoler dans ses douleurs, mais pour lui demander de l'argent, & lui reprocher son économie & la médiocrité de son logement. Quoique je fusse déjà séparée de biens, ajoute-t-elle, il disposoit de tout en maître; & ne pouvant rabaisser ses idées à sa mauvaise fortune, la tête encore pleine de magnifiques projets, il formoit celui de démolir ma maison pour élever à sa place un château.

Une pension viagere de huit cents livres, que son oncle lui avoit assurée, le logement & la table qu'il lui fournissoit, étoient sans doute le sort le plus avantageux qu'il pût espérer dans sa disgrace ; mais, si l'on en croit la dame Ant...., son esprit d'inquiétude troubla tellement le repos de son oncle, que ce vieillard fut obligé de prétexter un voyage pour se défaire d'un hôte aussi incommode. Le motif auquel on attribua ce voyage, fut pareillement désavoué par le sieur Ant...., lequel prétend qu'il fut entrepris par le conseil des Médecins de son oncle, & pour rétablir sa santé. Il se trouva alors sans asile : sa femme lui ouvrit sa maison. Il se retira en effet avec sa mere & elle, au château de Maxéville.

Le sieur Ant.... ne tarda pas à troubler encore la paix de cette demeure ; la dame Ant... l'accusa du moins d'avoir fait abattre les arbres du jardin, dans le temps que le château n'étoit pas encore à elle ; de l'avoir forcée de vendre à vil prix un carrosse qui lui appar-

K vj

tenoit, & d'en avoir touché le mon-
tant.

Tourmentée alors par un cancer dont
elle étoit attaquée depuis 1758, son
état exigeoit beaucoup de tranquillité;
la tristesse à laquelle un malade n'est que
trop naturellement porté, le chagrin,
les frayeurs lui causoient les plus fâcheuses révolutions. Tous les jours le sieur
Ant.... lui faisoit ressentir son humeur
turbulente; tous les jours il trouvoit de
nouveaux moyens de troubler son repos par des alarmes soudaines. La nuit,
loin de ramener le calme, ne servoit
qu'à redoubler l'orage par les bruits &
les scenes extravagantes qu'il affectoit
toujours de réserver pour ce temps de
ténebres. C'est ainsi qu'à de tristes
jours il faisoit succéder des nuits plus
tristes encore.

Enfin la dame Ant.... se plaint que
les mauvais procédés furent portés à
un tel excès, que par un effet naturel
des frayeurs qu'elle avoit ressenties,
elle se vit attaquée d'un vomissemen:
continuel, & que c'étoit sur-tout lorsqu'il la voyoit dans cet état de crise,
que le sieur Ant.... avoit la cruauté d'i-
maginer tous les moyens de la plon-

ger dans de nouvelles alarmes ; tantôt
en imitant sur le violon le son lugubre
des cloches aux funérailles, tantôt en
lui présentant tout-à-coup des especes
de fantômes qu'il avoit préparés pour
l'effrayer; d'autres fois en faisant avec
son domestique & d'autres personnes
qu'il rassembloit, un vacarme insuppor-
table, en sorte que souvent elle sor-
toit d'une foiblesse, &, toute tremblante
encore, elle étoit replongée dans une
autre plus longue & plus fâcheuse.

Dans un état aussi violent, la maladie dont elle étoit attaquée, loin de
guérir, ne pouvoit qu'empirer. Les Médecins & Chirurgiens que la dame
Ant.... consulta alors, déciderent tous
que le cancer menaçoit de s'ulcérer,
& que pour en arrêter les progrès toujours dangereux & mortels, il falloit
beaucoup de tranquillité, sur-tout éviter le chagrin, la tristesse, les frayeurs
subites, l'usage du mariage, &c. Cette
consultation, l'inutilité de ses remon-
trances pour engager le sieur Ant.... à
changer de conduite, les conseils de
sa famille, le danger qui menaçoit sa
vie, tout la détermina à fuir cet époux
funeste. La maison de M. le Président

de Lomb...., fut l'afile où elle fe réfugia. Le fieur Ant..., irrité de cette défertion, vint bientôt réclamer fes droits & redemander fa femme à la Juftice. Elle au contraire demanda d'être autorifée à vivre féparément de lui tout le temps que dureroit fa maladie.

Par Arrêt du 20 Mars 1762, la dame Ant.... fut admife à faire preuve des mauvais traitemens & des affectations méprifantes dont le fieur Ant.... avoit ufé envers elle & les perfonnes qui lui appartenoient, pendant leur demeure au château de Maxéville. En outre, il fut ordonné qu'elle feroit vifitée par deux Médecins & Chirurgiens, pour reconnoître la nature de fa maladie, s'expliquer fur les progrès qu'elle pouvoit avoir, & déclarer les effets que pouvoient produire en pareilles circonftances les mouvemens des paffions violentes de l'ame, fur-tout du chagrin, de la trifteffe, ainfi que les frayeurs fubites.

D'un côté, les Médecins & Chirurgiens déclarerent qu'il étoit furvenu un fecond cancer à la dame Ant....; que la maladie étoit fufceptible d'un plus grand & d'un plus prompt accroiffement, & que rien ne difpofoit plus à faire dégénérer le mal en cancer ulcéré, que la triftefle, le chagrin & les frayeurs fubites.

D'un autre côté, trente témoins dé-poferent uniformément des mauvais traitemens & affectations méprifantes que le fieur Ant.... avoit eues pour fa mere & pour elle. Il eft vrai qu'il traita de bagatelles & de miferes les dépofitions de ces différens témoins; celles entre autres où l'on vouloit lui faire un crime d'avoir joué du violon & laiffé fon domeftique courir fous des déguifemens bizarres dans la faifon du carnaval. On ne peut nier cependant qu'il ne foit plus que probable que l'in-tention du fieur Ant...... & l'état de maladie où étoit alors fa femme, n'aient rendu très-coupables ces plaifanteries qu'il trouvoit fi innocentes. Rien de fi facile en effet, que de caufer de vives alarmes à un malade, en imitant à fes oreilles le fon lugubre des cloches, & en effrayant fon imagination par des images funéraires : il en eft de même des apparitions foudaines d'un domefti-que travefti en fantôme.

Il paroît d'ailleurs que la fuite de la

dame Ant.... ne fit point ceffer dans le château ces bruits nocturnes & ces fcenes domeftiques, & que le lutin qui l'avoit agitée, continua de tourmenter fa mere après fon départ. Ses lettres du moins traçoient un trifte tableau de la vie qu'elle menoit au milieu d'un pareil tumulte. » Mes souffrances font au delà de tout ce que l'on peut dire, écrivoit-elle à fa fille; l'on a mis Charpentier, Menuifier, Serrurier & Maçons en train. Hier je crus cent fois que le plancher & le plafond enfonceroient. Il y avoit ces jours paffés quatre hommes qui emportoient quantité de fenêtres qu'il a vendues; je crains qu'il ne vende auffi celles de nos chambres; nous n'y pourrions plus tenir. Comme nous fommes en carnaval, le foi-difant Maître de céans eft habillé en Turc; il repréfente le Bacha Muftapha; fon Maître Tonnelier eft devenu fon Grand-Vifir, & fon infolent de valet, fon chef de cuifine.... Le violon, les fifflemens & les chants font à mes oreilles fans fin, pour m'infulter davantage...... Leur mufique eft auffi mélodieufe que celle des chouettes & des hibous..... Le jour qu'il a appris

que Minette étoit malade, il crioit avec grande joie que fa fille mourroit; que fa mere la fuivroit, & fa grand-mere de fuite, & qu'il verroit partir tout cela d'un œil bien tranquille......
Vous pouvez compter que je fuis avec un Diable qui invente tout ce que la rage peut imaginer pour me faire peine, & n'ai jamais ouï parler d'un fi méchant homme. Tirez-moi donc de l'enfer où je fuis «.

En conféquence de la confultation des Médecins, & des mauvais traitemens conftatés par la dépofition uniforme des témoins, par Arrêt du 3 Août 1762, la dame Ant.... fut autorifée à vivre féparément pendant tout le temps que dureroit la maladie dont elle étoit attaquée. Deux ans après, le fieur Ant...... demanda qu'elle fût vifitée de nouveau. Pour lui ôter à l'avenir tout prétexte de demander de pareilles vifites, dont les fuites font toujours également fâcheufes & humiliantes, elle fupplia la Cour d'ordonner que les Médecins & Chirurgiens déclareroeint fi le mal fubfiftoit, s'il étoit fufceptible de guérifon. Il fut décidé que la maladie étoit incurable. Le

fieur Ant.... ne fe rebuta point; &
comme s'il eût été l'arbitre du Jugement qu'il follicitoit, il demanda, par
une nouvelle inftance, que fa femme
fût condamnée à rentrer avec lui, finon
à lui payer une penfion viagere de huit
cents livres, & à fe retirer avec fa fille
dans un couvent. Nouvel Arrêt du 21
Novembre 1765, qui débouta le fieur
Ant.... de fes demandes, & ordonna
l'exécution du premier, le condamna
aux frais de vifites des Médecins &
Chirurgiens, & en ceux de l'Arrêt. Le
mauvais fuccès de fes tentatives n'em-
pêcha pas le fieur Ant.... de préfenter
encore une Requête du 31 Décembre
1768, par laquelle il demandoit que
la Cour ordonnât que le rapport du 22
Août 1765, qui avoit déclaré le mal
incurable, feroit remis à de nouveaux
Experts, qui prononceroient fi l'état actuel de la maladie pouvoit être un empêchement abfolu à la réunion des deux
époux.

La dame Ant.... avoit encore en fa
faveur les mêmes caufes de féparation
qui avoient déterminé le premier Arrêt
du 3 Août 1762; les mauvais traitemens du fieur Ant...., & les deux can-

cers dont elle étoit affligée, déclarés incurables depuis cet Arrêt.

Sans doute que le nœud du mariage est indiffoluble ; mais quelques violens que foient les liens qui enchaînent deux époux, fi-tôt que les mauvais traitemens de l'un troublent la tranquillité de l'autre, ou mettent fa vie en danger, les Loix viennent à fon fecours, relâchent ces liens fans les rompre, & laiffent à la victime la liberté d'aller chercher ailleurs la paix & la fûreté qu'elle ne peut plus trouver auprès de fon tyran.

Or les mauvais traitemens du fieur Ant....... envers fa femme étoient conftatés par des dépofitions authentiques.

Ce qui pour des gens du peuple ne feroit pas la plus légere caufe de féparation, peut en fournir une raifon férieufe à des citoyens d'une naiffance plus relevée. Les uns nés dans la baffeffe, ont contracté des mœurs, un genre de vie conformes à leur état ; accoutumés dès l'enfance à un langage groffier, les propos les plus outrageans les trouvent prefque infenfibles ; les emportemens d'un mari brutal ne laiffent aucunes traces de reffentimens dans

le cœur d'une femme, & le calme le
plus profond fuccede toujours à ces orages paffagers; les autres au contraire,
élevés avec tendreffe & douceur au fein
de l'opulence, font délicats & fenfibles
à l'excès : pour eux rien n'eft innocent;
un gefte, un regard font des outrages;
fouvent un mot feul s'imprime & fe
perpétue dans leurs penfées. Ce font
moins les paroles que l'intention qui les
offenfent; & les difcours en apparence
les moins outrageans, ont pour leurs
cœurs des pointes déchirantes; elles y
laiffent des cicatrices qui ne fe ferment
jamais. De là ces longs reffentimens,
ces haines irréconciliables, qui plus
d'une fois ont rendu la fociété de deux
époux infupportable l'un à l'autre, &
leur féparation néceffaire.

Si dans un rang diftingué deux
époux font tenus d'avoir l'un pour l'autre des ménagemens & des égards in-
finis, combien, difoit la dame Ant....,
mon mari n'eft-il pas coupable envers
moi! Propos défobligeans, injures, menaces, affectations méprifantes, mauvais traitemens de toutes efpeces; il a
mis tout en ufage pour me perfécuter.
Le fieur Ant.... a-t-il eu pitié de l'état

de foiblesse & d'infirmité où je lan-
guissois sous ses yeux ? Quels mauvais
traitemens ! Quels procédés plus cruels
pouvoit-il me faire éprouver, que de
renouveler à chaque instant des scenes,
des frayeurs soudaines, capables de me
faire périr ? Et il ose encore venir redemander à la Justice une épouse malheureuse, à laquelle à peine il a laissé
une santé débile & languissante. Quels
nouveaux moyens apporte-t-il pour appuyer une pareille demande, & écarter les deux Jugemens qui l'ont condamné ? N'ai-je donc pas encore contre
lui ces dépositions & cette maladie,
qui ont déterminé en ma faveur les
deux premiers Arrêts ? De quel droit
ose-t-il proposer une nouvelle visite
d'une maladie déclarée incurable, par
le rapport d'Experts du 22 Août 1765,
ratifié par un Arrêt ? N'est-ce donc pas
enfreindre l'autorité de la Justice, que
d'oser s'élever ainsi contre ses décisions,
& lui demander encore ce que deux
Jugemens lui ont déjà refusé ? Le mariage n'est-il donc plus une société,
& la femme ne seroit-elle qu'un esclave
que son Maître est en droit d'aller saisir
jusqu'aux pieds des Juges qu'il implore,

& dans le Sanctuaire même de la Justice ?

S'il étoit possible de rapporter ici les faits contenus dans les enquêtes, on verroit alors jusqu'à quel excès le sieur Ant.... a exercé les mauvais traitemens à mon égard ; on jugeroit si de pareils motifs n'ont pas dû seuls suffire à la Justice pour prononcer notre séparation : on le verroit déterminé sans relâche à persécuter une femme malade, remplissant chaque jour de trouble & de scenes scandaleuses la maison dans laquelle je lui donnois un asile, nous accablant d'injures & d'outrages, ma mere & moi, & menaçant dans sa fureur les personnes qui osoient prendre notre défense & prononcer des paroles de paix : on l'entendroit jurant de me ruiner à force de plaider, publiant que les Praticiens étoient ses amis & ses enfans, & qu'il ne plaidoit que pour les faire gagner : on le verroit à table, presque toujours mécontent, se plaindre des mets qu'on lui seryoit, quelquefois les jetant dans sa colere, & nous privant, par ses violences, des repas qu'on avoit préparés : on le verroit, sur-tout dans les momens où je fuccombois à mes douleurs, dans le deffein de les redoubler, venant comme un démon nocturne aux approches des ténebres, & troublant autour de moi le filence de la nuit par des bruits effrayans.

La dame Ant.... rappela enfuite la conduite coupable qu'avoit tenue fon mari après leur féparation : elle le peignit violant l'autorité des Arrêts, s'obftinant à demeurer dans le château de Maxéville en dépit d'une féparation prononcée par Arrêt, & elle-même contrainte de fuir & de fe bannir de fa propre maifon, fon mari furieux la pourfuivant dans fa retraite, & ofant encore troubler l'afile où elle s'étoit réfugiée fous la protection de la Juftice, franchiffant les murs du jardin à la tête de quinze ou vingt habitans de Maxéville, entrant de force dans fon appartement, l'accablant de reproches & d'injures, & la laiffant évanouie de faififfement & de frayeur, après une fcene outrageante & fcandaleufe. Elle fe peignit, à peine revenue de fa foibleffe, courant implorer de nouveau la protection de la Juftice, & fe mettant fous l'abri d'un fecond Arrêt du 12

Septembre 1763, qui fit défenses au
fieur Ant.... de la troubler & inquiéter
dans fa réfidence au château de Maxéville & ailleurs, &c. Enfin l'inutilité
même de cet Arrêt pour réprimer les
perfécutions du fieur Ant...., qu'on
put à peine arrêter par des défenfes
qui lui furent intimées de la part du
Roi.

Si plufieurs Arrêts venus à l'appui
l'un de l'autre, n'ont pas eu le pouvoir de me délivrer de la perfécution
la plus cruelle & de m'arracher de fes
mains; fi dans fa violence le fieur Ant.,
a ofé lutter & fe débattre contre les
Loix: quels maux ne me feroit-il donc
pas éprouver, s'il fe voyoit maître abfolu de fa victime? Quel feroit mon
recours contre un tyran qui, loin de
craindre alors quelque réprimande de
la Juftice, agiroit de concert avec elle,
& fe verroit autorifé dans fa tyrannie
par les Loix mêmes qu'il a bravées?

Voilà donc la premiere caufe de féparation, fondée fur les mauvais traitemens, prouvée jufqu'à l'évidence,
ajouta la dame Ant....; la feconde, tirée
de ma maladie, eft encore plus puiffante, & la premiere en acquiert fur-
tout

tout encore plus d'énergie & de force.

En effet, le cancer eft un mal mortel. Le feul palliatif que l'expérience
& l'Art aient appris à lui oppofer,
c'eft de l'affoiblir par un régime févere,
& de l'affoupir, pour ainfi dire, dans le
calme d'une vie tranquille, & que n'al-
terent aucunes inquiétudes : autrement
les chagrins, les faififfemens de la
frayeur le réveillent bientôt par leurs
agitations, & développent toute fa ma-
lignité; le mal s'ulcere, & emporte
rapidement fes malheureufes victimes.

N'eft-ce pas cette confidération puiffante du danger qui menaçoit ma vie,
qui détermina des Juges prudens autant que fenfibles, à prononcer que
tant que le mal fubfifteroit, je devois
vivre féparée du fieur Ant.... ? N'eft-ce
pas là en effet le fecours naturel qu'ils
devoient me donner contre l'oppreffion ?
Il n'eft pas de Loi qui faffe un crime
de la fuite à l'approche du danger. Quels
font les Juges affez cruels pour repouf-
fer la victime qui fe dérobe au péril dont
elle eft menacée, & la rejeter dans les
mains de fon oppreffeur ? Ne feroit-ce pas
être cruel que de vouloir attendre qu'une
malheureufe femme foit expirante avant

de juger légitime une séparation que
la mort viendroit alors opérer elle-même
au refus de la Justice ?

Enfin, ajoute-t-elle c'est en vertu
de l'Arrêt de 1752, que je me suis
séparée du sieur Ant.... La Cour ayant
décidé que la séparation dureroit autant que le mal dont je suis attaquée,
il prétendit, quelque temps après, que ce
mal ne subsistoit plus ; il obtint une
seconde visite. La maladie fut déclarée incurable. En vain le sieur Ant....,
irrité d'une séparation que ce rapport
rendoit perpétuelle, demanda-t-il qu'au
mépris du premier Arrêt, je fusse condamnée à rentrer en sa compagnie :
il fut débouté. Mais c'est en vain que
deux Arrêts ont prononcé nôtre séparation. Il veut les anéantir ; il veut
qu'une seconde visite constate l'état
d'une maladie reconnue incurable, &
il fatigue sans respect ses Juges de demandes qu'ils ont proscrites déjà plusieurs fois. Il faut bien que le sieur
Ant.. se soit imaginé que leurs décrets
sont des titres vains dont il peut détruire l'effet ; qu'il n'est point de pouvoir qui mette les femmes persécutées
à l'abri de l'oppression, & sans doute

qu'il espere l'emporter sur ses Juges mêmes, & faire violence à la Justice.

À ces différentes imputations, le sieur Ant.... répondit en niant les unes, & en réfutant les autres par divers certificats qui paroissoient authentiques. Pour la réunion qu'il demandoit, il prétendit qu'elle devoit lui être accordée. Les Juges, ajouta-t-il, doivent être très-difficiles à prononcer des séparations : c'est une chose inouie qu'une femme malade demande d'être séparée de son époux sain ; les Auteurs ne sont pas même d'accord sur les cas des maladies contagieuses, qui peuvent autoriser l'époux sain à demander d'être séparé de l'épouse malade. C'est un des principaux devoirs du mariage de se secourir l'un l'autre dans les maladies & les adversités de la vie ; on le jure au pied des Autels : dans quelles circonstances est-il donc permis d'enfreindre de si saints engagemens ?

Sera-ce, par exemple, dans l'état d'infirmité dont se plaignoit la dame Ant...? Elle n'a pas osé le dire elle-même, sentant bien sans doute que la cause de maladie seule ne pouvoit autoriser un époux à demander sa séparation. Pour

L ij

donner quelque apparence de folidité à
une prétention auffi peu fondée ; elle
a prétexté des mauvais traitemens de
ma part ; & la conféquence qu'elle a
tirée , a été que la féparation étoit
preffante & néceffaire. Ainfi , de deux
moyens foibles , elle a effayé d'en com-
pofer un affez robufte pour opérer l'é-
loignement qu'elle défiroit.

La caufe de maladie alléguée de la
part de l'époux infirme, ne peut fournir tout au plus que le motif d'une
féparation de lit , fi l'état du malade
eft jugé dangereux ; mais elle ne peut
brifer les nœuds indiffolubles du mariage, ni occafionner une rupture abfolue entre les deux époux. Le Juge
Eccléfiaftique peut feul connoître de
ces fortes de matieres.

La connoiffance des févices & mauvais traitemens eft réfervée, il eft vrai,
aux Juges Royaux ; mais la punition
qu'ils impofent fe borne à reléguer
le coupable dans un exil paffager, pour
lui faire expier fes torts ; ils ne tendent, ils ne cherchent qu'à réunir deux
époux, loin de les tenir dans un éloi-
gnement également contraire au vœu
de la Nature & de la Religion. Or

cette féparation a eu lieu ; elle a duré dix ans : une peine auffi longue pour des fautes auffi légeres, ne peut manquer d'avoir expié mes torts aux yeux de la Juftice ; & voici mon raifonnement : Si les mauvais traitemens dont on m'accufe, combinés avec la maladie de mon époufe, ont alors pu feuls déterminer les Juges à prononcer notre féparation, ofera-t-on dire qu'elle peut encore fubfifter quand la punition des torts dont elle fut la fuite, ne fubfifte plus, & que l'effet doit durer long-temps après que la caufe a ceffé ?

Tels furent les principaux moyens dont les Parties appuyerent leurs prétentions différentes. La Cour Souveraine de Nancy, par fon Arrêt du 11 Mai 1769, déclara le mari non recevable.

L'ENGAGEMENT d'un ſoldat dans les troupes du Roi, eſt-il un obſtacle à la légitimité des vœux en religion ? & la crainte de la peine de mort attachée au crime de déſertion, eſt-elle du nombre de celles qui annullent les engagemens ?

LA premiere de ces deux queſtions n'avoit jamais été agitée dans nos Tribunaux.

Jean-Henri Quoinat étoit fils de Henri Quoinat, d'abord Marchand près le Palais, & enſuite Scelleur de la grande Chancellerie. Il naquit le 9 Février 1729, & fut, dès l'âge le plus tendre, appliqué au commerce de ſes pere & mere. A treize ans, ſon pere lui obtint un brevet de Marchand.

Il travailla quelque temps avec aſſiduité & avec fruit ; mais quand il eut atteint l'âge où les paſſions commencent à faire éprouver leur efferveſcence, ſes mœurs commencerent à changer. Son pere s'eſt plaint que ce jeune homme manquoit aux foins que fes pere & mere lui avoient confiés dans leur commerce, & faifoit des abfences fréquentes ; que la diffipation dont il contractoit l'habitude, entraî-noit de folles dépenfes ; qu'il vendoit des marchandifes à l'infçu de fon pere, où prenoit dans le comptoir l'argent dont il avoit befoin pour fournir à fes plaifirs.

Les précautions pour prévenir fa dif-fipation, & les remontrances dont on fit ufage pour la réprimer, lui déplu-rent, & donnerent lieu aux incartades dont on va parler.

Mais, fi l'on en croit le fils, elles eurent une autre caufe. Lorfque le commerce floriffant, difoit-il, de fes pere & mere leur eut infpiré l'ambi-tion de le quitter pour s'élever à un rang plus diftingué, ils fe mirent en tête de devenir nobles, & de fonder une Maifon dans l'Etat, en raffemblant fur un feul de leurs enfans tout le fruit de leurs travaux.

Ces enfans étoient au nombre de quatre. La Nature avoit refufé à l'un d'entre eux l'aptitude néceffaire à la vie civile, en le privant des organes de

l'entendement. Les trois autres étoient
en état de figurer dans le monde : mais
le dernier né eut la préférence. On
voulut forcer les deux autres à abdi-
quer, par des vœux en religion, les
droits qu'ils tenoient de la Nature aux
fucceffions de leurs pere & mere. On
rendit aux deux réprouvés la maifon
paternelle fi défagréable, que l'un fe vit
forcé d'entrer dans l'Ordre de Sainte-
Génevieve, & celui dont il s'agit ici,
qui avoit une antipathie décidée pour
la vie religieufe, fut obligé, pour
s'épargner la néceffité de l'embraffer,
de fe jeter dans les écarts dont on lui
fait un crime aujourd'hui.

Quoi qu'il en foit du motif, Quoinat
quitta la maifon paternelle, pour aller
à Lyon chercher de l'emploi chez quelque Marchand : mais ayant trouvé à
Dijon un ami de fon pere, il fe laiffa
perfuader de revenir, & fupporta encore, pendant dix mois, les emportemens de fa mere : car c'étoit elle, fi on
l'en croit, qui exerçoit ouvertement
les perfécutions qu'elle croyoit propres
à expulfer ceux de fes enfans qu'elle
avoit profcrits : le pere tendoit au
même but, il eft vrai; mais fa marche

étoit plus artificieufe & plus couverte.

Jean-Henri, ne pouvant plus fupporter les mauvais traitemens dont il
étoit accablé, préféra d'être foldat. Il
s'engagea trois fois dans l'année 1744.
Mais l'état militaire n'étoit pas celui
qui convenoit aux vûes de fes parens,
qui vouloient fe défaire irrévocablement de fa perfonne. Cet état ne le
rendoit pas incapable de fucceffion ;
& c'eft à cette incapacité qu'on vouloit le conduire. Il fut donc dégagé
toutes les fois. Mais les perfécutions
redoubloient chaque fois qu'il rentroit
dans la maifon paternelle ; en forte
que, ne pouvant y vivre, & ne pouvant refter foldat, puifqu'on lui faifoit
rendre fa liberté chaque fois, il ne lui
reftoit de reffource que dans la vie
monaftique.

Tel eft le motif que le fieur Quoinat
fils donnoit aux inconféquences dont
fa vie a été tiffue, jufqu'au moment
où il a enfin eu recours à la protection
de la Juftice.

Mais fon pere les a attribuées à une
autre caufe ; il a foutenu qu'elles n'a-
voient d'autre fource qu'un goût décidé
pour le libertinage, qui l'avoit, difoit-

L v

il, mis dans le cas de s'en repentir ;
en altérant fa fanté, & lui caufant une
maladie grave & pleine d'amertume.
Ce fut un temps de repos pour les paffions ; ce fut auffi celui du repentir.

Dans cette premiere crife de remords, il quitta furtivement la maifon
paternelle : mais ce ne fut plus pour
retourner à la débauche ; il fe rendit
à la Trappe. Son pere découvrit, à
force de perquifitions, le lieu de fa
retraite, & l'en fit fortir, en écrivant
au Supérieur, qu'il s'oppofoit à la profeffion de fon fils.

Mais, dit le pere, le temps de la
ferveur étoit déjà paffé. Le jeune homme, au lieu de revenir dans la maifon
paternelle, s'engagea pour la troifieme
fois. Il fit la campagne de Fontenoy.
Au bout d'un an de fervice, fes pere
& mere le retirerent encore, & il paffa
toute l'année 1746 dans les occupations
de leur commerce.

Soit par efprit de légéreté & de libertinage, foit pour fe fouftraire aux
mauvais traitemens dont il prétend
qu'il étoit accablé, il fit encore une
efcapade, qui dura dix jours ; au bout
defquels il revint à la maifon pater-

nelle, couvert d'une efpece de fouque-
nille de Palefrenier. Etoit-ce la néceffité
qui lui avoit fait vendre fes habits ?
étoit-ce par une fuite de fes débau-
ches qu'il s'étoit porté à cet excès de
crapule ?

Cette nouvelle équipée fervit de
prétexte pour aggraver les mauvais traitemens. Pour s'en délivrer, il prit enfin le parti d'embraffer l'état religieux.
Il propofa à fon pere de le faire entrer
dans l'Ordre de Sainte-Génevieve.

Il ne pût foutenir fix mois confécu-
tifs de noviciat : il difparut de la Communauté pendant trois jours, après lefquels fon pére obtint qu'on le reçût.
Mais, au bout du dixieme mois, il
fortit tout-à-fait.

Le jeune homme, après tant de révolutions dans fes idées fur l'état qu'il
vouloit embraffer, ne pouvoit efpérer
de grands agrémens dans la maifon
paternelle. Il demanda qu'on lui fît une
pacotille pour aller en Guinée. La pacotille fut faite, & il ne partit point.

Le pere & le fils ont allégué des
motifs bien différens de ce nouveau
trait d'inconftance. Si l'on en croit le
fils, c'eft un piége que fon pere lui

tendit. Il lui préfenta ce voyage comme
l'unique reffource qu'il pût employer
pour réparer les torts qu'il s'étoit faits
par les inconféquences de fa conduite,
puifqu'il ne vouloit pas fe faire Religieux. Mais en même temps le pere
faifoit tous fes efforts pour le dégoûter
de cette entreprife ; il lui mettoit continuellement fous les yeux les périls de
la navigation , & lui offroit fans ceffe
en oppofition les douceurs de la vie
religieufe, qui difpenfe de tout foin,
de toute inquiétude , & fournit abon-
damment , & dans le fein de l'oifiveté,
tout ce qui eft néceffaire à la vie.

Le pere prétend au contraire , que ;
la pacotille préparée , les marchandifes
enfermées dans les malles, le jour du
départ fixé , la vifite faite au Marquis
de Conflans, qui devoit tranfporter le
jeune homme fur fon vaiffeau, celui-ci
demanda qu'on mît fes malles & les
clefs en fa poffeffion. Son pere lui répondit qu'il alloit les envoyer à un
Correfpondant, & qu'il n'en pourroit
difpofer que quand il feroit en pleine
mer.

Ce n'étoit pas ce que le jeune Quoinat avoit efpéré. Piqué de voir que fon

pere n'avoit pas donné dans le piége, pour s'en venger, il s'engagea pour la quatrieme fois, & alla joindre son Régiment, qui étoit à Mons. Il y resta treize jours, pendant lesquels on ne lui fit point prendre l'habit de soldat ; on ne le fit point passer sous les drapeaux ; on le laissa vêtu de l'habit noir qu'il avoit à Paris, lors de son engagement ; ses camarades l'appeloient, à cette occasion, *Monsieur le Commissaire*. Cette plaisanterie lui déplut, & lui fit prendre le parti de déserter.

C'est ainsi que le pere présente le motif de cette faute : mais ce motif ne paroît pas suffisant pour engager un homme dans une démarche qui peut le conduire au dernier supplice. Le fils donne à cette aventure une couleur bien différente. Le Capitaine auquel le sieur Quoinat s'adressa, loin de forcer son consentement, balança même à profiter de l'occasion qui se présentoit. Appercevant la tristesse de son candidat, il l'exhorte à suspendre, refuse son engagement jusqu'à de nouvelles réflexions, & ne l'enrôle à la fin que par grace ; & pour le sauver des côtes de la Guinée, où l'on vouloit l'envoyer,

A peine avoit-il effuyé les premiers dégoûts qu'une chambrée foldatefque donne ordinairement aux nouveaux venus, qu'on lui tend un piége de la derniere perfidie. Son pere, qui ne le perdoit pas de vue, lui écrivit une lettre infidieufe, par laquelle il lui reproche la modeftie qu'il avoit de fe faire toujours foldat, tandis qu'on auroit pu lui acheter une Lieutenance, l'engage à revenir, & le menace de l'exhérédation, s'il perfifte. Il fait part de cette lettre à fon Capitaine, le prie, attendu que fon engagement avoit été gratuit, de lui accorder fon congé; & ne pouvant l'obtenir, il prend le parti de déferter.

Il arrive chez fon pere à onze heures du foir, après avoir fait la route à pied, ne marchant que la nuit, & toujours par des chemins détournés. Si on l'en croit, ce pere ne chercha pas à diminuer la frayeur qui ne le quittoit pas. Il le tint caché dans le coin de la maifon le plus fale & le plus incommode; &, fous prétexte de ne pas expofer fon fecret à l'indifcrétion de la famille, il n'entroit jamais dans le lieu de fa retraite; mais, pour lui parler, il lui donnoit des rendez-vous, de jour, dans différentes églises, dans la vûe de l'exposer à être pris, & d'augmenter sa frayeur en le mettant ainsi en péril. Il ne manquoit pas de lui exagérer & de lui présenter toujours un couvent, comme le seul asile qui pût mettre ses jours en sûreté.

Ce stratagême réussit enfin. Le jeune homme se détermina à entrer dans l'Ordre de Prémontré, au mois de Mai 1748. Le pere prit sur le champ les mesures nécessaires pour ne pas, cette fois-là, manquer son coup. Il consentit, avec les Religieux de la rue Haute-Feuille, aux conventions les plus avantageuses pour l'Ordre : outre les frais de vêture & de profession, on promit huit mille livres de dot, & d'entretenir & vêtir le Récipiendaire pendant toute sa vie.

Si l'on en croit le sieur Quoinat fils, il ne prit l'habit de l'Ordre que pour se soustraire aux recherches que pouvoit faire de sa personne le Régiment d'où il avoit déserté. Les Chefs de l'Ordre, séduits par l'appât de la dot, & de concert avec le pere, lui faisoient croire qu'on se donnoit beaucoup de mouvemens pour obtenir fon congé ; que l'on travailloit inutilement , & que les Officiers faifoient faire les perquifitions les plus rigoureufes pour découvrir le lieu de fa retraite, le livrer au Confeil de guerre , & enfuite au fupplice ; en forte qu'il ne lui reftoit d'autre reffource que de refter caché, & même d'élever, entre lui & fon Régiment , le rempart facré de la profeffion religieufe. Le pere, pour contrafter ce tableau effrayant, & déterminer le confentement de la victime qu'il vouloit immoler , mettoit en oppofition tous les agrémens d'une vie heureufe & tranquille. Rien ne devoit être épargné pour lui fournir, après fa profeffion , toutes les douceurs qu'il pourroit défirer, fans compter une penfion annuelle de 600 livres : mais il falloit une prompte détermination.

Le jeune Quoinat fuccomba à la féduction , & fe détermina à l'émiffion de fes vœux. Pour profiter promptement de cette difpofition, on paffa par-deffus toutes les regles. Le temps du noviciat doit être, par les Statuts de Prémontré, de deux ans , ou au moins de dix-huit mois ; celui du jeune Quoinat ne fut que de quatorze mois : il prononça fes vœux le 3 Juillet 1749; &, pour comble de perfidie, ce congé, dont l'obtention avoit été jusque-là impossible, fut accordé le 18 Août suivant.

Le pere prétend, au contraire, que ce fut encore un mouvement de pénitence qui conduisit son fils repentant dans le cloître. Il s'excuse de ce que le congé ne fut accordé qu'après l'émission des vœux, en disant que, pendant le noviciat, il fit des recherches au Bureau de la Guerre, & s'assura que son fils n'avoit même pas été dénoncé: il pensa que, n'ayant point porté son habit de soldat à Mons, n'y ayant fait qu'un séjour momentané, & sur-tout n'ayant point reçu d'argent lors de son engagement, on n'avoit fait à lui qu'une attention fort légere, & qu'il étoit oublié. Il auroit donc commis une indiscrétion en négociant avec les Officiers du Régiment; il leur auroit donné l'éveil sur la désertion de son fils. Ce fils, dès le lendemain de l'émission de ses vœux, obtint du Général la permission de faire un voyage à Paris avec son pere. Il y passa un mois, se montra par-tout sans précaution, même dans les promenades publiques. Un Officier-

Recruteur reconnut le foldat déferteur; fous l'habit de Réligieux. Il alla avertir le pere, qui follicita & obtint gratuitement le congé.

Quant à l'avancement du terme ordinaire des vœux, il eft dû, continuoit le pere, à la ferveur du novice, qui ne foupiroit qu'après le moment de voir fon facrifice confommé; & cette ferveur étoit telle, qu'il ne croyoit pas que la Regle qu'il venoit d'embraffer, fût affez auftere pour réparer les fautes qu'il fe reprochoit. Il vouloit fe rendre à la Trappe. » Il y a environ trois ans, » écrivoit l'Abbé de la Trappe au fieur » Quoinat pere, en 1753, que je reçus » deux lettres d'un jeune Prémontré, » nommé *Quoinat*, Profès de l'Abbaye » de Dilo, au Diocefe de Sens. Il me » témoignoit le défir qu'il avoit de fe » retirer à la Trappe : mais, comme il » ne favoit ni latin ni métier, je lui » répondis que je ne pouvois le rece- » voir, ni pour Religieux de chœur, ni » pour Frere Convers «.

On voulut, dans fon Ordre, lui faire apprendre le latin, &, à cet effet, on l'envoya à Amiens. A peine y fut-il arrivé, qu'on vit encore fes projets de

pénitence s'évanouir. Il se livra tout
d'un coup aux excès les plus scandaleux
de la licence. Il alla un jour se promener à Abbeville ; il y soupa dans une
auberge avec une troupe de Comé-
diennes : il oublia, malgré l'habit qu'il
portoit, qu'il étoit Religieux, & s'a-
bandonna à la débauche la plus effrénée;
& ce fut après cette scene qu'il commença à manifester le regret de s'être
lié par des vœux.

Trop de causes, disoit-il, concou-
roient à le soulever contre la vie mo-
nastique : son antipathie naturelle pour
le cloître, le désagrément de se mettre,
à son âge, à l'étude de la Langue latine, dont il n'avoit aucune teinture ;
les tentations qui naissent du tempérament & de l'oisiveté, les ruses & les
motifs de frayeur qu'on avoit mis en
pratique pour le conduire, malgré lui,
à l'émission de ses vœux ; tout le pous-
soit sans cesse à réclamer.

On conçoit facilement que la dissipation à laquelle il s'étoit livré, consommoit, & bien au delà, les deux
cent cinquante livres de pension, auxquelles on avoit réduit les six cents liv.
qui lui avoient été promises. Il écrivit à

fon pere, le 9 Janvier 1753, que s'il
ne lui envoyoit pas une fomme de cent
livres, dont il difoit avoir un preffant
befoin, il viendroit à Paris ; mais qu'il
ne logeroit ni chez lui, ni chez les
Prémontrés, & faifiroit cette occafion
pour protefter contre fes vœux. Il ajoute
enfuite : » Je le répete encore, vous
» m'obligerez d'aller à Paris ces jours-ci.
» Je n'irai pas demourer chez vous, ni
» au Collège, mais dans une auberge,
» puifque l'expofé de ma fituation ne
» vous engage pas à me tirer aifément
» d'un grand embarras. Je prévois les
» chagrins que j'aurai par la fuite ; &,
» pour les éviter, je profiterai de ce
» voyage pour réclamer contre mes
» vœux. Je n'ai plus que dix-huit mois
» pour réclamer ; j'y penfe férieufement.
» Je ne veux pas faire ce coup fans vous
» en prévenir. Je ne m'attacherai à l'état
» religieux, qu'autant que, de votre côté,
» vous m'en rendrez le fort gracieux «.

L'argent n'étant point arrivé, le jeune
Quoinat tint parole, & fe rendit à Paris.
Le pere ne fut pas plus tôt informé que
fon fils s'étoit évadé, qu'il fit toutes
les perquifitions poffibles pour le trouver.

On parvint enfin à le découvrir : il avoit choifi pour afile la chambre d'une fille. On le fit enlever & conduire au Collége des Prémontrés, rue Haute-Feuille.

Cette fille eut, le lendemain, l'impudence d'aller trouver le fieur Quoinat pere, & de lui demander dix-huit liv. qu'elle prétendoit avoir prêtées à fon fils ; elle le fit même affigner au Châtelet. Le fils, inftruit de cette démarche, écrivit fur le champ une lettre qu'il remit à fon pere, en lui difant que cette lettre impoferoit filence à la fille, & qu'il la traitoit comme elle méritoit de l'être. En voici les termes :

» Il eft bien honteux pour vous, Ma-
» demoifelle, que vous alliez inquiéter
» un pere auffi refpectable qu'eft le
» mien, après les foibleffes d'amitié
» que j'ai eues pour vous. Vous avez la
» hardieffe de le faire affigner pour dix-
» huit livres que vous dites m'avoir
» prêtées. S'il falloit que je compte celui
» que j'ai dépenfé en un mois, cela
» iroit à plus de quatre cents livres ;
» témoin encore la veille de ma prife,
» que je vous donnai fix livres pour
» avoir des fouliers. Croyez-moi, reftez

» tranquille, c'eſt le plus court; car,
» s'il falloit entrer dans des détails, cela
» tourneroit à votre confuſion, &c. «.

Après de tels écarts, le Prieur du
Collége ſe crut obligé de prendre des
précautions pour prévenir une ſeconde
évaſion. On l'enferme dans une chambre, dont on renforce la clôture par
un cadenas. Il trouva moyen de la forcer, & de s'évader. Il va au Havre,
pour s'embarquer & ſortir du Royaume.
Mais arrêté par le défaut d'un paſſe-
port, il fut obligé de reſter en France.

Il revient à Rouen, & le 17 Avril
1753, il fait dans cette Ville des pro-
teſtations contre ſes vœux. Le principal moyen ſur lequel il les fonde, eſt
que la crainte de la condamnation capitale qu'il avoit méritée par ſa déſertion,
l'avoit déterminé à entrer dans la maiſon de Prémontré, & à y prendre
l'habit pour ſe mieux cacher; que ſon
pere a artificieuſement profité de cette
crainte, pour le conduire à la profeſſion religieuſe, & que ce n'eſt qu'après
ſes vœux prononcés qu'il a obtenu ſon
congé.

De retour à Paris, au lieu de s'occuper à ſuivre l'effet de ces proteſta-

tions, il se replongea dans la débauche, & fut enfin arrêté en habit séculier par un Exempt de Police, & conduit au Collége de Prémontré. Il fut enfermé dans une chambre haute; & la garde de la porte de cette chambre fut confiée à un ancien domestique de la maison, qui avoit été soldat.

Le prisonnier trouva moyen de corrompre cette sentinelle, & s'évada encore. On prit alors le parti de le faire enfermer dans une maison de force. Celle de Saint-Venant en Artois fut choisie; & il y fut conduit le 25 Mai 1753, en vertu d'une lettre de cachet.

C'est ainsi que le sieur Quoinat pere raconte les circonstances de cet emprisonnement : mais le fils les présente sous des couleurs bien différentes.

On lui reproche de s'être logé, après sa sortie d'Amiens, en hôtel garni, d'avoir vécu avec une fille, & d'avoir pris l'habit séculier.

Mais il avoit, plus d'un mois avant son départ d'Amiens, prévenu son pere du dessein de son voyage, & des précautions qu'il croyoit nécessaires. C'est l'objet de la lettre transcrite plus haut. L'événement n'a que trop vérifié la nécessité des précautions qu'il annonçoit, & qu'il a prises.

Quant au changement d'habit, c'est l'effet des tentatives faites sur sa liberté. Le sieur Quoinat fils étoit en liaison avec l'Abbé le Roi, étudiant en Théologie, & Pensionnaire au Collége de Navarre: Il lui avoit confié le secret de son asile à Paris; & ce confident servit, sans le vouloir, au succès de la premiere entreprise formée contre la liberté de son ami. Il alla, de la part du fils, demander au pere ses dernieres intentions: le pere le pria de donner rendez-vous à son fils au Collége de Navarre. S'y étant trouvés tous les deux à l'heure indiquée, le pere protesta à son fils qu'il ne vouloit nullement le forcer à prendre un état malgré lui; qu'il avoit assez de bien pour lui en faire part; qu'il n'étoit pas éloigné de donner les mains à sa réclamation, si elle étoit juste; qu'il ne lui demandoit autre chose, sinon de venir avec lui chez un Docteur du voisinage, qu'il nommoit *Patu*, en qui il avoit mis toute sa confiance, & dont il souhaitoit prendre l'avis. Si ce Docteur est

de

de vos amis, répondit le fils, il ne fera pas difficulté, à votre priere, de se transporter ici. Je vais donc le chercher, répondit le pere, puisque vous êtes si peu complaisant.

Il y avoit à la porte du Collége de Navarre, un carrosse tout prêt; & le Docteur *Patu* n'étoit autre que le Prieur des Prémontrés de la rue Haute-Feuille, qui attendoit le sieur Quoinat fils pour l'enlever.

Ce Prieur voyant son coup manqué, change de ruse; il entre avec le sieur Quoinat pere, reproche au fils d'un ton amical, de s'être logé en maison bourgeoise, l'assure qu'il sera libre dans la Communauté de vaquer à ses affaires, l'emmene, blâme le pere de sa dissimulation, caresse le fils, le fait souper, le conduit très-honnêtement à sa chambre, & finit par l'enfermer sous la clef, & sous la garde d'un domestique.

Malgré toutes les précautions prises contre sa liberté, il trouva moyen de s'évader deux fois de sa prison.

La premiere fois il avoit profité de l'absence de son Geolier, pour forcer les ressorts de la serrure, & avoit gagné

Tome III. M

fon premier hofpice, rue des Fontaines.
A cette nouvelle, le Prieur & fon
pere volent au Collége de Navarre,
traitent de libertinage fon deffein de
réclamer, accufent l'Abbé le Roi d'être
le fauteur de fon évafion, & le mena-
cent de la colere du Principal & de
celle de M. l'Archevêque, & lui ar-
rachent le fecret de la demeure du fu-
gitif.

Le lendemain matin, le fieur Quoinat pere, accompagné de deux domeftiques de Prémontré, après avoir
vainement invoqué le fecours d'un Commiffaire qui, par égard pour l'Ordre,
pour le fieur Quoinat fils, & pour fon
hôte, avoit refufé fon miniftere, vient
frapper à la porte, s'annonce comme
ami de l'Abbé le Roi, dit avec em-
phafe qu'il apporte de bonnes nouvelles, fe fait introduire dans la chambre
de fon fils, qui étoit encore couché,
le badine fur ce qu'il eft feul, le fait
monter à demi habillé dans un carroffe,
l'emmene au Collége de la rue Haute-
Feuille.

On l'enferme dans une chambre au
quatrieme, dont on ne laiffe de libre
que la fenêtre, & dont on condamne

la porte avec une barre de fer & un cadenas.

Il trouve encore le moyen de franchir cette clôture. Il fait sauter les pentures de la porte., va se cacher dans l'église, passe la nuit dans la chaire à prêcher, s'évade au premier moment favorable, quitte son habit pour n'être plus reconnu, part pour Rouen, & fait sa protestation.

Ce n'est donc pas pour avoir changé d'habit qu'il a été arrêté : il n'a changé d'habit, que parce que cet habit l'avoit fait arrêter deux fois.

Aussi-tôt après sa protestation, qu'il avoit été passer à Rouen, par la crainte des intelligences qu'on pouvoit avoir avec les Notaires de Paris, il étoit revenu pour se mettre sous la protection de la Justice, par un appel comme d'abus de l'émission de ses vœux, & avoit passé à cet effet une procuration à un sieur Tessier, pour faire les poursuites nécessaires. Mais il ne put trouver accès au Parlement, seul Tribunal compétent pour recevoir & décider ces sortes d'appels. On se souvient encore de l'époque du 9 Mai 1753, qui interrompit totalement le cours de l'ad-

miniftration de la Juftice. C'eft dans
ce temps que le fieur Quoinat pere,
& les Supérieurs de Prémontré, follicitent un ordre du Roi, pour accabler
un enfant qui ne leur avoit fait d'autre
peine que celle de fe difpofer à réclamer, devant le feul Tribunal ouvert à
fon appel comme d'abus, la liberté
qu'on lui avoit ravie par une profeffion
qui étoit le fruit de l'aftuce & de la
féduction.

Une parente avoit le fecret de la
demeure du jeune Quoinat. On la prie,
comme par pitié, de fe charger d'un
paquet de linge, pour le lui faire tenir :
en même temps on configne à fa porte
un efpion, pour reconnoître où ce paquet feroit porté. Il n'eft pas plus tôt
rendu chez le fieur de la Haye, coufin
du fieur Quoinat, qu'arrive un Exempt
de Police, qui enleve fa proie & la
remet au Prieur de la rue Haute-Feuille,
en recommandant de mettre cette fois-
ci des barreaux aux fenêtres, & des
fentinelles en dedans, aux portes de fa
chambre. Il fut gardé cette nuit par
un domeftique ; le lendemain par un
Caporal des Gardes-Françoifes.

Il n'y avoit plus moyen d'échapper

autrement que par la perfuafion. Il commence par s'informer du foldat de ce qu'on lui avoit dit fur la caufe de fa détention. Il apprend qu'on le lui a configné comme malade d'une fievre chaude; mais il n'a pas de peine à lui faire voir qu'il n'eft qu'un homme opprimé; & s'il ne lui propofe pas directement de le laiffer fortir, au moins lui perfuade-t-il de boire enfemble, parle de leurs campagnes militaires, lui verfe de grandes rafades à déjeûner, acheve de l'enivrer à dîner, & profite de fon ivreffe pour s'évader encore une fois.

On lui procure un afile au Palais-Royal. Son pere découvrit fa demeure; mais n'ofant violer cet afile refpectable, il menace fa parente, dont il étoit créancier, de faifir & exécuter fes meubles, fi elle n'engage le fils à retourner à fa Communauté. Voyant que cette menace ne l'ébranle point, il prend le ton de l'affection paternelle, promet qu'il fera bon pere & ne chagrinera plus fon fils.

A la perfuafion de cette parente, le jeune homme confent d'obéir, écrit au Supérieur, lui déclare qu'il eft près

d'oublier le paffé , & à reprendre fon
logement chez les Prémontrés. Le Prieur
lui répondit qu'il pouvoit rentrer ; qu'il
feroit reçu avec des entrailles paternelles ; il l'affure , & donne pour garans
de fa parole, fon honneur & fon caractere de Prêtre , qu'il ne lui arrivera
déformais aucun défagrément ; on lui
promet même de lui procurer , en temps
& lieu , des protections pour l'aider
dans le deffein où il eft de revenir
contre fes vœux.

L'expérience ne lui donnoit pas beaucoup de confiance dans ces promeffes,
toutes facrées qu'elles devoient paroître par les fermens dont on les avoit
appuyées. Mais fes parens le raffure-
rent, le déterminerent à partir, & l'ac-
compagnerent. On lui réitere , en leur
préfence, les mêmes promeffes & les
mêmes fermens de ne point attenter à
fa liberté. Ses parens fe retirent ; il
monte à fa chambre , y trouve à fouper. Mais à peine a-t-il impofé filence
aux triftes preffentimens qui l'impor-
tunoient, qu'il entend fubitement une
voix qui lui dit : *Oh ! pour le coup ,
vous n'échapperez pas aujourd'hui.* C'é-
toit le même Exempt de Police qui

l'avoit déjà pris une fois. On lui ferre les doigts avec des menottes, on le fouille, on lui ôte fon porte-feuille, on le jette dans un carroffe, & on le conduit dans les prifons du For-l'Evêque, en attendant la lettre de cachet pour le conduire dans la maifon de force dont on étoit convenu.

Ce fut du For-l'Evêque qu'il écrivit à une fille qui travailloit en modes, cette lettre occafionnée par une demande de 18 livres qu'elle prétendoit avoir prêtées. C'eft la feule preuve par écrit de libertinage que l'on ait pu apporter. » Le fieur Quoinat, au refte, difoit-il dans fon Mémoire, ne prétend pas fe juftifier; il avoue à fa honte, que fes mœurs fe font reffenties, dès fa premiere jeuneffe, du tempérament que lui ont tranfmis fes auteurs, & qu'il n'a point appris..... à extirper le péché original. Mais pourtant il a cet avantage fur ceux qui l'oppriment, de n'avoir féduit ni déshonoré perfonne (a), & d'avoir conftam-

_____

(a) On n'éclaircira point cette allufion, qu'un fils n'auroit pas dû fe permettre contre un pere, même injufte & barbare.

M iv

ment refusé d'entrer dans les Ordres sacrés, par la crainte de profaner son caractere «.

Quoi qu'il en soit, il fut transféré, avec l'appareil le plus ignominieux, à Saint-Venant, où il fut enfermé le 25 Mai 1753.

Il y a été détenu pendant quinze ans entiers, n'en étant sorti que le 26 Février 1768. Si on l'en croit, il y a éprouvé tous les mauvais traitemens que la barbarie peut imaginer. Parlons de ce qui est relatif à la validité de ses vœux. Il ne paroît pas que son pere lui-même les regardât comme bien solides.

Dans une lettre, datée du 9 Décembre 1763, il marquoit entre autres à son fils : » Je prends Dieu à témoin que mon intention n'est pas de vous contraindre *à entrer* dans l'Ordre de Prémontré, ni de vous forcer à rester dans le monde. Tel parti que vous preniez, vous sortirez de Saint-Venant. Vous devez vous regarder comme libre; c'est à vous, mon fils, à vous déclarer pour le choix que vous aurez à prendre lorsque vous en ferez sorti. Si vous êtes dans la volonté de rester dans l'Ordre, il faut que vous écriviez au Général, que *vos premiers vœux étant nuls, vous désirez en prononcer de nouveaux.....* Je suis bien aise de vous prévenir que, si vous faites valoir votre protestation, je ne peux me joindre à vous : ce sera à vous seul à agir. Vous n'avez d'autre moyen *que la désertion....* Je vous ai fait un contrat de 250 livres de rente, peu de jours après votre profession ; si vous voulez que la rente soit plus forte, je le ferai ; au lieu que *si vous restez dans le monde, il sera question de voir à quoi l'on pourra vous occuper....* Déclarez-moi véritablement & sincérement vos intentions, comme je vous déclare avec vérité les miennes «.

On voit ici assez clairement que le pere pensoit d'un côté que les vœux de son fils étoient nuls, & de l'autre, qu'il craignoit de le voir rentrer dans le monde. Le fils expliqua clairement sa pensée, comme on le lui demandoit. » Je craindrois, répondit-il, les conséquences de ma sincérité, si votre serment ne me rassuroit. Je vous avoue-rai donc que j'aime mieux être un honnête séculier qu'un mauvais Religieux. Vous savez, comme moi, quels mo-

M v

tifs m'ont forcé à me métamorphofer fous un habit qui n'a jamais été de mon goût. Le péril de mort eft paffé ; rendez-moi à mon premier état, & placez-moi dans quelque, Bureau de finance, ou fouffrez-moi auprès de vous, pour votre confolation «.

Cette réponfe, qui ne contenoit cependant que le choix de l'alternative qu'on lui avoit donnée, ne fatisfit point. Il vouloit rentrer dans le monde, & l'on vouloit qu'il fût Religieux. Sa fincérité fit prolonger fa captivité pendant cinq ans.

La lettre de cachet fut enfin levée : la proteftation fufpendue à l'époque du 9 Mai 1753, fut reprife auffi-tôt après la fortie du prifonnier.

» Être réputé mort dans l'opinion des hommes, difoit fon Défenfeur (a), n'avoir plus de droit fur la terre, n'avoir pas une action à foi, pas un moment dont on puiffe difpofer ; appartenir, fans efpérance de manumiffion, à un être de raifon, à un corps dont la puiffance peut tomber en de mauvaifes mains ; paffer fa vie avec des caracteres fouvent mal

_____

(a) M. Le Blan.

aſſortis ; ſe laiſſer gouverner par gens ; qui quelquefois ne connoiſſent ni l'objet ni les bornes de leur pouvoir ; avoir non ſeulement autour de ſoi des murs où l'on eſt gardé, mais à côté de ſoi des cachots qui ne ſont jamais éclairés de la lumiere publique : une telle exiſtence fait frémir la Nature qui nous a faits libres, & ne ſe concilie guere avec le Chriſtianiſme, qui ne veut point d'eſclaves.

» Les Loix n'ont point entouré ce précipice d'un aſſez grand nombre de précautions. C'eſt un cruel oubli, qu'elles permettent à des mineurs de courir de ſi grands haſards, & qu'elles aient laiſſé, juſqu'à préſent, irrévocables à leur égard, des engagemens d'une ſi médiocre importance pour la Religion qui en eſt l'objet, & d'une ſi grande importance pour le bonheur de ceux qui les contractent. Il a toujours paru abſurde qu'on pût diſpoſer de ſa perſonne dans un âge où elles ne permettent pas de diſpoſer, ſans retour, d'un pouce de terre, & qu'un enfant qui ne peut pas vivre quelque temps avec ſon pere & ſa mere, pût s'engager pour toujours à vivre ſous la loi d'un étranger.

M vj

» La minorité eft comme le noviciat de la vie humaine. Il n'eft pas jufte d'en abréger le temps pour l'affaire du monde la plus férieufe. A cet âge, la raifon n'eft encore que dans fon cré-pufcule ; la volonté n'a point acquis fa force & fa fermeté. On ne fe connoît point foi même ; on n'eft point en état de connoître le poids de l'engagement à la vie religieufe, d'en connoître les devoirs, les défagrémens, les peines, les périls & les écueils. N'y eût-il donc que de la témérité dans le facrifice qu'on a fait de fa liberté, encore ne faudroit-il pas être inexorable à la voix du repentir, fur-tout après l'expérience du malheur.

» Parce qu'un adolefcent fe fera pris de lui-même dans un piége, ce n'eft pas une raifon de l'y laiffer ; parce qu'il fe fera chargé d'un fardeau trop lourd, ce n'eft pas une raifon de le laiffer accablé. Son âge eft au contraire une raifon de le prendre en pitié, & de lui tendre une main fecourable.

» Cette commifération eft d'autant plus jufte, que le défaut de précautions contre les furprifes & les impreffions de violence auxquelles cet âge eft exposé par son inexpérience & sa fragilité, a donné, dans cette matiere, ouverture aux plus grands abus.

» Nous n'avons point reçu dans nos mœurs l'abdication qui étoit usitée chez les Grecs & les Romains ; encore moins le droit de vie & de mort qu'avoient les peres sur leurs enfans, dans les premiers temps de la République. Un pere ne peut pas dire à son fils : *Je te renie pour l'avenir, tu n'es plus à moi ; sors de ma maison, & ne parois plus en ma présence.* Mais nous avons une maniere plus terrible & plus aisée de faire perdre aux enfans les droits de famille, en les forçant à se faire Religieux.

» Si nous réussissons à bien effacer les vestiges de la violence, voilà un enfant perdu sans ressource. Nous lui ôtons tout ce qu'il a, & l'espérance de jamais rien avoir. Nous gagnons contre lui tout l'effet de l'abdication ; nous lui rendons sa condition encore pire, & le précipitons dans un bien plus grand malheur. Car enfin l'abdiqué ne perdoit que son pere & sa famille ; il gardoit encore sa patrie & sa liberté, & pouvoit aller où bon lui sembloit, même aspirer aux différens états & aux grades de la vie civile. Un Religieux, au contraire, perd tout, famille, patrie & liberté : c'eft déformais un être nul à notre égard ; fa perfonne eft fondue dans l'Ordre, & il n'a plus d'exiftence propre & féparée : il ne peut plus rien ; & relativement à l'Ordre, c'eft un être purement paffif, qui ne pourra plus dormir, boire & manger qu'au gré d'autrui ; expofé à faire éternellement le contraire de ce qu'il défire, & à fouffrir les plus durs traitemens, s'il héfite : état mille fois plus trifte que le fupplice de la mort, qui ne dure qu'un inftant.

» Nous privons, du même coup, la patrie d'un citoyen ; & s'il obferve fes vœux, nous étouffons le germe de fa poftérité : s'il ne les obferve pas, nous le réduifons à ne produire que des rejetons furtifs & d'infames rebuts de la Société.

» S'il eft aifé de perdre les hommes, doit-il être fi difficile de les fauver ?

» La premiere & la plus effentielle condition pour périr par ce genre de mort, c'eft la volonté, & il faut qu'elle foit plus claire que le jour «.

Nous n'entrerons point dans la difcuffion des faits d'aftuce allégués d'un
côté, & niés de l'autre. Les parties
n'apportoient, ni de part ni d'autre,
aucune preuve juridique de leurs allé-
gations. On nioit, d'un côté, tout ce
qu'on affirmoit de l'autre : on préfentoit des lettres que chaque partie in-
terprétoit à fa maniere : on a vu le
tableau de ces objets dans le récit que
l'on vient de lire ; & le lecteur eft en
état d'apprécier les inductions qu'on en
peut raifonnablement tirer.

Tout ce qu'on peut conclure raifonnablement de ces faits, c'eft que dans
toute la portion de la vie du fieur
Quoinat fils, qui a précédé fes vœux,
on ne lui a connu aucun des penchans
qui conduifent à la vie religieufe ; on
l'a vu, au contraire, entraîné par tous
ceux qui en éloignent.

» Il ne tombe donc pas fous le fens
que, n'étant attiré à ce genre de vie
par aucun appât, en étant au contraire
repouffé par toutes fortes de motifs,
& ayant fans ceffe combattu l'impulfion qu'on lui donnoit de ce côté-là,
il fe fût tout-à-coup rendu à cette im-

pulſion, ſi elle n'étoit devenue invincible par quelque cauſe nouvelle «.

Cette cauſe étoit la circonſtance où ſe trouvoit le ſieur Quoinat fils, quand il prit l'habit de Prémontré & fit profeſſion dans cet Ordre. Il étoit alors déſerteur. Tout le monde connoît l'ancienne ſévérité des Loix militaires contre ce crime, & tout le monde ſait qu'on exerçoit cette ſévérité avec la plus grande rigueur, ſur-tout en temps de guerre. On a vu, dans le récit des faits, avec quelle adreſſe on a placé l'imagination du malheureux Quoinat, entre la mort d'un côté, & l'habit religieux de l'autre; de maniere que, pour ſauver ſes jours, il ne voyoit plus d'autre moyen que de ſe cacher ſous cet habit. C'eſt donc la crainte qui lui a arraché ſes vœux. Sa volonté n'étoit donc pas libre. *Si vis ſcire an velim, fac ut poſſim nolle,* diſoit Séneque ; & ſes vœux n'étant pas libres, ſont nuls.

„ Il n'y a que deux manieres d'éviter la peine de déſertion ; l'une de fait, en fuyant ou en ſe cachant; l'autre de droit, en obtenant le pardon ou la rémiſſion du délit. La crainte va

d'abord au fait, & s'embarrasse peu
du droit, parce qu'il pourroit arriver
qu'on fût mort avant d'avoir obtenu
grace de la vie: C'est ainsi qu'a procédé le sieur Quoinat. Il a commencé
par chercher son salut dans la fuite &
dans la retraite, en attendant qu'il le
trouvât dans le congé du Régiment,
ou dans les lettres du Prince. Il a
préféré le Couvent à la maison paternelle, comme une retraite plus douce,
plus secrete & plus sûre ; & frustré
de la grace & du congé qu'il espéroit,
il a mieux aimé franchir le pas de la
profession, que de roder dans le monde,
aux risques d'être découvert ou trahi.

» Ses vœux sont donc radicalement
nuls, comme involontaires, & prononcés uniquement dans la crainte de
la mort. Ils étoient hors de son intention, & seulement dans ses ressources
& dans ses moyens. Réduits à leur véritable objet, ce n'est que le vœu de
ne pas mourir par le dernier supplice
dont on punit les déserteurs «.

Enfin le dernier moyen du sieur
Quoinat fils étoit, qu'étant engagé au
service du Roi, il ne pouvoit s'engager par des vœux dans un Ordre Re-

ligieux ; que ces deux engagemens étant
incompatibles, le premier, tant qu'il
subsistoit, mettoit à l'autre un obstacle
invincible.

Cette question nouvelle fut traitée
dans une Consultation d'Avocats célebres (a).

Le devoir général, disoient ces Jurisconsultes, qui étoit autrefois imposé
à tous les membres de la Société, de
marcher au combat, est remplacé par
l'engagement volontaire des troupes sou-
doyées. Cet engagement est un véritable contrat entre le Prince & le soldat. Le Prince s'oblige de nourrir &
entretenir le soldat ; celui-ci s'oblige
de combattre pour le Prince, & d'exposer sa vie pour son service.

Cet engagement est purement relatif entre les deux contractans ; les Officiers intermédiaires ne font qu'exercer
l'autorité du Prince. Tout tiers est étranger, & ne peut en demander ni la
dissolution, ni l'exécution.

Ce contrat, comme tous les autres,
peut être dissous, ou par le consente-

_____

(a) MM. Cellier, de Lambon, Boudet,
Gerbier, & Tronchet.

ment tacite, ou par la volonté expreſſe, le Roi n'exigeant point que l'Engagé joigne le drapeau, & ne lui fourniſ-ſant ni nourriture, ni entretien, ou lui donnant ſon congé abſolu.

Hors le cas du conſentement de la part du Roi, la peine de l'inexécution de la part du ſoldat eſt la mort. Mais lui ſeul, ou ceux qu'il a chargés de le repréſenter à cet effet, ont droit de requérir, de pourſuivre, de prononcer & de faire exécuter cette peine.

Tous les engagemens du ſoldat, & les incapacités qui en réſultent, ſont donc relatifs au Roi. Si le ſoldat ſe ſouſtrait à ſon engagement, & ce ne peut être que par la déſertion, le Roi a droit de le pourſuivre par-tout, même dans le ſein de la Communauté où il auroit fait des vœux depuis ſon évaſion, pour le livrer au ſupplice; comme un aſſaſſin n'en eſt préſervé ni par la pro-feſſion monaſtique, ni par la promotion aux Ordres.

Le Roi n'a donc aucun intérêt à cette profeſſion, qui ne le prive pas de ſes droits; mais il a intérêt à la déſer-tion qui l'a précédée, & dont le crime n'eſt effacé par aucun acte, par aucun engagement religieux, quelque faint, quelque facré qu'il puiffe être. Ainfi le Roi conferve toujours le droit de pourfuivre le déferteur dans quelque afile qu'il fe retire, de l'en arracher, & de le faire conduire au fupplice.

Mais la validité des vœux eft indépendante de ce droit, auquel elle n'a porté aucun préjudice : & fi le déferteur s'eft fait Religieux, s'eft fait Prêtre, on le punira, tout Religieux, tout Prêtre qu'il eft.

Ne pourroit-on pas même dire qu'à la rigueur, le Roi pourroit faire grace au Religieux déferteur, en exigeant de lui qu'il achevât le temps du fervice qui lui demeuroit à remplir, lorfqu'il a pris fur lui de déferter ? Il eft vrai que dans les mœurs actuelles, la profeffion religieufe eft incompatible avec les armes. Mais cette incompatibilité n'eft pas dans la nature des chofes. Pendant plufieurs fiecles, les Religieux ont dû & ont fait le fervice militaire; ils n'en font point difpenfés par la Loi divine; c'eft un fimple réglement de difcipline eccléfiaftique, auquel nos Rois ont bien voulu déférer par refpect pour la fainteté de l'état religieux.

En ce cas, le temps de fon fervice achevé, & même celui qu'on jugeroit à propos d'y ajouter en punition de la défertion, on renverroit le Religieux dans le cloître où il auroit fait profeffion.

En un mot, l'engagement contracté avec le Prince, eft un obftacle à l'exécution de celui qui eft contracté poftérieurement avec Dieu. Mais, dès que le droit du Prince eft rempli, le fecond engagement reprend toute fa force, & ne trouvant plus d'obftacle légitime, doit être exécuté dans toute fon étendue.

L'engagement dans les troupes fera donc, fi l'on veut, un empêchement prohibitif à l'émiffion des vœux, mais ne fera pas un empêchement dirimant. Ces fortes d'empêchemens ne s'établiffent point par raifonnement, mais par une Loi formelle. Or il n'y a point de Loi qui prononce la nullité des vœux du foldat. S'il n'y a point de Loi, il n'y a ni incapacité abfolue, ni nullité radicale.

Il femble que les Jurifconfultes qui ont conçu & exprimé ces principes, auroient dû arriver à une décifion bien différente de celle qu'ils ont donnée; s'ils en eussent bien pesé les consé-quences.

Le soldat, en s'engageant, a aliéné au profit du Roi sa liberté, & l'a rendue absolument dépendante des ordres de ceux qui commandent au nom du Souverain. Il a abdiqué toute volonté, pour n'avoir plus que celle de ses Officiers, quand elle iroit jusqu'à lui ordonner de s'exposer à une mort certaine.

A-t-il pu offrir & donner à un autre cette même liberté, dont il s'est volontairement & légalement dépouillé?

Un soldat déserteur est, tant qu'il persiste dans sa désertion, en état de rebellion contre son Souverain & contre la Nation, auxquels il a voué sa personne entiere & sa vie même. Or un homme qui est actuellement dans les liens d'un crime si atroce, & qui y persévere, est-il dans le cas d'offrir des sacrifices à la Justice divine; & peut-elle les accepter, sur-tout si ce prétendu sacrifice n'est qu'une fraude de plus, & un artifice pour persévérer dans la révolte & en éluder la peine? Les simples lumieres de la raison suffifent pour faire appercevoir l'abfurdité impie de cette propofition.

Ici la réunion des circonftances rend encore cette offrande plus impie qu'elle ne le feroit en tout autre cas. Celui qui la fait, n'eft en état d'en prononcer les paroles & d'en obferver les cérémonies extérieures, que parce qu'il commet, dans ce moment même, le crime dont il eft coupable. S'il étoit fous le drapeau, comme il s'eft engagé envers fon Roi d'y refter, & comme toutes les Loix divines & humaines auroient dû l'y retenir, feroit-il, à plufieurs lieues de fon Régiment, & de l'endroit où il doit fon fervice militaire, occupé à prononcer la formule d'une profeffion religieufe? Ce n'eft donc que par le moyen du crime qu'il a commis & qu'il commet actuellement, qu'il fait à Dieu une offrande de ce qui ne lui appartient plus; & l'on veut que Dieu reçoive ce monftrueux facrifice! Si Dieu ne l'a pas reçu, fi Dieu n'a pu le recevoir, il eft donc nul, & n'a pu produire aucuns effets.

Il ne s'agit donc plus, comme l'on voit, d'examiner fi le Roi eft ou n'eft pas intéreffé dans ces vœux; s'ils lui font perdre quelque chofe, ou s'ils laiffent fes droits hors d'atteinte. Quel que foit fon privilége, quelque ufage qu'il en veuille faire, il ne peut empêcher que le déferteur n'ait commis un crime qui le rendoit intrinféquement indigne & incapable de faire à Dieu le vœu qu'il lui a fait, & que ce vœu ne foit par conféquent radicalement nul.

Qu'importe que le Roi ait rendu depuis la liberté à celui qui la lui avoit aliénée? Cette grace n'empêche pas que le fujet qui l'a obtenue, ne fût en état de rebellion quand il a fait fa profeffion, & ne fût, par ce crime, indigne & incapable de la faire. Elle n'empêche pas qu'il n'ait offert ce qui, au moment où il l'offroit, n'étoit pas à lui, & que l'être auquel fa prétendue offrande s'adreffoit, ne fût que celui qui la faifoit, difpofoit du bien d'autrui, & même qu'il ne la faifoit que pour fe procurer un moyen de perféyérer dans fa rebellion & d'en éluder la peine.

Enfin il n'eft pas vrai qu'il n'y ait point de Loi qui interdife au foldat déferteur la faculté de prononcer des

vœux

vœux en Religion. Il est certain qu'il
y a des Loix qui défendent la désertion,
puisqu'il y a des Loix qui prononcent
la mort contre le déserteur, par cela
seul qu'il est déserteur. Or ces Loix
ne défendent pas explicitement, il est
vrai, au soldat déserteur de faire des
vœux en Religion; mais elles lui défendent implicitement de faire tout ce
qui ne se peut faire qu'après la désertion & en conséquence de la désertion.
Défendre à un soldat de quitter son
Régiment, c'est lui défendre d'être par-
tout où n'est pas son Régiment, &
par conséquent de manger, de boire,
de dormir hors du lieu où sa qualité
de soldat a dû le tenir attaché; c'est
lui défendre de se trouver dans un Couvent à plusieurs lieues du camp ou
de la garnison.

Ainsi, dire qu'on ne le condamne
pas pour avoir fait des vœux, mais
pour avoir déserté, c'est abandonner la
chose, pour disputer sur les mots. On
ne punit pas le déserteur positivement
parce qu'il fait des vœux, mais parce
qu'il n'étoit pas où il auroit dû être;
parce qu'au lieu d'être dans un monas-
tere à faire des vœux, il auroit dû

Tome III.   N

être sous son drapeau & sous les armes. En un mot, la défense de déserter emporte absolument avec elle la défense de tout ce qui ne peut se faire qu'après avoir déserté. Or il est impossible d'imaginer qu'un soldat puisse faire des vœux après un an de noviciat sans avoir déserté, & sans être actuellement en état de désertion & de révolte.

Sur les conclusions de M. Séguier, Avocat-Général, intervint Arrêt au Parlement de Paris, le 19 Décembre 1769, par lequel il fut dit qu'il y avoit abus dans l'émission & l'admission des vœux du sieur Quoinat. Le pere fut condamné à rendre compte à son fils de la communauté qui avoit existé entre lui & la feue dame Quoinat sa femme. Il fut condamné en outre, solidairement avec les Prieur & Religieux de Prémontré, en 10,000 livres de dommages & intérêts envers le sieur Quoinat fils; l'Arrêt déclaré commun avec le sieur Quoinat, Lieutenant-Général au Bailliage de Mantes. Faisant droit sur les conclusions de M. le Procureur-Général, il fut fait défenses à tous Supérieurs de maisons religieuses, de plus à l'avenir recevoir au noviciat & admettre à la profeſſion aucunes perſonnes engagées au ſervice. Il fut ordonné que la Déclaration du 28 Avril 1693, regiſtrée en la Cour le 7 Mai ſuivant, ſeroit exécutée ſelon ſa forme & teneur : en conſéquence, il fut fait défenſes à tous Supérieurs & Supérieures, autres que ceux exceptés par cette Déclaration, d'exiger aucune choſe, directement ou indirectement, en vûe & conſidération de la réception, priſe d'habit, ou profeſſion. En conſéquence, les Supérieurs de l'Ordre de Prémontré furent condamnés à reſtituer la ſomme de 8000 livres qu'ils avoient reçue pour la profeſſion du ſieur Quoinat ; laquelle ſomme fut adjugée à l'Hôpital-Général des Enfans-trouvés.

AFFAIRE DE SIRVEN.

ON devroit dire au Magiſtrat qui s'aſſied ſur le Tribunal de la Juſtice, pour diſpenſer la vie ou la mort, ce qu'un Courtiſan ſincere répétoit tous les jours à ſon Maître, lorſqu'il montoit ſur le Trône : *Souvenez-vous que vous êtes homme.* Ce ſouvenir néceſſaire ſur le Trône, ne l'eſt pas moins au Magiſtrat, pour lui inſpirer une défiance ſalutaire de lui-même, dans le moment redoutable où il ſe ſaiſit du glaive des Loix.

Il n'eſt point de paſſion plus redoutable pour un Juge, & qui l'égare plus promptement, que l'eſprit de prévention ; il eſt auſſi-tôt comme frappé d'aveuglement ; il perd tout à coup ce doute ſalutaire qui doit l'accompagner toujours, & que l'évidence ſeule a le droit de détruire ; rien ne l'arrête plus ; tout eſt certain, tout eſt évident pour lui. Toutes les conſciences ſont ouvertes à ſes yeux ; il croit voir le crime juſque dans le cœur de l'innocence. Sur les plus légers indices, il ne doutera point qu'un pere plein de tendreffe n'ait confommé, de fes mains paternelles, le meurtre affreux d'un fils, & qu'un fils refpectueux, changé tout à coup en affaffin, n'ait en effet ofé attaquer fa mere, & frapper de mort le fein où il avoit puifé la vie; il les envoie au fupplice fans remords. Ce fut cette prévention fatale qui infpira le Juge de Mazamet, lorfque, fans aucune preuve de crime, il ofa déclarer Sirven atteint & convaincu d'avoir fait périr fa fille. Toutes les têtes étoient déjà échauffées par la mort tragique du fils de Calas, dont la prévention publique rejetoit l'imputation fur fon malheureux pere; ce vieillard, plongé dans un cachot, accablé par l'âge & le fardeau de fes chaînes, attendoit, en pleurant la mort de fon fils, le fanglant Arrêt qui devoit bientôt le déclarer fon affaffin, & le rendre la proie d'un Bourreau. Ces deux accidens furent bientôt regardés comme des preuves de parricide, confirmées l'une par l'autre. Tout le peuple échauffé par un levain de fanatifme, accufa les Proteftans de faire périr leurs enfans, lorfqu'ils vouloient

N iij

embraſſer la Religion Romaine ; & on s'obſtina à voir des crimes dans des accidens naturels , & dont la tendreſſe de ces malheureux peres n'avoit pu préſerver leurs enfans.

Pierre-Paul Sirven , établi depuis plus de vingt ans à Caſtres , ſa patrie, exerçoit dans cette ville les fonctions de Feudiſte ou Commiſſaire à terrier ; il épouſa , en 1734, Toinette Leger. Trois filles furent le fruit de ce mariage. Sirven & ſa femme , nés tous deux Proteſtans, tranſmettoient à leurs enfans , dans le ſecret & l'intérieur de leur maiſon , la croyance qu'ils avoient reçue de leurs peres.

Le 6 Mars 1760, Eliſabeth, ſa ſeconde fille , diſparut tout à coup de la maiſon paternelle. Ce ne fut qu'après bien des recherches, que ce pere alarmé ſur le ſort de ſa fille, apprit que, ſans aucun ordre , & contre toutes les Loix, on lui avoit enlevé ſon enfant, pour la conduire chez les Dames Régentes. Souffrir eſt le partage du foible : Sirven fut contraint de dévorer en ſilence le chagrin que lui cauſoit l'évaſion furtive d'une fille qu'il aimoit tendrement ; mais les raiſons ſacrées de la

Religion imposerent silence à la Nature, & il borna sa douleur à la pleurer avec sa mere.

Elisabeth Sirven ne fut pas long-temps à ressentir les effets de la plus dure captivité. On ignore si les mauvais traitemens que les Dames Régentes exercerent envers leur malheureuse prisonniere, eurent pour objet d'accélérer sa conversion ; ce qu'il y a du moins de certain, c'est qu'elle tomba malade peu de temps après, & que les accès de démence & d'imbécillité, en troublant sa raison, vinrent bientôt détruire tout espoir de conversion, en la rendant impossible. Le bruit de son infortune parvint aux oreilles de sa mere, qui, toute tremblante, courut se présenter aux grilles de sa prison ; mais ce fut inutilement : on refusa, sans pitié, de lui faire voir son enfant. Un mois après, le hasard lui procura cette douceur ; sa fille s'offrit devant elle dans une rue de Castres : leurs entrailles s'émurent à l'aspect l'une de l'autre : Elisabeth, oubliant sa conductrice, & n'écoutant que sa tendresse, courut se jeter dans les bras de sa mere ; mais la Dame Régente qui l'accompagnoit,

N iv

peu touchée de ce fpectacle attendriffant, vint bientôt l'en arracher.

Sirven & fa femme avoient paffé fept
mois entiers dans l'abfence de leur fille,
fans qu'ils euffent pu obtenir une feule
fois la confolation de la voir. C'en étoit
fait, ils la croyoient enfevelie pour jamais dans ce tombeau fatal, lorfque
tout à coup on vient leur annoncer
que celle qu'ils pleuroient va leur être
reftituée. A cette nouvelle imprévue,
la famille eft dans la joie..... Elle
arrive : mais quel fpectacle & quelle
douleur ! au lieu de cet enfant qu'ils
efpéroient retrouver, ils n'embraffent
plus qu'un fpectre pâle & décharné,
une infenfée, dont les rigueurs & les
mauvais traitemens qu'elle a effuyés
ont aliéné la raifon, & à laquelle il
n'en refte plus même affez pour reconnoître ceux qui l'entourent, & fentir
qu'elle eft dans les bras de fes parens.
Malgré le chagrin qu'ils reffentoient de
la voir dans un état fi déplorable, les
pleurs qu'ils verfoient étoient encore des
larmes de joie : ils avoient leur enfant,
ils fe promettoient fa guérifon.

Cette douce efpérance ne tarda pas
à s'évanouir, & la démence d'Elifabeth

dégénéra bientôt en fureur. Dans ces momens de crise, on l'entendoit pousser des hurlemens horribles, & elle retomboit dans un accablement, qui bientôt étoit suivi de nouveaux accès de frénésie. Toute la Ville de Castres fut témoin de son état. Sirven, effrayé des dangers où étoit exposée sa malheureuse fille, pour l'en garantir, fut contraint d'avoir recours aux précautions que l'on emploie contre les insensés; il assujettit ses bras par un habillement étroit, & qui lui ôtoit le pouvoir d'abuser de ses mains furieuses; il fit fermer les volets de sa chambre avec un cadenas; en un mot, il eut soin d'écarter autour d'elle tout ce dont elle pouvoit abuser pour se nuire à elle-même & aux autres.

Toutes ces précautions, que la tendresse d'un pere lui inspiroit, la calomnie ne tarda pas à lui en faire un crime. On l'accuse, auprès de l'Intendant de la Province, de tenir sa fille renfermée depuis six mois, & de *l'avoir mise dans un sac*, & de l'accabler de mauvais traitemens, pour l'empêcher de se faire Catholique. Pour détruire de pareilles imputations, Sirven offrit au Subdélégué de remettre sa fille au Curé de Castres;

mais la vifite qu'en fit le fieur Malzac, Médecin, par les ordres de l'Intendant, acheva de mettre cette calomnie dans toute fon évidence ; & , fur fon rapport, le Supérieur Eccléfiaftique ne crut pas feulement qu'il fût néceffaire d'aller la vifiter lui-même, tant fa démence étoit conftatée.

Sirven avoit lieu d'efpérer que la calomnie auffi bien reconnue, feroit réduite au filence. Plein de cet efpoir, & avec l'agrément du Subdélégué, il fe retira à Saint-Alby, Paroiffe à deux lieües de Caftres, pour faire le terrier du Seigneur de cette Paroiffe, & il alla s'établir, avec fa famille, dans fon château ; mais la calomnie ne tarda pas à le perfécuter dans cette retraite, &, vers la fin d'Octobre 1761, le Vicaire & les Confuls de Saint-Alby vinrent chez lui donner l'ordre d'envoyer Elifabeth à l'églife. Sirven étoit abfent : fa femme, fans leur demander de quelle part ces ordres étoient notifiés, fe contenta de leur montrer cette infortunée ; ils fentirent quelle indécence il y auroit de l'expofer en cet état dans un lieu fi faint : elle offrit au furplus de la remettre au Vicaire ; mais celui-ci, témoin de sa folie, refusa de s'en charger.

Il n'en falloit pas davantage pour convaincre Sirven que quelque ennemi secret, par un faux zele de Religion, cherchoit à lui susciter quelque fâcheuse affaire. Il résolut d'éloigner de sa maison cette fille funeste qui en troubloit si cruellement la paix, & de la remettre entre les mains de M. l'Evêque de Castres ; & ce Prélat étant de retour des Etats de Languedoc, il ne renvoya pas plus loin qu'au lendemain l'exécution de son projet. Cependant il voulut consulter sur cela la dame d'Esperandieu, dont il faisoit le terrier, comme nous l'avons déjà dit, & qui s'intéressoit vivement à ses peines. Sirven se rendit à son château d'Ayguefondes, où cette dame faisoit sa résidence, accompagné du Vicaire de Saint-Alby. Elle approuva sa résolution, & les retint l'un & l'autre à souper & à coucher.

C'étoit pendant que Sirven se livroit sans alarmes au sommeil, que se consommoit dans la nuit le malheur qui alloit attirer tous les maux sur sa tête.

Sirven étoit levé ; déjà il se disposoit à partir du château d'Ayguefondes

N vj

pour aller mener fa fille à fon Evêque:
il fe promet de cette démarche une
tranquillité prochaine : il fe perfuade
que fes chagrins vont finir ; ils commençoient. Tout-à-coup arrive à la hâte
un exprès qui vient lui annoncer que
fa fille, qu'Elifabeth s'étoit évadée durant la nuit, & que fa mére l'avoit vainement cherchée à fon réveil. Alarmé
de cette nouvelle, Sirven, dans l'efpoir de la retrouver peut-être lui-même,
part fans délai : il accourt; il arrive à
Saint-Alby ; il trouve fa femme & fes
deux filles éplorées au milieu d'une
foule d'habitans qui s'efforçoient de cal-
mer leur douleur. On lui apprend qu'on
a déjà fait dans le bourg des recherches inutiles. Il donne de nouveaux
ordres ; il fait partir de toutes parts
des gens qu'il envoie dans la campagne fur les traces de fa fille : tous revinrent fans en rapporter aucune nouvelle ; elle avoit difparu.

Différens rapports qu'on leur fit les
jours fuivans, parurent faire briller un
rayon d'efpérance. On avoit vu, difoit-on, une jeune fille paffer un bac
voifin : un Curé avoit dit qu'on ne
devoit point s'en mettre en peine;

qu'elle feroit mieux qu'avec fes parens.
On en avoit aussi vu une autre que
des Archers conduifoient au milieu
d'eux fur le chemin de Lavaur.

Sirven fe flattoit que quelques ordres
fupérieurs, fecrétement exécutés, l'auroient fans doute encore enlevée à fa
famille, pour la conduire dans quelque maifon religieufe.

Plus de quinze jours s'étoient écoulés depuis la difparition d'Elifabeth,
lorfque des enfans qui cherchoient des
oifeaux dans le puits de Saint-Alby,
apperçurent un cadavre flottant fur l'eau.
On court avertir le Juge de Mazamet ; il
arrive ; il fait tirer du puits le cadavre.
On l'entoure ; on regarde ; on reconnoît la fille de Sirven. Le cri général
fut qu'elle s'étoit précipitée elle-même
dans le puits. Quelques perfonnes fe
rappelerent alors que le jour même de
fa difparition, on l'avoit vue fe tourner
vers le puits, en faifant des grimaces
comme une folle, & comme fi elle
eût annoncé fon funefte deffein. Tout
le monde fe réunit à plaindre fes parens, & perfonne ne les foupçonne
alors d'avoir eu la moindre part à la
mort de leur fille.

Ils ne jouirent pas long - temps de
cette opinion ; la Nature fut bientôt
calomniée ; le menfonge mêla fes fables à la vérité ; on la défigura par
des récits affreux ; on chargea cet événement de circonftances imaginaires,
& la mort d'Elifabeth fut bientôt qua-
lifiée de parricide. Calas, comme nous
l'avons dit , auffi Proteftant , venoit
de perdre fon fils par un accident à
peu près femblable , & fa malheureufe famille étoit plongée depuis deux
mois dans les cachots de Touloufe.
Le fanatifme rempliffoit les efprits d'i-
dées fuperftitieufes & barbares , citoit
la mort tragique du jeune Calas, ré-
préfentoit la Religion intéreffée au fupplice des prétendus coupables , femoit
parmi le peuple le bruit que les peres
Proteftans immoloient ainfi leurs enfans , lorfqu'ils vouloient abjurer leur
fecte , & que c'étoient les mains fu-
rieufes d'un pere & d'une mere qui
avoient précipité leur fille dans un puits,
en haine de la Religion Catholique.
C'étoit , ajoutoit - on , pour lui faire
changer de fentiment qu'ils la tenoient
enfermée dans une chambre obfcure,
& coufue dans un fac étroit, & qu'ils

avoient exercé sur elle toutes sortes de
cruautés. Tous ces récits absurdes furent avidement reçus par une populace
crédule & superstitieuse ; & l'opinion
que Sirven avoit fait périr sa fille, devint bientôt générale.

Cependant Sirven ignoroit encore
l'affreuse découverte du cadavre de sa
malheureuse fille, qui avoit attiré à
Saint-Alby la Justice de Mazamet. Il
étoit alors à Burlets, chez le sieur de
Falguerolles, occupé à dresser un mé-·
moire pour ce Gentilhomme. A cette
horrible nouvelle, il part presque mourant de Burlets pour se rendre à Saint-
Alby : à son arrivée, il apprend que
le Juge de Mazamet avoit fait la visite
du cadavre, & que le Médecin & le
Chirurgien qui l'avoient accompagné,
avoient dressé un rapport, dont il étoit
résulté dans l'esprit de tous les spec-
tateurs, que sa fille, dans quelqu'un
de ses accès de fureur, s'étoit précipitée dans le puits. En effet, sa mort
parut alors tellement n'être qu'un malheur, que le Procureur-Fiscal lui-même
alla prier le Vicaire de l'enterrer, &
que le Médecin & le Chirurgien de-

manderent leur payement, comme ayant consommé leur ministere.

Le Juge, qui devoit se rendre, le 5 Janvier, à Saint-Alby, pour faire inhumer le cadavre, ne s'y trouva point. Sur une permission verbale qu'il donna de procéder à l'enterrement, les Consuls le font inhumer. Ainsi le 5 Janvier, au soir, tout le monde est persuadé que la mort d'Elisabeth est un malheur involontaire, & qu'on n'impute à personne : le rapport le constate, l'enterrement le confirme.

Mais dès le lendemain au matin, le théatre change. Le Juge de Mazamet vient à Saint-Alby, poursuit comme un crime cet enterrement, que lui-même avoit permis la veille, informe, entend des témoins. Au premier rapport des Experts, on en substitue un second qui le détruit presque entiérement, & où tous les faits sont altérés ou changés. On ose y inférer que la tête paroissoit ébranlée, qu'on avoit trouvé du sang caillé à la nuque du cou, qu'il n'y avoit point d'eau dans l'estomac, & que la fille étoit dans un parfait état de virginité. Donc,

ajoutoit-on, elle n'avoit eu aucune foiblesse, qui, par la crainte des suites,
l'eût forcée de recourir au suicide ;
donc ce ne sont point des scélérats qui
lui ont ainsi donné la mort après lui
avoir ravi l'honneur. Elle n'avoit point
d'eau dans l'estomac ; donc ses meur-
triers l'avoient étouffée avant de la jeter dans le puits ; donc il n'y avoit ni
assassinat ordinaire, ni suicide ; donc ce
ne pouvoit être que son pere.....
Telle étoit cependant la conséquence
atroce que l'on cherchoit dans cet
étrange abus du raisonnement.

L'inhumation du cadavre, à laquelle
heureusement Sirven avoit refusé de
prendre la moindre part, étant tout-
à-coup changée en crime, le premier
rapport des Experts étant détruit par
un second illégal & plein de menson-
ges, il ne lui restoit plus que l'opinion publique, qui s'élevoit encore &
balançoit les intentions secretes d'un
Procureur-Fiscal & d'un Juge aliénés
par un faux zele de Religion ; mais le
fanatisme qui prenoit tous les jours de
nouvelles forces, lui enleva bientôt
cette derniere ressource.

A la requête de Sirven, le Procu-

reur-Fifcal donna, le 9 Janvier, un
réquifitoire, pour faire entendre les
Dames de Caftres. S'il n'ofa pas y prononcer le nom de parricide, il em-
poifonna du moins les efprits par une
incertitude meurtriere, & livra fa victime aux plus affreux foupçons. Comme
s'il eût tourné le dos à la vérité pour
ne point la voir, il ne fit pas entendre les domeftiques des fieur & dame
d'Efperandieu, témoins néceffaires, &
dont le feul témoignage pouvoit conftater fon *alibi*. En vain Sirven lui donna
la lifte de ces domeftiques, pour lui
ôter tout prétexte de délai ; en vain il
promit à fon Avocat & à Sirven même,
de les faire dépofer, ainfi que le Vicaire, témoin fi important : il ne tint
point parole. Ce fut auffi inutilement
que le fieur Jalabert, défenfeur courageux d'un innocent, écrivit au Juge
pour fe plaindre de la conduite du Procureur-Fifcal, & pour rappeler à ce Juge
lui-même le fouvenir de fon devoir;
il refufa conftamment de faire entendre ces domeftiques.

Juftement alarmé de cette conduite
fcandaleufe, qui dès-lors décela les
vûes qui animoient & le Juge & le

Procureur-Fiscal, Sirven crut devoir en demander raison au Juge, qui, pour toute réponse, lui dit que Trinquier (c'est le nom de ce Procureur-Fiscal) n'avoit pas jugé à propos d'assigner les témoins qu'on lui avoit donnés par rôle. Il jugea bien alors qu'il n'avoit d'autre parti à prendre en cette occasion, que de se rendre partie civile, & de faire entendre lui-même les témoins qu'on lui refusoit. Le Juge l'admit en cette qualité le 11 Janvier. Nouvelle preuve qu'ils ne le regardoient pas comme un parricide, & qu'il étoit alors pleinement irréprochable à leurs yeux.

Sirven, devenu partie civile, poursuit l'instruction avec chaleur. Le 15 Janvier, dix-sept témoins sont entendus. La démence de sa fille est attestée par tous, & le fait de son *alibi* prouvé. Pour mettre son innocence dans un nouveau jour, il se transporta à Castres, dans le dessein d'y faire entendre les Dames Régentes à leur tour. Celles-ci, sans doute dans l'espoir de se dispenser de paroître en Justice, dresserent une déclaration artificieuse, dans laquelle, après avoir insinué qu'elles n'ont exercé

aucune violence fur Elifabeth, *elles
déclarent qu'elle leur donna par intervalle des traits de folie ou imbécillité,
tant le jour que la nuit ; qu'enfin
l'ayant vue toujours dans le même état,
elles prirent le parti de la rendre à
fes parens.* Elles fuppoferent encore,
dans cette même déclaration, qu'elles
auroient pu continuer de l'inftruire,
fi elles avoient eu des ordres de la recevoir de nouveau. Sans demander aux Dames Régentes quels ordres elles avoient
lorfqu'elles l'enleverent à fa famille pour
la premiere fois, & lorfqu'elles l'arra-
cherent encore une feconde fois des
bras de fa mere, le jour qu'ayant rencontré fa fille, elle la réclama en vain
au nom de la Nature, cette affertion
parut d'autant plus téméraire, qu'elle
étoit démentie par des dépofitions unanimes, qui conftatoient une démence
habituelle, &, par leur propre aveu,
qu'*elles l'avoient toujours vue dans le
même état.* On ne pouvoit donc pas
en douter : foit à Caftres, foit à Saint-
Alby, le Médecin, le Vicaire, les
Confuls, les Habitans, tous avoient reconnu, avoient attefté fa folie. Quelles
inftructions pouvoient-elles donc don-

ner à une malheureuse fille que leurs mauvais traitemens avoient privée de sa raison, & qui, dans ce déplorable état, ne pouvoit plus ni penser, ni parler, ni les entendre?

Sirven commençoit à reprendre sa tranquillité; il voyoit la vérité sortir peu à peu du nuage où ses ennemis s'étoient efforcés de l'ensevelir. Les dépositions unanimes des témoins entendus, les témoignages de ceux qu'il alloit faire entendre, étoient autant de traits de lumiere qui entr'ouvroient le nuage & l'éclairoient de toutes parts. Déjà il se figuroit voir son innocence s'avancer vers un triomphe prochain; déjà il défioit ses calomniateurs, & il se promettoit de rejeter bientôt sur eux tout l'opprobre de cette horrible accusation. Cette audace d'un cœur vertueux, cette intrépidité que lui inspiroit le témoignage de sa conscience, favorisoient les desseins de ses ennemis, en lui dérobant le danger qui le menaçoit.

Qui eût pu croire en effet, que dans le moment où le Juge de Mazamet ordonnoit » que les lettres ajournatoires seroient expédiées, pour faire assigner devant lui à Castres, le 20 du même mois, tous les témoins que Sirven voudroit administrer dans la procédure commencée à sa requête «; qui eût pensé que dans le moment où le Greffier *Paris* lui écrivoit au nom du Juge, le sieur Landes, *qu'ils ne feroient faute de se rendre sur les lieux indiqués par les lettres ajournatoires*, il y eût déjà un décret de prise de corps lancé contre Sirven, sa femme & ses deux filles; & que le Procureur-Fiscal & le Juge, non seulement abusassent ces malheureux par une procédure mensongere, mais même que pour lancer ce décret outrageant, & qui demande quelque commencement de preuve, ils eussent osé de leur chef supposer un attentat incroyable de sa nature, & dont tout démontroit l'impossibilité ?

Sirven attendoit paisiblement à Castres l'arrivée du Juge de Mazamet, qui, comme nous l'avons dit, devoit s'y transporter pour entendre les témoins de Sirven : ce fut ce jour-là même, le 21 Janvier, de grand matin, qu'il voit avec surprise entrer dans sa chambre, sa femme & la plus jeune de ses filles, la pâleur & la conster-

nation peintes sur le visage : Mon pere ,
cher époux , s'écrierent-elles en se jetant à la fois dans ses bras, nous sommes perdus : on nous accuse d'avoir
assassiné . . . . . Les sanglots les étouf-
foient. Ma fille ! s'écria Sirven. — Votre
fille ! — Ma sœur ! — Le Juge a lancé
contre nous un décret de prise de
corps. — Le Juge ! est-il possible ? — La
Maréchaussée est commandée , & va
marcher contre nous . . . . Le premier
mouvement de ce pere indigné , fut
d'aller à la rencontre de cette terrible
cohorte , & de présenter ses mains à
leurs fers. Que voulez-vous faire , s'é-
cria sa femme ? — Que peuvent - ils
contre moi ? Ne suis-je pas innocent ?
Tremblez, lui dirent ses amis ; il n'y
a plus de sûreté pour l'innocence , quand
son Juge est aveuglé par la passion. Ne
voyez-vous pas que tout est arrangé
pour votre perte ? A quoi vous sert
toute la pureté de votre conscience ?
Un décret de prise de corps n'est - il
pas déjà lancé contre vous ? Cet acte
injurieux & violent n'annonce-t-il pas
assez qu'on vous poursuit comme un
coupable ? Défiez-vous de votre innocence ; fuyez. Quoi ! fuir , s'écria Sir-

ven : fuir , chargé d'une accufation de
parricide ! laiffer dans ma patrie un
nom couvert d'opprobre ! fauver ma
vie pour la réferver à la honte ! Un cri
général va s'élever contre nous. Le Juge
inique qui nous pourfuit triomphera
dans fon iniquité ; c'eft la juftifier nous-
mêmes que de lui dérober notre tête;
car, qui penfera que nous fommes innocens, fi nous fuyons comme des criminels devant la Juftice ? Honorez-
vous du nom de Juftice , lui répondit-
on, les paffions de vos ennemis, l'oubli total de fes Loix facrées ? La fuite
eft un devoir, quand on fe dérobe à
une mort infame. Vivez plutôt pour
manifefter un jour votre innocence,
pour faire trembler à fon tour le Juge
qui triomphe aujourd'hui. L'infortuné
Calas laiffera peut-être fa vie fur un
échafaud. Laiffez paffer ce moment de
trouble & de vertige. L'erreur, la prévention , le fanatifme font paffagers
dans le cœur humain, comme les orages
fur l'atmofphere ; la vérité leur fuccede & brille avec plus d'éclat, après
ces tempêtes.

Les larmes de fa femme, celles de
fes deux filles, le toucherent beaucoup

coup plus que les remontrances de ses amis. Toutes pâles d'effroi, elles le tenoient embraffé, & le conjuroient de les fauver promptement de la fureur de leurs ennemis. La vue des dangers qui menaçoient en effet ses triftes compagnes, le fit trembler. Il s'encouragea à la fuite, par le défir preffant de mettre leur vie en fûreté, & de venger un jour leur honneur, fi cruellement attaqué. Il fuit donc, il déferte sa maifon, cet afile facré & inviolable de l'homme de bien ; il dépofe en tremblant sa trifte famille dans celle d'un honnête Gentilhomme logé au fauxbourg de Caftres, en attendant une nouvelle plus certaine de ce qui s'étoit paffé à Saint-Alby. Il apprit dès le lendemain, que le terrible Trinquier, à la tête d'une cohorte d'Huiffiers, avoit fait faifir tous fes meubles & effets, & qu'une brigade de Maréchauffée les cherchoit partout.

Le péril redoubloit ; il n'y avoit plus de fûreté pour eux à Caftres, il falloit fuir fans délai.

Il étoit nuit. Une tempête effroyable troubloit l'atmofphere ; le bruit des vents & de la pluie rendoit les ténebres

Tome III. O

plus affreufes. C'eft dans ce moment
favorable que ces infortunés prennent à
la hâte congé de leur hôte, & qu'ils
commencent leur marche pénible. Qu'on
fe figure un pere accablé de douleur,
une mere âgée de foixante-trois ans,
qu'il falloit foutenir à chaque pas, une
fille dont la groffeffe avancée fe déce-
loit par de fréquentes foibleffes ; qu'on
fe figure, dis-je, ces triftes voyageurs,
tremblans au moindre bruit qu'ils en-
tendoient, pleurant, fe traînant à pied
dans des chemins impraticables, &
cherchant à travers les ténebres des mon-
tagnes inacceffibles, quelque afile ignoré, où l'innocence fût en fûreté. Ils
marcherent durant près de cinq heures,
pour arriver à Roquecourbe, qui n'eft
qu'à une lieue & demie de Caftres.

Cependant les amis de Sirven lui
firent entendre que fa femme & fes
deux filles feroient en danger tant qu'il
feroit avec elles. Quelque cruel que
fût pour lui cet abandon, fa tendreffe
lui infpira le courage de s'en féparer.
Arrivés dans un lieu folitaire, au milieu de roches fauvages, ils s'arrêtent.

Là cet infortuné pere de famille
appelle d'une voix tendre & plaintive

ses deux enfans & sa triste compagne, qui se traînoient dans la nuit sur ses pas ; elles répondent à sa voix paternelle, leurs mains le cherchent dans les ténebres, elles le rencontrent, elles l'environnent toutes tremblantes. Alors, leur montrant le ciel, seul objet visible pour eux, & où réside le témoin de leur innocence, il les encourage à supporter leurs malheurs, dans l'espérance de les voir finir. Ensuite il leur déclare amérement que c'est dans ce lieu même qu'il faut qu'il les quitte, que leur sûreté lui commande ce cruel sacrifice. A cette annonce de leur affreuse séparation, pere, mere, enfans fondent en larmes, se pressent tendrement l'un contre l'autre, s'embrassent avec transport, sans pouvoir se dire le fatal adieu. Les noms de fille, de pere, d'époux sortoient à demi de leur bouche, entrecoupés par leurs sanglots. Sirven, plus courageux, s'arrache avec effroi des bras de son épouse & de ses deux enfans, les recommande à Dieu, & fuit dans les ténebres. Il erra tout le reste de la nuit, sans dessein, parmi les rochers. Quelquefois, s'arrêtant tout effrayé, il prêtoit l'oreille, & croyoit entendre

leurs voix plaintives ; quelquefois, plein
d'une illusion plus heureuse, il se figuroit qu'elles étoient toujours avec lui,
& qu'il les entendoit marcher sur
ses pas ; mais bientôt le jour parut : il
regarda autour de lui. . . . . Il se trouva
seul ; son cœur fut glacé de frayeur,
& il s'écria douloureusement : Que se-
ront-elles devenues cette nuit ? Il se
reprocha alors sa prévoyance inhumaine
qui l'avoit contraint d'abandonner ainsi
dans l'horreur des ténebres trois femmes timides & sans appui contre les
dangers.

Ces trois infortunées, après son départ, errerent de retraite en retraite,
se cachant sans cesse, & ne reparois-
sant qu'avec frayeur ; bien-tôt même
elles furent contraintes de se résoudre
à une seconde séparation non moins
douloureuse que la premiere. Personne
n'osoit plus recueillir ces trois femmes
ensemble. Il fallut donc que la mere dît
encore un triste adieu à ses deux filles.
Elles suivirent chacune une route différente, & se disperserent. Ce ne fut
qu'après bien des peines, bien des
dangers qu'elles essuyerent dans des
chemins impraticables, sur des mon-

tagnes couvertes de neige & prefque inacceffibles, après un voyage dont il eft plus facile de fentir que de peindre les horreurs, qu'elles arriverent en Suiffe, l'une au commencement d'Avril, les autres au mois de Juin 1762.

Si quélque chofe eût été capable d'adoucir l'amertume de leurs chagrins, c'eût été fans doute l'accueil généreux que leur fit une Nation bienfaifante, qui s'empreffa de foulager leur mifere par une penfion qu'elle les força d'accepter. Une foule de perfonnes de diftinction leur donnerent alors des marques confolantes de zele & d'attendriffement; mais, plus que toutes ces perfonnes, ce grand Homme (a), ce généreux ami de l'infortuné Calas, qui, non moins touché de l'infortune des Sirven, s'éleva courageufement contre l'injuftice qui les opprimoit, attira fur eux les regards de l'Europe & les bienfaits de plufieurs Souverains, & qui, par le feul pouvoir que fon génie donne à la verité, fut leur procurer les moyens de revoir leur patrie & d'implorer la

_____

(a) M. de Voltaire.

protection des Loix contre le Tribunal de Mazamet.

La fuite de Sirven ne fut que trop juftifiée par la conduite que tint ce Tribunal après fon départ. En effet, à peine avoient-ils quitté Caftres, qu'une cohorte d'Huiffiers & de fatellites dans cette ville, qu'une autre dans Saint-Alby, vinrent fondre fur leurs de-meures, &, fous le nom de *faifie-an-notation*, enlever & difperfer tous leurs effets. Immédiatement après, on in-terroge les Confuls décrétés au fujet du prétendu enlévement du cadavre. Tout de fuite encore, & dès le 21 Janvier, le lendemain de leur départ, le Juge, que rien n'arrêtoit plus, donna contre eux une profcription fanguinaire, fous le nom de *monitoire*, copié mot pour mot fur celui qui fut fi funefte aux Calas, & qui ne refpiroit de même que la prévention, la fureur & la ca-lomnie.

A peine ce monitoire étoit-il publié, que le Juge & le Procureur-Fifcal, voyant qu'il ne produifoit aucune charge contre Sirven, en drefferent précipi-tamment un fecond, dans lequel on n'épargna rien pour foulever les ames

foibles & fuperftitieufes, où les Sirven
étoient défignés prefque nommément,
au mépris de la Loi, qui ordonne, à
peine d'amende, que les monitoires
foient conçus en termes généraux, fans
défignation de perfonnes.

Ce fecond monitoire enchérit en tout
fur le premier.

Ce qui met le comble à l'étonnement, c'eft qu'en cherchant les motifs
de l'étrange conduite de ces deux Juges, on n'en trouve aucun; c'eft qu'on
voit au contraire que, depuis le 21 Janvier, époque de la permiffion du premier monitoire, jufqu'au 2 Février,
époque de la permiffion du fecond, ils
n'ont fait aucune inftruction, aucune
procédure; que nul fait, nul indice,
rien en un mot n'avoit changé la fituation de l'affaire. Ainfi, accufateurs &
Juges tout enfemble, ils étendoient &
refferroient à leur gré les crimes dont
ils avoient réfolu de trouver les coupables.

Malgré leurs efforts, le fecond monitoire ne produifit pas plus de charges
que le premier. Un troifieme, qui fut
encore publié quinze jours après, n'eut
pas plus de fuccès que les deux pre-

O iv

miers. Sans doute que le Juge & le Procureur-Fiscal furent alors découragés par
ces tentatives inutiles ; car, après avoir
d'abord vivement suivi leur procédure,
ils s'arrêterent tout à coup l'un & l'autre,
comme n'osant aller plus loin dans ces
ténebres : peut-être aussi que le cri universel qui s'élevoit dès-lors dans le Languedoc contre les Juges de l'infortuné
Calas, vint effrayer ceux-ci sur leur
Tribunal.

Quinze mois entiers s'étoient écoulés
dans cette inaction. Déjà les ames honnêtes, & tous ceux qui avoient connu
les accusés, convaincus de leur innocence, regardoient leur triomphe comme certain. Déjà le vœu public les rappeloit dans leur patrie, lorsqu'au moment où l'on s'y attendoit le moins,
le Juge de Mazamet s'éveille soudain
de ce long sommeil, appelle à la hâte
deux Juges de deux petites Justices du
canton, leur fait précipitamment & dans
une matinée le rapport de ce procès si
chargé d'instructions & de témoins, &
juge ainsi :

« Avons déclaré la contumace bien
instruite contre ledit Pierre-Paul Sirven,
Toinette Leger sa femme, Jeanne

Sirven, & fa fœur, femme du nommé
Perié, Marchand de Caftres; avons
déclaré lefdits Pierre-Paul Sirven & ladite Leger fa femme, *dûment atteints
& convaincus du crime de parricide
dont ils font accufés*; les avons condamnés à être pendus & étranglés;
auffi avons déclaré lefdites filles Sirven,
fœurs, *dûment atteintes & convaincues,
& complices dudit crime de parricide*
dont elles font accufées; les avons
condamnées à être préfentes à l'exécution de leurs pere & mere, après quoi
bannies à perpétuité de la ville & Jurifdiction dudit Mazamet; & fera notre
préfente Sentence exécutée contre lefdits Pierre-Paul Sirven & Leger, par
effigie, &c. Et plus bas eft écrit: *Taxé
pour le rapport, gratis pro re pu-
blica* «.

Quoique la Loi ordonnât que ce
Jugement fût de plein droit exécuté
par effigie, il fut porté au Parlement de
Touloufe, qui, au mois de Mai 1764,
en ordonna l'exécution figurative. Elle
fut faite à Mazamet le 11 Septembre
fuivant.

Sirven apprit, au mois d'Avril 1765,
le Jugement prononcé contre lui. A

cette horrible nouvelle, tout son sang se souleva contre cet Arrêt sanglant. Le supplice effroyable de l'innocent Calas lui parut moins terrible à souffrir que la vie qui lui restoit. Il fut encouragé par une foule de certificats que lui adresserent dans sa retraite une multitude de Citoyens distingués, nobles, notables habitans, Prêtres, Curés du pays, qui crurent que le premier devoir, dans toutes les Religions, est d'être juste, & qui l'inviterent à traduire le Juge de Mazamet au pied du Trône.

Quelque juste terreur que dût lui inspirer la vue d'un Tribunal qui l'avoit traité avec tant de barbarie, quelque effrayante que dût lui paroître une procédure dirigée par le fanatisme, Sirven ne voulut plus différer son retour. Avant son départ, il eut la douleur de perdre la malheureuse compagne de son infortune, que tant de chagrins conduisirent enfin au tombeau. Il ne lui restoit plus que l'espérance de venger du moins la mémoire d'une épouse si chere, & de rendre à ses enfans leur patrie & leur honneur.

Ce fut ce violent désir qui lui inspira

le courage d'aller, au péril de sa tête, se remettre dans les prisons de Mazamet, le 31 Août 1769. L'apparition soudaine de ce prétendu coupable, fit trembler le Juge qui l'avoit condamné. M^e. Landes se souvint alors qu'il étoit parent d'un des accusés, & que par conséquent la Loi lui défendoit d'être Juge. Il se récusa de lui-même alors, & il mit à sa place M^e. Astruc, Juge de la Bruyere, & son associé dans tout le cours de la procédure.

Sirven fut interrogé pour la premiere fois le 2 Septembre 1769, & le 16 du même mois, le Juge ordonna la procédure extraordinaire. L'Ordonnance ne fut signifiée à Sirven que le 2 Octobre suivant. Il y avoit près de deux cents témoins confrontables, & l'on n'en voulut présenter que quarante-quatre à l'accusé. Ce fut en vain qu'il requit qu'on le confrontât à un plus grand nombre. Ses actes de déni de Justice ne lui servirent de rien. Cependant, en même temps que Trinquier refusoit obstinément d'assigner les témoins vivans, il requit la confrontation littérale de six témoins décédés, à qui Sirven ne pouvoit par conséquent faire des

O vj

interpellations. Il fut si indigné d'une
partialité si marquée, qu'il résolut, aux
risques de languir plus long-temps dans
les prisons, de ne se présenter à la
confrontation, que lorsqu'il seroit parvenu à obtenir un Conseil qui pût l'é-
clairer sur cette matiere.

Appelé le lendemain pour être con-
fronté au quatrieme témoin, il déclara
à Me. Astruc, que s'il refusoit d'in-
terpeller les témoins, il n'avoit qu'à
suspendre les confrontations jusqu'à ce
qu'il fût instruit de ce qu'il avoit à
faire à cet égard. Le Juge voulut en
vain persister dans son systême, il fut
contraint de céder à ses instances, &
de lui accorder les interpellations qu'il
demandoit.

La confrontation dura jusqu'au 14
Novembre 1769. Le lendemain, 15,
Sirven présenta Requête, pour demander que le Procureur-Fiscal fût tenu
de lui faire représenter tous les témoins
ouïs dans les informations. Le Procureur-Fiscal répondit le lendemain, &
donna les conclusions suivantes, dans
lesquelles il ne voulut point se démentir :

» Nous requérons, *l'accusé dûment*

atteint & convaincu du parricide ; pour réparation, qu'il foit banni pour dix ans de la ville & Jurifdiction de Mazamet; à lui enjoint de garder fon ban, fous les peines portées par les Ordonnances ; le condamnons en outre en mille livres d'amende envers le Seigneur «.

Il eft impoffible de ne pas remar-quer la fingularité de ces conclufions. Quelle étrange idée ce Trinquier avoit-il donc du crime de parricide, s'il croyoit en effet qu'un pareil attentat pût être fuffifamment puni par un ban-niffement paffager ? M^e. Landes, le Juge de Mazamet, en le déclarant coupable par fa Sentence, l'avoit du moins ci-devant condamné à être pen-du ; & ce Jugement paroiffoit un peu plus conforme à l'efprit de la Loi. Cependant M^e. Aftruc, qui tenoit le Siége en cette occafion, moins intrépide qu'eux, n'ofa tout-à-fait s'engager fur leurs traces ; & s'il parut n'avoir pas été frappé de l'innocence de Sirven, du moins avoua-t-il par fa Sentence, qu'il n'avoit pu découvrir aucune preuve du crime affreux dont on l'avoit accufé.

Le même jour 26 Novembre 1769,

& dans la même matinée, on procéda
à l'interrogatoire de Sirven sur la sel-
lette, & l'on rendit la Sentence définitive, conçue en ces termes : » Avons
mis les Parties hors d'instance, & ordonné que ledit Sirven, accusé, sera
élargi des prisons où il est détenu «.

Cette Sentence fut prononcée le
même jour à Sirven, qui s'en déclara
sur le champ appelant.

Il est pour tout accusé deux moyens
de parvenir à justifier son innocence;
l'un pris du défaut de preuves, suivant
la maxime, Si l'accusateur ne prouve
pas, l'accusé est absous, *Actore non pro-
bante, reus absolvitur* : maxime si reli-
gieusement observée en matiere civile,
& qui devroit l'être sur-tout en matiere
criminelle, puisqu'aux yeux de la Justice, une accusation non justifiée ne
differe pas d'une accusation calom-
nieuse.

Un autre moyen, que peu d'accusés
peuvent invoquer, grace à la dureté
de notre Législation criminelle, est
celui qu'on tire des faits justificatifs
établis par la procédure. Plus ce moyen
est difficile & rare, plus il doit faire
impression sur des Juges équitables.

Quelle innocence moins équivoque que celle qui non seulement a triomphé d'une inftruction rigoureufe, mais qui fe trouve encore écrite dans les dépofitions provoquées par l'accufateur !

Sirven réuniffoit le double avantage & d'une juftification directe puifée dans le fein même de l'inftruction préparée contre lui, & d'une juftification négative, prife du défaut de preuves. Auffi, par un Arrêt folennel, rendu en 1770, le Parlement de Touloufe déclara la famille Sirven innocente du crime dont on l'avoit accufée.

ENFANT réclamé par deux meres.

DEPUIS le Jugement célebre de
Salomon, qui fut, par un artifice auſſi
pieux que hardi, arracher le ſecret impénétrable de deux femmes qui ſe prétendoient meres du même enfant, nos
livres nous retracent bien rarement la
même conteſtation. Voici les faits qui
ont donné lieu à celle dont nous allons rendre compte.

Jean-François Noiſeu, Compagnon
Maçon, épouſa, le 12 Octobre 1743,
Anne-Catherine Daunery ; de quinze
enfans qu'ils avoient de leur mariage,
il leur en reſtoit cinq, & c'étoit le plus
jeune de ces cinq qu'on leur diſputoit.
Toute cette famille ſubſiſtoit du travail journalier du pere, qui ne ſui-
voit que le mouvement de ſon cœur
paternel , en cherchant encore une
charge de plus à ſon indigence. La
femme de Noiſeu accoucha, le 22
Décembre 1762, d'un enfant mâle ;
il fut baptiſé à Saint-Jean en Grève,
ſa Paroiſſe, ſous le nom de François-

Michel. Cet enfant fut mis en nourrice dans la Normandie, & n'en fut rapporté qu'à l'âge de 16 mois ; quelque temps après, il fut attaqué d'une fievre maligne : la Sœur Jollin le saigna au bras droit.

Echappé à cette maladie, il avoit près de trois ans, quand il lui survint une tumeur à la cuisse gauche : le sieur Fromont, Chirurgien, le pansa par charité, & le guérit dans l'espace de six semaines ; il resta sur la cuisse de l'enfant une cicatrice assez considérable.

Le 13 Août 1766, René & Marie Noiseu sortirent de chez leur mere : René pouvoit avoir dix ans, Marie en avoit douze tout au plus ; ils menerent avec eux le jeune Noiseu pour le promener ; ils vinrent sur le quai de l'Infante ; la parade de Gaudon parut les amuser ; ils s'y arrêterent : plusieurs personnes qui étoient devant eux les empêchoient de voir ; ils voulurent percer la foule : le jeune Noiseu ne put les suivre, & resta derriere ; les grimaces & les contorsions que font les farceurs, attirerent aisément les regards de ces enfans, & occupoient leurs yeux &

leur imagination, lorfqu'une main criminelle profita de leur extafe pour leur
dérober leur jeune frere, que la dif-
traction du plaifir leur avoit fait oublier pour un moment : les merveilles
cefferent ; & revenus de leur admira-
tion & de leur joie paffagere, ils ne
trouverent plus à côté d'eux l'enfant
qu'ils croyoient tenir par la main : la
douleur & la crainte les faifirent ; ils
fentirent les fuites funeftes d'une coupable négligence : après des reproches
mutuels, ils fe réuniffent pour chercher
leur frere : tous les Marchands du quai
font interrogés ; l'un d'eux leur dit, &
c'eft celui qui avoit fa boutique le plus
près de l'endroit où ils s'étoient placés,
qu'une femme avoit retiré de la foule un
enfant qui lui paroiffoit être celui qu'ils
venoient de lui défigner, & qu'elle l'a-
voit emmené du côté du Pont-Neuf:
ils y courent ; mais leurs recherches
font vaines ; ils fe flattent, malgré le
peu d'apparence de leurs conjectures,
que leur frere aura pu retourner chez
eux ; ils s'y rendent en tremblant : la
femme Noifeu leur adreffe en entrant
cette terrible queftion : Où eft votre
frere ? Ils fentent, à ces mots, leur

malheur, & racontent, en pleurant, à leur mere, tout ce qui venoit d'arriver. A ce cruel récit, la femme Noiseu reste un moment immobile & consternée : bientôt elle part, l'impatience & l'inquiétude dans le cœur, & court sur le quai de l'Infante, sur le Pont-Neuf, va, revient, demande, pleure, crie, mais ne découvre rien. Sans espoir, elle revient dans sa chambre : son mari arrive & demande son fils ; on ne peut lui en donner des nouvelles ; il faut lui dévoiler la fatale histoire : René & Marie Noiseu, qui se croyent coupables de la perte de leur frere, se jettent aux pieds de leurs parens ; ils mêlent leurs larmes avec celles de leur mere, qui ne se console pas ; le lendemain ils font battre la caisse, font publier leur fils au prône de Saint-Gemain l'Auxerrois, leur Paroisse, & mettre des affiches sur les portes des principales églises de Paris ; ils vont même chez le sieur de Roquemont, Commandant du Guet, qui leur promit de faire arrêter tous les mendians à qui on trouveroit des enfans semblables au leur : toutes ces recherches furent inutiles. Cette mere désolée sentit alors toute sa tendresse se réunir sur l'enfant qu'elle avoit perdu : rien ne put l'arrêter ; elle fit retentir tous les quartiers de Paris de ses gémissemens & de ses plaintes : on l'a vue parcourir plusieurs fois les mêmes rues, en redemandant son enfant avec une fureur qui paroissoit tenir de la folie.

Après vingt mois écoulés, la veuve Desneux, nièce de la femme Noiseu, & marraine de l'enfant perdu, étant à sa boutique, près le Pilori, le 16 Juin 1768, vers les sept heures du soir, vit passer deux petits garçons; l'un de ces deux enfans la frappe : elle l'appelle & l'interroge ; ses réponses ne lui apprennent rien ; mais le son de sa voix la confirme dans sa premiere idée : d'abord elle n'avoit reconnu dans cet enfant que les traits de son filleul : bientôt elle reconnoît son filleul lui-même ; elle le prend dans ses bras, & l'embrasse ; elle s'écrie avec transport : *J'ai retrouvé mon filleul*. La veuve Desneux se rappelle à l'instant, avec trois de ses voisines, que son filleul doit avoir une cicatrice à la cuisse gauche ; elle le déshabille, & trouve la cicatrice à l'endroit qu'elle vient de nommer. Alors perfonne ne doute, tout le monde eft convaincu : on interroge le camarade du jeune Noifeu ; il dit qu'il s'appelle Bonville, & que l'enfant qu'on retient eft en penfion chez fon pere : on lui dit d'aller le chercher; il y court, & revient avec fa mere. Cette femme dit qu'une Blanchiffeufe, nommée Girandal, avoit mis cet enfant en penfion chez elle, depuis fix femaines ; qu'on lui avoit défendu de le laiffer fortir, & que c'étoit pour la premiere fois qu'il fortoit.

La femme Noifeu, qu'on avoit fait avertir, accourt; elle regarde & reconnoît fon fils ; & pour en convaincre tout le monde, elle dit que fon fils doit avoir une cicatrice à la cuiffe gauche: on lui répond qu'on l'a trouvée: alors elle fe livre à toute fa joie ; elle embraffe fon fils, avec cette émotion & ce frémiffement qu'une mere feule peut éprouver,

La femme Girandal accourt auffi, & veut arracher l'enfant des mains de fa marraine : on lui dit qu'il y a vingt mois que cet enfant a été perdu ; elle répond qu'elle en a foin depuis deux ans;

elle ajoute, qu'elle prend foin de cet enfant à l'infçu de fon mari. Le bruit augmente, la garde arrive & conduit toutes ces femmes chez le Commiffaire Percheron; il envoie chercher Jean-François Noifeu, qui le reconnoît, & dit devant le Commiffaire, que fon fils doit avoir une cicatrice à la cuiffe gauche : le Commiffaire fait vifiter l'enfant, & trouve la cicatrice; il dit à la femme Girandal d'aller chercher fon mari; elle refufe conftamment de le faire venir : fur ces préfomptions & fur les faits que venoient d'alléguer, tant la Noifeu que la Girandal, le Commiffaire fe détermine à remettre l'enfant entre les mains de la femme Noifeu, à la charge de le repréfenter à la Juftice.

Une autre femme fe préfente chez M. le Lieutenant de Police, y réclame l'enfant dont il s'agit, & prétend en être la mere. Cette femme eft la veuve Labrie. Ce Magiftrat ayant entendu le Commiffaire Percheron, renvoya les Parties à fe pourvoir juridiquement.

Le 4 Juillet 1768, la veuve Labrie forma une demande en reftitution d'enfant contre Noifeu & fa femme.

Le 30 Septembre 1768, fur la plaidoirie des deux Parties, & la cause instruite par des Mémoires imprimés, les Juges du Châtelet rendent une premiere Sentence, qui confirme provisoirement l'Ordonnance du Commissaire Percheron, & adjuge à la femme Noiseu la possession de l'enfant. Cette mere se flattoit de le posséder sans alarmes, & de voir la possession provisoire qu'on lui avoit accordée deux fois, changée en une possession irrévocable. Une seconde Sentence rendue au Châtelet de Paris le 22 Mars, ordonne que l'enfant remis provisoirement entre les mains de Noiseu & sa femme, sera rendu sur le champ à la veuve Labrie.

Noiseu & sa femme s'écrient : » Nous » voulons en appeler au Parlement «. Dès le lendemain en effet ils y porterent leur appel.

Le Défenseur (a) de la femme Noiseu offroit des moyens de deux especes ; les uns puisés dans l'expression des sentimens de la Nature ; les autres tirés des différences notables & physiques qui se trouvoient entre l'enfant dont

_____

(a) M. de Beaufleury.

la veuve Labrie fe difoit la mere, & celui qui faifoit le fujet de la contef-tation.

Pour décider, difoit-il, entre deux femmes qui réclament un même en-fant, & découvrir la véritable mere, il faut confulter-la Nature. La véritable mere doit être celle qui fent au fond de fes entrailles, toute la force, toute la fureur de la tendreffe maternelle.

Qu'on fe tranfporte à ce premier moment où l'enfant contefté a été re-connu par fa marraine, & enfuite par la femme Noifeu, fa mere; on y voit les fentimens de la Nature fe dévelop-per avec toute la vérité qui leur eft propre; le premier inftant n'eft pas pour la joie : plus on efpere, plus on craint; l'enfant défiguré par la petite vérole, n'offre plus à fa mere fes traits chéris : elle héfite à le reconnoître; mais bientôt, à des caracteres évidens, le doux rayon de l'efpérance entre dans fon cœur; la vive lumiere de la cer-titude éclaire, embrafe fon ame : *C'eft mon fils*, s'écrie-t-elle; qui ne répon-dra, avec tout le Public, témoin de ce fpectacle attendriffant, *C'eft fa mere*? Le Commiffaire, témoin de ces circonf-tances,

tances, & obligé de prononcer provisoirement, fut entraîné, comme les
autres, par ce premier cri de la Nature, d'autant plus vrai, qu'il est involontaire & moins réfléchi, & convaincu par l'examen qu'il fait de l'enfant & de la cicatrice annoncée.

Qu'on suive cette mere, on ne la
trouvera pas un instant sans s'occuper
du soin de s'assurer le trésor qu'elle
vient de recouvrer, & que la prudence
du Commissaire ne lui a encore confié
qu'à titre de dépôt.

Quatre jours après cette heureuse
découverte, on voit son mari faire sa
déclaration chez le Commissaire Thié-
ron, dans laquelle il s'applaudit du
bonheur d'avoir retrouvé un fils chéri
qu'il avoit cru perdu.

De quelle inquiétude sa femme est
tourmentée, depuis l'instant où elle a
pu craindre de perdre une seconde fois
son enfant? Elle en perd le sommeil, & le soin de prendre les choses
les plus nécessaires à la vie; elle s'é-
puise, par des courses continuelles,
chez ses Juges, chez son Défenseur,
qu'elle visite tous les jours, à toutes

Tome III. P

les heures, qu'elle follicite fans relâche, & qu'elle accufe prefque de len-
teur ou d'indifférence, parce qu'il ne
peut partager auffi vivement qu'elle
les fentimens impétueux d'une mere
affligée.

Qu'on interroge l'enfant, fon âge,
qui eft celui de la candeur & de l'innocence, tout répond de fa fincérité.
Si on lui demande quelle eft fa véritable mere entre les deux femmes qui
le réclament, il n'héfite pas à dire que
la femme Noifeu eft fa mere : cette
réponfe eft confacrée dans un récit
fait au Châtelet par M. l'Avocat du
Roi. Dans cet interrogatoire, où la
bonté queftionne, où la fimplicité répond, ce Magiftrat lui demande pourquoi il ne veut pas reconnoître pour
fa mere la veuve Labrie; il répond
qu'il ne peut pas donner ce nom à une
femme qui lui donnoit des coups quand
il lui demandoit du pain; & de quelque maniere qu'il varie fes queftions,
il en reçoit toujours la même réponfe.
Enfin le Magiftrat lui obferve qu'il feroit poffible que celle qui ne veut pas
lui donner du pain, fût fa véritable

mere; il répond hardiment: *Non, Monfieur.*

A cette expreffion & ce rapport mutuel & frappant des fentimens de mere & de fils, entre l'enfant & la femme Noifeu, fe joignent des preuves phyfiques, capables de convaincre. L'enfant porte fur lui tous les fignes annoncés par fa mere, & il n'en porte aucun de ceux auxquels la veuve Labrie a dit, depuis l'inftance commencée, qu'on pouvoit reconnoître le fien.

La veuve Labrie a dit dans fon interrogatoire, qu'il y avoit au moins trois ans que fon enfant avoit eu la petite vérole; la veuve Leblanc & Bernard Labrie ont déclaré chez le fieur Godin, Notaire à Melun, que le fils de la veuve Labrie avoit eu la petite vérole il y a environ quatre ans; ces deux temps, quoique différens, peuvent être le même; car ces expreffions, *au moins trois ans, environ quatre ans,* peuvent être rapportées à un même temps.

Le 21 Juin 1768, cinq jours après que l'enfant fût retrouvé, le Curé de Boiffette vint chez la nommée Chanteret, voifine de la femme Noifeu, où il dit, & plus de dix perſonnes l'entendirent, qu'il n'y avoit que dix-huit mois que l'enfant de la veuve La-brie avoit eu la petite vérole.

Or, le 21 Juin 1768, il y avoit 22 mois à peu près que l'enfant de la femme Noiſeu avoit été perdu; il y avoit donc environ quatre mois que ſon enfant étoit perdu, quand celui qui étoit entre les mains de la veuve Labrie eut la petite vérole.

Mais l'enfant de la femme Noiſeu n'avoit jamais eu la petite vérole; il fut probablement tranſporté à Boiſſette, peu de temps après ſon enlévement; on ſe rappelle qu'il fut enlevé le 13 Août 1766; on ſait que c'eſt au com-mencement de l'hiver & du printemps que les maladies de toutes les eſpeces ſont en général plus fréquentes : la petite vérole ſur-tout ſe manifeſte ſouvent à la fin de l'automne; l'enfant que la veuve Labrie avoit entre les mains, l'a eue dans ce temps-là; il eſt prouvé que ce n'eſt pas le ſien, puiſqu'il l'avoit eue deux ans avant, & qu'elle prouve elle-même qu'il ne l'a pas eue deux fois : c'eſt donc celui de la femme Noiſeu.

« L'enfant réclamé par cette femme a une cicatrice à la partie interne du genou gauche : elle provient d'un dé-pôt que le sieur Fromont, Chirurgien, a guéri, en y appliquant des causti-ques, comme il paroît par son certi-ficat, & par ceux de trois autres Chi-rurgiens qui ont visité l'enfant.

La veuve Labrie déclare que son enfant a une cicatrice au genou gauche ; que cette cicatrice provient d'un bou-ton écorché par les langes, dans le temps qu'elle le nourrissoit, & qu'elle a guéri elle-même cette légere plaie, en y appliquant du cérat.

Or rien de plus aisé, suivant les principes de l'Art, que de distinguer une cicatrice qui résulte d'un dépôt, de celle qui a été produite par un bou-ton écorché ; la premiere doit nécessai-rement avoir été guérie par des reme-des caustiques, & qui produisent tou-jours une perte de substance ; elle est par conséquent plus ou moins profonde, & toujours assez considérable dans toutes ses dimensions. C'est le cas où se trouve l'enfant réclamé : la seconde, celle qui provient d'un bouton écorché, ne peut être que l'effet d'une petite excoriation qui ne laiſſe qu'une trace très-légere.

La veuve Labrie a déclaré que ſon enfant n'avoit jamais été ſaigné ; la femme Noiſeu a déclaré que ſon enfant ayant été attaqué d'une fievre maligne à l'âge de dix-huit mois, la ſœur Jollin le ſaigna au bras droit ; trois Chirurgiens, dont on produit les certificats, ont déclaré que la cicatrice que l'enfant a au bras droit, *eſt la ſuite d'une ſaignée ou d'une inciſion faite avec un inſtrument piquant, comme lancette.*

L'individu dont il s'agit porte donc avec lui tous les caracteres de l'enfant perdu par la femme Noiſeu ; cicatrice, ſaignée, tout le caractériſe eſſentiellement fils de la femme Noiſeu.

La veuve Labrie offroit une autre ſuite de faits & de preuves. Voici quel étoit ſon récit.

Charlotte Marchand, fille d'un Berger du village de Lys, près de Villeroy, épouſa, en 1758, Jean-Pierre Labrie, Maçon à Boiſſiſe-la-Bertrand, dont elle a eu deux enfans, l'un nommé Claude-Jean, né en 1759, & décédé en 1765 ; l'autre né le 30 Mai 1762,

deux mois après la mort de son pere,
& baptisé sous le nom de Marie-
Germain : c'est l'enfant qu'on lui dis-
putoit.

Charlotte Marchand, après la mort
de son mari, se retira dans le sein de
sa famille, à Boissette, près de Melun, où elle a nourri elle-même Marie-
Germain Labrie, son second fils.

Cet enfant étoit encore au berceau,
lorsqu'il lui survint à la peau, au dedans de la cuisse gauche, près du genou, une tumeur légere que le frois-
sement des linges fit abcéder. On y
appliqua le cérat, & il guérit; il en
est resté une cicatrice, qui formoit,
par une singuliere contrariété, une des
preuves de son état, & une de celles
que l'on employoit pour le lui ravir.

Marie-Germain Labrie a eu depuis
la petite vérole; mais le Médecin étoit
sa mere; & son traitement, celui de
tous les siecles & de tous les enfans
du village; elle n'eut point de mali-
gnité, ni de suites fâcheuses, & n'a
laissé que quelques traces sur le nez de
l'enfant.

Il est sorti pour la premiere fois du

village de Boiſſette, au mois de Mars 1768, pour venir à Paris avec ſa mere, chez le nommé Girandal, Blanchiſſeur de linges, mari d'une de ſes tantes.

La mere trouva l'occaſion de ſe placer auprès d'une perſonne malade à Pantin, & laiſſa ſon fils dans la maiſon de Girandal; mais quelque temps après, comme il devénoit à charge à ce parent, ſa grand'mere l'emmena chez elle à Melun. Il ne put y reſter : le 26 Avril on le renvoya à Paris, & le premier Mai, la femme Girandal le mit en penſion, à l'inſçu de ſon mari, chez le nommé Antoine Bouville, ſimple journalier, demeurant ſous les petits piliers des Halles ; il devoit y demeurer juſqu'au mois de Novembre ſuivant, mais le haſard en diſpoſa autrement.

Le 16 Juin 1768, vers huit heures du ſoir, Marie-Germain Labrie étant à jouer avec un fils de Bouville ſur le carré des Halles, la nommée Deſneux s'approcha de lui ; & après l'avoir interrogé, délia ſa jarretiere, & examina ſa cicatrice à la cuiſſe.

Preſque au même moment, Catherine Dannery, femme de Jean-François Noiſeu, Maçon, demeurant rue Tirechape, vint le ſaiſir au bras, regarda de même la cicatrice, & voulut enſuite l'emmener avec elle, en criant que c'étoit ſon enfant qu'elle retrouvoit.

A ces violences, le jeune Labrie tout tremblant, pouſſe dés cris & fond en larmes, s'efforçant de ſortir d'entre les bras de cette inconnue; ſon petit camarade prend la fuite, épouvanté, & court avertir la femme Girandal.

Elle arriva, comme tout le monde s'empreſſoit autour de la prétendue mere, & voulut reprendre ſon neveu; la femme Noiſeu refuſa de le rendre: la querelle s'échauffoit; pour prévenir le tumulte, la garde conduiſit l'enfant & les deux meres devant le Commiſſaire du quartier.

La femme Girandal lui rend compte ingénument du nom, de l'âge, de la qualité & de la demeure du petit Labrie, l'inſtruit qu'elle eſt ſa tante, & demande qu'on le lui remette en l'abſence de ſa mere, ou qu'on le renvoye dans ſa penſion, chez Bouville;

P v

elle avoue au Commiſſaire que ſon mari ne ſait pas ce qu'elle a fait pour ce neveu, & qu'elle craindroit ſes reproches, ſi on le mandoit.

La femme Noiſeu proteſte à ſon tour que cet enfant eſt ſon fils.

Noiſeu ſurvient en ce moment, & ne reconnoît point la figure ni les traits de ſon enfant perdu; mais ſa femme lui montre la cicatrice, lui fait remarquer le ſon de voix: il cede à ces indices; le Commiſſaire cede à ces préſomptions, & remet proviſoirement l'enfant à Noiſeu.

La femme Girandal, ſaiſie de colere, de douleur & d'étonnement, en voyant emmener ſon neveu, demeura immobile au milieu de ces paſſions qui ſe combattoient; mais le moment le plus terrible pour elle, fut celui où ſa ſœur, quelques jours après, vint à paroître devant elle.

Dès qu'elle put agir, elle alla demander juſtice à M. le Lieutenant-Général de Police; ce Magiſtrat éclairé renvoya ſa réclamation devant les Tribunaux.

La veuve Labrie forma donc ſon action en Juſtice. Elle verſoit des pleurs

aux pieds des Juges (a), & se déce-
loit dans tous les traits du jeune Labrie, qui sont ceux de sa mere (b).

Au Jugement qui conservoit encore
la possession provisoire de son fils aux
Noiseu, la Nature soulevée se fit entendre par des plaintes & des gémissemens (c), ainsi qu'autrefois, dans une
semblable conjoncture, lorsqu'elle se
découvrit devant ce Roi d'Israël qui
avoit osé l'épouvanter.

Telle étoit la narration de la veuve
Labrie, & voici les moyens qu'y puisa
son Défenseur (d).

(a) On soutenoit que, pendant les plai-
doiries, la veuve Labrie ne cessoit de pleurer,
tandis que sur le visage des Noiseu on ne
voyoit régner qu'un froid dépit ; leurs yeux
étoient secs, & leurs cœurs muets.

(b) L'enfant ressembloit beaucoup à la
veuve Labrie ; tout le monde l'a remarqué.

(c) La Sentence étoit à peine achevée, la
foudre qui frappe n'a pas un effet plus
prompt ; la veuve Labrie, comme si l'on
eût prononcé son Arrêt de mort, tomba
évanouie dans les bras de sa sœur, qui
n'avoit pas la force de se soutenir elle-même.
On cria de tous côtés : *Voilà la vraie mere.*

(d) M. Jaillant.

D'abord les titres font en faveur de la veuve Labrie. Elle rapporte l'extrait de mariage d'entre elle & défunt Jean-Pierre Labrie fon mari, tiré des regiftres de la Paroiffe de Boiffette, & l'extrait baptiftaire de Marie-Germain, fils légitime d'elle & de Jean-Pierre Labrie, tiré des regiftres de la Paroiffe de Boiffife-la-Bertrand.

2°. Elle y joint la poffeffion & l'identité. L'enfant baptifé comme fils de la veuve Labrie à Boiffife-la-Bertrand en 1762, nourri comme tel, & élevé publiquement par elle au milieu de fa famille jufqu'au mois de Mars 1768, fans aucune abfence, amené par elle à Paris le 6 Mars 1768, & laiffé entre les mains de la femme Girandal fa fœur, a été mis en penfion par cette derniere, le premier Mai fuivant, chez Bouville, où il demeuroit le 16 Juin, quand on l'a enlevé par violence; il étoit connu par Bouville pour être Marie-Germain Labrie; il a été réclamé fous ce nom devant le Commiffaire, par fa tante Girandal. Voilà des faits fuivis d'une poffeffion légitime & conforme au titre, entiere, notoire, continue, & accompagnée de traitemens analogues aux qualités des faits ; en un mot, qui conſtatent une poſſeſſion véritable, dans la perſonne de la veuve Labrie, de l'état de mere de Marie-Germain Labrie, & dans celle de l'enfant, de l'état & du nom de fils d'elle & de défunt Jean-Pierre Labrie.

Cette chaîne de poſſeſſion qui ſubſiſte depuis la naiſſance de l'enfant, n'a pas été interrompue au moment où il eſt entré chez Bouville ; car on poſſede un enfant d'intention comme de fait, & par des tiers auſſi bien que par ſoi, juſqu'à l'époque où il a été livré aux Noiſeu. On a toujours eu une poſſeſſion qu'on n'a perdue que par la force, & qu'on a droit de recouvrer.

La veuve Labrie & l'enfant dont il s'agit, ſont donc actuellement en poſſeſſion des noms & des états corrélatifs de mere & de fils. De là l'identité perſonnelle, individuelle & réciproque, eſt certaine.

3°. Elle eſt confirmée par la reconnoiſſance de la famille. La propre ſœur de la veuve Labrie, qui la premiere a réclamé l'enfant, ſoutient encore dans

la Caufe fa réclamation autorifée par
fon mari. Tous les autres parens, les
Curés de Boiffette & de Boiffiffe-la-Bertrand, & les principaux habitans de
ces deux villages, au nombre de vingt,
atteftent qu'ils ont toujours vu & connu
Marie-Germain Labrie & fa mere à
Boiffette, où ils font reftés fans déplacer, jufqu'au mois de Mars 1768,
que fa mere l'a mené à Paris chez fa
fœur, ainfi qu'elle le déclara publiquement.

    Le Curé de Boiffette attefte de plus,
qu'étant allé à Paris au mois de Juin
de l'année 1768, & ayant appris l'enlévement de Marie-Germain Labrie, il
en parla au fieur de la Fleuterie, Commiffaire au Châtelet de Paris, qui man-
da chez lui la femme qui avoit l'enfant.
Elle s'y rendit avec lui. Alors le Commiffaire ayant demandé à l'enfant s'il
connoiffoit bien le fieur Maurevert,
il répondit auffi-tôt : *Oui, Monfieur,
c'eft M. le Curé de Boiffette.*

    François Joubert, Marchand Boucher
à Boiffiffe-la-Bertrand, parrain du jeune
Labrie, étant à Paris, va voir l'enfant
chez Noifeu & fa femme, & le reconnoît pour être Marie-Germain Labrie,

fon filleul, & le même qu'il a tenu fur les fonts de baptême; l'enfant l'a reconnu, & l'a nommé & appelé plufieurs fois fon parrain.

Noifeu & fa femme, difoit-il, prouvent bien, par un extrait de baptême tiré des regiftres de la Paroiffe de Saint-Jean à Paris, qu'ils ont eu un enfant né le 22 Décembre 1762. Mais ils prouvent en même temps, par les certificats d'un Afficheur & d'un habitué de la Paroiffe Saint-Germain-l'Auxerrois, qu'ils ont perdu cet enfant en 1766. Ils prouvent, par le certificat d'une Sœur de la Charité, que ce même enfant avoit été faigné au bras droit en 1764; enfin ils conviennent qu'il n'avoit pas eu la petite vérole quand ils l'ont perdu.

Aucun de ces rapports néceffaires ne fe trouve dans la perfonne de l'enfant remis à Noifeu le 16 Juin.

1°. Il n'eft pas né le 22 Décembre, mais le 30 Mai 1762.

2°. Il a fon extrait baptiftaire particulier, non dans les regiftres de Saint-Jean à Paris, mais dans ceux de la Paroiffe de Boiffiffe-la-Bertrand, où il eft né.

3°. Il est en possession du nom de *Marie-Germain Labrie*, & de l'état de fils de la veuve Labrie & de son défunt mari.

4°. Il n'a été ni perdu ni égaré, puisqu'il est resté continuellement sous les yeux de sa mere, dans le sein de sa famille, au village de Boissette, jusqu'au mois de Mars 1768.

5°. Il n'a point été saigné. Ce fait avoit été constaté par le rapport des Chirurgiens du Châtelet, nommés pour visiter l'enfant.

6°. Pour dernier trait de dissemblance, il a eu la petite vérole à Boissette, en l'année 1765, bien avant la perte du fils des Noiseu.

A quel signe ont-ils donc pu le prendre pour leur enfant perdu ?

Dans l'antiquité, on imprimoit quelquefois une lance sur la cuisse des enfans, pour les reconnoître ; & de nos jours, en Amérique, où la main de la propriété n'a pas honte encore de flétrir des hommes du sceau de l'esclavage, on estampe les Negres au sein, pour indiquer à qui ils appartiennent. Ces usages n'ont point lieu parmi nous.

L'enfant en question a bien à la cuisse

la cicatrice d'une plaie ; mais ce signa-
lement, qui ne pourroit jamais faire
qu'une preuve très équivoque, est absolument indifférent dans la contesta-
tion, parce qu'il est commun aux deux
enfans, & ne met aucune distinction
entre eux. Le fils de Noiseu en avoit
une, suivant les certificats qu'il rapporte.
Celui de la veuve Labrie en porte également une. Elle l'a toujours déclaré,
& toute sa famille l'a certifié : ni l'une
ni l'autre des Parties ne peut donc en
argumenter.

Le son de voix a trompé les Noiseu,
il est vrai ; mais est-il rien de si naturel
que la ressemblance de cet organe dans
les enfans d'un même sexe & d'un
même âge ? Ce n'étoit point cette voix,
mais celle du sang, qui devoit faire
reconnoître le fils par ses pere & mere,
& les pere & mere par leur fils. Si elle
eût parlé entre eux, Noiseu & sa femme n'auroient point vu de changement
dans les traits du jeune enfant, & n'auroient ni douté ni balancé ; l'enfant
n'auroit pas, saisi de crainte, refusé
de les suivre, en pleurant : pere, mere,
fils, entraînés l'un vers l'autre par un
mouvement rapide & involontaire,

n'auroient fait qu'un en un instant ;
la Nature ne se feroit pas reconnue par
partie dans une cicatrice ou dans un
son de voix ; c'est dans son ensemble
qu'elle se feroit, au même moment,
& retrouvée, & réunie ; le coup d'œil
& l'action de la Nature sont aussi subits
qu'infaillibles.

Noiseu & sa femme disent : Nous
avons quatre enfans, & nous sommes
dans l'indigence ; réclamerions-nous un
cinquieme enfant, si nous n'étions pas
bien persuadés qu'il nous appartient ?
Ce raisonnement doit convaincre tous
les esprits de la candeur & de la bonne
foi des Noiseu. Mais, de ce qu'ils
croient sincérement que l'enfant est à
eux, s'ensuit-il nécessairement qu'il leur
appartienne en effet ? La bonne foi n'est
qu'une présomption, & une présomption doit céder aux preuves.

Qui oseroit d'ailleurs soupçonner la
veuve Labrie de mauvaise foi, plutôt
que les Noiseu ? Est-ce une femme qui
a peine à se nourrir elle-même, qui
voudroit se priver du nécessaire, &
qui se feroit passionnée jusqu'à s'exposer
aux suites d'une accusation capitale pour
un sang étranger ? Eh, quelle autre

qu'une mere auroit eu le courage de pourfuivre un enfant à travers les glaives de la Juftice, pour lui donner la moitié d'un pain qu'il faudra qu'elle fe refufe? Quelle autre eût éprouvé, à la vue de cet enfant, les paffions déchirantes dont on l'a vue tourmentée dans les audiences, ces tranfports de tendreffe & de douleurs, ces émotions vives où parloit la Nature, ces défaillances du fentiment où elle fembloit s'anéantir? Quel autre cœur que celui d'une mere auroit fuffi à tant d'agitations & de fouffrances?

Mais la veuve Labrie touche au terme de fes malheurs; elle retrouve fon fils.

Plaignons fon adverfaire, que l'amour maternel aveugle, & va replonger dans le deuil d'un fils, à l'inftant même où elle fe félicitoit de fon retour; honorons, avec la veuve Labrie, la bonne foi, l'erreur même de Noifeu & de fa femme, & formons pour eux ce vœu fincere, que leur fils, s'il vit encore, leur foit un jour rendu, & qu'ils le retrouvent digne des larmes qu'il aura fait répandre.

Ce trait d'éloquence & de fenfibilité

terminoit la défenfe de la veuve Labrie,
dans cette Caufe vraiment touchante,
où il y avoit un enfant perdu réellement, & où deux meres pauvres, mais
riches en tendreffe, luttoient enfemble
à laquelle des deux refteroit ou la douleur de le perdre, ou la joie de le
retrouver.

Les Noifeu avoient rendu plainte,
l'avoient dénoncée au Miniftere Public,
& demandoient la preuve par témoins;
mais, des faits qu'ils articuloient, la
plupart leur étoient perfonnels, & n'alloient point directement à la queftion;
les autres n'étoient appuyés d'aucun titre,
d'aucun commencement de preuve par
écrit, ou n'étoient fondés que fur des
indices équivoques, qu'affoibliffoient
leurs propres aveux. Le certificat du
Chirurgien n'avoit trait qu'à la cicatrice, qui étoit un figne équivoque,
double dans les deux enfans, & qui
avoit pu le tromper, comme il avoit
trompé Noifeu, fa femme & la marraine. Si quelques parens du jeune Labrie avoient, faute d'avoir connu l'accident du bouton écorché furvenu à cet
enfant en bas âge, attribué fa cicatrice
aux effets de la petite vérole, cette

erreur leur étoit personnelle, & elle étoit étrangere à la mere, qui n'avoit point varié. Aussi le Parlement n'eut-il aucun égard à ces demandes subfidiai-res, & trouva les faits & les preuves affez clairs pour rendre fon Jugement définitif. Par Arrêt du 19 Février 1770, il confirma la Sentence du Châtelet, qui avoit jugé que l'enfant appartenoit à la veuve Labrie.

QUESTION D'ÉTAT.

Affaire du sieur Alliot, Fermier-Général, contre son fils.

LE sieur Alliot fils est né le 19 Juillet 1733. Il vécut jusqu'à neuf ans dans la maison de son pere; &, dans ce premier âge, qui confond toutes les nuances, il fut traité à peu près comme les autres enfans.

Le sieur Alliot pere, d'abord Lieutenant de Police de Lunéville, ensuite Introducteur des Ambassadeurs, puis Surintendant de la maison du feu Roi de Pologne, aujourd'hui Fermier-Général en France, méritoit d'être chéri d'un Prince bienfaisant, qui, jusqu'à la fin d'une longue vie, trop tôt terminée, fit le bonheur d'une grande province.

A neuf ans, le jeune Alliot fut placé, en qualité de Lieutenant, dans le Régiment de Champagne. Il fit deux campagnes sous M. le Prince de Conti; il passa en Flandre, assista au siége de

Namur, à la bataille de Raucoux, à celle de Lawfelt, au siége de Maftricht. Souvent il a commandé des détache-mens vers l'âge de treize ans, & ne se souvient pas de s'être attiré le moindre reproche. La guerre se termine; il va en garnison à Mons, fous M. le Maré-chal d'Eftrées, de là à Maubeuge. Son pere le retire du service en 1748, après la paix. Voilà la premiere époque de fa vie.

Agé de quinze ans, il eft placé à Reims chez les Jéfuites de cette ville. Il refte huit mois dans cette maifon; & l'on peut croire que le goût de l'étude n'avoit pas eu le temps de jeter dans ce jeune efprit de profondes racines. En 1749, il entre dans le Corps des Cadets du Roi de Pologne; puis fon pere l'envoie, au bout de dix-huit mois, à Modene, avec le Baron de Mandres, Général des troupes du Duc; il y paffe trois ans & plus, & eft rappelé par fon pere en 1754.

Le fieur Alliot prétendoit que fon fils avoit montré quelques difpofitions pour l'état eccléfiaftique. Rien n'étoit plus oppofé à fon caractere. La propo-fition lui en fut faite par le fieur Plunket, Gentilhomme du Roi de Pologne, immédiatement après son retour de Modene.

Le sieur Alliot fils, pour lors âgé de vingt ans, refusa : son refus déplut à ses parens ; ils lui firent éprouver une humeur si marquée, qu'il se vit obligé de se réfugier chez les Chanoines Réguliers de Lunéville, où il resta quatre à cinq mois, portant toujours l'habit séculier.

En 1755, son pere le fit entrer chez les Chanoines Réguliers de Pont-à-Mousson ; toujours il portoit l'habit séculier ; toujours il étoit persécuté pour embrasser un état qui excitoit en lui la plus vive répugnance ; toujours il résistoit. Le Prieur-Curé de Plombiere lui déclara, de la part de son pere, qu'il n'avoit rien à espérer, s'il ne sacrifioit ses dégoûts. Il fit ses représentations avec force, il n'en fut pas moins envoyé à Toul.

L'Evêque de cette ville, trompé sur sa vocation, lui donna la tonsure, le 31 Décembre 1755 ; ensuite le sieur Alliot, à l'âge de vingt-deux ans & plus, entra chez les Chanoines Réguliers de Toul,

Toul, où il resta jusqu'au 14 Septembre 1756.

Ici commencent (disoit le Défenseur du sieur Alliot fils) des persécutions qui ont déchiré, pendant douze années, une ame ferme, mais respectueuse & sensible. Ce jour même, 14 Septembre 1756, un Secrétaire du sieur Alliot, le sieur Michel, vint s'emparer du jeune homme, le conduisit à Paris, lui annonça la résolution de le placer chez les Bernardins, pour y étudier avec son frere l'Abbé de Saint-Benoît. Il jugeoit que le parti étoit pris de le sacrifier; mais on le trompoit encore : il eût été trop heureux, si la maison des Bernardins, qu'il craignoit, s'étoit ouverte pour le recevoir : c'est à Saint-Lazare que son guide étoit chargé de le déposer. Un sang aigri par ce traitement inattendu, couvrit son corps, en six semaines, d'une lepre générale; mais il étoit destiné à bien d'autres épreuves.

Dix-huit mois s'écoulent dans cette humiliante prison; il y devient majeur. Au mois de Mars 1758, il sort : son pere n'avoit pas abandonné ses projets; il lui prépare un asile respectable sans doute, mais toujours analogue à des idées qu'il auroit dû perdre; il le place à Aubervilliers, chez les Prêtres de l'Oratoire; il y paye sa pension.

Le sieur Alliot, soumis à son pere, vécut où l'on exigeoit qu'il demeurât; mais il ne put fléchir sur le choix d'un état qui révoltoit son ame. Le moment où nous sommes est une époque importante, à laquelle il faut s'arrêter; l'on va voir un nouvel ordre d'événemens.

Le sieur Michault étoit Chirurgien à Aubervilliers : le pensionnaire de l'Oratoire va chez lui quelquefois, le fréquente, voit sa fille, & est frappé, non pas de ce goût passager qui peut effleurer une ame foible, & qui n'entraîne que désordre, repentir & inconstance; mais de ce sentiment profond, immortel, qui s'empare de toutes les facultés, qui s'accroît en s'épurant, & qui fixe la destinée. Si ce tableau est imparfait, il ne l'est que parce qu'il exprime bien foiblement sans doute la nature de l'impression que le sieur Alliot éprouva.

Que ceux, disoit M. Target, qui ont à excuser ces ames petites & basses que la corruption a flétries, & qui ne

peuvent fe montrer fans honte, ne laiffent échapper qu'au travers d'un voile
des faits aviliffans; pour nous, pénétrés
du noble emploi de défendre un homme, nous ne voulons ni embarraffer
ni déguifer l'aveu public que nous
avons à faire. Le fieur Alliot, à l'âge
de vingt-cinq ans, a fait une faute;
la demoifelle Michault, à l'âge de vingt-
deux ans, en a fait une. Par combien
de maux cruels cette faute d'un moment a été expiée! avec quel courage
elle a été réparée! La demoifelle Michault eft devenue mere en 1758. De
ce moment (telle eft la force du véritable amour), le fieur Alliot jura au
Ciel, à fa compagne, à fon propre cœur,
de donner un état à l'enfant, de rendre
l'honneur à la mere, d'aimer, de pro-
téger & de défendre jufqu'au tombeau l'objet de fa tendreffe. Les hommes ont voulu, dans leurs foibles projets, traverfer ces fermens redoutables;
mais ils partoient d'un cœur honnête
& pur, ils n'ont pas été vains.

Le fieur Alliot refte plufieurs mois
chez les Prêtres de l'Oratoire; il croit
devoir les quitter au mois de Juin
1758, & fe retire chez le Curé de la

Cour-Neuve, à un quart de lieue d'Aubervilliers. Le ſieur Alliot pere eſt inſtruit de ſes liaiſons avec la demoiſelle
Michault ; il le fait traîner de nouveau
dans la priſon d'où il ſortoit à peine.
Il rentre à Saint-Lazare le 9 Août 1758.
La perte de ſa liberté ne lui parut pas
le plus grand de ſes malheurs ; mais être
ſéparé de celle qu'il aimoit, au moment où elle avoit le plus beſoin de
ſes conſolations & de ſes ſecours, penſer
ſur-tout en lui-même, que, peut-être
à chaque inſtant, un cœur dévoré d'inquiétudes le ſoupçonnoit d'être aſſez
lâche pour abandonner ſes ſermens &
racheter ſa liberté aux dépens de l'honneur & du devoir : ce ſont-là des tourmens qui conſument un cœur ſenſible.
Il paſſa trois années entieres dans cette
captivité & dans ces tourmens.

L'excès du déſeſpoir crée des reſſources ; le ſieur Alliot s'évade le 10
Août 1761 ; il accourt, il vole : la demoiſelle Michault étoit fidelle ; mais
on avoit voulu ébranler ſa fidélité ; on
lui avoit propoſé différens partis, qu'elle
avoit refuſés ; on avoit cru réuſſir en
la trompant, en lui aſſurant que le ſieur
Alliot étoit mort. Ce cœur ſincere &

pur s'étoit cru engagé pour jamais à sa mémoire ; mais hélas ! l'enfant dont on avóit ravi le pere, la douleur l'avoit tué dans le sein de sa mere ; il étoit mort avant de naître.

Le sieur Alliot apprend l'évasion de son fils : l'ordre n'étoit pas révoqué ; il croit que trois années de fers ne sont pas assez encore ; il refuse de donner les mains à sa liberté ; on le presse, on le sollicite ; il impose la condition que son fils s'engagera dans l'Ordre de Saint Bernard.

C'étoit un nouvel esclavage, pire que le premier, pire que la mort. Un Chanoine Régulier, un homme respectable, le sieur Laurent, assistant des Chanoines Réguliers de Lorraine, vient heureusement à Paris, voit couler des larmes ameres ; il connoissoit dès long-temps & le pere & le fils ; il se charge de remplir auprès du premier ce minis-tere imposant de charité, de douceur, de force, qui honore la Religion & réveille la Nature ; il lui parle de ses devoirs, des droits de son fils, d'un fils âgé de vingt-neuf ans ; il remue le cœur paternel, il en fait sortir une pa-role de paix.

Le fieur Alliot fils ne fera pas condamné au cloître ; mais il faut qu'il
habite au moins une maifon religieufe ;
fon pere l'ordonne, il fe foumet à fes
ordres.

Il avoit revu fouvent la demoifelle
Michault, il avoit confirmé fes premiers engagemens par des fermens nouveaux, & voyoit s'approcher lentement
le terme où il pourroit acquitter cette
grande dette contractée envers l'honneur. Les perfécutions n'avoient fait
qu'animer fon amour. Il la quitte en
Février 1762, pour fe rendre en Lorraine, à l'Abbaye d'Autrey, fuivant les
volontés de fon pere ; il la laiffe à Paris,
enceinte d'un fecond enfant : il avoit
vingt-neuf ans, elle en avoit vingt-fix.

Des inquiétudes accablantes le pour-
fuivent dans fa retraite ; il tremble encore & pour l'enfant & pour la mere ;
il exige qu'elle vienne accoucher en
Lorraine ; elle fe tranfporte, en Mai
1762, à Rambervilliers, village à trois
lieues d'Autrey. Il veille de là fur fes
jours. Elle accouche d'une fille le 18
Octobre fuivant. Formée d'un fang altéré par les chagrins & les alarmes, cette
enfant mourut au bout de fix femaines,

Des bruits coururent alors, que le fieur Alliot, averti du féjour de la demoifelle Michault en Lorraine, vouloit la faire arrêter : elle eut le temps à peine de fe remettre de fes couches, & de rendre à fa fille expirante les foins maternels, qu'il fallut fonger à fuir. Au mois de Novembre, le fieur Alliot la fit cacher à Senone, fur les terres du Prince de Salms. Il s'y rendit quinze jours après, y refta quinze autres jours avec elle. Mais le Miniftre du Prince reçut les ordres les plus précis pour les faire arrêter. Les deux compagnons d'infortune difparoiffent & fuient à pied ; l'un & l'autre gagnent la frontiere ; une voiture couverte vient les y prendre, & les conduit à Bâle à la fin de 1762.

Ils ont donc atteint une terre où la liberté regne, où n'a plus d'empire un pere trop inflexible. Ils vont y jouir en paix de leur mifere commune, fous les aufpices de l'amour & du droit des gens. Vaine efpérance ! Le crédit que le fieur Alliot pere avoit mérité d'obtenir auprès du Roi de Pologne, frappe le fils au delà des limites du Royaume ; l'ordre eft donné ; les deux époux étoient

Q iv

enfemble à l'auberge des Trois Rois, chez le nommé Imhoff; on les arrête; la femme s'échappe, fuit du côté d'Etival ou Saint-Diez : on la pourfuit; elle efcalade une haie, tombe & fait une fauffe couche. La Maréchauffée enchaîne le fieur Alliot fils, le traîne, âgé de trente ans, à l'autre extrémité du Royaume, & l'enferme au Mont-Saint-Michel, le 29 Avril 1763.

Depuis long-temps le fieur Alliot attendoit qu'il eût trente ans, pour faire des fommations refpectueufes à fon pere, & remplir fes fermens. Il étoit près d'atteindre ce terme, quand il fut plongé dans les fers; l'heure fatale, l'heure fi long-temps attendue fonna pour lui dans fa prifon. Il eut trente ans le 19 Juillet 1763. Que l'imagination fe peigne, difoit l'éloquent Défenfeur du fieur Alliot, s'il eft poffible, l'état de fon ame. Le jour qu'il devoit joindre fa main à celle de fon époufe, & remplir le vœu de fon cœur, il étoit enfermé, il languiffoit dans une captivité horrible; fa bouche prononça, dans ce moment même, en préfence de Dieu feul, le ferment renouvelé de n'être jamais qu'à elle. Mais elle ne l'entendoit pas; il l'avoit laiffée à deux cents lieues, dans un climat étranger, errante, pourfuivie, fans fecours, portant dans fon fein le gage infortuné de leur mutuelle tendreffe. Vivoit-elle? étoit-elle morte? étoit-elle libre ou, prifonniere, & fon enfant qu'étoit-il devenu? pouvoit-on efpérer de les revoir encore? Il ne favoit pas, au milieu de fes agitations cruelles, que fa fidelle époufe, fuyant la perfécution, avoit traverfé le Royaume & fuivi la trace de fes pas; qu'elle erroit folitaire autour de l'enceinte des murs qui le renfermoient, & qu'elle refpiroit le même air que lui. L'amour & le devoir font un nouvel effort; ils trompent encore une fois la furveillance des gardiens, & le fieur Alliot eft libre: il fuit du Mont-Saint-Michel le 29 Août 1763.

La demoifelle Michault l'avoit précédé à Metz : il part, arrive à Paris le premier Septembre, y refte trois jours dans de mortelles inquiétudes, en fort le 4, vole & parvient à Metz le 7 Septembre; court rifque d'être arrêté le 13 par les ordres de fon pere, inftruit

Q v

de fon évafion; s'échappe par-deffus les
toits au péril de fa vie; élude la gar-
nifon & la Maréchauffée qui étoient
fur pied pour le reprendre; refte caché
avec fa femme; pleure avec elle fes
malheurs & la mort de fon enfant,
pendant quinze jours, dans un jardin
qui leur fert d'afile; apprend qu'on
fouille toutes les voitures qui fortent
de la ville; que fon fignalement eft
à Luxembourg; envoie fa femme devant lui par un autre côté; fort lui-
même à fon tour, couché dans un
carroffe de place, dont les bancs étoient
coupés au milieu, & dont les coins
étoient occupés par quatre femmes;
quitté ce carroffe à une lieue, marche
fur la brune jufqu'à Sierck, ville à
dix lieues de Metz; y trouve un ba-
teau qui les paffe de l'autre côté de
la Mozelle & les rend à Coblentz;
de là ils vont à Neuvied, & refpirent.
Ce ne devoit pas être pour long-temps,
& les malheurs de ce couple infortuné
ne font prefque que commencer.

Il fut bien doux pour des opprimés
de rencontrer un cœur fenfible dans le
Comte fouverain de Neuvied. Le fieur
Alliot fe vit écouté d'un protecteur

bienfaifant, qui daigna gémir fur fon
fort, le recueillir dans fon infortune,
& lui préfenter un afile.

Agé de trente ans & trois mois,
maître de régler fon domicile, lié par
les fermens les plus faints, par des
devoirs inviolables, à une femme de
vingt-huit ans, dont la deftinée dépendoit de la fienne, ils étoient tous les
deux dans cet état, où les Loix de
tous les peuples laiffent à chaque homme
le choix de fa demeure, le droit de
fixer fon féjour & d'ordonner de fon
fort.

Un Prince étranger leur tend les
bras; ils s'y jettent avec émotion &
refpeét : il fait luire à leurs yeux les
efpérances d'une paix depuis fi long-
temps perdue, ils embraffent avidement cette efpérance; ils font ferment
l'un & l'autre qu'ils font libres & maîtres de leur deftinée; ils jurent de fixer
leur domicile dans l'étendue de la Sou-
veraineté de Neuvied; le fieur Alliot
achete même du Comte de Neuvied
une maifon qui doit former fa demeure; il s'engage au fervice du Comte,
& reçoit la promeffe d'une place d'Officier dans fes troupes. On peut juger fi

Q vj

ces actes étoient finceres, & fi les rigueurs de fon pere lui permettoient de
conferver l'efprit de retour.

Il étoit temps qu'une foi fi fouvent
jurée fût donnée enfin folennellement,
& que des nœuds fi forts fuffent con-
facrés par la Religion. Le Comte de
Neuvied prit le temps de s'inftruire des
faits ; & quand il eut recueilli les éclair-
ciffemens qu'il défiroit, il voulut que
le mariage fût revêtu du fceau de fon
approbation publique , fût fait en fa
préfence & fous fes yeux. Les formalités du Concile furent toutes remplies
avec exactitude ; les bans furent publiés ; la bénédiction nuptiale fut donnée par le Curé de Neuvied dans l'é-
glife catholique, le 31 Octobre 1763.

C'en eft donc fait ; ils font époux.
Ici commence une nouvelle époque ;
ici va s'ouvrir une fcene nouvelle.

Le fieur Alliot avoit eu l'honneur
d'écrire au feu Roi de Pologne ; le
Comte de Neuvied avoit eu la bonté
de lui écrire auffi lui-même : il ne
falloit à un fils, plus refpectueux &
plus fenfible qu'on ne peut le croire,
il ne lui falloit, pour combler fon bonheur, que le pardon & l'amitié de

ſon pere. Il imploroit à genoux la médiation de Staniſlas; il ne ſavoit pas que ces lettres n'étoient pas parvenues juſqu'à ce Prince.

Un jour il marchoit dans Coblentz; c'étoit le 7 Décembre 1763. Tout à coup des gens armés l'aſſaillent, l'arrêtent, & l'enferment dans la citadelle. Sa femme, ſa déplorable femme, l'attend à Neuvied : elle eſt enceinte ; elle ne le revoit point ; à ſa place arrive l'accablante nouvelle. Elle ſe rappelle le paſſé, & frémit.

C'eſt de Coblentz, du fond d'une priſon, que le plus infortuné dés hommes écrit à ſon pere. Juſqu'à ce moment il n'avoit ſu que ſouffrir avec courage ; mais, devenu pere, mari, citoyen, il a d'autres devoirs. On va voir quel reſpect ſe mêle à la ferme réclamation de ſes droits.

» Nuls malheurs (écrivoit-il à ſon pere le 11 Décembre 1763) n'ont jamais été capables de me faire oublier le reſpect & la ſoumiſſion que je vous dois .... Né vous ai-je obligation de la vie que pour me faire mourir à chaque moment ! .... J'étois obligé, *par honneur & par religion*, de tenir la

parole que j'avois donnée en 1758,
d'époufer cette perfonne, ayant eu
d'elle trois enfans; le premier mort
chez elle, le fecond mort à Rambervilliers en Lorraine; le troifieme trouvera fa place dans la fuite.... Vous
voulez mettre le comble à ma douleur, en effayant, par votre autorité
& vos protections, de rompre ce que
Dieu a uni. Ce n'eft pas ma caufe que
je plaide; ainfi ne foyez pas furpris,
mon pere, que je prenne la liberté de
vous parler *avec plus de force & de*
courage que je n'ai fait jufqu'à ce
jour. Le refpect que je vous dois eft
fi profondément gravé dans mon cœur,
que rien au monde n'eft capable de
m'y faire manquer. Mais je plaide pour
ma femme, à qui j'ai promis au pied
des Autels de ne l'abandonner jamais,
de perdre la vie plutôt que de le faire.
Eft-ce à Dieu ou à une idole, que j'ai
fait ces fermens? & puis-je, mon pere,
les violer? Je plaide pour un enfant
qu'elle porte dans fon fein. La voix
de la Nature n'eft pas éteinte dans mon
cœur; elle fe fait entendre. *Je fuis*
pere & mari comme vous, & j'ai la
tendreffe de tous les deux. Vous pou-

vez, par la force, m'accabler, me faire
périr; *mais ayez égard* à ma femme;
dans l'état où elle est, l'humanité
l'exige, la Religion vous l'ordonne;
n'allez pas l'accabler de nouveau. Voici
la place de mon troisieme enfant; c'est
un fait que vous n'avez jamais su:
c'est un accident, il est vrai, causé
par les poursuites que vous ordonnâtes
que l'on fît contre elle après mon arrêt
à Bâle: elle étoit pour lors près de
Saint-Diez ou d'Etival; vous voulûtes
la faire arrêter, elle se sauva; & une
chute qu'elle fit, en escaladant une
haie, fit périr son fruit: je ne puis
y penser sans frémir. Que deviendra
à présent celui dont elle est enceinte?
*Hélas! Dieu le sait; c'est à lui que
je le recommande.....* Perdez-moi,
mais ayez pitié d'eux. Je suis une victime sans défense. Ne m'épargnez pas,
mais respectez l'innocence.... Je m'i-
maginois bien qu'en me mariant
vous me déshériteriez; mais cette confidération ne m'a point arrêté. J'avois
promis à Dieu de l'épouser, *je lui ai
tenu ma promesse; c'est à lui à me
défendre,* &c. «.

Une seconde lettre, datée du 16

Décembre 1763, parvient encore au
pere; le fils se soumet à tout. Il con-
sent à passer dans les Isles avec sa triste
compagne. Il offre de changer de nom,
s'il l'exige. Il ne lui demande que ce
qu'il accorderoit à un pauvre étranger,
sa protection pour obtenir un foible emploi aux Colonies. Il renonce à tous
ses droits. Tout est inutile, & voici
quelle en est la suite.

Le 15 Janvier 1764, le sieur Alliot est transféré, pendant la nuit, de
la citadelle au corps de garde de la
place. Le lendemain, un Exempt de la
Maréchaussée, accompagné de trois Ca-
valiers & d'un Brigadier, s'empare de
lui, le place dans une berline, lui
fait attacher des fers aux pieds & aux
mains, entourer les jambes d'une
chaîne; & d'auberge en auberge, où
il couchoit tout habillé, cette chaîne
attachée au bois du lit, il le fait traverser en vingt-huit jours toute l'étendue
du Royaume, le conduit à Rochefort;
& le 13 Février, le jette dans la prison au milieu des scélérats.

Le sieur Alliot jette encore des sons
lamentables vers son pere. Il lui écrit
le 11 Mars 1764; il continue de dé-

fendre, avec cette intrépidité que les maux n'affoibliffent jamais dans un caractere noble, il défend la caufe de fon mariage, fes fermens, fes devoirs, fes droits facrés. Puis s'oubliant toujours, il fait retentir dans fa lettre, & de page en page, ce cri d'un cœur navré, cette voix puiffante & plaintive, qui exprime les angoiffes de la Nature : Sauvez l'enfant & la mere.

Cependant la mere, portant fon fils dans fes entrailles, étoit accourue à Paris. Repouffée d'abord par les préventions femées contre elle, elle ne fe rebute point; elle gémit, elle preffe, elle follicite, elle fait parler des bouches fenfibles. Dans le même temps, elle recevoit de nouvelles affurances de la fidélité, de la conftance & de l'amour de fon époux.

» Le long efpace de mers (lui écrivoit-il) qui va nous féparer, ne me fera jamais perdre l'amour & la tendreffe que j'ai pour toi. Non, je te le jure fur mon Dieu, rien dans l'univers n'eft capable de t'ôter mon cœur.... Jette-toi aux pieds de M. le Procureur-Général, fais juger notre mariage; fais obliger mon pere à te faire un fort...,

Dès que j'ai été majeur, je vous ai
tenu la promeſſe que je vous avois faite
depuis ſix ans, & que je ne pouvois
violer. Nous nous ſommes mariés étant
tous deux majeurs, dans un pays étranger, parce que les perſécutions de mon
pere nous y ont obligés. Je ne lui ai
pas fait de ſommations réſpectueuſes,
dans la crainte qu'il me fît arrêter
avant mon mariage, en découvrant le
lieu où j'étois...... Selon les Loix,
j'étois libre de diſpoſer de moi; ſelon
la Religion, je ne pouvois faire que
ce que j'ai fait..... La mer eſt libre;
malgré tout ce qui puiſſe arriver, pro-
mets-moi de venir me joindre où je
ferai; on te le dira : pour moi, ſois
aſſurée que je n'échapperai pas le moment de te rejoindre, ſi j'en trouve
l'occaſion : dût-il m'en couter la vie,
je ferai l'impoſſible. Engage M. le Procureur-Général à obtenir du Roi un
ordre pour que j'aye la liberté de me
défendre, comme ſujet de l'Etat. Je
réclame les Loix ; c'eſt le Parlement
qui doit être notre pere & notre Juge;
c'eſt lui ſur-tout que vous ne devez pas
perdre de vue.

» Mon amitié pour ton pere t'eſt

affez connue , écrit-il dans une autre lettre , qui développe bien fon ame. Si nous avons été brouillés , ce n'eft que l'amour que j'ai pour toi, & qu'il ignoroit tourner du côté du mariage, qui eft caufe des différens que nous avons eus : n'oublie pas de l'embraffer tendrement pour moi . . . . . Allez, difoit-il, allez à Verfailles ; trouvez un moment pour vous jeter aux pieds du Roi . . . . L'état dans lequel vous êtes ne peut que le toucher . . . . Enfin je ne fuis coupable de rien ; on me fait un crime de t'aimer, & j'en fais mon bonheur «.

» Tu fais, dit-il en parlant de fa mere , combien ma tendreffe pour elle eft grande ; je ne fuis fenfible qu'à fes peines & aux tiennes. Je n'ai jamais voulu lui écrire depuis que je fuis arrêté, de crainte d'augmenter fes maux ; je le fais pourtant préfentement ; rends-lui ma lettre toi-même, fans te faire connoître ; tu verras quelle impreffion elle fera fur elle. Si elle y eft fenfible, comme je n'en doute pas, profite du moment ; découvre-toi à elle ; implore fa protection ; laiffe agir ton cœur, il te dictera de refte ce que tu

as à lui dire .... Ne te chagrine point,
ajoute-t-il, souviens-toi que tu te dois
toute entiere à l'enfant que tu portes
dans ton sein ....; souviens-toi que
Dieu, jusqu'à cette heure, malgré toutes
les persécutions que nous avons souffertes, ne nous a point abandonnés.
Notre cause est la sienne; nous serions
criminels devant lui, si nous ne nous
étions pas unis par le mariage. Je lui
avois promis, comme à toi, de le faire...
Enfin n'abandonne pas un époux qui
voudroit te prouver, aux dépens de
sa vie, combien tu lui es chere «.

» Le mariage, écrit-il dans une autre lettre, nous ôtera-t-il la douceur
de nous dire ce que sentent mutuellement nos deux cœurs ? Je ne trouve de
changement en moi qu'en ce que mon
amour me semble plus vif & plus pur;
qu'enfin je puis sans crime t'en parler, &
que c'est même un de mes devoirs, duquel je m'acquitterai toute la vie. Tu sais
combien je t'ai aimée; eh bien, ce n'est
rien en comparaison de ce que je sens
présentement; & je défierois bien qu'il
y ait au monde un amour qui puisse
surpasser le mien, & même qui le puisse
égaler .... «. Il s'écrie dans une autre

lettre....» Infenfé que je fuis, je ne m'apperçois pas qu'en m'occupant de toi, je fens plus vivement la perte que j'ai faite ; mais puis-je te bannir de ma mémoire ? Non, trop chere amie; il m'eft plus facile de ceffer de vivre, que de ne plus penfer à toi. Chere époufe, que j'adore du plus parfait amour, après tout, qu'eft-ce que la vie? c'eft ta poffeffion, & la mort eft moins cruelle à mes yeux que d'en être privé «. S'il parle de fes fouffrances, & de celui qui les caufe, fa douleur s'exhale en plaintes douces & refpeêtueufes. Voici comment il décrit fon état cruel, l'état auquel le fils du fieur Alliot, Fermier-Général, étoit réduit.» Quelle foibleffe, ma chere amie, m'a pris hier au foir vers neuf heures ! Je crus que c'étoit mon dernier jour ; mon eftomac ne pouvant foutenir aucune nourriture, les rend toutes. Je ne puis que manger du pain. Mais quel pain! le pain que le Roi donne aux Matelots. Tu fais combien je mange peu, & cependant je ne puis parvenir à avoir une foupe paffable. Si je prends du bouillon, c'eft non feulement de l'eau chaude, mais de l'eau graffe. Enfin je ne fais plus

que devenir. J'avois prié M. Chaftang
de me donner quelques drogues qui
puiffent me foutenir ; il ne m'a point
caché que tous les remedes de l'univers ne me feroient rien dans une pareille prifon . . . , Nous n'avons aucune
nouvelle de mon pere ; il ne m'envoie même plus rien. J'aime mieux
m'en paffer que de lui écrire. Je ne
fais que penfer de fon filence. On lui
a écrit trois fois ; pas un mot. Je crains
bien que ce filence ne me foit funefte,
& qu'il ne devienne vainqueur «. Un
moment arrive où il fe croit perdu fans
reffource ; le cri le plus touchant de la
Nature fort auffi-tôt de fon cœur. » Il
faut fe foumettre, puifque je ne puis faire
autrement ; & fois affurée que jamais
la longueur de ma captivité ne fera
capable de diminuer mon amour pour
toi. Non, ma chere amie, il n'aura
de fin que celle de ma vie. Qu'elle
va être miférable cette vie ! Mais
j'y trouverai de l'adouciffement, en
penfant que c'eft mon amour pour toi
qui l'a caufé, & que je préfere mon
amour à la vie la plus heureufe, s'il
falloit y renoncer. Je n'ai que toi au
monde, chere époufe, qui m'y tienne;

en le quittant, toi feule as mes regrets. S'il falloit, pour avoir ma liberté, renoncer à toi, me crois-tu capable de l'acheter à ce prix ? Je crois que tu me rends plus de juftice. Je ferai malheureux, mais jamais parjure ni criminel. Que le fruit de nos amours te tienne lieu du pere ! qu'il te foit auffi cher que tu me l'es à moi-même. Au moins, dans les careffes que tu lui feras, fouffre que j'y fois pour quelque chofe. Si Dieu lui donne vie, ne le perds pas de vue, & fais lui donner l'éducation qui lui convient ; c'eft le principal. Rappelle-toi toutes les cruautés de mon pere, & tous mes malheurs, pour le traiter avec douceur & tendreffe. Enfin, mon amie, conferve-toi pour lui ; aie foin de fes droits, c'eft ton devoir ; & tu dois m'oublier, ne pouvant plus me revoir, pour ne t'occuper que de lui feul «.

Qu'on n'oublie pas (difoit M. Target) les circonftances où ces lettres ont été écrites : c'eft du fond d'une prifon infecte, du fein d'une profonde mifere, des horreurs de l'indigence, de la faim, de la mort, que s'élevent ces fentimens doux & fublimes, ce langage

simple & pur d'un cœur accablé par
le bras d'un pere. C'eſt à ſa femme
qu'il écrit ; ſa ſincérité n'eſt pas ſuſ-
pecte dans ce libre épanchement de
deux ames franches qui ſe confient leurs
ſouffrances. Jamais, non jamais, le
ſieur Alliot n'a ſu, n'a ſoupçonné ce
que c'étoit que ſon fils. Si les choſes
que nous avons copiées ont pu ſortir
d'un cœur ſouillé par le libertinage &
la baſſeſſe, la Nature n'a plus de langage à elle, & les vils tranſports du
vice demeurent à jamais confondus avec
le ſacré caractere de la vertu. Voilà
pourtant quel homme on a voulu flétrir, quel caractere on a vainement
tenté d'avilir.

Le 5 Avril 1764, il eſt arraché de
ſa priſon, & tranſporté ſur la frégate
l'*Iſis*. Le 14 Avril, une chaloupe arrive
de Rochefort, s'avance en rade, aborde ;
elle portoit l'ordre de mettre ſur le
champ à la voile : Alliot frémit ; le
même paquet contenoit l'ordre de le
remettre à terre. Il croit voir, dans
cette révolution, l'approche de ſa liberté. Tout l'équipage partagea ſes tranſports. Le 15 Avril au matin, la même
chaloupe le rapporte à Rochefort, & il
rentre

rentre en prifon : le temps s'écoule, &
l'ordre de fa liberté n'arrive point. C'eft
alors qu'avec ce ton pénétrant que le
cœur feul infpire, il écrit à fa femme :
» Réuffite ou non, je t'ai la même
obligation. Je te dois tout. La vie ne
peut être affez longue pour t'en marquer ma reconnoiffance. Enfin, mon
amie, qu'ai-je fait pour toi, que la
moindre de tes démarches ne furpaffe
de beaucoup ? Que de chagrins t'ai-je
caufés & à ta famille ! Je ne puis y
penfer fans la plus vive douleur ; & fi
je ne puis efpérer de te revoir, je fuc-
comberai infailliblement . . . . . «. Sa
femme différoit quelquefois de lui répondre, dans l'efpérance d'avoir quelque chofe d'heureux à lui apprendre.
Il ne pouvoit fupporter fon filence. Il
tombe un jour dans cette humiliante
mélancolie, dont eft faifi quelquefois le
malheureux qui craint d'être abandonné ;
dans cet état, plus douloureux & plus fombre que ne l'eft le défefpoir même, il
laiffe échapper, le 23 Mai 1764, ces foibles gémiffemens d'une ame défaillante:
» Je crains que mes lettres trop fréquentes ne vous deviennent à charge ;
mais paffez-moi mon importunité en

Tome III.   R

considération de mon triste sort. S'il ne
faut plus vous écrire souvent, mandez-
le moi, je m'y soumettrai, quoique
mon cœur en doive souffrir; mais n'ayant
d'autre but au monde que de ne vous
point déplaire, je sacrifierai tout pour
y parvenir; il m'en coutera cher, mais
n'importe, je n'envisage que toi, &
je m'anéantirois pour te voir heureuse «.

Combien il se trompoit ! Sa coura-
geuse épouse n'avoit jamais été plus ac-
tive. Sa grossesse approchoit du terme;
que ses douleurs éroient dignes de respect dans cet état sacré ! Mais le sieur
Alliot pere veilloit sur ses démarches
pour les traverser. Une lettre du feu
Roi de Pologne est surprise le 14 Mai;
le cri de la Nature est méconnu, l'ordre
est renouvelé, le mal est sans retour,
il n'est plus d'espérance.

Le jour fatal du départ du sieur Alliot fils est fixé. Il est embarqué le 5
Juin 1764. Il perd l'usage de ses sens,
& ne le retrouve que pour prononcer
le nom de sa femme, qu'il ne doit
plus voir jamais. La Désirade, séjour
affreux, où des pervers sont condamnés à languir, sera le lieu de son exil
éternel. Il leur est associé dès l'entrée

du vaiſſeau. Attaché comme eux par un pied à la barre de fer, il peut à peine tourner ſes regards vers la France, vers le lieu qu'habite ſon épouſe. Le paquebot l'*Ambition*, commandé par le Chevalier de Cumont, va le tranſporter à 1500 lieues. Il ſonge que ſa femme, qu'il abandonne, eſt près d'éprouver les douleurs de l'enfantement, & de le rendre pere ; il ſonge qu'elle y peut périr, & il retombe dans les angoiſſes. Le bâtiment part & s'éloigne.

Sa triſte épouſe eſt à Paris dans les langueurs de la mort ; la Nature fait un effort ; elle accouche le 27 Juin ; elle met au monde un enfant condamné, dont les vents & les eaux entraînoient le pere. Elle devoit périr mille fois ; elle ſurvit pour ſouffrir.

Le 22 Juillet 1764, le vaiſſeau arrive à la Guadeloupe ; la priſon du fort reçoit le ſieur Alliot ; ſes langueurs obligent de le dépoſer enſuite à l'hôpital. Le vaiſſeau reprend ſa route, & le 23 Août il débarque à la Déſirade. Il eſt réduit, pendant dix-huit mois, au pain, à l'eau, & à la viande ſalée. Le Gouverneur, M. de Villejouin, touché de

R ij

fes infortunes, devient presque son ami. Il écrit au pere : point de réponse. Le Ministre avoit ordonné qu'il seroit à la Désirade entretenu aux frais de son pere. Lui-même il écrit à M. de Choiseul, lui rappelle ses ordres; ils sont réitérés. De ce moment commence une foible pension de 400 livres, dans un pays où toutes les denrées sont d'une excessive cherté. Voilà comment il a vécu. Il écrit à son pere, le 27 Décembre 1765, une lettre pleine de force, de raison & de fermeté. Il commence ainsi : » Le temps, les saisons, tout change dans la Nature ; il n'y a que votre cœur qui est immuable. Chaque chose a son terme ; vous seul ne mettez point de borne à votre haine; rien ne peut vous toucher ; cette sensibilité de cœur, qui est si naturelle à l'homme, vous est inconnue, dès qu'il s'agit de moi, & vous paroîtroit même une foiblesse. . . . . «. Il demeure constant & inébranlable dans ses engagemens. » Ce n'est point, dit-il, avec les hommes que je les ai pris, c'est avec Dieu même, & je ne puis y manquer sans me rendre parjure..... «. Il finit en assurant son pere » qu'il n'y a rien qu'il ne facrifiât, s'il lui étoit permis de prétendre encore à fes bontés. Impofez-moi tout ce que vous voudrez; tout eft en votre pouvoir : je foufcrirai volontiers à tout ce que vous exigerez ; mais excepté tout ce qui regarde mon mariage, il eft indiffoluble. Pour tout le refte, vous trouverez toujours en moi le refpect & la foumiffion qu'un fils doit à fon pere «. Ces fages repréfentations ne furent point écoutées ; un homme de trente-deux ans, qui réclamoit la Nature, la Religion & les Loix, n'eut pas même de réponfe.

Cependant périffoit de douleur & de mifere fa femme délaiffée à Paris, & fon enfant auffi n'avoit pas long-temps à vivre. Elle avoit demandé au fieur Alliot, au Châtelet, une provifion durant fa groffeffe. Une Sentence du 30 Juin 1764, l'avoit déclarée non-recevable. Elle en interjette appel à l'inftant même. Le 30 Juillet, un tuteur eft nommé à l'enfant; il intervient & réclame des alimens : mais l'enfant, d'un tempérament plus foible encore que ceux qui l'avoient précédé, expire le premier Septembre, & tout refte fufpendu.

R iij

L'accablement permet à peine à la mere de se montrer. Mais consentira-t-elle à laisser son mari au delà des mers ?

Elle ne cédoit point; mais par-tout elle se sentoit repoussée.

Durant quinze mois, le pain, l'eau, un morceau de viande salée, voilà quelle fut chaque jour la nourriture du sieur Alliot. Un foible adoucissement, une pension, qui, dans ces contrées, équivaloit à peine à cinquante écus en France, survint après ce temps. Il étoit jeté dans la foule de ces sujets corrompus & dégradés, que la police publique condamne aux plus durs travaux, pour prévenir le déshonneur d'une condamnation judiciaire. S'il fut traité moins cruellement, c'est qu'une ame comme la sienne ne reste pas long-temps confondue; c'est que du sein de l'opprobre & du milieu des fers, une ame noble se fait bientôt sentir à tout ce qui l'approche, & commande le respect aux Ministres mêmes de l'autorité qui l'opprime. Le sieur Alliot fut honoré, chéri, soulagé. Les Chefs de la Colonie lui ont accordé les meilleurs témoignages. Le Baron de Copley, Com-

mandant-Général des Ifles du Vent,
lui a donné, le premier Mars 1765,
un certificat conçu en ces termes; il
n'y avoit pas huit mois encore qu'il
habitoit la Défirade : « Nous ne pou-
vons nous refufer d'affurer que M. de
Villejouin, Gouverneur de la Défirade,
nous a toujours rendu un compte tout
à l'avantage du fieur Alliot, détenu
prifonnier à la Défirade, par ordre fu-
périeur, & que M. de Villejouin nous
a affuré lui-même être fenfible aux
malheurs dudit fieur Alliot ». Le fieur
de Villejouin fils attefte, par un autre
certificat du 16 Décembre 1767, que
le fieur Alliot » n'a ceffé de tenir une
conduite réguliere, ce qui a engagé le
Gouverneur à rendre les témoignages
les plus avantageux à ce fujet ».

Voilà ce qui a fini par le délivrer :
l'Ordonnance du Roi, mêlant la juftice
à la féverité, laiffe au Gouverneur le
droit de rendre aux malheureux qu'il
commande, la liberté qu'ils auront méritée par leur bonne conduite, & les
place même fous la fauve-garde de l'autorité royale, contre les parens qui voudroient encore prolonger leur exil. Les
témoignages réunis de tous les Chefs

se multiplioient dans les bureaux en faveur du sieur Alliot : la voix de sa femme retentissoit sans cesse ; les duretés du pere commençoient à paroître excessives. Enfin, au bout de trois ans, l'ordre du rappel est accordé ; il parvient à la Désirade. Ce fut un jour de triomphe pour le sieur Alliot, tant la joie fut universelle & pure. Il va traverser l'Océan encore, mais pour se rapprocher de tout ce qui lui est cher. Il reverra sa tendre épouse, il reverra son fils, il l'espere du moins ; car on avoit ménagé sa sensibilité en lui dissimulant sa mort, & ce dernier malheur lui étoit réservé pour son arrivée en France. Il sera près de sa mere, qu'il aime avec tendresse : peut-être, car il n'a jamais pu abandonner tout-à-fait cette idée, peut-être il touchera son pere lui-même. S'il y parvient, s'il peut y parvenir, que manquera-t-il à sa félicité ?

Il s'embarque le 29 Juillet 1767, sur le vaisseau l'*Aimable Elisabeth*, Capitaine Guillemet. Jamais aucun infortuné n'étoit sorti de la Désirade comblé de tant d'honneurs & de confiance ; c'est que jamais homme semblable n'y avoit été relégué. Il reçoit du

Gouverneur, de l'Intendant de la Guadeloupe, des lettres de recommanda-
tion de toute efpece. Il eft chargé per-
fonnellement des paquets de la Cour.
La traverfée fut heureufe. Sur les côtes
de l'Angleterre, il penfa périr. Que la
mort lui parut cruelle en ce moment!
Le danger ceffé, il entre dans le port
du Havre, le 11 Septembre 1767,
remet les lettres dont il étoit chargé
pour le Commandant, le fieur Riviere
de Beauvoir, pour le fieur Miftral,
Commiffaire-Ordonnateur ; fe repofe
deux heures, monte dans une chaife
de pofte, eft à Paris le 13 au matin.
Il l'avouera, avant d'aller à Verfailles
rendre fes dépêches, il vole à Aubervilliers, & voit fa femme. Elle le voit ;
il y a quatre ans qu'ils ne fe font vus ;
il eft altéré, décharné, méconnoiffable ;
un fang enflammé par les fouffrances a
couvert fon vifage d'ébullitions & de
rougeurs : mais leurs cœurs fe récon-
noiffent ; ils tombent dans les bras l'un
de l'autre ; il embraffe fon beau-pere ;
il demande fon fils, apprend fa mort,
& les larmes de la douleur fe mêlent
encore aux tranfports de la joie.

Un tel moment abforbe l'ame toute

R v

entiere : mais auffi-tôt qu'il eft paffé,
dans quelle mifere, dans quel abandon
il trouve fa femme ! L'image du malheur l'affiege encore. Infortuné qu'il
eft, il n'a point de fecours à lui offrir.
Son pere eft riche ; mais pour lui il
n'a rien. Il a épuifé fes amis, s'il en eft
pour les malheureux. Il doit 1.900 liv.
à M. de Villejouin, Gouverneur de la
Défirade, qui l'a nourri, qui l'a entretenu. S'il étoit poffible de rentrer
en grace, tous fes maux feroient finis ;
la plus fenfible peine, la peine du cœur
feroit place à une paix délicieufe &
durable. Il fait que fa femme avoit
commencé des procédures ; il ne faut
point les reprendre. Il fe met fous la
fauve-garde de la Cour ; mais il ne
veut tenir que de fon pere, s'il eft
poffible, les fecours dont il a befoin.

Il emploie de nouveau des média-
teurs auprès de lui, le Curé de la Mag-
deleine, fon Pafteur, le Gouverneur de
la Défirade, qui étoit à Paris. Il fembloit qu'un pareil folliciteur devoit réuffir. Il voit fa famille, & notamment
madame Depont fa fœur. Son pere fait
un voyage en Touraine ; il revient :
depuis long-temps ils ne s'étoient pas

yus. Sur un mot de l'Intendant, le fils
croit pouvoir se préfenter. Le Portier
le repouffe avec indécence ; il pénetre :
un domeftique inconnu veut l'annoncer.
Un fils qui va voir fon pere, dit-il,
n'a pas befoin d'être annoncé. Il entre.
Le fieur Alliot eft prêt à fortir ; il ap-
perçoit fon fils, & recule avec furprife.
O moment terrible, moment précieux
pour la Nature, puiffe-t-il ne pas paffer
en vain ! Le fieur Alliot fils tombe à
genoux, embraffe ceux de fon pere,
faifit fa main, la couvre de baifers,
l'arrofe de larmes : fa voix éteinte,
étouffée, ne prononce pas un feul mot.
Qu'eût-il pu dire qui valût ce filence ?
Il a la douleur de fentir que fon pere
retire fa main ; mais il croit appercevoir que cet effort eft contraint, qu'il
s'exerce avec embarras & douceur. Il
leve les yeux en tremblant. Dieu ! quel
objet le frappe ! il voit des yeux atten-
dris ; il croit voir des pleurs, il croit
voir pleurer fon pere. Ces larmes tombent à l'inftant fur fon cœur ; il ne
peut en fupporter l'amertume : une
honte refpectueufe, accablante, fe joint
dans fon ame à l'agitation de tous les
fentimens qui la déchirent ; l'ébranle-

R vj

ment de la Nature eſt trop puiſſant :
il jette un cri, ſuccombe, & demeure
évanoui. Si ſon pere eût daigné reſter
auprès de lui. . . . . Mais il ſort. Le fils
ſe ranime, cherche des yeux, & voit
que l'inſtant eſt perdu. . . . . . Il paſſe
chez ſa mere, la trouve dans ſon lit,
ſe précipite, & de toute la force qui
lui reſtoit encore, la conjure de lui
accorder ſa protection. Elle ſemble dé-
ſeſpérer de ſon pouvoir, & le ſieur
Alliot ſe retire.

Peu de jours après, il écrit encore,
le 15 Octobre 1767 : » Je ſuis, dit-il,
» tout ce qu'il vous plaira de me
» nommer ; mais j'oſe vous aſſurer que
» j'ai des ſentimens «. Ceux qui nous
ont lus juſqu'ici, n'auront pas de peine
à le croire. Il ajoute » que ſa femme,
» malgré la calomnie, s'eſt conſervée
» digne de lui ; que tout l'univers lui
» rend juſtice. Si rien ne vous touche,
» dit-il encore, ſouvenez-vous, mon
» pere, que ce n'eſt pas ma faute «.

Le ſeul fruit de la touchante entrevue & de la lettre, c'eſt qu'au commencement de 1768, ſes freres viennent le voir ; l'Abbé de Saint-Benoît,
entre autres, le voit ſouvent. Le ſieur

Bonnet, Payeur des rentes, s'établit médiateur. Enfin, au mois de Mars 1768, un accommodement se propose & s'accepte. Le sieur Alliot pere doit payer des dettes que ses rigueurs avoient rendues indispensables. Le fils en donne un état, qui, jusqu'au premier Janvier 1768, se monte à 18000 livres. Le pere doit payer mille écus de pension à son fils, pourvu qu'il sorte de Paris, qu'il change de nom ; & si quelques mois d'épreuves satisfont le pere, le fils pourra obtenir un état, il pourra espérer une entiere réconciliation. Cette flatteuse espérance persuade le sieur Alliot. Il n'a rien, mais il compte sur des bontés qui semblent éclater pour la premiere fois ; il reçoit 1002 liv. Il sort de Paris, va à Saunieres, auprès de Dreux, avec sa femme, prend le nom de *Duchesne* : 4998 liv. sont employées à payer quelques créanciers. Son frere l'Abbé de Saint-Benoît fait pour 2000 livres de billets, qui, joints à l'argent comptant, arrêtent pour quelque temps les poursuites les plus rigoureuses. Bientôt les foibles fonds du nouveau ménage sont épuisés ; les deux époux se voient réduits à la derniere indigence.

ils follicitent le payement d'un quartier de la penfion; on differe, on temporife. Les befoins deviennent plus preffans que jamais. Nouvelles inftances, nouveaux refus. Ils font obligés d'avoir recours à ces reffources ruineufes, qui redoublent la mifere en la foulageant: 15000 livres de ce qu'on appelle *affaires*, fuffifent à peine pour remplir les dettes les plus urgentes, & fournir à des néceffités qui renaiffent chaque jour. Enfin on déclare au fieur Alliot, que les deux mille écus fournis par le pere, quoiqu'employés au payement des créanciers, pafferont pour deux années d'avance de la penfion promife. C'eft l'Intendant de fon pere, c'eft Larran qui le déclare de fa propre bouche au fils lui-même. Il fe voit condamné à mourir de faim pendant deux ans. Une dame Ogier avoit un billet de la dame Alliot, de la fomme de 1975 livres, en date du 3 Janvier 1766: elle avoit fait affigner le fieur Alliot, le 18 Septembre 1767, à fon retour de la Défirade. Le 27 Septembre, celui-ci avoit obtenu un Arrêt qui l'autorife à affigner fon pere, pour être reçu Partie intervenante dans la Caufe pendante entre son fils & son pere, & à lui dénoncer l'assignation de la dame Ogier. Il n'avoit pas signifié cet Arrêt. Dans l'extrémité à laquelle il est réduit en 1768, ses Défenseurs absens, seul à Paris avec lui-même, le 10 Octobre, il fait faire la signification, & assigne son pere en la Cour. On lui porte quelques paroles de paix, pourvu qu'il renonce à son mariage. La source éternelle des démêlés se renouvelle donc encore. Il écrit, le 10 Décembre 1768, que cette insinuation le force d'autant plus d'agir, pour assurer un état à sa femme. » Si, sans la quitter, dit-il, je » ne puis recouvrer vos bontés, je vous » dis fermement & devant Dieu, que » j'y renonce : c'est mon devoir : nous » sommes inséparables l'un & l'autre «.

Dans les procédures du Châtelet, dans celles qui se sont faites en la Cour, soit avant, soit depuis l'intervention du sieur Alliot, son pere avoit toujours dénommé constamment sa bru sous le titre de *Marie-Thérèse Michault, fille*. Le 9 Janvier 1769, le sieur Alliot demanda précisément que ces expressions fussent réformées. Il éleva un incident sur les qualités. Le 9 Février suivant,

il demanda une provifion : l'appointe-
ment à mettre fut introduit au rapport
de M. l'Abbé d'Efpagnac. Arrêt intervint le 11 Avril 1769, qui condamne
le fieur Alliot pere en trois mille liv.
de penfion alimentaire, infaififfable,
aux frais de l'inftance & coût de l'Arrêt.

Par une Requête précife, le fieur
Alliot a foutenu que fon fils étoit non-
recevable dans fon intervention, ainfi
que dans fa demande en alimens. Il a
en même temps interjeté appel comme
d'abus du mariage contracté à Neuvied. Ainfi s'eft formée la Caufe importante dont nous rendons compte.

Depuis que le fieur Alliot fils eft revenu en France, fa femme a fait une
fauffe-couche à Saunieres, en 1768. Elle
eft accouchée heureufement, le 20 Juin
1769, d'un fils, au nom duquel le
fieur Michault, fon tuteur, intervint,
fous les aufpices d'un Défenfeur particulier. Elle étoit encore enceinte dans
le temps que l'affaire fe plaidoit.

Après avoir lu tous ces faits, difoit
M. Target, on peut juger fi l'affaire
qui s'agite intéreffe le fieur Alliot que
nous défendons ; fi la deftinée de fa vie
entiere eft attachée à l'événement de

cette conteſtation importante. Qui d'entre ſes Juges voudroit ajouter à ſes malheurs ? Il a gémi aſſez ſous une autorité arbitraire ; il eſt temps qu'il ſoit jugé ſuivant les Loix. Hélas ! il ne lui a pas été permis de voir la pompe auguſte du Tribunal qui va prononcer ſur ſon ſort, & d'entendre ſa propre défenſe. Au moment même où nous écrivons, où eſt-il ? Dans une priſon encore, priſon où les perſécutions de toute ſa vie viennent de l'entraîner. Une dette que ſes infortunes l'ont obligé de contracter, une dette que ſon pere a prétendu avoir payée, l'a fait jeter dans les fers. Evénement imprévu, ſans doute, mais cependant arrivé quinze jours préciſément avant que ſa Cauſe fût plaidée, avant qu'il pût pleurer ſous les yeux de ſes Juges. Sa femme, fidele & pur objet de ſon amour, ſa femme, qu'on veut lui arracher, le ſert dans cette priſon, l'encourage, le conſole & l'honore comme le modele de la conſtance & de la force. Elle ne le quitte pas ; ſes Juges la verront à peine ; elle a d'autres devoirs à remplir, & le nôtre eſt de les défendre. Tels ſont les faits dont le ſieur Alliot a fait

ufage contre fon pere ; il faut maintenant leur oppofer ceux que le fieur
Alliot , Fermier - Général , employoit
contre fon fils.

Le plus grand de tous les malheurs,
difoit le Défenfeur du fieur Alliot, c'eft
d'être pere , & d'avoir un fils méchant
& impofteur. Si l'on tolere fa dépra-
vation , elle déshonore le pere & le
fils. Si l'on veut y apporter remede ,
il fe révolte , exagere fes peines , en
diffimule les caufes , & il faut, ou le
perdre d'honneur en s'expliquant , ou
devenir victime de fes calomnies en ne
s'expliquant pas.

L'amour paternel confpire avec lui,
craint de le confondre , étouffe le fecret
du malheureux pere , & ne laiffe pour
fa défenfe que le fuffrage des témoins
de fa conduite.

Il eft donc indifpenfable de mettre
fous les yeux des Magiftrats & du Public la véritable conduite du fieur Alliot
fils. Après avoir fait , pendant quatorze
ans , l'abus le plus criminel des bontés
de fon pere & de la protection de fon
Souverain , il a été enfermé par ordre
du Roi , le 14 Septembre 1756 , en la
maifon de Saint-Lazare à Paris , pour

cause de diſſolution. Il s'en eſt évadé le premier Février 1758, & s'eſt retiré chez les Prêtres de l'Oratoire, à Aubervilliers.

C'eſt là qu'il a connu la demoiſelle Michault, fille d'un Chirurgien-Barbier de ce village. Sa minorité, & le lieu même d'où il ſortoit, ne permettoient pas de ſouffrir ſes aſſiduités. Le pere & la mere de la demoiſelle Michault le reçurent néanmoins, l'attirerent même chez eux, & permirent tout à leur fille, dans l'eſpérance, ſans doute, d'avancer leur fortune par cette liaiſon avec un jeune homme dont la famille paſſoit pour opulente.

La ſéduction ſe manifeſta par une premiere groſſeſſe. On fit contracter au ſieur Alliot fils pour plus de 6000 liv. de dettes en moins de quatre mois; & le ſcandale fut ſi grand, dès le mois de Juin, que les Péres de l'Oratoire ſe crurent obligés de congédier leur penſionnaire.

Rentré à Saint-Lazare le 18 Août ſuivant, il s'en échappa encore une fois le 10 Août 1761, & ſe retira au Collége de Fortet, où étoit logé le ſieur Laurent, Chanoine Régulier d'Autrey, qui étoit admis en Lorraine dans la maiſon du ſieur Alliot pere.

La demoiſelle Michault, dont l'enfant étoit mort avant que de naître, n'avoit plus de lien qui l'attachât au jeune Alliot. Elle vint, ſans ſcrupule, l'aſſiéger dans ſa nouvelle retraite, trouva le moyen de le faire ſortir toutes les nuits du Collège, & d'acquérir la certitude d'une nouvelle groſſeſſe.

Elle avoit éprouvé l'indulgence du ſieur Laurent, à qui le ſieur Alliot pere avoit confié la garde de ſon fils, & qui l'avoit ramené en Lorraine au commencement de Février 1762; elle les ſuivit, accoucha d'une fille à Rambervillers le 18 Octobre ſuivant, & ſe hâta de réparer la perte de cet enfant par une troiſieme groſſeſſe.

Le ſieur Alliot pere auroit pu la faire enfermer par autorité, comme venue de Paris pour apporter le ſcandale dans les villages, & entretenir ſon fils dans la débauche, & même la faire punir, comme ayant recélé ſes différentes groſſeſſes. Il ſe contenta de lui faire dire qu'elle eût à ſortir de la province : elle ſe retira à Senone, dans la Principauté de Salm, y attira, quelque temps après, le sieur Alliot fils, &, pour plus grande sûreté, lui persuada de passer jusqu'à Bâle.

Il y fut arrêté le 29 Avril 1763, par ordre du Roi, & conduit au Mont Saint-Michel. Elle l'y suivit avec l'argent qu'on lui avoit donné pour retourner chez son pere, pénétra jusque dans la prison, &, après avoir concerté avec lui une nouvelle évasion, retourna l'attendre à Metz.

Le hasard les conduisit à Neuvied, au commencement d'Octobre ; ils revinrent ensuite à Coblentz, dans l'Electorat de Treves, où le sieur Alliot fils fut arrêté de nouveau le 7 Décembre, par ordre du Roi, & avec la permission de l'Electeur, pour être conduit à Rochefort, & de là en l'Isle de la Désirade.

C'est alors qu'ils se dirent mariés. Soit qu'ils eussent réellement obtenu quelque part la bénédiction nuptiale, ou qu'ils eussent seulement rencontré un Prêtre assez peu scrupuleux pour leur en donner un certificat, la demoiselle Michault revint à Paris, munie d'une attestation de mariage, signée du Frere

Laurent Lumens, Religieux Prémontré, & portant qu'ils avoient été mariés à Neuvied, le 31 Octobre 1763.

Sur cet unique fondement, & sans aucun vestige ni de consentement réciproque des peres & meres, ni de sommations respectueuses, ni de publications de bans, ni de permission des Curés de leurs Paroisses, ni de dispenses des Evêques diocésains, elle fit assigner au Châtelet de Paris, par exploit du 22 Mars 1764, le sieur Alliot pere, comme s'il eût été comptable envers elle des ordres du Roi, pour se voir condamner à lui rendre son prétendu mari, sinon à lui payer une provision de 20000 livres, tant pour la soutenir durant sa grossesse, que pour la mettre en état de veiller à la conservation de son fruit.

Par Sentence du 30 Juin suivant, elle fut déclarée non-recevable dans sa demande, & condamnée aux dépens.

C'est de cette Sentence qu'elle est Appelante. Elle a cru mieux réussir, en faisant paroître le quatrieme enfant dont elle venoit d'accoucher : elle a donc demandé & fait demander par le tuteur de cet enfant, qu'en attendant le Ju-

gement du fond, & jusqu'au retour du
sieur Alliot fils, le sieur Alliot pere fût
tenu de leur payer une provision alimentaire & annuelle de 6000 livres pour la
mere, & de 3000 livres pour l'enfant.

Ils ont encore été déclarés non-rece-
vables dans cette demande, par Arrêt
du 6 Septembre de la même année.

L'appel de la demoiselle Michault
n'avoit pour objet que la liberté & le
retour du sieur Alliot fils. Le Gouverneur de la Désirade ayant intercédé
pour lui, le sieur Alliot pere obtint la
révocation des ordres du Roi.

De retour en France, le premier
usage qu'ait fait de sa liberté le sieur
Alliot fils, ç'a été d'employer à la fois
la ruse & la vexation, pour arracher
à son pere l'argent nécessaire pour sa-
tisfaire son libertinage.

Quoique sa présence même fît nécessairement cesser la demande originaire en restitution de sa personne, &
rendît désormais inutile l'appel de la
Sentence du Châtelet, il se servit de
cet appel pour introduire en la Cour
de nouvelles demandes encore plus bizarres que celles de la demoiselle Michault.

Il commença par se faire assigner au Châtelet, le 18 Septembre 1767, cinq jours après son arrivée, lui & la demoiselle Michault, sous le nom d'une dame Ogier, Marchande Apothicaire, en payement d'une somme de 1915 l. dont la demoiselle Michault s'étoit reconnue débitrice, &, le 25 du même mois, il surprit, en vacation, Arrêt sur Requête non communiquée, portant évocation de cette demande en la Cour, & permission d'y faire assigner le sieur Alliot son pere, pour voir dire qu'il seroit reçu Partie intervenante dans l'affaire jugée par la Sentence du 30 Juin 1764 ; qu'il lui seroit donné acte de son *adhésion* à l'appel de la demoiselle Michault, & de la dénonciation qu'ils faisoient au sieur Alliot pere de la dette de 1915 livres, & de la demande de la dame Ogier.

Dans le même temps qu'il se préparoit secrétement à plaider, il employoit la voie de la conciliation, & il a su tirer, en moins de quatre mois, tant de son pere que d'un de ses freres, une somme de 9000 liv.

Il a tenté d'autres voies moins licites, mais qui ne lui ont pas également réussi.

C'est

C'eſt alors qu'il en eſt revenu aux voies judiciaires, & il a demandé qu'en attendant la déciſion de cette ſinguliere conteſtation, le ſieur Alliot pere fût tenu de lui payer 12000 liv. de proviſion alimentaire.

Pour faire un titre à la demoiſelle Michault, il a élevé un incident ſur les qualités, & a demandé que le ſieur Alliot pere fût tenu, dans le cours de la procédure, & dans toutes les ſignifications qu'il feroit pendant la conteſtation, de donner à la demoiſelle Michault la qualité d'*épouſe dudit ſieur Alliot fils*, & défénſes à lui, ainſi qu'à ſon Procureur, de l'appeler *Marie-Théréſe Michault, fille*. Il a même oſé le défier d'attaquer leur prétendu mariage.

Ce défi téméraire a réduit le ſieur Alliot pere à la néceſſité d'en interjeter appel comme d'abus : non qu'il eût beſoin de ce nouveau moyen pour ſe défendre de leurs demandes, mais parce qu'il étoit de ſon honneur de réprimer leur audace.

Ne voulant pas au ſurplus qu'on pût le ſuſpecter de les retenir dans l'impuiſſance de plaider, il a porté la géné-

Tome III. S

rofité jufqu'à fupplier la Cour d'ordonner qu'il leur fourniroit une fomme de 3000 livres ; ce qui a été fait.

Il leur étoit mort déjà quatre ou cinq enfans. Ils ont mis à profit la circonftance d'un nouvel accouchement, pour exciter la commifération & multiplier leurs demandes.

Le fieur Michault pere, chargé de la tutelle de cet enfant, eft intervenu, par Requête du 7 Janvier 1770, a déclaré fe joindre à eux fur l'appel comme d'abus, & a demandé pour fon pupille une provifion alimentaire de 1200 liv.

On voit que ce font toujours des provifions, & que le mariage n'eft entre leurs mains qu'un prétexte pour avoir de l'argent.

A défaut de moyens, la demoifelle Michault a imaginé un Roman, & elle a voulu rendre odieux le fieur Alliot pere.

Le fieur Alliot pere y eft repréfenté comme un homme dur, inflexible, orgueilleux, facrifiant tout à fon ambition.

Il eft horrible que le fieur Alliot fils compte jufqu'à fa naiffance au nombre de fes malheurs. Ses pere & mere

n'ont à fe reprocher que trop de tendreffe pour lui.

Dès qu'il a été en état de fortir de
la maifon paternelle, on l'a mis au
Collége, avec la même diftinction que
les enfans de la plus grande qualité.

L'étude n'étant pas de fon goût, &
fes Inftituteurs ayant déclaré que c'é-
toit du temps de perdu, il fut confié,
en 1742, fous l'uniforme d'Officier
Huffard, à M. le Maréchal de Berche-
ny, Colonel de la troupe.

Au retour de cette premiere campagne, on lui obtint une Lieutenance
dans le Régiment de Champagne, &
il fut mis fous la direction du fieur de
Vignoles, Major du Régiment.

Quoique rien ne lui manquât, il
avoit la baffeffe de fe fervir de fon
grade pour fe faire régaler par de pauvres foldats qui avoient à peine le néceffaire.

La bonté paternelle eft toujours in-
génieufe à excufer un fils. Le fieur Alliot craignit que la vertu du fieur de
Vignoles ne fût trop auftere; il s'adreffa
au fieur Dorigny, Capitaine de Grena-
diers au même Régiment, qui voulut
bien fe charger des mêmes foins.

Le mal devint extrême, & il n'y eut plus moyen de lui faire grace. Avec la bienveillance du Colonel & des Officiers, que lui avoit méritée son pere, il ne falloit rien moins qu'une faute grave pour le faire retrancher du Corps. Le Marquis des Salles, Colonel, & le sieur Dorigny vivent encore : ils savent pour quelle cause ce jeune homme fut renvoyé à son pere.

Le pere se retourna d'un autre côté, implora les bontés du feu Roi de Pologne, & obtint pour son fils, au mois d'Octobre 1749, une place parmi les Gentilshommes de ce Prince. Une nouvelle faute, dont le Roi fut instruit, indigna ce Monarque, &, malgré ses bontés pour le pere, il fut inexorable pour le fils.

Le pere ne se rebuta pas ; il espéra qu'en le faisant changer de climat, il releveroit son ame abaissée par tant d'affronts, & qu'il le mettroit en état, sous un autre ciel, de recouvrer l'honneur presque perdu dans sa patrie ; il l'envoya en Italie, vers le milieu de l'année 1751, au Baron de Mandres, son ami, pour servir dans les troupes du Duc de Modene, dont ce Seigneur

étoit Général. Après trois ans de fervice, dont dix mois paſſés en priſon,
un dernier trait obligea le Baron de
Mandtes d'écrire au pere de retirer ſon
fils, de crainte que la conduite & les
inclinations de ce jeune homme ne finiſ-
ſent par le perdre.

Qu'on nous diſe à préſent en quoi
le ſieur Alliot a manqué aux devoirs
d'un bon pere ? Pouvoit-il ouvrir à ſon
fils une carriere plus brillante ? Et avec
cette ame fiere, ardente & ſenſible
dont ſe glorifie le ſieur Alliot fils, à
quoi ne pouvoit-il pas aſpirer après de
tels commencemens ? A qui doit-il imputer ſes humiliations, ſi ce n'eſt à
lui-même ?

Quand, après cette derniere expérience de ſon caractere indomptable,
on auroit cherché à lui faire prendre,
au retour de Modene, l'habit eccléſiaſtique ou l'habit religieux, quel autre
état pouvoit plus ſûrement le rappeler
à lui-même, & lui rendre quelque
conſidération ? Mais le ſieur Alliot pere
n'a jamais eu cette penſée.

Il ne tenoit qu'à lui d'entrer dans
la Finance.

Il eſt abſolument faux que jamais ſon

pere ait voulu le forcer à se faire Moine,
ni même qu'il lui en ait fait la proposition ; & il n'est pas seulement faux,
il est absurde qu'il lui ait proposé l'Abbaye de Saint-Benoît ; elle étoit donnée
deux mois avant son retour de Modene ; les provisions de son frere sont
du mois d'Avril 1754, & l'arrivée de
Modene n'est que du mois de Juin suivant, comme on le voit par sa propre
lettre écrite en route, le 29 du même
mois.

C'est lui-même qui, ne voyant plus
de jour à rentrer au service, & qui,
trop paresseux pour entrer dans la Finance, a témoigné, au retour de Modene,
le désir d'être Moine.

Loin de vouloir le faire Moine, le
sieur Alliot pere lui en a refusé la permission, bien persuadé qu'il se feroit
encore moins à la discipline monasti-
que qu'à la discipline militaire.

Les persécutions pour embrasser l'état
ecclésiastique, sont également suppo-
sées ; & l'on ne conçoit pas comment
le sieur Alliot fils ose citer, à ce sujet,
le sieur Husson, Chanoine Régulier,
Prieur-Curé de Plombieres, qui lui a,
dit-il, déclaré de la part de son pere,

qu'il n'avoit rien à espérer s'il ne sacrifioit ses dégoûts.

Personne, sans contredit, n'est mieux
instruit de ce qui s'est passé à l'époque
de la tonsure du sieur Alliot fils, que
le Prieur - Curé de Plombieres, alors
Prieur du Collége de Toul, dans lequel
ce jeune homme étoit pensionnaire.
Voici le témoignage qu'il en a rendu
au sieur Alliot pere, par sa lettre du
25 Novembre 1768.

» Monsieur, j'ai su une partie des
maux que vous a faits votre indigne &
malheureux fils ; mais j'ignorois ceux
qu'il vous cause maintenant. Je suis en
état, plus que personne, de vous laver
des sentimens & de la conduite dont il
ose vous accuser. Jamais leçons n'ont
été plus sages, plus chrétiennes & plus
dignes d'un pere vertueux, que celles
que vous lui avez faites en ma présence.
Vous ne voulûtes même (telle étoit
votre délicatesse de conscience) avoir
aucune part à la démarche qu'il fit pour
recevoir la tonsure. Il me souvient très-
distinctement que vous me chargeâtes
de sonder ses dispositions, que vous
ne voulûtes pas absolument vous en
mêler, & que vous me rendîtes respon-

fable devant Dieu & devant les hommes, de tout ce qui en arriveroit. . . . . C'eſt moi, Monſieur, que votre fils doit accuſer, non pas de l'avoir excité à prendre la tonſure, mais de m'être trop facilement prêté à ſes promeſſes & à ſes inſtances hypocrites. Pour vous, Monſieur, vous êtes innocent. Si Monſieur votre fils & moi nous vous avions écouté, jamais il n'auroit pris la tonſure.

» Il y a de ſa part encore plus de calomnie à vous accuſer d'avoir voulu l'engager à ſe faire Moine. Je ſais tout le contraire : ce n'eſt qu'à regret, & en gémiſſant, que vous lui voyez l'habit eccléſiaſtique ; ce n'étoit pas pour déſirer de lui voir un habit de Moine. J'ai été chargé de ſa conduite pendant deux ans que j'ai été ſucceſſivement Supérieur dans les villes de Pont-à-Mouſſon & de Toul, & je vous rends avec juſtice le témoignage de n'avoir jamais gêné ſa vocation, ſi ce n'eſt en le détournant de l'état eccléſiaſtique, *auquel, m'avez-vous dit & écrit cent fois, je ne le crois pas propre* «.

Rien n'étoit plus vrai : les mœurs du ſieur Alliot fils ne changerent point avec l'habit. Il altéra même sa santé par un genre de maladie si peu tolérable dans un homme de son état, qu'il fallut le séqueftrer pour quelque temps du milieu de la société.

Ce n'eft qu'à cette époque, & après quatorze ans d'épreuves, que le sieur Alliot pere, s'eft déterminé à le faire conduire à Paris dans la maison de Saint-Lazare, non pas seulement pour châtier ses mœurs, mais pour le faire traiter de la lepre qu'il déclare aujourd'hui, & dont on lui avoit gardé le secret jufqu'à préfent. Eft-ce-là un acte de tyrannie, ou n'eft-ce pas plutôt l'exercice néceffaire de l'autorité que la Nature & les Loix donnent aux peres pour la correction de leurs enfans? Et s'il y a quelque chofe à blâmer dans le fieur Alliot pere, n'eft-ce pas d'avoir différé si long-temps?

La conduite du fieur Alliot pere eft donc irréprochable : celle du fils, au contraire, n'eft qu'une chaîne d'égaremens.

De tous ceux qui l'ont connu, & qui ont été chargés de fa conduite dans les différens états par lefquels il a paffé, il n'y a que le Frere Laurent, Prieur

S v

d'Autrey, qui n'ait remarqué en lui aucun dérangement ; tous les autres s'accordent dans le témoignage qu'ils en rendent, & se joignent au sieur Alliot pere. » Je sens (écrivoit encore l'année derniere le Supérieur de l'Oratoire, Curé d'Aubervilliers), je sens la douleur que doit vous causer cette malheureuse affaire, & le peu de consolation que vous retirez d'un fils pour l'éducation duquel vous n'avez rien négligé «.

Le sieur Alliot pere se gardera bien de révéler tout ce qu'il sait de son fils. Telle est la différence entre eux, qu'au lieu que le fils s'est donné la liberté de tout feindre, le pere au contraire s'est imposé la nécessité de taire les faits les plus graves, & en a même anéanti les preuves. Il se contentera d'avoir mis sous les yeux du Public sa propre justification. Elle se trouve jusque dans les pieces produites par son fils, au nombre desquelles est une lettre écrite en 1768 à cet ingrat, par un de ses freres qu'il cherchoit à mettre dans son parti. » La résolution, y est-il dit, où vous êtes de plaider contre mon pere, m'a d'autant plus surpris, que vous devez con-

noître fa façon de penfer pour fes en-
-fans. Il avoit pris des arrangemens avec
vous, & vous faifoit un fort au delà
de ce que vous deviez attendre, vu la
conduite que vous avez toujours eue.
Je ne prétends point être vôtre cen-
feur. Mais..... c'eft votre pere, vous
devez le ménager à tous égards : il le
mérite, vous ne pouvez en difcon-
venir. Je fuis votre frere. *Signé* ALLIOT,
Chanoine «.

Quand le fieur Alliot fils n'afpireroit,
comme il le dit, qu'à convaincre &
être plaint, & ne demanderoit, pour
prix de fes malheurs, que la douceur d'être honoré de quelques larmes,
il feroit difficile de lui accorder ce
léger tribut.

Mais fon défintéreffement n'eft pas
plus fincere que fes proteftations de
refpect. Il n'a pouffé tant de gémiffemens que pour mieux faire entendre
fes demandes. Il eft temps de les examiner fans paffion.

Quand le mariage prétexté par le fieur
Alliot fils & par la demoifelle Michault
feroit certain & valable, le fieur Alliot
pere ne leur a donné ni ordre ni com-
miffion de contracter des dettes ; il ne

s'y eſt obligé ni envers eux, ni envers leurs créanciers. Il y a donc du délire à l'appeler en garantie, & à vouloir qu'il paye pour eux.

Quant aux alimens qu'ils demandent, l'un en qualité de fils, les autres en vertu du prétendu mariage, on répond d'abord au ſieur Alliot fils, qu'un pere eſt diſpenſé d'en fournir, 1°. quand ſon fils eſt en âge de s'en procurer lui-même par ſon travail; 2°. quand ce fils s'en eſt rendu indigne par des procédés contraires à la piété filiale.

Les cauſes qui rendent un fils indigne d'alimens, ſont les mêmes que celles qui le rendent digne de l'exhérédation. Il s'en rencontre deux dans le ſieur Alliot fils : la premiere, s'il eſt vrai qu'il ſoit marié, eſt le mépris qu'il a marqué pour ſes pere & mere en faiſant ce mariage, non ſeulement ſans avoir obtenu leur conſentement, mais même ſans l'avoir requis par des ſommations reſpectueuſes : la ſeconde eſt ſa conduite actuelle, & les calomnies atroces dont il vient de ternir leur réputation.

Où a-t-il vu qu'après avoir commis une faute avec une fille, on pouvoit, ſelon les Loix, l'épouſer ſans conſulter pere & mere, & qu'on le devoit felon la Religion & l'honneur?

Le mariage n'eft pas feulement l'union de deux perfonnes ; c'eft l'alliance de deux familles. Il répugne à la conftitution des familles, d'où dépend toute l'harmonie de la Société, d'y introduire de nouveaux fujets fans le confentement exprès ou tacite de celui qui en eft le chef, & encore plus, de lui créer des héritiers malgré lui.

Auffi voit-on, dans tous les exemples de mariage que l'antiquité facrée & profane nous a tranfmis, le confentement des Parties, toujours accompagné de celui des pere & mere, & fouvent fortifié par l'approbation des autres parens.

Ce confentement étoit même une condition effentielle à la validité du mariage, & les perfonnes les plus privilégiées n'en étoient pas difpenfées.

Le Chriftianifme avoit adopté les mêmes Loix ; elles fubfiftent encore dans l'Eglife Grecque, & elles ont duré dans l'Eglife Latine jufqu'au Concile de Trente. Les conjonctions dénuées de cette condition y étoient regardées comme une habitude de fornication, ou comme un vil affortiment d'efclaves.

Si les Loix fe font relâchées de cette ancienne rigueur, elles n'ont pas autorifé pour cela, ni même abfous les mariages contractés à l'infçu des peres & meres. C'eft toujours un crime à leurs yeux; c'eft même un des plus grands crimes que des enfans puiffent commettre envers leurs parens. L'Eglife, en tolérant de pareils mariages, a eu foin d'avertir qu'elle les détefte; & tous les Peuples, en abrogeant la peine de nullité, ont accordé à l'autorité paternelle une autre vengeance prefque auffi terrible.

Les Loix du Royaume permettent aux peres & meres ainfi outragés, d'exhéréder leurs enfans; c'eft la difpofition des Ordonnances du mois de Février 1556, du mois de Mai 1579, de la Déclaration du 26 Novembre 1639, de l'Edit du mois de Mars 1697, & de tous les Arrêts de la Cour.

Les Edits du Duc de Lorraine, fous la domination defquels eft né le fieur Alliot fils, font encore plus féveres. On fe contentera de citer celui du Duc Charles III, donné en 1572, & celui

de Léopold, du 8 Mars 1722, vérifié
en la Cour de Nancy, le 15 Mars
1723.

Pénétré de la dangereuse conséquence
de laisser aux enfans la liberté de se
marier au gré de leurs désirs & contre
la volonté de leurs peres & meres, sur-
tout lorsqu'une folle passion ne leur permet pas de décider avec prudence d'un
engagement qui doit faire le bonheur
ou le malheur de toute leur vie, le
Législateur s'y propose de faire respecter
l'autorité paternelle, & de réformer la
licence de quelques Coutumes, comme
contraires à la soumission que les Loix
divines & humaines exigent des enfans
envers leurs peres & meres, & comme
nuisibles à la paix & à l'honneur des
familles où des mariages capricieux peuvent porter le trouble & la honte.

En conséquence, il ordonne que les
enfans de famille ne puissent contracter
mariage sans le consentement de leurs
peres & meres ; sinon permet de les
exhéréder, & les déclare même indignes
& incapables de tous profits, avantages,
donations & douaires qu'ils pourroient
avoir stipulés par les contrats de mariage, ou qui sont attribués par les

Coutumes aux perfonnes mariées : veut que les entremetteurs de tels mariages foient punis d'une amende arbitraire, jufqu'à concurrence du tiers de leur bien, même de punition corporelle, s'ils font roturiers.

Les fils dont l'âge excédera trente ans, & les filles de vingt-cinq, ne feront (ajoute-t-il) exempts de ces peines qu'à condition de requérir par écrit le confentement de leurs peres & meres : confentement qui fera requis par une fommation refpectueufe faite aux pere & mere par le miniftere de deux Notaires, ou d'un Notaire affifté de deux témoins.

L'omiffion de cette formalité emporte donc, en Lorraine comme en France, la peine de l'exhérédation, & par conféquent le droit de refufer des alimens.

C'eft une erreur de croire que la vengeance paternelle ne puiffe s'exercer qu'en mourant ; c'eft même une dérifion, quand on perfévere dans le défordre, de vouloir éluder une peine préfente par l'efpérance d'une réconciliation future, qui ne peut s'accorder qu'au repentir. Les alimens peuvent fe refufer, dès qu'une fois l'exhérédation eft encourue ; c'eft ce qui a été jugé par Arrêt folennel du 22 Décembre 1628, qu'on trouve dans le premier tome du Journal des Audiences.

Ce n'eft pas que le fieur Alliot pere en ait jamais refufé ; il a même fourni à ce fils ingrat beaucoup plus qu'il ne donne à fes autres enfans ; fon cœur n'eft pas encore fermé à la pitié ; mais il ne veut pas qu'un fils lui faffe la loi.

A l'égard de la demoifelle Michault & de fon enfant, fût-elle femme légitime, les Loix abhorrent la maniere dont elle l'eft devenue. Elle eft complice, ou plutôt elle eft la caufe principale de la révolte du fieur Alliot fils. Il répugne que ce qui eft un outrage pour des peres & meres, devienne un titre obligatoire contre eux, & que l'inftrument ou les fruits de la diffolution acquierent des droits par le crime de leur union, ou par l'opprobre de leur naiffance.

Par Arrêt rendu fur les conclufions de M. l'Avocat-Général Seguier, le 2 Avril 1770, le mariage fut déclaré abufif, avec défenfes aux Parties de

prendre refpectivement la qualité d'é-
poux, & de fe hanter ni fréquenter.
Le fieur Alliot pere fut condamné à
payer à fon fils trois mille livres de
penfion alimentaire, exigible de quartier en quartier, & d'avance, laquelle
fut déclarée infaififfable par les créanciers actuels du fils.

ACCUSATION DE RAPT.

Opposition formée par un pere au mariage de sa fille.

AU mois d'Août 1759, M. de Valdahon étant revenu de Paris à Pontarlier, la bienféance & le devoir le conduifirent chez M. & madame de Monnier. Il y vit mademoifelle leur fille : il lui trouva toutes les graces d'une figure faite pour plaire : ils étoient, elle & lui, dans cet âge où le tumulte des paffions naiffantes annonce à l'homme de grands dangers. Elle avoit dix-fept ans ; M. de Valdahon en avoit vingt-un. Mille confus défirs l'avoient agité jufque-là : il reconnut ce que cherchoit fon cœur.

Mademoifelle de Monnier alloit prefque tous les jours chez mademoifelle de P....; M. de Valdahon s'y rendoit. Là, il converfoit librement avec mademoifelle de Monnier. La mere de la demoifelle ne défapprouvoit point qu'il la reconduisît après l'affemblée, qu'il

l'accompagnât en visites, qu'il parût
près d'elle aux promenades. Plus il avoit
d'entretiens avec elle, plus l'occasion
de la mieux connoître la lui faisoit
trouver aimable. Il éprouvoit combien
les qualités de l'esprit ajoutent aux agrémens de la personne. Il aimoit : ses
regards l'enhardirent à le lui déclarer.
Elle lui avoua qu'il étoit aimé. De ce
moment ils se cherchoient sans cesse :
ils se parloient souvent, & s'écrivoient
quelquefois. Ce fut lui qui écrivit le
premier billet. Il en reçut la réponse
des mains de la femme de chambre de
la demoiselle, à qui jusque-là il n'a-
voit point parlé ; mais mademoiselle
de Monnier avoit senti le besoin d'une
confidente, & avoit mis cette femme
dans son secret. C'est ainsi que commença une inclination, dont madame
de Monnier s'appercevoit sans y mettre obstacle. Les deux amans crurent
voir, dans les rapports qui les unis-
soient, les motifs de son indulgence ;
& l'espérance que leur amour deviendroit bientôt un devoir, hâta leurs
fautes.

Les affaires de madame de Monnier
la rappellerent à Dole : celles de M. de

Valdahon le retinrent à Pontarlier. Cette
féparation étoit bien fenfible à deux
cœurs qui fe donnoient pour la premiere fois. Quelques lettres de mademoifelle de Monnier en remplirent l'intervalle : » Vous ne devez pas être en
peine, écrivoit-elle à fon amant, de
mon amitié pour vous ; je ne vous en
ai donné que trop de preuves, & je
ne fuis pas, pour mon malheur, in-
conftante. Si vous pouviez favoir toutes
les fois que j'ai penfé à vous . . . . .
Elle ajoutoit, qu'une ancienne domeftique avoit averti fa mere qu'à Pontarlier elle s'étoit apperçue de leurs mutuels regards «. Mais ce rapport n'avoit
rien produit, & le filence de madame
de Monnier leur parut d'un favorable
augure.

Mademoifelle de Monnier confeil-
loit à M. de Valdahon, dans d'autres
lettres, de fe défaire de ce ton de cérémonie, dont la vraie amitié ne fait
pas ufage, » Ne m'obligez pas de penfer, lui écrivoit-elle, que vous ne m'aimez pas véritablement. Quand l'on
s'aime bien, on ne fait pas tant de
complimens : on laiffe à fon cœur le
foin de conduire fa plume ; j'en laiffe

entiérement le secret au mien. Il est
vrai que vous avez dû assez vous en
appercevoir, & peut-être plus que je
n'aurois dû, &c. «.

Dès que M. de Valdahon fut libre,
il vint à Dole; il la voyoit très-sou-
vent dans les sociétés. Malgré cela,
leur commerce de lettres continuoit:
des soupçons d'inconstance, des lueurs
de jalousie, des raccommodemens d'autant plus touchans; enfin toutes ces petites révolutions inséparables d'un amour
vif, y fournissoient une abondante matiere. Elle lui écrivit:

» C'est pour vous donner des preuves
de l'injustice que vous me faites, en
me supposant infidelle à votre égard. Je
n'entreprendrai pas de vous rappeler
toutes les preuves que je vous ai données de ma tendresse. Que de périls
n'ai-je pas courus, si j'avois été découverte! Mais non, je ne veux pas
vous rappeler un souvenir qui, quand
on est volage, ne fait que donner de
la honte. Que vous avois-je fait pour
chercher à me rendre malheureuse, c'est-
à-dire, à m'inspirer de l'amour, pour
après m'abandonner? Que de soucis,
d'inquiétudes & de larmes ne m'avez-

vous pas caufés maintefois ? Que ne puis-je ne vous pas aimer ! Ah ! que je ferois heureufe ! Mon fort feroit digne d'envie. Mais hélas ! j'en fuis bien loin : n'importe, en faifant tous mes efforts, en m'encourageant par votre exemple, j'en viendrai fûrement à bout. Oui, je tâcherai de vous effacer en penfant à votre perfidie. Vous ne m'avez jamais aimée ; je l'éprouve à ce moment, Si vous l'aviez fait, vous ne m'auriez pas, pour la moindre parole, & même quelquefois fans fujet, fait toutes fortes de reproches, de filence, d'air trifte & grondeur ; enfin toutes fortes de chofes, que je vous crois trop d'efprit pour avoir fait férieufement. Vous ne m'aimez plus, j'en fuis fûre. Mais, que dis-je ? jamais vous ne m'avez aimée. Semblable à un feu de paille que le même inftant voit s'allumer & s'éteindre, vous ne m'avez aimée qu'au premier moment de notre connoiffance, laquelle fut funefte pour moi. Dès le premier inftant, je ne vous aimai pas, même cela dura un peu long-temps dans une indifférence de ma part, qui feroit bien à fouhaiter pour moi qu'elle durât encore. D'abord je m'y laiffai engager par enfantife. Je vous avoue que j'étois affez fimple pour croire qu'un cœur fe donne & fe reprend ; chofe dont je fens maintenant la difficulté : petit à pétit je parvins à m'occuper fouvent de vous malgré moi : je foupirois fans en favoir la caufe, & bonnement j'attribuois cela au défir de revenir à Dole, dont je me faifois fête; mais ce qui me furprit fort, eft que, quand il fallut partir, & conféquemment me féparer de vous, je fentis, mais trop tard, que l'amour caufe plus de peine que de plaifirs. Vous n'en avez que les rofes; car je crois qu'il doit être fort agréable d'aimer, comme vous le faites, en vrai papillon. Je fuis fort étonnée que vous ajoutiez foi au bruit vague qui fe répand, dites-vous, fur mon compte : il s'en eft répandu de pareils fur le vôtre, dont vous me donnez l'affurance par votre infidélité à mon égard. Votre légéreté me dégoûte de tous les hommes. Si vous aviez été fidele, jamais autre que vous n'auroit été maître de mon cœur & de ma foi. Comme vous ne m'aimez plus, mes lettres ne vous ferviront plus de rien : je vous prie de me les renvoyer:

vous

vous pouvez être tranquille fur les vô-
tres; je n'ai plus que celle-ci, que je
vous renvoie, en vous fouhaitant beaucoup de bonheur & de plaifirs, & de
longues années : pour moi, je tâcherai
de reprendre mon premier état, &
pour lors, fi je le puis, je ferai fort
heureufe. Adieu donc, Monfieur, adieu
pour jamais. Je n'aurois jamais cru que
je ferois obligée de vous en dire un
pareil. Si vous n'aviez pas changé, nous
aurions pu, fans rifques, nous voir le
foir, quand il auroit fait une nuit fombre, une ou deux fois la femaine.
Adieu, pour la troifieme & derniere
fois, & pour jamais «.

Ces adieux éternels duroient peu.
Deux jours après, elle indiquoit à fon
amant où il la pourroit voir. » J'irai,
lui écrivoit-elle, chez M. de B.....; je
crois, comme vous, qu'on ne pourra
pas fe dire feulement, *je vous aime*.
Vous devez être perfuadé de l'impoffibilité où nous fommes de nous parler
fans témoins. Ne m'accufez pas que ce
foit ma faute; mon cœur n'en eft pas
capable; prenez-vous-en au deftin, qui
nous prive d'un plaifir fi doux «.

M. de Valdahon s'en prenoit pour

Tome III. T

rant à fon amante : cette contrainte lui
donnoit de l'humeur : le dépit lui faifoit tantôt effayer, tantôt feindre de
fe diftraire de mademoifelle de Monnier : » Encore quelques leçons d'inconftance, lui écrivoit-elle, me la rendront à votre égard «. Ces menaces
produifoient bientôt leur effet ; mais
il étoit pénétré fi-tôt qu'elle lui rappeloit qu'il tenoit à elle par le nœud
le plus facré pour un homme de bien,
» Quelle plus tendre marque d'amour
pouvois je vous donner, que de vous
confier mon honneur, dont dépend le
bonheur de ma vie, &c. «?

Ce lien l'attachoit à elle chaque jour
davantage. Auffi-tôt il revoloit chez fa
mere. Les bontés de celle-ci étoient
encore une chaîne de plus pour lui ;
auffi fa fille écrivoit-elle à M. de Valdahon : » Quand vous voudrez venir
me voir, vous ferez bien reçu de ma-
man, & vous ne devez pas douter de
la réception que je vous ferai «. La
femme de chambre fe chargeoit de fes
lettres & des réponfes.

Animée par des motifs dont il eft
inutile de rendre compte, cette femme
découvrit à madame de Monnier, au

mois de Mars 1760, la correspondance des deux amans. Quelles que foient les idées d'une mere, elle eft faite pour défapprouver & interrompre un commerce de lettres, dont fa fille lui a fait myftere. Mademoifelle de Monnier reçut de la fienne des réprimandes féveres. Madame de Monnier avertit fon mari. Cependant la femme de chambre continua fon fervice ; feulement elle eut ordre de furveiller les deux amans, & ne s'en acquitta que trop bien. M. de Valdahon ne reçut plus de lettres, excepté une par laquelle mademoifelle de Monnier trouva le moyen de l'avertir qu'on vouloit même lui enlever toutes celles qu'il poffédoit. » On vous fera, lui écrivoit-elle, redemander mes lettres par M. de Monnier ; & s'il ne réuffit pas, on engagera, par la voie du Pere F...., madame votre mere à les reprendre après votre départ : je vous en avertis en bonne amie «.

On imagine aifément le chagrin que ces difpofitions caufoient aux deux amans ; mais ce qu'il eft moins facile de fe figurer, c'eft le coup que porta à M. de Valdahon une fauffe confidence que lui fit alors la femme de chambre. Elle l'affura, d'un air d'intérêt, que c'étoit mademoifelle de Monnier qui avoit elle-même déclaré tout à fa mere. Cette femme artificieufe fembloit le plaindre : fon rapport n'avoit rien de vraifemblable ; mais l'amour offenfé croit tout. M. de Valdahon devint furieux. Il demanda une entrevue & une explication. La réponfe fut qu'on étoit enfermé, & qu'on n'avoit plus même de crayons. Cette réponfe, trop vraie, parut à l'amant un odieux prétexte ; il ne douta plus de l'infidélité. C'eft au milieu de ce trouble mortel qu'il fallut revenir à Paris, où le rappeloit fon fervice. Ses inquiétudes l'y fuivirent.

Il n'y refta que deux mois. De retour à Dole, en Juillet 1760, il revit mademoifelle de Monnier chez la Marquife de B.... Il s'étoit cru trahi, il le croyoit encore ; & comme elle lui étoit toujours chere, il ne lui parla point ; à peine la regardoit-il ; il affectoit, en un mot, toute la froideur qu'il eût fouhaité d'avoir.

C'eft vers ce temps que vint à Dole une femme intéreffante par les agré-

mens de fon efprit. Le dépit de n'être
plus aimé porta chez elle M. de Valdahon. Il y alloit chercher des diſtrac-
tions : on lui prêta des projets. Mademoiſelle de Monnier le ſut ; elle l'aimoit toujours ; elle en gémit, & re-
doubla d'efforts pour le rappeler & le
tirer d'erreur. Mais les domeſtiques
avoient ordre de ne la point perdre
de vue : auſſi, dès que le haſard lui
faiſoit rencontrer M. de Valdahon,
ſes yeux la vengeoient bien de ſon
ſilence. Il ſortit de ſon illuſion : il reconnut que le cœur de ſa Maîtreſſe
n'avoit pas plus changé que le ſien. Cependant de continuels voyages de
Dole à Paris, de Paris à Dole, & ſur-
tout l'importunité des ſurveillans qui
les épioient, firent durer encore plus
d'un an leur ſéparation.

Enfin l'amour ſe montra le plus fort ;
leur inſurmontable penchant les rappro-
cha, en dépit des obſtacles. Les con-
fidens les avoient trahis, ils n'en voulurent plus ; ils eurent l'adreſſe de s'é-
crire & de ſe paſſer d'eux. Les lettres
ſe plaçoient le ſoir dans un lieu convenu. Le lendemain les réponſes s'y
trouvoient. Qu'elles étoient vives après

T iij

deux ans d'abfence! Ils portoient même
quelquefois la hardieffe jufqu'à s'entretenir à une fenêtre de la maifon ; mais
pendant que mademoifelle de Monnier
juroit à M. de Valdahon un attachement éternel, fon pere lui deftinoit
un autre époux.

Que devint M. de Valdahon ? que
devint fon amante à la nouvelle des
deffeins de fon pere ? Ils fuccomberent
fous ce coup imprévu ; ils fentoient
qu'aucune force humaine ne pourroit
disjoindre leurs cœurs. Ils reconnurent
avec effroi qu'eux-mêmes ne pourroient
pas les féparer. L'amour alors devint
furieux, devint ivreffe, & la voix du
devoir fut trop foible pour appaifer
cette fatale révolution, qui porta le
feu dans leurs fens. De là ces entre-
vues clandeftines, ces rendez-vous nocturnes que lui donnoit Mademoifelle
de Monnier. Qui jamais fe fût méfié
du lieu qu'elle indiquoit? Qui jamais
en eût deviné l'heure? L'excès même
de fa témérité déconcertoit fes gardes.
Le génie de l'amour créoit pour elle de
nouveaux fignes. Une aigrette, une
fultane, un caillou, une tuile expri-
moient fes ordres. Que de périls elle

affrontoit pour fon amant ! Elle-même
fe relevoit pour entr'ouvrir la porte de
la rue : elle-même veilloit pour attendre fon amant, adouciffoit & entr'ou-
vroit les portes des appartemens ; elle-
même l'introduifoit dans fa chambre,
qui étoit celle où dormoit fa mere.
C'eft là qu'humiliés de leurs égatemens,
ils mêloient les peines aux plaifirs. Le
remords & la crainte empoifonnoient
leur bonheur.

Tourmentée à la fois par la paffion
dont elle payoit celle de fon amant,
par fa haine pour un mariage qu'avoit
conclu fon pere, par fon refpect pour
un pere qu'alloient outrager fes refus ;
tant d'affauts dérangerent fa fanté. La
frayeur qu'elle eut que fon indifpofi-
tion n'eût une autre caufe, la détermina à écrire la lettre fuivante :

» Y a-t-il, mon cher Valdahon, une
circonftance plus critique & plus affreufe
que celle de ta malheureufe femme !
Je ne fais que pleurer & gémir depuis que mon mariage eft conclu avec
M. de B... L'autorité d'un pere & d'une
mere que j'aime, & à qui je voudrois
éviter tous chagrins & cacher mon malheur, m'ont empêchée jufqu'ici de dire

T iv

non, malgré ce que tu fais. D'une part, je n'ai d'autres moyens de sauver mon honneur, qu'en mettant dans une famille un enfant étranger ; & , étant fort malheureuse, j'aurai la consolation de ne pas laisser le gage de la tendresse sans bien ni sans nom, comme il seroit si mon père le savoit & ne consentoit pas à notre union. D'autre part, mon amour & ma religion me le défendent ; j'en mourrai sûrement de chagrin : je payerai bien le plaisir que j'ai eu, & je commence déjà mon supplice : j'ai mal au cœur à tout moment, & le chagrin me dévore. Si tu m'aimes, prends pitié de moi.... Viens me voir ce soir : ma mere n'a rien entendu toutes les autres nuits. Ainsi tu ne risques rien ; mets-moi du moins une lettre sur la fenêtre. Adieu : puissé-je mourir bientôt, si je ne suis pas ta femme ! Au nom de Dieu, ne m'abandonne pas. On publie mes bans de Dimanche en huit. Mon Dieu, prenez pitié de moi ; il me faut, pour comble de malheur, cacher tous mes maux. Si je suis séparée de toi pour jamais, que deviendrai-je ! Dieu ! pourquoi m'a-t-on mis au monde, pour

faire mourir mes parens de chagrin, &
pour être la victime, d'un côté, de
mon amour & de ma religion, qui
me donnent déjà de terribles remords « ? . . . .

La nuit du 2 au 3 Février 1763,
M. de Valdahon étoit auprès de mademoiselle de Monnier ; d'affreux preffentimens s'étoient mêlés à leurs plaifirs. Il étoit quatre heures du matin ;
fa mere s'éveille : elle entend du bruit,
elle appelle : à fes cris, M. de Valdahon s'échappe en défordre ; il ne
peut même raffembler tous fes habillemens : elle interroge fa fille avec effroi.
Sa fille nomme M. de Valdahon, &
fe jette à fes pieds.

M. de Valdahon prévit l'indignation d'un pere outragé ; mais il ne prévit pas qu'il préféreroit le parti de l'é-
clat. L'honneur de fa fille, le fien
propre lui firent croire qu'il céderoit
aux circonftances. Mais M. de Valdahon ne devoit pas s'attendre qu'il
s'occupât d'affoupir ce malheur. Comme
M. de Valdahon devoit lui offrir toutes
les réparations qu'il étoit en fon pouvoir de lui donner, il vola chez fon
Directeur. Il lui confia, fous le fecret,

T v

sa triste aventure. Il le conjura de cal-
mer un pere irrité, en l'assurant ex-
pressément de sa part, que s'il vouloit
consentir au mariage, il renonceroit à
la dot, qu'il renonceroit à la légitime, qu'il lui demandoit sa fille pour
tout bien, qu'il mettoit tout le sien
à ses pieds; qu'il étoit prêt à reconnoître, par le contrat, qu'il avoit reçu
d'elle 200,000 liv., qu'il lui engageoit
toute sa fortune pour en répondre. Rien
n'avoit encore transpiré, au moment
où M. de Valdahon faisoit ces offres.
La chose n'étoit encore connue que de
ceux qui avoient le plus grand intérêt
à l'ensevelir. Mais l'Abbé P..... déjà
instruit par M. de Monnier lui-même,
refusa de seconder les démarches de
M. de Valdahon. Ce dernier courut du
même pas chez M. de C...., parent &
ami du pere de sa Maîtresse. Il le sup-
plia de lui porter ses offres & ses ex-
cuses. Il pensa que son premier soin
devoit être d'avertir M. de B...., avec
lequel il étoit en liaison intime; &
dès le lendemain, les articles de son mariage furent jetés au feu. Mais les deux
familles se seroient toujours gardé un
secret inviolable, si l'inflexible M. de

Monnier n'eût fait conduire sa fille dans un couvent, & s'il n'eût rendu plainte contre M. de Valdahon.

Quand, dans le cours de l'instruction du procès, il fut question d'entendre en déposition mademoiselle de Monnier, & qu'on lui eut fait lecture de la plainte de son pere, rien n'ébranla son ame. C'étoit sous la foi du serment qu'elle alloit parler : elle avoit été foible, elle ne voulut point être parjure ; car du crime à la fragilité, la distance est grande. Préférant donc, dans cette heure importante, d'écouter le véritable honneur, plutôt que de se procurer par un mensonge un retour coupable vers l'estime des hommes, elle confessa publiquement la vérité.

Sa fermeté fut louée ; elle parloit à des hommes, & non point à ces ames vulgaires qui ne veulent plus voir que des vices dans ceux qui ont une fois erré.

» A Dieu ne plaise, disoit M. de Valdahon, que je me croye exempt de reproches, & que je fasse vanité de mes torts. Loin de nous ces maximes, qu'une intrigue d'amour est une

T vj

faute où tout homme souhaiteroit de
tomber. C'est déjà trop de faire le mal,
sans le mettre en principe. Je l'avoue-
rai donc, j'aurois dû maîtriser mon
imagination, changer mon ame, domp-
ter mes sens, fermer les yeux aux at-
traits de mademoiselle de Monnier,
l'oreille à ses touchans discours, mon
cœurs aux sentimens du sien, être insensible, c'est dire trop peu, être impi-
toyable à vingt ans, & résister à ce
mouvement impétueux qui me jeta entre
les bras qui m'attendoient. Tant de
courage ne me fut pas donné. J'ai suc-
combé, voilà ma faute. Quel homme,
je le demande, oseroit-il chercher un
crime ?

» Le monde seroit couvert de subor-
neurs, si, dans cet âge tumultueux, si,
dans ce temps de crise où deux jeunes
cœurs s'entre-cherchent avec une avide
impatience, un mineur avoit commis
un rapt, dès qu'il auroit su plaire &
jouir. Qu'il y ait des vertus que l'aveugle licence ne veuille point reconnoître
pour telles, c'est un grand mal. C'en
feroit un plus grand, si la Loi, qui est
faite pour éclairer les hommes, traitoit
de crime ce qui ne l'est pas. Partagé

entre les décifions de la Loi & les fentimens de fon cœur, l'homme de bien
n'auroit plus où fe prendre. Ce contrafte le décourageroit, il craindroit le
fort des méchans. Le châtiment en deviendroit moins vil, la vertu en auroit
moins de luftre, &, plus funefte que
tous les crimes à la fois, le vice des
Loix perdroit les mœurs.

» Le Légiflateur l'a fenti; auffi a-t-il
eu foin de diftinguer dans les égaremens des hommes, ces différens degrés
qui ont fait introduire tant de variétés
dans les peines. Mais c'eft fur-tout des
écarts de l'amour, qu'il a fallu, pour
être Juge & fage, démêler avec plus de
foin les nuances.

» L'homme, en effet, eft agité d'un
feu qui l'appelle, comme malgré lui,
à entretenir fur la terre une fécondité
fucceffive. L'Etre fuprême a chargé
l'homme d'ajouter, par la production
de foi-même, à cette chaîne univerfelle, qui perpétue dans les temps fon
ouvrage. C'eft-là notre deftination naturelle. Que ce fentiment eft actif! que
la douceur en eft impérieufe! Foibles
hommes, combien vous êtes voifins du
crime; combien, du moins, vous tou-

chez de près à l'opprobre ! il faut que
la Loi vous flétrisse pour avoir écouté
la Nature. Non, non, la Législation des
Empires en connoît trop les intérêts &
la gloire, pour en déshonorer si facilement les citoyens.

» Ce n'est pas qu'en ces matieres,
toute espece de chute ne soit blâmable.
Les excuser, ce seroit faire l'apologie
de la débauche. Mais l'Etat, qui n'envisage les actions des hommes que sous
le rapport extérieur du désordre qu'elles
causeroient dans la Société, abandonne
à la Religion la vengeance de ceux qui
pechent sans troubler l'ordre. Or l'Etat
ne voit pas que l'ordre civil soit ren-
versé par le commerce prématuré de
deux mineurs, qu'un nœud plus saint
peut dans la suite unir. Il ne voit ce
renversement que dans les violences ou
les artifices d'un majeur, qui, inégal
par sa fortune, son âge, sa naissance,
auroit porté une mineure à un mariage
contre le gré de son tuteur ou de son
pere. De là les distinctions que les Ordonnances de nos Rois ont faites entre
le simple commerce illicite & le rapt
de séduction.

» L'article III de la Déclaration de

1730, qui eſt la derniere Loi rendue en cette matiere, veut formellement que *cèux qui ſe trouvent ſeulement coupables d'un commerce illicite, ſoient condamnés à telles peines qu'il appartiendra, mais ſans que les Juges puiſſent prononcer contre eux la peine de mort.* La juſteſſe de la diſtinction eſt frappante. Ecoutons ce que les plus habiles Commentateurs de cette Loi en ont écrit. » Elle nous apprend, dit Sallé,
» qu'il faut mettre une très-grande dif-
» férence entre le commerce illicite &
» le rapt de féduction ; car qu'on ſoit
» parvenu à féduire une fille, même
» mineure, juſqu'au point de l'engager
» dans un commerce criminel, cette
» féduction ne peut être caractériſée de
» rapt, à moins qu'elle n'ait eu pour
» objet & pour fin de porter la mineure
» à un mariage contre le gré & ſans le
» conſentement de ceux de qui elle dé-
» pend. Sans cette derniere circonſtan-
» ce, ce n'eſt qu'une féduction pure &
» ſimple, non un rapt de féduction «.

» Rouſſeau Delacombe obſerve auſſi,
» que toute débauche n'eſt point un
» rapt de féduction ; qu'il faut, pour
» qualifier le rapt de féduction, qu'il

» y ait inégalité de fortune , d'âge ou
» de condition «. Si donc c'eſt un jeune
homme aſſorti avec une fille ſous ces
trois rapports , & qu'il n'ait point eu
pour but de l'épouſer malgré ſes pere
& mere , ce n'eſt plus un rapt de ſéduction , c'eſt un commerce illicite ordinaire.

» Or en appliquant ces principes ,
où eſt , je ne dis pas le rapt, ce qui le
conſtitue ? c'eſt le déplacement , c'eſt
l'enlévement fait de la perſonne de la fille
hors de la maiſon de ſes parens. Jamais
l'idée ne s'en eſt ſeulement préſentée
à mon eſprit. Auſſi ne parlé-je point
de ce délit. Mais je demande où eſt
ici la ſéduction ? Par quels artifices ai-je
ſurpris les faveurs de celle que j'aimois ? par quelles manœuvres inſidieu-
ſes ai-je eu à vaincre ſa réſiſtance ?
L'art de ſéduire ſuppoſe & des obſtacles
à combattre , & des moyens pour les
ſurmonter.

» Quant aux obſtacles , la Nature ,
la ſympathie , l'amour les avoient empêchés de naître. Mademoiſelle de Monnier m'a aimé par l'aſcendant de ſa
deſtinée; & , quand j'aurois été homme
à uſer d'artifices & de mauvaiſes voies,

ma force est née de sa foibléffe : son
penchant m'eût épargné ce crime.

» Mais, de bonne foi, est-ce à l'âge
où j'étois qu'on en est capable? Appro-
fondir un caractere, s'y infinuer avec
foupleffe, l'attaquer par fes foibles,
démêler les goûts, les flatter, les prévenir, y plier les fiens propres; favoir,
au gré des circonftances, intéreffer par
fes difcours ou par fon filence, par fon
humeur ou par fa gaieté, par l'abfence,
ou par l'empreffement, préparer l'ame
par fa timidité, l'agiter par d'ardens
propos, l'abattre par une froideur feinte,
puis s'en emparer par l'audace, écarter
ou frapper fes rivaux d'un ridicule caché, mais fûr, gagner des domeftiques,
payer des clefs, fe ménager, par tant
d'intrigues, les lieux, les heures propres à faciliter fes deffeins, n'eft que
l'efquiffe des pénibles baffeffes qui forment un plan de féduction. Est-ce à
vingt ans qu'on peut être fi faux? eft-
ce à vingt ans qu'on eft réduit à l'être?
Cet âge, je le répete, n'a ni befoin,
ni l'art de féduire.

» C'eft aux pieds du pere de mademoifelle de Monnier, que je m'accufe
de tous mes torts; c'eft là que je l'af-

fure de mes regrets ; c'eſt là que j'attends de lui mon pardon ; c'eſt là que
j'oſerai lui dire : C'eſt vous auſſi , pere
trop aveugle , oui , c'eſt vous que je
dois défendre contre vous-même ; où
vous emportent d'indiſcretes fureurs ?
où fuirez-vous pour éviter les reproches
qui vous pourſuivent ? eſt-ce vers les
Magiſtrats ? ils ont jugé ; eſt-ce vers vos
amis ? dès qu'ils n'ont point revêtu vos
tranſports , ils vous trahiſſent , & vous
n'en avez point. Eſt-ce le Public que
vous prendrez pour Juge ? il s'étonne
qu'un pere facrifie ſa fille unique à ſa
vengeance ; il s'étonne qu'étalant au
monde une ſcene ſi extraordinaire , un
Magiſtrat auſſi éclairé ſe livre ſi cou-
rageuſement à ſa cenſure. Il compare
l'excès d'amour qui égara deux jeunes
gens , avec l'excès de haine qui dénature les ſentimens d'un pere , & ce
parallele le décide.

» Où donc vous réfugierez-vous ?
ſera-ce dans vos propres foyers ? n'y
contraignez plus votre épouſe , qui ,
dévorant ſes chagrins en ſilence , ſuſ-
pendue entre la tendreſſe & la crainte ,
voudroit pleurer avec ſa fille , & eſt
forcée de retenir ſes larmes. Daignez

écouter ses conseils, daignez les suivre.
Elle est sensée, elle est vertueuse, elle
est bonne : vous verrez quels sont ses
vœux. L'unique injustice que cette respectable épouse seroit capable de me
faire, si elle me savoit à vos genoux,
seroit peut-être de vous dire : *Ah ! tremblez qu'il ne cesse de vous prier.*

» Est-ce enfin en vous-même que
vous trouverez ces suffrages qu'on vous
refuse de toutes parts ? c'est au contraire votre propre cœur que je réclame ;
vos violences n'en ont point étouffé,
mais suspendu les sentimens accoutumés.
Votre ame est pure & belle : descen-
dez-y, & mon succès est sûr ; car votre
malheur & le mien, c'est que vous
vous évitiez sans cesse ; vous craignez
d'être seul avec vous. Par ces secousses,
par ces mouvemens que vous vous
donnez en tous lieux, vous vous pro-
posez moins de gagner des approba-
teurs, que de fuir votre propre conscience.

» Que répondra M. de Monnier ?
répétera-t-il que sa cause est celle des
peres, qu'il s'est engagé trop avant,
qu'il a pris des engagemens publics ?
Qu'en résulteroit-il ? qu'il s'est rendu

un acte de vertu plus pénible. Eh bien!
l'effort en aura plus de prix.

» Qu'il ouvre les yeux, il en est
temps, je l'en conjure par tout ce qu'il
y a de plus sacré; je le conjure de
s'épargner les longs remords qui nous
vengeroient tôt ou tard, sa fille & moi,
de ses refus; je le conjure de rendre
le repos, la vie, l'honneur à sa fille,
à sa femme, à lui-même.

» Que son bras, agité par la haine,
puisse enfin reprendre la balance de la
justice; qu'il y pese ma cause & la
sienne, & aussi-tôt il accueillera mes
respects, il m'accordera ses bontés;
peut-être même, au milieu de mes
torts, me trouvera-t-il quelques vertus:
il me saura gré du moins de ma fermeté, de mes instances; il s'y rendra,
& j'employerai ma vie entiere à l'en
bénir. Si l'amour, qui égara sa fille &
moi, a fait ses peines, ce même amour,
devenu légitime par son aveu, sera la
source de sa félicité. Quels jours se-
reins succéderont à l'orage! Et puisqu'un point d'honneur mal entendu a
pu agir si fortement sur lui, avec quelle
énergie de sentiment ce pere aimera
ses enfans, dès que le véritable hon-

neur lui aura fait reconnoître fa voix « !

Ces confidérations déterminerent le Parlement de Befançon à prononcer des peines bien moins rigoureufes que celles que M. de Monnier follicitoit contre M. de Valdahon. Ce dernier, par Arrêt du 18 Mai 1764, fut condamné à vingt ans d'abfence, & à payer 20000 liv. de dommages-intérêts envers M. de Monnier.

Depuis cet Arrêt, mademoifelle de Monnier, toujours conftante à aimer M. de Valdahon, attendoit avec impatience fa majorité, pour obtenir le confentement de fon pere à fon mariage avec fon amant : après fept années qu'elle avoit paffées dans un couvent, elle trouva fon pere auffi irrité contre elle, & auffi éloigné d'approuver fon union. Ce refus du pere mit la fille dans la néceffité de réclamer l'autorité des Loix, & de faire paroître un Mémoire contre lui.

Voici de quelle maniere M. Loifeau de Mauléon faifoit parler fon infortunée Cliente dans ce Mémoire. » Mon pere (difoit mademoifelle de Monnier), j'oferai vous répondre. Ce feul mot accroît déjà l'indignation dont vous m'ac-

cablez depuis si long-temps. Votre inflexible cœur ne va trouver dans cette
action qu'une indocilité qui l'irritera.
Le mien en est déchiré : ma main tremble ; mais le devoir la guide : pourquoi
faut-il que j'aye à choisir entre vous
& lui ?

» Livrée depuis sept ans, dans un
cloître, aux regrets & à l'ignominie,
j'espérois de ces sept années de malheurs, qu'elles m'épargneroient celui-ci.
Dès le lendemain de ma faute, vous
m'ordonnâtes de vous suivre aux Tier-
celines de Dole. Quels jours j'ai passés
parmi elles ! Des pleurs ameres, de
mortelles alarmes, d'odieux combats,
des songes inquiets, de plus affreux ré-
veils, ces défaillances pires que les
tourmens, tout ce qui peut, par sa
force ou par sa durée, racheter les
torts de l'amour, je l'ai senti dans le
plus profond de mon ame. En ai-je
murmuré ? m'est-il échappé quelques
plaintes ? Non, mon pere, je n'ai rien
oublié de ce que peuvent faire la patience, la soumission, le courage, le
repentir ; j'ai mérité l'attachement de
mes compagnes : la Supérieure & les
Profeffes m'ont accordé de l'intérêt &

des bontés : fi nulle d'entre elles ne m'a
pu confoler, toutes m'ont plainte. C'eft
ainfi que j'ai employé à honorer mes
fouffrances par quelques vertus, ce
même temps que vous faifiez fervir à
répandre par toute la terre vos Mémoires & mon opprobre.

» Sans vous, mon pere, Paris, la
Cour & les Provinces n'euffent point
été fatigués tant de fois de ma malheureufe aventure. Ce n'eft pas que je
vous en faffe des reproches; je n'en ai
ni l'envie ni le droit. Quelque affligeant
qu'il ait été pour votre fille, que fa
honte fût votre ouvrage, j'ai refpecté des
coups portés par la main paternelle. J'ai
fait plus que de m'y réfigner; j'ai tenu,
de ma volonté, la portion de mon châtiment, qui n'a pas été la moins rude;
je me fuis interdit toute efpece de re-
lations avec l'objet de mes vœux : ni
confidence, ni manéges, ni lettres,
ni meffages. Je me fuis remife de fes
intentions à fa foi. Non feulement j'aurois appréhendé que mes foins pour
m'en inftruire ne compromiffent mon
monaftere ; j'ai voulu qu'une extrême
licence fût punie par une contrainte
extrême. Dans ces jours mêmes de dé-

faſtre & de criſe , où vous en vouliez
à ſa vie, déſeſpérée de l'aſpect ſous
lequel vous préſentiez les faits, j'ai
concentré mes perplexités au dedans de
moi-même. La voix publique a ſeule
percé les murs de mon cloître, pour
m'apprendre que ſes Juges l'avoient
ſauvé de vos pourſuites. J'avois ſouffert
mille ſupplices dans le ſilence : c'eſt
auſſi dans le ſecret de mes penſées que
j'ai béni le Ciel de la juſtice des hommes. Voilà , mon pere , mes ſacrifices
& ma conduite juſqu'au jour qui m'a
rendue majeure.

» A ce moment, les Loix vous ont
délivré du ſoin de ma deſtinée, &
m'ont donné la liberté de me marier
enfin ſelon mon cœur. Alors ce n'a
plus été vos refus que j'ai craints : mais,
le dirai-je ? j'ai craint ceux de l'homme
que j'aimois. Cet homme que vous
aviez peint des plus noires couleurs,
ce *monſtre* , ce *ſcélérat* , qui, diſiez-
vous, ne s'étoit jeté dans mes bras que
pour m'y ravir l'honneur, par vengeance
& par haine pour vous , me gardoit-il
des ſentimens que tant d'hommes, ſans
paſſer pour ſcélérats ni monſtres, re-
jettent quand ils ont triomphé ? Les
vexations

vexations du pere l'avoient-ils détaché de la fille ? Je flottois dans ces incertitudes, quand j'en reçus, non une lettre : eh ! que m'eût fait la plus tendre des lettres ? des fermens fi déplacés euffent augmenté mes doutes : mais j'en reçus ce qu'il pouvoit m'envoyer de plus précieux au monde, la formule de la publication de nos bans. Elle étoit fignée de fon nom; je la baignai de mes larmes, & y plaçai le mien. Vainement je tentai tout pour vous fléchir; il fallut que je vous adreffaffe des fommations refpectueufes.

» Je ne prévoyois guere la nouvelle fcene que vous alliez donner encore au Public. Vous avez formé oppofition à mon mariage ; vous avez été affigné au Bailliage de Dole, pour *voir dire* qu'il feroit paffé outre à la célébration : vous avez évoqué l'inftance aux Requêtes du Palais. Nous y avons obtenu un Jugement par défaut, qui vous a débouté de votre oppofition : vous avez appelé de cette Sentence au Parlement de Befançon. Tel eft l'expofé vrai de vos rigueurs & de la procédure.

» Ce n'eft pas tout, vous avez ap-

Tome III. V.

puyé cette procédure par un Mémoire
marqué au même coin, qui a toujours
caractérisé vos écrits fur cette trifte
affaire. Les deux motifs que vous y
faites valoir pour ne point confentir
que je m'uniffe au fieur de Valdahon,
font, qu'en homme inftruit, vous, ne
le pouvez point; qu'en homme d'honneur, vous ne le devez point.

» Il n'eft, dites-vous d'abord, qu'un
féducteur, que les Ordonnances du
Royaume empêcheroient de s'allier à
ma fille, quand j'y confentirois. Il n'eft,
ajoutez - vous, qu'un homme indigne
par lui-même & par les fiens, d'entrer
dans une famille auffi irréprochable que
la mienne. Plût à Dieu, mon pere,
qu'elle le fût ! je ferois moins dévorée
de remords. C'eft pour les faire taire,
que je vous conjure de m'entendre ; &
fi je n'obtiens point de votre amour
que vous approuviez cette alliance, je
convaincrai du moins votre raifon &
mes Juges : premiérement, qu'en homme
inftruit vous le pouvez ; fecondement,
qu'en homme d'honneur vous le devez.

» Plufieurs s'offenferont peut-être de
voir votre fille vous combattre. C'eft
le fort de tous ceux qui ont commis

des fautes graves, que les tentatives même qu'ils se doivent pour les effacer, font scandale. Aussi, je ne demande ni indulgence ni faveur : je ne réclame que l'équité publique. Mes torts n'autorisent dans personne celui d'être injuste. Si l'on ne l'est pas, on reconnoîtra qu'il existe pour moi trois autorités respectables ; celle d'un pere, celle des Loix, celle de l'honneur : que si le premier de ces trois pouvoirs s'oppose à mes droits, le second me les assure ; le troisieme me défend d'en faire le sacrifice ; & ces deux-ci me font garans que ma résistance à l'autre est plutôt une vertu qu'une injure.

» En homme instruit, je ne puis consentir à votre mariage «. Voilà, mon pere, votre premiere proposition.

» Vous dites que les Ordonnances appellent rapt de séduction, l'art employé auprès des mineurs pour les conduire à un mariage, à l'insçu de leurs pere & mere. Vous ajoutez que j'étois mineure, quand je lui écrivis des lettres ainsi conçues : *Je vous promets & vous donne ma parole, que tant que vous serez sans engagement de mariage, jamais aucun autre ne sera maître de ma main..... Je ne me suis livrée à ton amour que sous les sermens les plus sacrés..... Y a-t-il une circonstance plus affreuse que celle de ta malheureuse femme ?..... D'où vous* concluez que la preuve de la séduction est acquise aux termes des Loix.

» Voilà donc ce redoutable argument auquel vous croyez qu'il faut que tout cede? Permettez-moi d'abord une réflexion juste ; c'est que, si l'on devient séducteur en jurant à un mineur, dans des lettres, qu'on veut s'unir à lui, les lettres sont de moi, c'est moi seule qui ai fait le crime. Pourquoi donc le lui imputez-vous? D'où vient cet acharnement à le charger toujours de mes torts? N'a-t-il pas assez des siens? Et si je lui laissois attribuer mes fautes, n'aurois-je pas celle-là de plus?

» Mais je suppose qu'il m'eût exprimé le même vœu que j'ai formé. Expliquez-moi maintenant ce que veut dire cette objection étrange, qu'il y a rapt à s'occuper dans sa faute du vœu d'un mariage. J'entends peu vos maximes légales & vos formes ; mais j'ai peine à comprendre comment les Loix se taisent sur les désordres que nos passions

nous font commettre, pour s'élever &
févir contre les fentimens honnêtes qui
s'y mêlent. Quoi! le moyen d'être pro-
tégé d'elles, fera qu'aucun remords
ne trouble le cours de nos excès! Si
l'on fonge, au milieu de fes feux, au
but qui les légitime, fi l'on ne perd
fon innocence qu'avec le défir de la
recouvrer, les Magiftrats indulgens pour
la faute, s'armeront contre l'intention
de l'expier! C'eft donc à dire que,
pour fe mettre à l'abri de leurs coups,
il faudra ne joindre à fes égaremens
actuels, aucun fouhait d'un avenir plus
pur, n'affoiblir les nuances du vice par
aucune ombre de vertu, s'abandonner
au crime en criminel. Jufqu'ici, mon
pere, j'avois cru que les Loix civiles ne
pouvoient pas défendre ce que prefcri-
vent celles de Dieu.

» Dites, dites que fi un homme employoit la force ou l'adreffe pour *parvenir*, car c'eft-là le mot de la Loi,
pour parvenir à un mariage avec une
mineure, contre le gré de fes pere &
mere, ce féducteur feroit puni de mort:
cela doit être; l'Edit le porte. Cette
mineure ne pouvoit point difpofer d'elle.
Elle n'avoit point, aux yeux de la Loi,

le degré de volonté néceffaire pour confentir feule. Il falloit que l'aveu de
fes parens concourût avec le fien : donc,
dès qu'on n'a pu la recevoir que d'eux,
l'avoir prife fans qu'ils l'aient donnée,
c'eft la leur avoir ravie ; c'eft leur avoir
fait un vol dans la portion de leur
propriété la plus chere ; &, dans ce
fens, c'eft un crime public. Mais
comme jamais le crime ne fe préfume,
il faut qu'il foit prouvé, pour qu'il foit
puni. On exige donc, ou qu'en effet
le mariage ait eu lieu, ou que du moins.
on ait furpris les deux amans occupés
de démarches qui y tendoient. Des demandes, par exemple, faites à un Prêtre
dans une églife, ou un contrat de mariage dreffé, ou des bans déjà publiés;
enfin quelque fait extérieur, quelque
acte matériel qui imprime au délit l'é-
vidence dont on a befoin pour le pourfuivre : de tels préparatifs font trop
réels, trop avérés, pour qu'on faffe
grace à l'homme dont les mauvaifes
voies ont conduit jufque-là la mineure,

» Ce n'eft pas que vouloir époufer
celui auquel elle s'eft abandonnée, ne
foit, de fa part, une moindre faute,
que de continuer avec lui un com-

merce illicite. Mais c'eſt qu'en ſe livrant à cet homme, elle n'a fait, après
tout, de tort qu'à elle-même. Sa faute,
toute grave qu'elle eſt, lui eſt perſonnelle, ne nuit point à d'autres; au
lieu que ſon ſéducteur, en la déter-
minant au mariage, a touché au bien
d'autrui, a léſé les intérêts des tiers,
puiſqu'il a dérobé aux pere & mere de
cette fille leur dépôt & leur droit ſur
elle. Or la Loi, qui s'occupe moins
des péchés que des crimes, ne voit
dans ces alliances que le larcin fait à
l'autorité paternelle, & le réprime
comme une infraction à l'ordre ſocial.

» Voilà pourquoi le déſir de ſe marier, en pareil cas, a beau être, ſous
les rapports moraux, digne d'une ſorte
d'eſtime; l'exécution de ce déſir n'en
eſt pas moins, ſous les rapports civils,
répréhenſible. Non que la Loi permette
ici ce que la Religion condamne; car,
de ce qu'elle défend ces ſortes de mariages, ce n'eſt pas dire qu'elle auto-
riſe la débauche. Les deux puiſſances
ont trop la vérité pour baſe, pour
différer d'intention à ce point : ſeulement leurs reſſorts & leurs objets ne
ſont pas les mêmes. Et de là vient que

ſi une fille entretient de criminelles
habitudes avec l'homme qui l'a ſéduite,
c'eſt au Miniſtre de la Religion à les
faire ceſſer, en éclairant, en effrayant
de ſon mieux ſa conſcience. Mais ſi
elle n'y veut renoncer qu'aux conditions
d'un mariage clandeſtin & contraire au
vœu de ſes parens, alors les Miniſtres
de la Loi, moins établis pour veiller
ſur la paix des conſciences, que ſur
celle de la Société, ne ſauroient permettre un mariage qui bleſſeroit les
droits paternels.

» Il y a même plus ; c'eſt qu'il eſt ſi
aiſé à un ſéducteur d'engager ſon amante
au mariage, en lui faiſant prendre le
vœu de ſa paſſion pour le vœu de l'honneur, que cette facilité même a dû
rendre la défenſe de pareils mariages
plus expreſſe, & le châtiment des in-
fracteurs plus ſévere, ſelon la marche
de toute bonne légiſlation, qui donne
plus d'entraves aux crimes plus faciles.

» Mais quand deux jeunes gens ont
réſiſté à la pente qui les y entraînoit,
quand ils ont conſervé au fond de leur
cœur, ou dépoſé dans des lettres ſe-
cretes, les ſermens que le véritable
honneur avoit formés, quand ils n'ont

voulu s'en permettre l'exécution qu'à
l'âge où les Loix les en rendoient maîtres; je demande où alors eſt le crime?
En quoi les Loix divines ſont-elles of-
fenſées, puiſque ces deux coupables
ont ardemment aſpiré au but deſtiné
à conſacrer leur penchant? En quoi
les Loix humaines le ſont-elles, puiſqu'ils n'ont marché vers ce terme,
qu'après qu'elles leur ont permis de
l'atteindre? Il me ſemble que la probité qui leur a fait concevoir de tels
vœux, & que le courage qu'ils ont eu
d'en ſuſpendre l'accompliſſement, ſont
deux mérites & deux moyens qui conci-
lient toute eſpèce d'intérêt. Par-là ils ont
rempli ce qu'ils dévoient à Dieu, à la
Loi, à leurs parens & à eux-mêmes: car,
ſans doute, vous ne prétendez pas que
l'empire d'un pere s'étende juſqu'à marier ſa fille mineure malgré elle-même.
Elle a beſoin de ſon aveu, mais il
ne peut pas lui donner d'ordre. Si donc
elle ne ſauroit actuellement ſe marier
ſans lui, elle eſt maîtreſſe d'attendre
l'heure où elle le pourra. Mais dès que
cette mineure a le droit de refuſer ſa
main à qui lui déplaît, peut-elle avoir
un plus preſſant motif, pour exercer
V v

ce droit, que celui de la garder à l'homme qu'elle aime; difons plus, à l'homme dont fon honneur dépend?

» Vous voudriez, mon pere, que l'on punît de mort, dans les mineurs, jufqu'à leurs difcours; car ces promeffes de s'aimer toujours, ces fermens de n'être point à d'autres, tous ces propos fi chers aux amans, n'ont-ils pas rempli de tout temps leurs converfations & leurs lettres? Ne font-ce pas les voiles fous lefquels ils voudroient fe déguifer leurs torts à eux-mêmes? Si l'on eft fuborneur à ce prix, quel homme ne l'aura pas été? Peut-on aimer & parler autrement, à moins de fubftituer aux expreffions d'un fentiment tendre, le langage abject de la débauche? Si ces fermens, fouvent perfides, ont été fans effet, ils ne font rien: fi l'effet qu'ils ont eu a précédé le temps marqué par les Loix, ils font puniffables: s'ils n'ont produit d'effet que dans leur temps & fous le fceau des Loix, ils font dignes du fuffrage des gens de bien. Et voilà quels euffent été les fiens, s'il m'en eût fait. J'admire que vous veuilliez toujours infliger des peines à ce qui mérite des éloges; que vous preniez pour les emportemens de la paffion ce qui eft le facrifice de la vertu ; que vous voyiez le crime où tout autre verroit un devoir. Le crime feroit, je le répete, dans la témérité d'avoir fait quelques-uns de ces actes, fignes fûrs d'un mariage prochain & conclu. Mais quel Prêtre avons-nous follicité ? A quel Notaire nous fommes-nous adreffés ? Où eft le contrat que nous avons fait ? Où font les bans que nous voulions faire publier ?

» Où ils font, me répondez-vous :
» & qu'eft-ce, ma fille, que cet acte
» que vous lui fignâtes en 1767, &
» qui porte, en termes formels : *Il y*
» *a promeffe de mariage, &c.* En 1767,
» étiez-vous majeure ? Vous ne l'avez
» été qu'en Janvier 1769. C'eft donc
» deux ans avant votre majorité que
» vous lui avez accordé cette promeffe
» de mariage. Vainement donc, pour
» le fouftraire à la rigueur des Loix,
» diriez-vous qu'il n'a point été cou-
» pable de féduction, que l'Arrêt du
» 18 Mai 1764 ne l'a point jugé tel,
» puifqu'il ne l'a condamné ni à la
» mort, ni à l'infamie. Son crime,
» commencé dès-lors, eft aujourd'hui

V vj

» confommé par la date des promeffes
» de mariage que vous vous êtes faites
» l'un & l'autre, le 20 Février 1767 «.

» Mon pere, ce que j'ai à vous dire
me défefpere. Apprenez-moi où je pren-
drai des termes qui accordent avec le
refpect que je vous dois, la réponfe
que je fuis forcée de vous faire. Démontrer, en matiere auffi grave, une
erreur plus grave encore, ce m'eft une
néceffité auffi douloureufe, qu'il vous
fera trifte de m'entendre. Mais enfin, dès
que l'honneur m'y force, je vous déclare
que le fait que vous m'oppofez n'eft
point véritable. La date que vous donnez à cet acte eft une date fauffe. Il eft
faux que ce foit en 1767, temps où
j'étois mineure, que j'aye figné la formule de la proclamation de nos bans.
C'eft une vérité matérielle & inconteftable que j'ai figné cet acte en 1769,
un mois après ma majorité. Je vous prie
d'écouter avec attention des détails,
froids peut-être pour tout autre, mais
qui font pour vous, je vous le jure, de
la plus extrême importance.

» Cet acte fut fait double par le fieur
de Valdahon & par moi. Ces deux
actes furent contrôlés. Ces deux actes

furent fignifiés au Curé de Dole. Ces deux actes font datés du 20 Février 1769. La date eft fans altération fur l'un comme fur l'autre de ces deux actes. Ils font revêtus chacun de l'acte du contrôle du 2 Mars 1769. Ils font tranfcrits tous deux, fous la même date, dans la fignification faite au Curé.

» Il eft vrai que le Contrôleur qui en a porté l'extrait dans les deux cahiers de fon regiftre, eft tombé dans une erreur ou involontaire, ou méditée, en leur donnant fur ce regiftre la date du 20 Février 1767. Dès que vous avez fu que ces actes étoient contrôlés, vous vous êtes fait délivrer un extrait du Contrôle. Puis, armé de cette fauffe date, vous avez imprimé dans votre Mémoire, que Valdahon m'avoit tellement tenue fous l'empire de la féduction, qu'il m'avoit forcée de lui figner, le 20 Février 1767, par conféquent dans ma minorité, une promeffe de mariage.

» On peut juger de notre étonnement à la nouvelle de cette fauffe date. Nous en fîmes demander compte au Contrôleur des actes. Soit que cet homme

voulût réparer de bonne foi une erreur
où il étoit innocemment tombé, soit
qu'il craignît les suites que pourroit
avoir une infidélité réfléchie, il vous
fit signifier, ainsi qu'à Valdahon & à
moi, un *dire* où il expliquoit l'erreur,
vous requérant de consentir qu'elle fût
redressée.

» Nulle réponse de votre part. Ce
silence le détermina à demander au
Bailliage de Dole un Jugement qui ordonnât devant le Notaire Rabusson &
toutes Parties appelées, un compul-
soire du registre & des actes.

» Nous fûmes assignés tous pour assister à ce procès-verbal. Vous fîtes défaut, ce qui n'annonçoit pas de votre
part un grand désir de connoître la vérité. Valdahon fit défaut : quant à lui
il le falloit bien, puisqu'il lui est défendu de mettre le pied dans la province. Il n'y eut donc que le Contrôleur, le Curé de Dole & moi qui com-
parûmes à ce procès-verbal.

» Le Curé représenta la sommation
à lui signifiée, & contenant copie des
deux actes, qui commençoient par ces
mots : *Il y a promesse de mariage.* L'un
portoit : *Fait à Paris, le 20 Février*

1769, figné *J-M..... le B.....* contrôlé, &c. L'autre portoit : *Fait à Dole,
le 20 Février 1769*, figné *J-A-G....
de M..... contrôlé*, &c. Ces deux actes
furent tranfcrits en entier fur le procès-
verbal.

» Je repréfentai à mon tour les ori-
ginaux de ces deux actes, fignés de
Valdahon & de moi, datés du 20 Février 1769, & revêtus de l'acte du
contrôle de la même année.

» Enfin le Contrôleur déclara que c'é-
toient-là les feuls & mêmes actes qu'il
eût contrôlés le 2 Mai 1769. Il fit obferver que, s'il avoit contrôlé le même
jour des promeffes doubles de 1767,
conjointement avec celles de 1769, il
y auroit quatre articles fur fon regiftre,
tandis qu'il n'y en avoit que deux.

» Enfuite ces deux actes furent cotés
& paraphés, tant par le Notaire Ra-
buffon, que par le Contrôleur lui-
même, avec affirmation de fa part
de n'en avoir point contrôlé d'autres.
Puis ce procès-verbal vous fut, mon
pere, fignifié comme à nous.

» Ce font donc deux vérités incon-
teftables, que jamais je n'ai fait de
promeffes de mariage à Valdahon dans

ma minorité , & que celles que nous
nous sommes réciproquement faites, &
qui ne font autre chofe que la formule
de la proclamation de nos bans., je ne
les ai faites qu'étant majeure depuis un
mois.

» Maintenant que vous ne pouvez
plus foutenir le contraire d'une vérité
de fait démontrée, héfiteriez-vous un
feul inftant à défavouer ce moyen, qui
porte fur un faux? à montrer toute
l'averfion qu'un pareil moyen vous infpire? à frémir du profit que vous étiez
prêt à en tirer? Car plus on penfe à la
maniere dont ce changement de date
fervoit vos plans, plus on penfe qu'il
vous importe de vous rétracter hautement. Sans cette date, en effet, qu'a-
viez-vous à dire de nouveau ? Cette
date eft le feul pivot fur lequel tourne
tout votre ouvrage. Tout ce qu'on y
voit d'ailleurs étoit détruit par trois Jugemens. Il étoit irrévocablement décidé que nos minorités n'étoient mar-
quées à aucun des fignes où la Loi voit
la féduction. Mais tandis que vous vous
affligez de l'avantage que ces Arrêts
m'affurent , un homme furvient, qui,
par un chiffre, ranime votre efpoir,

vous rend la voix, & vous fournit enfin ces preuves de féduction tant fouhaitées, & qui vous manquoient.

» Je fuppofe (car je ne veux rien outrer, & n'ai garde d'imputer un crime à qui peut ne l'avoir pas commis), je fuppofe que cet homme eût changé la date à deffein; je fuppofe que donnant enfuite à cette date une valeur extrême, les Juges euffent pu renouveler l'affaire, euffent déclaré mon amant fuborneur, l'euffent fait périr, & que le Contrôleur fût venu vous demander fon falaire à peu près en ces termes : » Vous, dont » les malheurs m'affligeoient, s'ils ont » ceffé, fi le fang de votre ennemi a » coulé, je vous confie que c'eft mon » ouvrage. Le vôtre fera d'apprécier le » fervice. Je me fuis pénétré de vos » fureurs. J'ai haï Valdahon autant que » vous-même. Mais ce que vos mon- » ceaux d'écrits n'avoient pu faire, un » trait de ma plume l'a exécuté. Vous » vous borniez à dénaturer des faits in- » nocens. Moi, je lui ai créé un vrai » crime. Une occafion heureufe s'eft » offerte. J'ai profité de la confiance » que ma place & mes fermens me » méritoient de la Juftice, pour reporter

» à la minorité de votre fille , des actes
» qu'elle a signés étant majeure «.

» Quel langage ! mon pere. L'en-
tendriez-vous sans frémir? Ne gémiriez-
vous pas de ne pouvoir rappeler mon
amant à la vie ? Ou du moins la joie
de sa mort ne seroit-elle pas troublée
par l'horreur du crime qui l'auroit cau-
sée ? » Malheureux, diriez-vous , qu'ai-
» je fait qui t'autorisât à me croire une
» ame aussi atroce qu'à toi-même? L'in-
» térêt de mon honneur me faisoit
» poursuivre un coupable. Et quand il
» meurt, tu m'apprends son innocence,
» ton crime & mon opprobre. Etrange
» zele ! qui me couvre de honte , quand
» j'employois tout le mien à m'y sous-
» traire. Et tu m'oses vanter tes deux
» crimes ! Tu voudrois , meurtrier &
» faussaire, m'y associer par l'hommage
» que tu m'en fais ! Quel prix comptes-
» tu d'en avoir ? N'en attends d'autre
» que de payer sa mort de la tienne «.

» Sans doute que vous répondriez de
la sorte, & plus fortement encore. Eh
bien, mon pere, je veux qu'on sache
que vous diriez ces choses. Oui, je le
veux ; il en est besoin : croyez-moi. Car
pourquoi vous cacherois-je la crainte qui

m'agite ? Je vois les hommes s'abandonner, dans leurs actions, à tant d'excès,
que j'ai bien peur qu'ils ne mettent le
même excès dans leurs opinions. Que si
quelque esprit incrédule à la singularité
du hasard qui a produit cette date si
chere à vos vûes ; si quelque homme indigné de la violence de vos vœux & de
vos prodigieux efforts pour faire mourir
mon amant, alloit les rapprocher dans
sa pensée, de cette maxime connue,
» que le crime part de celui à qui il pro-
» fite «, & qu'il osât appuyer là-dessus
la conjecture que ce chiffre fût le fruit
d'un complot où vous-même . . . Ah !
mon pere, si j'entendois le calomnia-
teur, de quelle ardeur vous me verriez
me jeter entre vous & lui ! Avec quelle
force je repousserois ces soupçons ! Vous
êtes moins acharné à ma perte, que je
n'aurois de zele à vous défendre. Je
montrerois que jamais aucune de vos
actions ne porta d'empreinte humiliante ;
que vous êtes connu dans nos provinces
par des mœurs pures, par une conduite
pieuse ; que le fiel & la haine entrerent,
il est vrai, dans votre ame ; mais que
l'intervalle des passions aux crimes est
immense ; qu'il seroit affreux de soup-

çonner un Magiſtrat, qui jugea toujours avec équité les procès des autres;
enfin tout ce que l'intérêt de votre réputation compromiſe me pourroit ſuggérer
de plus vif, je l'employerois à éloigner
de vous l'idée du double crime, ſoit
d'avoir eu part à un faux, ſoit d'avoir
fait valoir un faux, ſciemment & contre votre conſcience.

» Mais aidez-moi; je ne puis rien
ſeule : hâtez-vous. Non que je vous pro-
poſe de vous abaiſſer juſqu'à proteſter
d'une innocence que perſonne n'attaque. Ne ſuppoſez point des outrages
qui ne vous ſont pas faits. Seulement
prévenez-les avec prudence & avec dignité. Prévenez, il en eſt temps encore,
cette inſcription de faux que vous nous
réduiſez à former. Reconnoiſſez publiquement l'erreur où celle du Contrôleur vous a fait tomber. Rayez de vos
propres mains une date faite pour
ſouiller un écrit, qui déjà vous nuit
aſſez ſans elle. Mais, mon pere, cette
date une fois rayée, que vous reſte-t-il?
Rien.

» Daignez ſuivre à préſent des rai-
ſonnemens que, malgré votre trouble,
je veux vous rendre palpables à vous-

même. C'est parce que les Loix regardent comme séducteurs ceux qui parviennent, à force d'artifices, à épouser des mineures, à l'insçu de leurs pere & mere; que mon amant s'est gardé de chercher à m'épouser mineure, à votre insçu : & c'est parce qu'il s'est comporté de la sorte envers moi, que les Loix l'ont souftrait à vos coups; quand vous le leur avez déféré comme un séducteur. Mais dès que, depuis l'époque où ils ont jugé qu'il ne l'étoit point, il n'est survenu aucun nouveau fait de séduction, il n'est donc pas plus séducteur à présent qu'il ne l'étoit dans ce temps-là ? Il n'a donc pas plus encouru la seconde peine des Loix, qui est la défense de m'épouser, qu'il ne méritoit alors la premiere, qui étoit le supplice. C'est donc à moi à ressaisir entre vos mains ces Ordonnances, ces Déclarations, ces Edits, toutes ces Loix que vous m'oppofez, quoiqu'elles vous condamnent : comme si votre art à les citer pour vous, suffisoit pour faire accroire à leurs Ministres, qu'elles sont contre moi. Quelle opinion il faut que vous ayez des lumieres & de la science de nos Juges ! qu'ils aient oublié ce que vous avez dit d'eux dans vos Mémoires, cela peut être, & je le souhaite : mais oublieroient-ils ce qu'ils ont jugé contre vous ? Pourquoi donc frapper encore des mêmes cris, ces voûtes qui retentirent de tant d'acclamations, lorsqu'ils sauverent à mon amant l'honneur ? Sont-ce les Loix, sont-ce les Juges que vous espérez qui ont changé ? Ne l'attendez ni de celles-là ni de ceux-ci. Vainement vous tentez d'ébranler les unes sur leur propre autel, en dénaturant les textes : vainement vous tentez de tromper les autres. Rien ne prévaut contre la vérité. Elle est immuable dans tous les lieux, dans tous les temps. Ce n'est point elle qui doit céder à vos intérêts ; c'est à eux à plier devant elle. Ce n'est guère en l'outrageant sans cesse, que l'on se justifie de trop haïr. On est plutôt deux fois coupable, d'avoir, avec tant de haine, si peu de sincérité.

« Je le dis donc, puisqu'il le faut dire : vous avez pu me persécuter, me déshonorer, me rendre la plus malheureuse des filles ; mais vous ne pouvez point rendre mes Juges aveugles ; vous ne pouvez point empêcher les faits d'être ce qu'ils font ; vous ne pouvez point changer l'ordre établi par les Loix. Trouvez-en qui défendent à deux mineurs, dont l'un n'a point fuborné l'autre, d'épurer au flambeau de l'hymen des libertés trop tôt prifes ou accordées. Trouvez-en qui, confacrant la vanité, la perfidie & l'inconftance, ordonnent à un jeune homme d'infulter, par l'abandon & l'oubli, au déshonneur de celle dont il a joui. Trouvez-en qui interdifent à une fille qui a été foible, tout effort & tout efpoir de retour vers l'eftime des hommes. Trouvez-en qui commandent aux peres de mieux aimer à être pere de filles proftituées, que d'époufes vertueufes.

» Mais jufque-là refpectez celles qui nous gouvernent ; refpectez les Magiftrats qui les font obferver ; &, au lieu de redire toujours, » qu'en homme inf- » truit vous ne pouvez point confentir » à mon mariage «, écoutez, mon pere, les Juges d'un Bailliage eftimé, un Parlement augufte, le fuprême Confeil du Prince, tous les ordres de la Magiftrature, qui vous répetent unanimement avec moi : » En homme inftruit » vous le pouvez «.

» En homme d'honneur je ne le dois
» pas «. Voilà, mon pere, votre feconde propofition, & voici vos moyens.
» Chez les Romains, dites-vous, ce
» n'étoit pas feulement à l'efclave qu'une
» fille ne pouvoit point donner fa main,
» fi elle étoit fille de Sénateur; fon ma-
» riage eût été nul avec un affranchi,
» avec le fils d'un Négociant, avec
» toute perfonne enfin dont l'alliance
» n'eût pas été honnête «.

» Qu'ont de commun, en ceci, les
Romains & moi? » C'eft, ajoutez-vous,
» que les Loix Romaines ont été re-
» mifes en vigueur par les Ordonnances
» de nos Rois «. Mon pere, rien n'eft
moins vrai que cette affertion. Il n'eft
point vrai que les Ordonnances de nos
Rois aient remis en vigueur les Loix
Romaines qui déclaroient nulles les alliances mal afforties.

» Après avoir avancé que les Loix Romaines, prohibitives de ces fortes d'alliances, *étoient remifes en vigueur par
les difpofitions de nos Ordonnances*,
vous ajoutez tout de fuite, » qu'un des
» motifs des difpofitions de celle du 19
» Décembre 1639, avoit été d'*arrêter*
» *le cours du défordre qui troubloit*
» *le*

» le repos de tant de familles, & flé-
» triſſoit leur honneur par des allian-
» ces inégales, ſouvent honteuſes &
» infames «. Il faut convenir qu'à la
lecture d'un raiſonnement ainſi pré-
ſenté, on ſe croiroit ſûr de tenir à la
fois, & le motif & la diſpoſition de
l'Ordonnance de 1639. Cependant tout
ce que cette Loi, occupée en effet dans
ſon préambule, d'arrêter les déſordres
cauſés par des alliances honteuſes, a
cru devoir donner d'entraves à ces alliances, ç'a été d'empêcher qu'elles
ne fuſſent formées avant vingt-cinq
ans. Elle a voulu que ceux ou celles
qui les formeroient avant cet âge, fuſſent ſoumis à l'exhérédation de leurs
pere & mere. Elle n'a ordonné rien de
plus. Aſſurément, mon pere, voilà une
diſpoſition bien éloignée de celle que
vous lui prêtez, quand vous dites qu'elle
fait revivre les Loix Romaines, qui
déclarent nulles ces ſortes d'alliances.
La différence de ce qu'elle dit à ce
que vous lui faites dire, conſiſte en
ce que, d'après vous, elle mettroit un
éternel obſtacle à mon mariage; au
lieu que d'après elle-même, mon droit
eſt aſſuré, elle eſt mon titre pour me

Tome III.   X

marier. Je fens avec douleur tout ce
que cette réfutation a de fâcheux pour
vous. Puis-je cependant l'interrompre,
quand vos erreurs continuent ?

» Vous n'êtes pas plus exact fur l'Edit
du mois de Mars 1697. C'eft toujours
après avoir dit que les Loix Romaines,
qui défendoient les méfalliances, *étoient
remifes en vigueur par nos Loix*, que
vous ajoutez qu'un des motifs de la difpofition de l'Edit de 1639, étoit » d'em-
» pêcher ces conjonctions malheureufes,
» qui flétriffoient l'honneur des familles
» par des alliances fouvent plus hon-
» teufes par la corruption des mœurs,
» que par l'inégalité des naiffances «.
Il femble qu'après cela, il n'y ait plus
qu'à prouver que Valdahon a des mœurs
corrompues & une naiffance inégale à
la mienne, pour lui appliquer la défenfe de m'époufer, exprimée dans la
difpofition de l'Edit. Cependant, lorfqu'on lit la difpofition de cet Edit, on
n'y trouve pas un feul mot de cette défenfe prétendue. Il n'eft queftion que
des formalités qui doivent être obfervées dans les mariages. Louis XIV y
dit, » que les Conciles ayant prefcrit
la préfence du propre Curé, les Rois

» ſes prédéceſſeurs ont autoriſé ce régle-
» ment ſage , & qui pouvoit contri-
» buer à empêcher ces conjonctions mal-
» heureuſes qui troublent le repos &
» flétriſſent l'honneur de pluſieurs famil-
» les , &c «. Qu'a de commun le diſ-
poſitif de cette Loi avec les Loix Romaines qui défendoient la méſalliance ?
Je défie l'œil le plus perçant d'y entrevoir
le moindre rapport. Mais quoi ! parce
que votre implacable reſſentiment vous
fait croire que l'alliance de Valdahon
eſt pour moi une alliance honteuſe &
qui flétrit l'honneur de votre famille ,
il ſuffit que vous rencontriez , dans le
préambule d'une Loi quelconque , ces
expreſſions d'*alliances honteuſes & flé-
triſſantes* , pour que vous vous empa-
riez de cette Loi , vous en changiez la
diſpoſition , vous en tiriez des conſéquences & des réſultats tout oppoſés
aux ſiens , & qu'enfin vous me l'objec-
tiez comme une Loi ennemie , quelque étrangere & même quelque favorable qu'elle me ſoit ? En vérité , mon
pere , c'en eſt trop ; & la licence que
votre Ecrivain prend eſt ſans exemple ,
de détacher quelques mots de différentes Loix , de rapprocher les matieres

X ij

les plus contrastantes, de confondre indistinctement tous les temps, de mêler la France avec Rome, pour joindre au préambule d'une Loi Françoise, un dispositif de Loi Romaine contraire à celui de la nôtre ; & tout cela pour forger, à la faveur des combinaisons si bizarres, un systême d'inégalité proscrit par nos Loix, & cependant donné par lui pour être leur ouvrage. Non, jamais le Législateur le plus appliqué à méditer & à créer des Loix pour le bonheur des hommes, ne s'y est donné plus de peine, que vous n'en avez pris à les détruire, pour persécuter votre fille. Ecoutez donc : & puisqu'il faut qu'elle vous instruise de ce qu'elle devroit tenir de vous-même, apprenez quels font sur ce sujet les vrais principes.

» Les Romains n'ont point permis aux races Patriciennes de se mêler au sang des Affranchis. Quant à nous, nous rejetons, dans nos mariages, ces différences de conditions. L'empêchement de dignité qu'ils avoient introduit chez eux, n'est point reçu en France. L'inclination de la Nature étant, ou du moins devant toujours être le prin

cipal motif du mariage, ce rapport de
droit naturel nous a fait conferver aux
nôtres l'égalité originaire qui précéda
les diftinctions fociales. D'ailleurs, le
Chriftianifme ayant élevé parmi nous
le mariage à la dignité de Sacrement,
ce rapport de Religion nous a fait encore trouver tous les hommes égaux
pour ce contrat. De là, la maxime que
dans nos mœurs chacun peut époufer
qui il veut. Les méfalliances les plus
flétriffantes, celles qui font fcandale,
celles que les Loix font forcées de punir, ne font ni défendues, ni atta-
quables quand elles font formées. Toute
la peine qu'on impofe à des femmes
de diftinction, qui n'ont pas rougi de
fe dégrader jufqu'à defcendre dans la
couche de leurs valets, c'eft de les in-
terdire de leurs biens, & d'annuller
leurs donations. C'eft ce que porte l'article 182 de l'Ordonnance de Blois.

» Si donc nos Loix Françoifes n'ont
point placé la méfalliance au rang des
empêchemens dirimans, ce n'eft pas
qu'elles n'aient envifagé l'inconvénient
& le danger des mariages ignominieux.
Mais pourquoi ont-elles fait des difpofitions fi contraires à celles des Romains?

C'eſt que, plus ſages que ces dernieres, elles ont reconnu que le premier
des droits de l'homme étoit celui de
diſpoſer de ſa perſonne : qu'il étoit
juſte de veiller ſur l'uſage qu'il feroit
de ce droit; mais qu'il feroit injuſte d'en-
chaîner pour toujours ſa liberté, quelque
uſage qu'il en voulût faire : que ſans
doute la plupart en abuſeroient ; car les
ſages forment-ils jamais le grand nombre ? Mais qu'enfin elles n'étoient pas
faites pour traiter les torts comme les
crimes : qu'elles ne pouvoient regarder
comme hommes ſans honneur, que
ceux à qui elles-mêmes l'avoient fait
perdre : que les morts civilement devoient être, à leurs yeux, les ſeules perſonnes incapables de contracter : qu'à
prendre le mot *honneur* dans l'accep-
tion vague du procédé, de l'opinion,
& des convenances, ces nuances ſeroient trop arbitraires pour devenir la
meſure des Loix. Car, par exemple,
eſt-il ſi ſûr que la diſparité de rang
donne des torts à ceux qui s'uniſſent ?
Pourquoi les Loix interdiroient-elles à
un homme nouveau, mais grand de
ſa propre valeur, l'ambition d'aſpirer
à une main illuſtre, que lui tendroit
une femme ſenſible à ſes vertus & à

fa gloire ? Seroit-ce parce qu'il manque
d'aïeux ? Mais que font des aïeux à
l'ordre public, qui eſt l'unique objet des
Loix ? Ce n'eſt pas cependant, mon
pere, que j'aye ici le moindre intérêt
à plaider pour les méſalliances. Si j'ai
attaqué vos principes, c'eſt uniquement
parce qu'ils font faux en eux-mêmes :
car, que m'importeroit que, dans le
droit, les mariages inégaux, déshon-
nêtes, fuſſent défendus, puiſqu'on va
voir que, dans le fait, mon amant eſt
mon égal, & que fon alliance eſt la
feule que je puiſſe former honnêtement.

» Valdahon eſt né Gentilhomme ; il
eſt né d'un Préſident de votre Cour, &
il n'a nul parent qui terniſſe cette honnête origine ; pourquoi ne pas vouloir
m'unir à lui ?

» Quoi ! c'eſt, vous écriez-vous, le
fieur le B...., coupable envers moi d'une
injure atroce, d'un outrage cruel, c'eſt
cet ennemi déclaré qu'on ofe me pro-
pofer pour gendre ? On voudroit me
forcer à recevoir dans le fein de ma
famille, un homme que j'aurois le droit
d'en arracher pour caufe d'injure &
d'ingratitude «. Quant aux injures, je

X iv

vois celles dont vous l'accablez. Quant
à l'ingratitude, je ne vois pas la reconnoiſſance qu'il vous doit. Mais je n'in-
terromprai plus vos clameurs : voici
comment vous continuez. » On pourroit forcer un des premiers Magiſtrats
de la province à donner ſa fille à un
homme retranché du nombre des citoyens : on pourroit obliger un pere
à expatrier ſa fille, pour la marier à un
contumax, à un accuſé encore ſous le
glaive de la Juſtice, qui peut-être ſaiſi
au corps, mis dans les fers, jugé de
nouveau, condamné au dernier ſupplice «. Quoi ! mon pere, vous vous flat-
tez toujours de le voir périr ? Combien
vos rêves & vos vœux ſont funebres ! Eh !
ne ſavez-vous plus que ſa condamnation
par contumace, étant du 18 Mai 1764,
tout ce que l'Ordonnance a de plus rigoureux, c'eſt de regarder, à cauſe du
laps des cinq ans, cette condamnation
comme définitive ? Il lui faudroit des
lettres d'eſter à droit, pour ſe repréſenter & la faire modérer ; mais dès qu'il
veut bien la ſubir, il n'a plus de Jugement à craindre, & ſon état eſt irrévocablement fixé.

» Mais ſon état, ajoutez-vous, eſt celui

d'un homme flétri lui-même par cette condamnation, *qui le retranche du nombre des citoyens.* Si c'est de bonne foi que vous le dites, l'erreur est forte; & je m'étonne que vous ayez si-tôt & si complétement oublié les maximes & la Jurisprudence de vos Tribunaux. Consultez les Législateurs, & vous verrez que l'Edit (*a*) du Roi, du mois de Décembre 1703, concernant les voies de fait, dit dans l'art. 6, » que l'offenseur pourra être condamné à un bannissement, *ou à s'abstenir, pendant le temps que les Juges estimeront à propos, des lieux où il fait sa résidence ordinaire* «. D'habiles Jurisconsultes ont pris soin de nous marquer la différence de cette peine aux autres.

» L'absence, nous dit Lacombe (*b*), est un genre de peine qui n'est ni afflictive ni infamante. C'est une satisfaction accordée à l'accusateur «.

» L'Auteur des Instituts au Droit criminel, dit aussi, » que l'abstention

---

(*a*) Cet Edit a été enregistré le 31 Décembre.

(*b*) Rousseau de Lacombe. Matieres criminelles, au mot *Abstention.*

X v

de certains lieux eſt une peine qui ſe prononce ordinairement dans les cas d'injures ou menaces, dont on veut prévenir les effets.

» Les Parlemens qui y condamnent,
ſelon l'exigence des cas, ont ſenti combien étoit judicieuſe l'inſtitution de
cette punition mitoyenne. Que l'on
proſcrive, dans l'ordre moral, ces faux
milieux que nos modernes maximes
voudroient quelquefois introduire entre
le juſte & l'injuſte, c'eſt un grand bien;
car l'objet de la morale eſt d'enſeigner
aux hommes ce qu'ils doivent être. Mais
comme l'objet des Loix ſe borne néceſſairement à gouverner les hommes
tels qu'ils ſont, ce ſeroit un grand mal
de négliger trop, dans l'ordre légiſ-
latif, ces vûes moyennes qui mitigent
les peines au beſoin. En effet, une extrême indifférence, & une rigueur extrême ſeroient, dans ces matieres,
deux extrêmes injuſtices. Par l'une, la
Société ſeroit expoſée à trop de riſques;
par l'autre, trop d'hommes ſeroient voi-
ſins du châtiment : inconvénient qui,
dans le ſyſtême politique, vaut bien
l'autre.

» Quoi! mon pere, vous ignorez ces

maximes ? je veux le croire ; vous les
saviez pourtant , quand vous apprîtes
que mon amant n'étoit condamné qu'à
l'abfence. Quel odieux Arrêt, vous
écriâtes-vous, qui fauve à mon ennemi
l'honneur & la vie ! Avez-vous déjà oublié avec quelle véhémence vous décla-
mâtes au Confeil, contre le tort qu'a-
voit cet Arrêt de lui conferver l'un &
l'autre ? Ne vous fouvient-il plus que
Paris & la Cour s'étonnèrent de vos
douleurs & de vos plaintes contre un
Arrêt qui auroit dû faire votre joie ?
Vous difiez alors aux Magiftrats du
Confeil : » L'abfence n'eft point une
flétriffure ; réformez donc cet Arrêt, pour
qu'il foit flétri «. Vous dites à préfent
aux Magiftrats de Befançon : » L'abfence eft une flétriffure ; arrêtez donc
fon mariage, parce qu'il eft flétri «.
C'eft donc vous que j'oppofe à vous-
même ; vous, difant alors la vérité , à
vous ne la difant plus à préfent, parce
que vous l'appelez ou l'éloignez, au gré
des temps & de vos intérêts. Tous vos
efforts pour le faire flétrir avoient pour
but d'empêcher qu'il ne m'époufât.
Tous les vœux des Juges, quand ils
lui ont laiffé l'honneur , ont été qu'il

en profitât pour m'épouſer. Car, réflé-
chiſſez ſans paſſion ſur les conſéquences
de leur Arrêt ; vous y verrez la queſtion
de mon mariage déjà toute jugée. Si
en effet ils avoient trouvé mon amant
indigne de m'épouſer, ils l'auroient déclaré ſuborneur. L'indignité, ſoit qu'elle
provienne de la naiſſance, ou de l'âge,
ou de l'état, eſt la principale marque
de la ſéduction. Donc, dès qu'ils l'ont
jugé innocent de ce crime, c'eſt qu'ils
l'ont trouvé digne par ſa naiſſance, ſon
rang, ſon âge, de s'allier avec moi.
Dès que dans le procès ils n'ont rien
vu pour la ſéduction, il s'enſuit que,
dans les mœurs, ils ont tout vu pour
le mariage. Leur Jugement a indiqué
à Valdahon ce qu'il devoit faire. Son
mariage ſera, pour ainſi dire, l'exécution de leur Jugement. Chacun l'a dit,
& l'a dit avec joie : pluſieurs Magiſtrats
même ne s'en ſont pas tus. Mais Valdahon a-t-il fruſtré leur attente ? L'abſence, le temps qui détruit tout, l'ont-
ils changé ? S'eſt-il joué de mon amour,
ou rebuté par votre haine ? Conſidérez,
homme inflexible, pere implacable, tout
ce qu'il a tenté pour la vaincre.

» Je ne parle point du courage qu'il a

eu d'embraſſer vos genoux aux yeux de
la France entiere : je parle du déſir vif
qui a ſaiſi ſon ame, de racheter mes
fautes par ſes vertus, & mon deshon-
neur par ſa gloire. Ce beau deſſein lui
a fait entreprendre de grands travaux.
De quoi n'eſt point capable l'homme
que l'amour & que l'honneur enflam-
ment ? Il n'avoit vu, dans les droits
qu'il avoit ſur mon cœur, que plus
d'obſtacle à obtenir ma main. L'envie
de les ſurmonter tous, a exercé ſon ame
aux grandes actions, l'a rempli d'une vigueur nouvelle, l'a rendu ſupérieur à
lui-même. Il s'eſt diſtingué par des talens vrais. Ce n'eſt point à moi à les publier : je ſuis trop aſſociée à ſon ſort,
pour l'oſer louer ; mais je dois dire que
ſes ſuccès lui ont obtenu de ſon Maître
la plus flatteuſe récompenſe.

» Et quand il apporte à vos pieds une
réputation acquiſe par tant de ſoins,
vous le traitez comme un homme vil,
qui, infame lui-même, ne peut plus
donner l'être qu'à des enfans infames
comme lui. Vous demandez *ſi vous ne
deviendriez pas vous - même infame,
en conſentant que vos petits-fils le
ſoient.* Ce dernier mot manquoit à vos

tranſports. Traiter d'infames juſqu'aux enfans de Valdahon, avant qu'il ſoit pere. Vainement feuilleteroit-on tous les monumens de la haine : cet excès n'appartient qu'à la vôtre. Dans ces imprécations ſi connues pour être le chef-d'œuvre de la fureur, la plus violente des femmes (a) ſouhaite à ſes ennemis qu'il naiſſe d'eux un fils qui lui reſſemble. Ce vœu peut du moins être vain. Vous, votre marche eſt plus rapide : vous flétriſſez les fils de Valdahon avant qu'ils ſoient nés. Ils n'exiſtent point, & vous les déclarez infames : déja vous les déteſtez autant que leur pere. C'eſt ainſi que vous enchériſſez ſur le trait le plus célebre de la colere humaine. Tant il eſt vrai que les élans du cœur vont plus loin que ceux du génie !

» Votre indignation eſt, je vous le jure, un fardeau que je ne m'accoutumerai jamais à porter. N'allez pas conclure de cet écrit, que j'y ſois inſenſible. S'il contient de triſtes vérités, c'eſt-qu'il falloit que ce que les prieres, la réſignation & les larmes avoient tenté ſi ſouvent ſans ſuccès, la raiſon & le bon

_____

(a) Cléopatre, dans Corneille.

droit l'entreprissent avec quelques forces. *La charité & la douceur ont aussi
leurs émotions & leurs coleres.* Semblable à ces guerriers, qui, emportés
par la violence de leur objet, ne sentent leurs blessures, ne voient couler
leur sang qu'au moment de la victoire,
j'ai combattu pour mon honneur, pour
le vôtre, pour le fort de toute ma vie,
pour le fort de celui que j'aime ; toute
entiere à ses grands intérêts, j'ai senti
mes forces croître, mon courage s'élever, j'en ai eu tout ce qu'il m'en falloit pour frapper au but : & quand j'y
touche, tout ce courage m'abandonne,
la douleur de vous déplaire m'accable,
& la satisfaction d'être unie à l'objet de
mes vœux me touchera moins mille
fois, que je ne gémirai de ne vous être
plus chere.

» Ah ! mon pere, votre fille vous demande si ces titres de pere & de fille
ne disent plus rien à votre cœur ? Que
je plains ceux que ces noms doux &
facrés n'attendriroient pas ! Malheur
sur-tout à quiconque pourroit penser
que la haine entra jamais dans les chagrins que les peres & les enfans se cau-
fent les uns aux autres ! C'est le myf-

tere du cœur de l'homme, qu'il tour-
mente souvent plus ce qu'il aime davantage. Aussi ce qu'ont d'horrible les combats des peres & des fils, c'est qu'au
plus fort de leurs divisions, la Nature,
qui jamais ne perd le fond de ses droits,
y mêle une secrete impression de tendresse, qui les rend plus affreuses que
la mort même. J'éprouve jour & nuit
ce supplice ; je m'abreuve de ce mortel poison. Secourez-moi, ou je suc-
combe. Ouvrez-moi vos bras ; que je
m'y plonge ; que j'y retrouve la vie :
pressez-y votre fille ; rendez - lui votre
aveu, votre amour ; & je dirai : « Mon
pere, toutes vos rigueurs ont été pour
moi des bienfaits. Née avec des passions vives, j'avois besoin de la leçon
du malheur : il les a domptées toutes,
& l'oubli d'un devoir si rigoureusement
puni, m'a rendue attentive aux autres.
Ma foiblesse avoit révolté tous les cœurs ;
mes souffrances les ont intéressés ; &
leur pitié, grace à vous, les dispose à
me rendre plus aisément l'estime. Vous
m'avez rendue plus heureuse, de tout
le prix que l'infortune ajoute au bonheur. Vous m'avez rassurée sur un grand
péril, celui de ne pouvoir donner à

l'hymen que ce dont avoit joui l'amour.
Ce n'eft plus alors un don, c'eft une
dette que nous fommes trop heureufes
que l'on accepte ; & il ne m'a pas fallu
moins que les épreuves, par où vous
avez fait paſſer mon époux, pour avoir
de fûrs garans de fa conftance. Mais
fur-tout vos févérités envers votre fille
la rendront la plus tendre des meres.
Mes enfans feront heureux de tout le
bonheur qui m'a manqué ; & je les inftrui-
rai à vous dédommager par leurs vertus, des peines que vous ont cauſées
mes fautes.

» Voilà, mon pere, les précieux fervices dont je vous bénirai du profond
de mon ame. Voilà comment le cour-
roux d'un pere eft bienfaifant, jufque
dans fes excès ; voilà comment la Nature retrouve, dans fes écarts même,
tous fes droits. Quand viendra ce jour
heureux de fon triomphe, où ſerrant contre votre fein votre enfant & les miens,
vous nous direz : » Ma fille, que tu
as bien fervi ton pere ! Combien tu
l'aimois, quand tu as mis le fer dans
fa plaie ! De quelle douceur ta rare fermeté me fait jouir ! De quelle joie un
refpect timide m'eût privé ! La méchan-

ceté ne fouilla jamais nos ames. Des
paſſions fortes les avoient égarées ; mais
les paſſions, quelle que ſoit leur durée,
ceſſent. Puiſſent tes fils, inſtruits par
nos malheurs, en profiter pour être toute
leur vie des enfans ſages & de bons
peres «

Par Arrêt du mois de . . . . . de l'année 1770, le Parlement de Beſançon
fit main-levée des oppoſitions du pere,
& ordonna qu'il ſeroit paſſé outre à la
publication des bans, & à la célébration
du mariage.

Fin du Tome troiſieme.

TABLE
DES CAUSES
Contenues dans ce troisieme Volume.

Fin de la Table du troisieme Volume.